DESPUÉS DE LA CAÍDA

DENNIS LEHANE

DESPUÉS DE LA CAÍDA

Traducción del inglés de
Victoria Alonso Blanco

Título original: *Since We Fell*

Fotografía de la cubierta: Mark Owen / Arcangel Images

Publicaciones y Ediciones Salamandra, S.A.
Almogàvers, 56, 7º 2ª - 08018 Barcelona - Tel. 93 215 11 99
www.salamandra.info

ISBN: 978-84-16237-29-6
Depósito legal: B-22.481-2018

1ª edición, octubre de 2018
Printed in Spain

Impresión: Liberdúplex, S.L. Sant Llorenç d'Hortons

A la memoria de David Wickham,
un prohombre de Providence
y un tipo genial

Si sólo das amor sin recibirlo a cambio
Más te vale que dejes a ese amor partir.
Bien sé yo que es así, y aun sabiéndolo
Yo sin ti no sé vivir.

BUDDY JOHNSON,
Since I Fell for You

Avanzo enmascarado.

RENÉ DESCARTES

PRÓLOGO

DESPUÉS DE *LA ESCALERA*

Un martes de mayo, a los treinta y cinco años de edad, Rachel mató a su marido de un disparo. Él retrocedió tambaleándose con un extraño semblante de aceptación, como si en el fondo siempre hubiera sabido que Rachel acabaría matándolo.

Su rostro también reflejaba sorpresa. Rachel dio por hecho que el de ella también.

La madre de Rachel no se habría sorprendido.

La madre de Rachel, que nunca estuvo casada, era autora de un célebre manual sobre cómo mantener vivo el matrimonio. Los capítulos del libro llevaban por título las distintas etapas que la doctora Elizabeth Childs había observado en toda relación cuyo estado inicial fuera el de la atracción mutua. El libro se titulaba *La escalera* y gozó de tan buena acogida que la editorial convenció a su madre (la «obligó», según ella) para que escribiera dos secuelas: *Volver a subir la escalera* y *Los peldaños de la escalera: Un manual práctico*, y cada uno vendió menos ejemplares que el anterior.

En la intimidad, su madre calificaba los tres libros de «charlatanería emocionalmente adolescente», pero guardaba cierto afecto nostálgico por *La escalera* ya que, durante su escritura, no había sido consciente de lo poco que sabía en realidad. Así se lo confesó a Rachel cuando su hija tenía diez años. Aquel mismo verano, después de los muchos cócteles trasegados una tarde, su madre sentenció: «Un hombre no es más que la suma de las historias que cuenta sobre sí mismo, y la mayor parte de esas historias son falsas. Nunca hurgues demasiado, porque si sacas a la luz sus mentiras, será humillante para ambos. Más vale vivir con el cuento.»

Luego le dio un beso en la coronilla. Unas palmaditas en la cara. Le dijo que no tenía por qué preocuparse.

Rachel tenía siete años cuando se publicó *La escalera*. Recordaba el teléfono sonando a todas horas, el trasiego de viajes, la recaída de su madre en el tabaco y el afectado y ansioso glamur que se apoderó de ella. Recordaba asimismo un sentimiento que apenas alcanzaba a expresar: que su madre, una mujer que nunca había sido feliz, vivió incluso más amargada tras el éxito. Años después, Rachel sospecharía que tal vez la fama y el dinero la habían privado de pretextos con los que justificar su infelicidad. Su madre, una mujer brillante a la hora de analizar los problemas del prójimo, nunca tuvo la menor idea de cómo diagnosticarse a sí misma. Luego la vida se le fue en la búsqueda de soluciones para conflictos que nacían, crecían, vivían y morían pura y estrictamente entre los límites de su intimidad. Rachel, por supuesto, ignoraba todo eso a los siete años, incluso a los diecisiete. Ella sólo sabía que era una niña desgraciada porque su madre era una mujer desgraciada.

El día que Rachel mató a su marido, se encontraba a bordo de un barco en la bahía de Boston. Él se mantuvo en pie apenas unos instantes —¿siete segundos?, ¿quizá diez?— antes de precipitarse por la borda de popa y caer al agua.

Sin embargo, en esos últimos segundos, sus ojos dejaron traslucir un sinfín de emociones.

Consternación. Autocompasión. Terror. Un abandono tan absoluto que rejuveneció ante sus ojos treinta años hasta transformarse en un niño de diez.

Ira también, por descontado. Indignación.

Una repentina y feroz determinación, como si, pese a la sangre que manaba de su corazón y se derramaba sobre la mano que se había llevado al pecho, tuviera la certeza de que no iba a pasarle nada, de que todo iría bien, de que saldría de aquélla. Al fin y al cabo, era un hombre fuerte, todo lo que había de valor en su vida lo había conseguido puramente a fuerza de voluntad y con esa misma voluntad podría superar aquel trance.

Luego vino la súbita toma de conciencia: no, no podría.

Miró entonces a Rachel fijamente, y la más incomprensible de las emociones se impuso en su semblante, eclipsando todas las demás:

Amor.

No, eso era imposible.

Y, sin embargo...

Era eso, sin duda. Un amor desaforado, desvalido, puro. Un amor que brotaba y salpicaba al mismo tiempo que la sangre en su camisa.

Articuló sin voz las palabras, como a menudo hacía para dirigirse a ella desde el extremo de alguna estancia concurrida: Te. Quiero.

Y a continuación cayó por la borda y desapareció bajo las aguas oscuras.

Dos días antes, si alguien le hubiera preguntado a Rachel si quería a su marido, habría dicho que sí.

A decir verdad, si alguien le hubiera formulado la misma pregunta mientras apretaba el gatillo, también habría dicho que sí.

Su madre le había dedicado todo un capítulo a esa incongruencia, el capítulo trece: «Discordancia.»

¿O quizá el capítulo siguiente, «El fin del antiguo relato», viniera más al caso?

Rachel no estaba segura. A veces los confundía.

I

RACHEL EN EL ESPEJO

1979-2010

1

SETENTA Y TRES JAMES

Rachel nació en el Valle de los Pioneros, una zona al oeste de Massachusetts conocida también como la Región de las Cinco Universidades —Amherst, Hampshire, Mount Holyoke, Smith y la Universidad de Massachusetts— que empleaba a dos mil docentes para impartir clases a veinticinco mil alumnos. Creció en un mundo de cafeterías, *bed and breakfasts*, grandes parques municipales y casas revestidas de listones de madera con porches envolventes y desvanes enmohecidos. En otoño, las hojas caían de los árboles a carretadas y atascaban las calles, desbordaban las aceras y obstruían las vallas de los jardines. Algunos inviernos, la nieve sumía el valle en un silencio tan denso que casi podía oírse. En julio y agosto, el cartero repartía el correo montado en una bicicleta con timbre en el manillar, y el lugar se llenaba de turistas que acudían a los tradicionales festivales de teatro veraniegos y a las ferias de antigüedades.

Su padre se llamaba James. Rachel apenas sabía nada más de él. Recordaba que tenía el pelo oscuro y ondulado, y una súbita y vacilante sonrisa. Recordaba también que, al menos en dos ocasiones, había ido con él a un parque de Berkshire donde había un tobogán verde oscuro y el cielo estaba tan encapotado que su padre tuvo que limpiar el columpio empapado por la humedad antes de sentarla. En una de aquellas ocasiones la había hecho reír, pero Rachel no recordaba el motivo.

Sabía que su padre había sido profesor universitario, pero ignoraba en qué centro o en calidad de qué, si como asociado, ayudante o titular interino. Ni siquiera sabía si la universidad donde impartía clases era una de las cinco que daban nombre a la región. Podría perfectamente haber sido en Berkshire, Springfield Technical, Greenfield CC o Westfield State, o en cualquier otra de las muchas universidades y escuelas universitarias de la zona.

Su madre daba clases en Mount Holyoke cuando James las abandonó. Rachel aún no había cumplido los tres años y nunca supo a ciencia cierta si había sido realmente testigo del momento en que su padre se marchó de casa o si tal vez sólo lo había imaginado para restañar la herida dejada por su ausencia. Aquel año estaban viviendo en una casita de alquiler, en Westbrook Road, y Rachel recordaba oír a su madre al otro lado de la pared, diciendo: «¿Me has oído? Como salgas por esa puerta, te borraré de mi vida.» Y al poco, el sonido de una pesada maleta golpeteando los peldaños de la escalera de atrás, seguido del chasquido seco de un maletero al cerrarse. El rasposo y silbante runrún de un motor frío al cobrar vida en el interior de un pequeño utilitario, luego el crujido de las hojas invernales y la tierra helada bajo los neumáticos y después... silencio.

Quizá su madre no creyó que fuera a marcharse de verdad. Quizá, al ver que se marchaba, se convenció a sí misma de que regresaría. Pero como no volvió, su desengaño se convirtió en odio y el odio se volvió insondable.

—Se fue —le dijo a Rachel cuando ésta tenía cinco años y empezaba a asediarla sobre el paradero de su padre—. No quiere saber nada de nosotras. Pero no importa, cielo, porque no nos hace ninguna falta para ser quienes somos. —Se arrodilló delante de ella y le remetió un pelo suelto por detrás de la oreja—. Y ya no vamos a hablar de él nunca más. ¿De acuerdo?

Pero Rachel, naturalmente, siguió hablando de él y preguntando sobre él. Al principio, esa curiosidad exasperaba a su madre; un pánico salvaje centelleaba en sus ojos y le dilataba las aletas de la nariz. Hasta que finalmente el pánico cedió el paso a una extraña sonrisita. Tan discreta que apenas llegaba a sonrisa, más bien era un ligero repunte de la comisura derecha de los labios que conseguía ser ufano y triunfal, todo al mismo tiempo.

Rachel tardaría años en interpretar la aparición de aquella sonrisita como la decisión de su madre (si consciente o no, nunca llegaría a saberlo) de convertir la identidad de su padre en el principal campo de batalla en una guerra que habría de empañar por entero la juventud de Rachel.

Su madre prometió que le revelaría el apellido de James el día que cumpliera los dieciséis años, siempre y cuando Rachel hubiera dado muestras de poseer la madurez suficiente para asimilarlo. Aquel verano, sin embargo, poco antes de cumplir los dieciséis, Rachel fue detenida en un coche robado junto con Jarod Marshall, un chico con quien, según había prometido a su madre, ya había dejado de verse. La siguiente fecha señalada para desvelar la incógnita era el día de su graduación de secundaria, pero aquel año, tras cierto descalabro relacionado con unas pastillas de éxtasis en el baile de gala del instituto, suerte tuvo de graduarse siquiera. Luego la cosa quedó en que si estudiaba una carrera, previo paso por algún curso puente para mejorar un poco el currículum antes de entrar en una universidad «de verdad», tal vez entonces se lo contara.

El asunto era motivo de continuas trifulcas entre ellas. Rachel gritaba y arrojaba trastos al suelo, y la sonrisita de su madre se volvía cada vez más fría y más leve. «¿Por qué?», le repetía a Rachel una y otra vez.

«¿Por qué quieres saberlo? ¿Qué falta te hace conocer a un extraño que nunca ha tenido nada que ver con tu vida ni tu bienestar económico? ¿No crees que deberías ocuparte de esas partes de ti que te están haciendo tan infeliz antes de embarcarte en la búsqueda de un hombre que no va a poder darte respuestas ni ofrecerte paz alguna?»

—¡Porque es mi padre! —respondió Rachel a voz en grito más de una vez.

—No es tu padre —replicó su madre con meliflua compasión—. Es mi donante de esperma.

Se lo dijo al término de una de sus peores trifulcas, el Chernóbil de los enfrentamientos maternofiliales. Rachel, derrotada, dejó resbalar el cuerpo por la pared de la sala de estar y masculló:

—Me estás matando.

—Te estoy protegiendo —corrigió Elizabeth.

Rachel levantó la vista y descubrió, horrorizada, que su madre lo decía convencida. Peor aún, que hacía virtud de ese convencimiento.

El año que Rachel empezó su carrera universitaria en Boston, mientras ella asistía a una clase de Introducción a la literatura británica desde 1550, su madre se saltó un semáforo en Northampton y un camión de gasolina que circulaba a la velocidad reglamentaria impactó lateralmente contra su Saab. Al principio se temió que el choque hubiera perforado la cisterna del camión, pero no fue el caso. El camión cisterna sólo había volcado, con el consiguiente alivio para los bomberos y los servicios de emergencia que llegaron incluso desde Pittsfield al lugar del siniestro: el cruce se hallaba en una zona densamente poblada, junto a una residencia de ancianos y un jardín de infancia situado a ras de calle.

El conductor del camión cisterna sufrió un leve latigazo cervical y se rompió un ligamento de la rodilla derecha. Elizabeth Childs, antaño famosa escritora, falleció en el acto. Si bien su fama a nivel nacional había decaído hacía tiempo, localmente seguía gozando de cierta celebridad. Tanto el *Berkshire Eagle* como el *Daily Hampshire Gazette* publicaron su necrológica en primera plana, por debajo del pliegue central, pero aunque la asistencia a su funeral fue notable, la reunión posterior en su casa no estuvo tan concurrida. Rachel acabó donando gran parte de las viandas a un albergue para indigentes. Conversó con algunas amistades de su madre, en su mayoría mujeres, y con un señor, Giles Ellison, profesor de Ciencias Políticas en Amherst, con quien Rachel sospechaba desde hacía tiempo que su madre había mantenido una relación esporádica. La atención especial que las señoras dispensaron a Giles y la circunspección de éste corroboraron dicha sospecha. El señor Ellison, un hombre por lo general sociable, entreabría los labios una y otra vez como si se dispusiera a decir algo pero al momento cambiara de opinión. Recorría la casa con la mirada como empapándose de su contenido, como si todo le resultara familiar y en algún momento le hubiera procurado consuelo. Como si aquellos objetos fueran todo lo que le quedaba de Elizabeth y estuviera haciendo inventario, consciente de que ya nunca volvería a posar su mirada en ellos, ni en ella. Al verlo enmarcado por el ventanal de la salita que daba a Old Mill Lane aquel lloviznoso día de abril, a Rachel la asaltó una profunda lástima de Giles Ellison, al que veía envejecer a ojos vistas camino de la jubilación y la obsolescencia. Él, que había confiado en transitar por ese rito iniciático en compañía de una mordaz leona, ahora tendría que hacerlo a solas. Sería muy difícil que encontrara a una pareja que irradiara la inteligencia y la fiereza de Elizabeth Childs.

A decir verdad, Elizabeth Childs había sido una mujer radiante a su mordaz y entrometida manera. No entraba en las habitaciones, se deslizaba majestuosamente en ellas. No atraía a amistades y colegas, los congregaba a su alrededor. Nunca echaba una cabezada, casi nunca se la veía cansada y nadie recordaba que hubiera caído enferma alguna vez. Cuando Elizabeth Childs abandonaba una habitación percibías su ausencia, aunque llegaras después de que ella se hubiera marchado. Cuando Elizabeth Childs abandonó este mundo, provocó esa misma sensación.

Rachel se sorprendió al constatar lo poco preparada que estaba para asimilar esa pérdida. Su madre había sido muchas cosas, la mayoría negativas en opinión de su hija, pero siempre había estado absolutamente «presente». Y de pronto estaba absoluta, y violentamente, ausente.

Aun así, la vieja incógnita seguía sin respuesta. Y el acceso directo a su esclarecimiento había desaparecido junto con su madre. Elizabeth se había negado a brindarle la respuesta, pero no cabía duda de que la conocía. Muerta ella, posiblemente ya no la conocía nadie.

Por muy bien que Giles, sus amigas, su agente, su editor y sus colaboradores hubieran conocido a Elizabeth Childs —y todos parecían tener una visión de ella que difería leve pero sustancialmente de la mujer que Rachel había conocido—, ninguno de ellos la había tratado a lo largo de tanto tiempo como su hija.

—Ojalá pudiera contarte algo sobre James —le dijo en cierta ocasión Ann Marie McCarron, la amiga a la que Elizabeth conocía de más antiguo en la zona, cuando ya llevaban bastante alcohol en el cuerpo como para que Rachel se atreviera a abordar el tema de su padre—, pero la primera vez que salí con tu madre ellos llevaban ya meses separados. Recuerdo que daba clases en Connecticut.

—¿Connecticut?

Estaban sentadas en el porche acristalado de la parte trasera de la casa, sólo a treinta y cinco kilómetros de la frontera norte de Connecticut con Massachusetts, pero a Rachel nunca se le había ocurrido que, en lugar de las Cinco universidades o de los otros quince centros universitarios desperdigados por el territorio de los Berkshires que caía del lado de Massachusetts, su padre hubiera podido dar clase a media hora de distancia en dirección sur, en Connecticut.

—¿En la Universidad de Hartford? —le preguntó a Ann Marie.

Ann Marie arrugó los labios y la nariz al mismo tiempo.

—No lo sé. Puede ser. —Le pasó el brazo por encima—. Ojalá pudiera ayudarte. Y ojalá tú te olvidaras de ese asunto.

—¿Por qué? —replicó ella (el sempiterno «por qué», como Rachel había dado en verlo)—. ¿Tan mala persona era?

—Nunca oí que fuera mala persona —dijo Ann Marie con una mueca triste, arrastrando un poco las palabras. Miró la neblina cenicienta que cubría las grises colinas al otro lado de la cristalera y añadió con tajante firmeza—: Cariño, a mí sólo me dijeron que había cambiado de vida.

Su madre le legó todos sus bienes en el testamento. Era menos de lo que Rachel habría imaginado pero más de lo que a sus veintiún años necesitaba para mantenerse. Si llevaba una vida austera e invertía con sensatez el dinero, posiblemente podría vivir de la herencia durante diez años.

Rachel encontró los dos anuarios de su madre en su despacho, guardados en un cajón cerrado con llave: el de la North Adams High School y el del Smith College. El máster y el doctorado los había obtenido por la Johns Hopkins (Dios, con tan sólo veintinueve años de edad, reparó Rachel), pero de aquella etapa sólo dejaban constancia los diplomas enmarcados y colgados junto a la chimenea. Rachel repasó los anuarios tres veces, imponiéndose la máxima lentitud al pasar las páginas. En total encontró cuatro fotos de su madre, dos oficiales y otras dos de grupo. Era imposible que diera con ningún alumno llamado James en el anuario del Smith College, puesto que se trataba de una institución sólo para chicas, pero sí encontró a dos miembros del equipo docente, ninguno de los cuales coincidía por edad ni tenía el pelo moreno. En el anuario de la North Adams High School había seis alumnos llamados James, dos de los cuales podrían haber sido el que buscaba: James McGuire y James Quinlan. Tras media hora de indagaciones en el ordenador de la biblioteca municipal de South Hadley, descubrió que el tal James McGuire de la North Adams había quedado paralítico en un accidente haciendo *rafting* cuando todavía era un joven universitario; James Quinlan, por su parte, había estudiado Administración de Empresas en la Universidad de Wake Forest y apenas se había movido de Carolina del Norte, donde había fundado una próspera cadena de establecimientos especializados en muebles de madera de teca.

El verano antes de vender la casa, Rachel visitó Berkshire Security Associates, donde se había dado cita con el investigador privado Brian Delacroix, un hombre de porte grácil y atlético que apenas le llevaba unos años. Se vieron en un edificio de un polígono industrial de Chicopee, en cuya primera planta tenía su oficina. Era un despacho minúsculo, con apenas cabida para Brian, su escritorio, dos ordenadores y una hilera de archivadores. Cuando Rachel le preguntó quiénes eran los *associates* que figuraban en el nombre de la empresa, Brian le explicó que el asociado era él. La sede central de Berkshire Security estaba en Worcester. Su oficina de Chicopee era una delegación que él acababa de abrir en régimen de franquicia. Brian se ofreció a derivarla a un colega más veterano, pero a Rachel no le apeteció lo más mínimo meterse otra vez en el coche y desplazarse hasta Worcester, así que se lió la manta a la cabeza y le explicó el porqué de su visita. Brian le hizo unas preguntas, tomó notas en un bloc de color amarillo y la miró a los ojos lo bastante a menudo como para que Rachel advirtiera en los suyos una ternura exenta de malicia que no se correspondía con su edad. Le causó la impresión de ser un hombre responsable y todavía lo bastante novato en el oficio como para no haberse maleado, opinión que se vio corroborada dos días más tarde cuando Brian le aconsejó que no contratara sus servicios, ni los de él ni los de ningún otro, a decir verdad. Le dijo que podía aceptar su caso y terminar facturándole como poco cuarenta horas de trabajo, pero que al final iba a llegar a la misma conclusión que podía ofrecerle en ese momento.

—Con la información de la que dispone, no podrá encontrar a ese hombre.

—Para eso lo contrato a usted.

Brian se rebulló en el asiento.

—He hecho algunas indagaciones desde que nos vimos la primera vez. Poca cosa, nada como para cobrarle...

—Le pagaré.

—...pero no necesito más. Si se llamara Trevor o, yo qué sé, Zachary, pongamos por caso, quizá habría alguna posibilidad de localizar a un sujeto que dio clase hace veinte años en uno de los más de veinticuatro centros de enseñanza superior de Massachusetts o Connecticut. Pero siento decirle, señorita Childs, que he efectuado un somero rastreo informático y en los últimos veinte años, por los veintisiete centros que he identificado como posibles, han pasado setenta y tres —asintió con la cabeza ante la reacción de asombro de Rachel— profesores asociados, suplentes, auxiliares e interinos que se llamaban James. Algunos han durado un semestre, otros, menos, mientras que otros en cambio se han hecho con la titularidad.

—¿Puede conseguir sus historiales laborales o fotografías de archivo?

—En algún caso, seguro que sí; puede que en la mitad de ellos. Pero si nuestro James no se encuentra entre esa mitad (además, tampoco sé cómo pensaba identificarlo), tendríamos que averiguar el paradero de los otros treinta y cinco, que a juzgar por lo que reflejan las actuales tendencias demográficas estarán repartidos por los cincuenta estados del país, y luego buscar fotografías suyas de hace veinte años. Con lo cual no serían cuarenta horas de trabajo lo que le tendría que cobrar, sino cuatrocientas. Y ni aun así podría garantizarle que diéramos con él.

Rachel experimentó una sucesión de emociones: ansiedad, rabia, impotencia, que desencadenó más rabia, y finalmente un enojo incontenible con aquel imbécil tan poco dispuesto a hacer su trabajo. Peor para él, ya se buscaría a otro.

Brian leyó todo eso en su mirada y en el modo en que Rachel atrajo el bolso hacia sí.

—Y si se le ocurre llamar a otra puerta, tan pronto como vean que tienen delante a una jovencita que acaba de heredar, le chuparán la sangre y aun así saldrá de allí con las manos vacías. Y ese robo, porque a mi juicio no será otra cosa, estará dentro de la legalidad. O sea que además de huérfana, encima será pobre. —Se inclinó hacia ella y le preguntó en voz baja—: ¿Dónde nació?

Rachel inclinó la cabeza hacia la ventana que daba al sur.

—En Springfield.

—¿Tiene el certificado de nacimiento del hospital?

Rachel asintió.

—El padre figura como «DESCONOCIDO».

—Pero en aquel momento eran pareja, Elizabeth y James...

Rachel asintió de nuevo.

—Mi madre me contó, un día que llevaba unas copas de más, que la noche que se puso de parto estaban peleados y él se había marchado de la ciudad. Así que dio a luz y, despechada por su ausencia, se negó a que constara en el certificado.

Los dos guardaron silencio.

—Entonces, ¿no piensa aceptar mi caso? —le preguntó Rachel finalmente.

Brian Delacroix dijo que no con la cabeza.

—Olvídese de él.

Rachel se levantó, con los brazos temblando, y le dio las gracias por su atención.

Rachel encontró fotografías guardadas por toda la casa: en la mesita de noche del dormitorio de su madre, en una caja en el desván, en un cajón repleto de ellas en el despacho de su madre. El ochenta y cinco por ciento de aquellas fotos eran de ellas dos. Rachel se asombró al ver el evidente amor por ella que reflejaban los ojos claros de su madre, aunque, para variar, incluso en las fotos había turbulencia en ese amor, como si se lo estuviera replanteando. El quince por ciento restante de las fotos eran de amigos y compañeros de la universidad y de sus tiempos en la editorial, la mayoría tomadas en fiestas celebradas durante las vacaciones o en comidas al aire libre a principios de verano, y en dos de ellas se veía a su madre en un bar con gente que Rachel no reconoció pero que a todas luces pertenecía al mundo académico.

En ninguna aparecía un hombre moreno de pelo ondulado y sonrisa vacilante.

Los diarios de su madre los encontró al vender la casa. Entonces Rachel ya había terminado sus estudios en Emerson y se disponía a abandonar Massachusetts para estudiar el doctorado en Nueva York. La vieja casa victoriana de South Hadley donde Rachel y su madre habían vivido desde que ella cursaba tercero albergaba pocos recuerdos agradables; siempre había tenido la impresión de que era una casa encantada. («Pero son fantasmas eruditos —le decía su madre cuando un crujido misterioso llegaba reptando desde el fondo de un pasillo o se oían golpes en el desván—. Estarán allá arriba leyendo a Chaucer y tomándose una tisana.»)

Los diarios no los encontró en el desván. Estaban en el sótano, dentro de un arcón, debajo de ejemplares arrumbados de ediciones extranjeras de *La escalera*. Los había escrito en cuadernos pautados y las entradas eran tan aleatorias como ordenada había sido su madre en su vida cotidiana. La mitad no llevaban fecha, y podían transcurrir meses, en un caso incluso un año, sin que su madre escribiera nada. El tema más recurrente era el miedo. Antes de *La escalera* ese miedo era económico: como profesora de Psicología nunca ganaría lo suficiente para saldar sus préstamos universitarios, y no digamos ya para mandar a su hija a un buen colegio privado y más adelante a una buena universidad. Después de que su libro saltara a la lista de los más vendidos en todo el país, su temor era no ser capaz de escribir otro que estuviera a la altura. También temía que alguien la llamara a capítulo, como al rey desnudo del cuento, por perpetrar un fraude que se pondría en evidencia cuando publicara de nuevo. Ese temor resultó ser profético.

Sin embargo, sobre todo temía por su hija. Rachel se vio crecer a lo largo de aquellas páginas y pasar de ser una fuente de orgullo revoltosa, alegre y de vez en cuando exasperante («Es tan juguetona como él... Tiene un corazón tan bueno y generoso que me aterra pensar lo que le hará la vida...»), a una insatisfecha autodestructiva y desesperante («Sus sarcásticos desplantes no me inquietan tanto como la promiscuidad; por el amor de Dios, si sólo tiene trece años... Juega con fuego y luego se lamenta porque se quema y encima me echa a mí la culpa de haberse lanzado a las llamas»).

Quince páginas más adelante, Rachel se topó con la siguiente entrada: «Debo enfrentarme a esa vergüenza: no he sabido estar a la altura como madre. Nunca he tenido paciencia para lóbulos frontales inmaduros. En lugar de dar ejemplo de serenidad como debería, salto a la más mínima, me desespero. La pobre ha crecido con una brusca reduccionista. Y sin padre, para colmo. Todo eso ha dejado un gran vacío en su interior.»

Unas páginas más adelante, volvía sobre el tema: «Me preocupa que desperdicie su vida buscando algo con lo que llenar ese vacío, que se pierda en modas pasajeras, en engañabobos místicos, en terapias New Age, que le dé por automedicarse. Ella se cree rebelde y resistente, pero sólo es una de las dos cosas. La veo tan, tan necesitada...»

Un poco más adelante, en una entrada sin fecha, Elizabeth Childs escribía: «Ahora mismo está postrada en una cama extraña, enferma y más necesitada que de costumbre. Vuelve el pertinaz interrogante: "¿Quién es mi padre, mamá?" La veo tan frágil... delicada, tierna y frágil. Mi queridísima Rachel vale mucho, pero de fuerte no tiene nada. Si le digo quién es James, no parará hasta dar con él. Y él le romperá el corazón en mil pedazos. ¿Por qué voy a concederle ese poder a un hombre así? Después de todo este tiempo, ¿por qué permitirle que le haga daño otra vez? ¿Que joda ese maltrecho y hermoso corazoncito? Hoy lo he visto.»

Rachel, sentada en el penúltimo peldaño de la escalera que daba al sótano, contuvo la respiración. Apretó los bordes del cuaderno y se le nubló la vista.

«Hoy lo he visto.»

«Él a mí no. He aparcado un poco más adelante. Él estaba en el jardín de la casa que encontró después de abandonarnos. Y ellos estaban con él: la esposa de recambio, los niños de recambio. Se está quedando calvo y ha echado barriga y papada. Triste consuelo. Es feliz. No te joroba. Es feliz. ¿No era eso lo peor que podía pasar? Ni siquiera creo en la felicidad —al menos no como ideal ni como auténtico estado del ser; me parece una aspiración infantil—, y, sin embargo, él es feliz. Esa felicidad habría peligrado con esta hija que nunca deseó, y menos aún después de que naciera. Porque le recordaba a mí. A lo mucho que había terminado detestándome. Y le habría hecho daño a Rachel. Yo fui la única persona en su vida que se negó a adorarlo y eso él nunca se lo habría perdonado a Rachel. Habría dado por hecho que yo le hablaba mal de él, y James, ya se sabe, se toma tan en serio y tiene un concepto tan elevado de sí mismo que nunca ha soportado las críticas.»

Rachel había guardado cama sólo una vez en su vida: en el segundo curso de secundaria. Contrajo la mononucleosis infecciosa poco antes de las vacaciones de Navidad. Resultó oportuno que ocurriera en esas fechas porque tardó trece días en salir de la cama y cinco más en reponerse para volver al colegio. Al final, sólo perdió tres días de clase.

El caso es que tuvo que ser en esa franja de tiempo cuando su madre vio a James, pues coincidía también con la temporada en que había estado trabajando como profesora invitada en la Wesleyan University. Aquel año vivían en una casa de alquiler en Middletown, Connecticut, y en aquella «cama extraña» era donde Rachel había estado postrada. Su madre, recordó en ese momento Rachel con desconcertado orgullo, sólo se había apartado de su vera un momento en el transcurso de la enfermedad, para salir a hacer acopio de comestibles y vino. Rachel acababa de empezar a ver el vídeo de *Pretty Woman* y cuando su madre regresó de la compra la película aún no había terminado. Le puso el termómetro, comentó que la dentuda sonrisa de Julia Roberts le producía «un repelús cósmico» y luego se fue a la cocina a descargar las bolsas de la compra.

Cuando regresó al dormitorio, con una copa de vino en una mano y un paño húmedo y caliente en la otra, miró a Rachel con aire desvalido y, como ansiando que le diera la razón, le dijo:

—No nos ha ido tan mal, ¿verdad?

Rachel levantó la vista mientras su madre le colocaba el paño sobre la frente.

—Claro que no —le contestó, porque así lo creía entonces.

Su madre le dio unas palmaditas en la mejilla y desvió la mirada hacia el televisor. La película estaba terminando. El príncipe azul, Richard Gere, acudía con un ramo de flores al rescate de su princesa, Julia, una chica de la calle. Le tendía bruscamente el ramo y Julia saltaba de la risa al llanto, con la música de fondo a todo volumen.

—Otra vez con la sonrisita, qué pesadez... —dijo su madre.

Eso situaba la entrada del diario en diciembre de 1992. O principios de enero de 1993. Ocho años después, sentada en los peldaños del sótano, Rachel cayó en la cuenta de que su padre había residido en un radio de cincuenta kilómetros de distancia de Middletown. A lo sumo. Su madre había pasado por la calle donde vivía James, se había quedado un rato espiándolo allí con su familia y después había parado primero en la tienda de comestibles y luego en la bodega para comprar el vino, todo en menos de dos horas. Eso significaba que James estaba dando clases no muy lejos de allí, en la Universidad de Hartford, lo más probable.

—Eso suponiendo que todavía diera clases —apuntó Brian Delacroix cuando Rachel lo llamó por teléfono.

—Cierto.

Brian convino, sin embargo, en que ese nuevo dato le permitiría tirar del hilo y aceptar su caso y su dinero sin temor a mirarse al espejo por las mañanas. De manera que, a finales del verano de 2001, Brian Delacroix y Berkshire Security Associates emprendieron la investigación sobre la identidad de su padre.

Sin ningún resultado.

Ningún profesor llamado James que hubiera dado clases aquel año en alguno de los centros de enseñanza superior de la zona norte de Connecticut cumplía los requisitos. Uno era rubio, otro, afroamericano, y el tercero tenía veintisiete años.

Una vez más, le aconsejó que se olvidara del asunto.

—Me marcho —dijo Brian.

—¿De Chicopee?

—De la empresa. Bueno, y de Chicopee también, claro. Me he cansado de ser detective privado. Es muy deprimente. Tengo la impresión de que lo único que hago es defraudar a la gente, incluso cuando resuelvo el caso por el que me han pagado. Lamento no haber podido ayudarte, Rachel.

Rachel sintió como un vacío por dentro. Otra despedida más. Otra persona que, por leve que fuera la huella dejada en su vida, iba a marcharse tanto si a ella le gustaba como si no. Y no podía decir nada.

—¿Qué vas a hacer? —preguntó.

—Creo que me volveré a Canadá.

Lo dijo con firmeza, como si se tratara de una decisión que había tenido pendiente toda su vida.

—¿Eres canadiense?

Brian dejó escapar una risita.

—Efectivamente.

—¿Qué te espera allí?

—La empresa familiar. Industria maderera. ¿Y a ti cómo te va?

—Con el doctorado, estupendamente. Pero en Nueva York, ahora mismo, no tanto.

Estaban a finales de septiembre de 2001; apenas habían transcurrido tres semanas desde la caída de las torres gemelas.

—Claro —dijo él con gravedad—. Claro. Espero que te vaya todo bien. Te deseo lo mejor, Rachel.

Rachel se sorprendió de lo íntimo que sonaba su nombre pronunciado por los labios de Brian. Imaginó su mirada al otro lado del auricular, la ternura de aquellos ojos, y se sintió un tanto contrariada por no haber reparado antes en la atracción que sentía por él.

—Así que Canadá, ¿eh? —dijo.

Brian soltó una risita de nuevo.

—Canadá.

Y se despidieron.

En el sótano de Waverly Place, en Greenwich Village, donde Rachel vivía y desde el que podía ir andando a muchas de sus clases de la Universidad de Nueva York, todavía se respiraban el hollín y las cenizas que cubrieron la parte baja de Manhattan durante el mes posterior al 11 de septiembre. El día del atentado, una densa polvareda formada por restos de pelos, fragmentos de huesos y células se había acumulado sobre las repisas de sus ventanas, como una leve capa de nieve. El aire olía a quemado. Por la tarde, salió a dar una vuelta sin rumbo fijo y pasó por delante de la entrada de Urgencias del Hospital Saint Vincent, donde una hilera de camillas aguardaba a pacientes que nunca llegaron. En los días posteriores empezaron a aparecer fotografías en las paredes y las rejas del hospital, casi siempre acompañadas de un sencillo mensaje: «¿Ha visto a esta persona?»

No, no las había visto. Esas personas habían desaparecido.

La sensación de pérdida que la rodeaba era muy superior a la que hubiera podido experimentar en su propia vida. Dondequiera que mirara había dolor, plegarias desatendidas y un caos mayúsculo cuyos efectos se dejaron sentir en tantos aspectos —sexual, emocional, psicológico, moral— que no tardó en convertirse, para bien y para mal, en un vínculo que los unió a todos.

Todos estamos perdidos, comprendió Rachel, y se propuso restañar su propia herida como mejor pudiera y no volver a hurgar nunca más en la cicatriz.

Aquel otoño encontró en uno de los diarios de su madre dos frases que repetiría para sí cada noche antes de acostarse durante semanas, a modo de mantra.

«James no estaba hecho para nosotras», había escrito. «Ni nosotras para él.»

2

RELÁMPAGO

El primer ataque de pánico le sobrevino en otoño del año 2001, justo después del Día de Acción de Gracias. Mientras iba caminando por Christopher Street, pasó junto a una chica de su edad sentada en una escalera de forja, bajo el arco del portal de un bloque de apartamentos. La chica lloraba cubriéndose la cara con las manos, algo nada raro en Nueva York por aquel entonces. La gente lloraba en los parques, en los servicios, en el metro; unos en silencio, otros a pleno pulmón. Había llanto por todas partes. Aun así, no podías pasar de largo, tenías que preguntar.

—¿Estás bien? —le preguntó Rachel, alargando una mano para tocarla.

La chica rehuyó el contacto.

—¿Qué haces?

—Sólo quería saber si estabas bien.

—Estoy perfectamente. —Rachel observó que tenía la cara seca. Estaba fumando; no se había fijado en el cigarrillo—. ¿Y tú, tú estás bien?

—Sí, claro —respondió Rachel—. Sólo quería...

La chica le estaba ofreciendo unos pañuelos de papel.

—No te preocupes. Desahógate.

Aquella chica no tenía ni una lágrima en la cara. No tenía los ojos enrojecidos. No se estaba tapando la cara. Se estaba fumando un cigarrillo.

Rachel aceptó los pañuelos. Al acercarlos a la cara notó las lágrimas empozadas en torno a la nariz antes de resbalar por ambos lados de la mandíbula y caer por la barbilla.

—No te preocupes —repitió la chica.

Pero miró a Rachel como si su comportamiento fuera preocupante, muy preocupante. Miró a Rachel y luego apartó la mirada, como deseando que alguien acudiera en su rescate.

Rachel farfulló unas palabras de agradecimiento y se alejó tambaleándose. Llegó hasta la esquina de Christopher Street con Weehawken. Una furgoneta roja esperaba en punto muerto a que cambiaran las luces del semáforo. El conductor clavó sus ojos claros en Rachel. Le sonrió mostrándole unos dientes amarilleados por la nicotina. Ya no eran sólo lágrimas lo que Rachel derramaba, sino goterones de sudor. Se le cerró la garganta. Notaba como si tuviera allí atorado algo que la asfixiaba, pese a que no había comido nada aquella mañana. Se ahogaba. Joder, se estaba ahogando. La garganta no se le abría. Tampoco la boca. Tenía que abrir la boca como fuera.

El conductor se apeó de la furgoneta. Se dirigió hacia ella con sus ojos claros, la cara pálida y angulosa, los cabellos pelirrojos cortados al rape y cuando lo tuvo encima...

Resultó que era negro. Y más bien rechoncho. No tenía los dientes amarillentos, sino blancos como la nieve. Se arrodilló a su lado (¿qué hacía ella allí de pronto sentada en la acera?) y la miró con aquellos ojos castaños, muy abiertos y asustados.

—¿Se encuentra bien? ¿Quiere que llame a alguien, señorita? ¿Puede ponerse en pie? Tome, yo la ayudo.

Rachel aceptó su mano y el hombre la ayudó a levantarse en la esquina de Christopher con Weehawken. Ya no era por la mañana. El sol empezaba a esconderse. Las aguas del Hudson habían adquirido un leve tinte ambarino.

Aquel hombre amable y regordete la estrechó contra sí y Rachel lloró en su hombro. Lloró y le hizo prometer que se quedaría allí con ella, que nunca la dejaría.

—¿Cómo se llama? —le preguntó—. Dígame cómo se llama.

Se llamaba Kenneth Waterman, y Rachel, naturalmente, nunca más volvió a verlo. La acompañó a casa en su furgoneta roja, que no era el voluminoso furgón con olor a grasa de motor y ropa interior sucia que ella había imaginado, sino un monovolumen familiar con sillitas para niños en la hilera central y migas de Cheerios en las alfombrillas. Kenneth Waterman tenía esposa y tres hijos y vivía en Fresh Meadows, Queens. Era ebanista de profesión. La dejó en su casa y se ofreció a llamar de su parte a algún familiar, pero Rachel le aseguró que ya estaba bien, que se encontraba perfectamente, lo que pasa es que esta ciudad, a veces, ya se sabe.

El señor Waterman se quedó mirándola preocupado, pero detrás de ellos se formaba ya una caravana de coches y empezaba a oscurecer. Sonó un claxon. Y luego otro. El señor Waterman le tendió una tarjeta —KENNY'S CABINETS— y le dijo que podía llamarlo a cualquier hora. Rachel le dio las gracias y se apeó del vehículo. Mientras veía alejarse la furgoneta, reparó en que ni siquiera era roja sino de color bronce.

Rachel aplazó las clases del semestre siguiente en la NYU. Apenas salía de casa, salvo para ir a pie hasta Tribeca, donde su psiquiatra pasaba consulta. Se llamaba Constantine Propkop y el único dato que reveló sobre su persona durante todo el tiempo que estuvo tratándola fue que su familia y sus amigos se empeñaban en llamarlo Connie. Connie intentó convencerla de que escudarse en aquella tragedia nacional para no reconocer la profundidad de su propio trauma le estaba causando un grave perjuicio.

—Mi vida no tiene nada de trágico —replicó Rachel—. Claro que me han pasado algunas cosas tristes, ¿a quién no? Pero me cuidaron bien, me alimentaron bien y crecí en una buena casa. No es como para echarse a llorar, ¿no?

Connie la miró desde el otro extremo de la pequeña consulta.

—Tu madre te negó un derecho fundamental: conocer la identidad de tu padre. Te tiranizó emocionalmente para mantenerte a su lado.

—Lo hizo para protegerme.

—¿Protegerte de qué?

—De acuerdo —se corrigió Rachel—, ella creía que me protegía de mí misma, de lo que podría haber hecho al saber quién era él.

—¿De verdad era por eso?

—¿Por qué si no?

A Rachel le entraron ganas de tirarse por la ventana que Connie tenía detrás.

—Si una persona posee algo que tú no sólo deseas sino que necesitas de verdad, ¿qué es lo que nunca le harías a esa persona?

—No me diga que odiarla, porque la odié y mucho.

—Dejarla —dijo—. Nunca dejarías a esa persona.

—Mi madre era la mujer más independiente que he conocido en mi vida.

—Mientras te tuviera aferrada a sus faldas, podía dar esa impresión. Pero ¿qué ocurrió cuando te fuiste? ¿Cuando sintió que te estabas distanciando de ella?

Rachel sabía dónde pretendía ir a parar. A fin de cuentas, era hija de psicóloga.

—Que le den, Connie. Por ahí no paso.

—¿Por dónde no pasas?

—Fue un accidente.

—Una mujer que según tu propia descripción siempre estaba superalerta, una mujer superconsciente, supercompetente, que no había consumido drogas ni alcohol el día de su fallecimiento... ¿Una mujer así va y se salta un semáforo en rojo con el asfalto perfectamente seco y a plena luz del día?

—Ahora resulta que yo maté a mi madre.

—Eso es justo lo contrario de lo que pretendo insinuar.

Rachel recogió el abrigo y el bolso.

—Si mi madre nunca practicó la psicología fue para no verse asociada con charlatanes ineptos como usted. —Echó un vistazo a los títulos que colgaban de la pared—. Rutgers University, ja... —bufó con sarcasmo, antes de salir de la consulta.

Su siguiente psiquiatra, Tess Porter, tenía un enfoque más amable y la consulta le quedaba mucho más cerca de casa. Le dijo a Rachel que desentrañarían la verdad sobre la relación con su madre al ritmo que marcara ella, no su terapeuta. Rachel se sintió segura con Tess. Connie siempre parecía estar a la que salta, y ella, en consecuencia, siempre se ponía a la defensiva.

—¿Qué crees que le dirías si lo encontraras? —le preguntó Tess una tarde.

—No lo sé.

—¿Tienes miedo?

—Sí, sí.

—¿Miedo de él?

—¿Eh? No. —Rachel se quedó pensativa—. No. De él, no. Sólo de la situación. Porque, no sé, ¿qué se dice en esas circunstancias? «Hola, papá. ¿Dónde coño has estado metido toda mi vida?»

Tess dejó escapar una risita.

—Me ha parecido que dudabas un poco —añadió a continuación—. Cuando te he preguntado si tenías miedo de él.

—¿Ah, sí? —Rachel dejó vagar la vista por el techo un momento—. No sé, es que... mi madre a veces decía cosas contradictorias sobre él.

—¿En qué sentido?

—Solía referirse a él en términos poco masculinos: «El pobrecito James», decía. O: «Ay, James, tan sensible él.»

Y siempre entornaba los ojos. Mi madre era demasiado progre de cara a la galería como para reconocer que no le parecía lo bastante viril. Recuerdo que un par de veces me dijo: «Eres tan maliciosa como tu padre, Rachel.» Y yo pensaba: «Será como tú, bruja.» —Dejó vagar de nuevo la vista por el techo—. «Búscate en su mirada.»

—¿Cómo has dicho? —Tess se inclinó hacia delante.

—Es una frase que mi madre me dijo un par de veces: «Búscate en su mirada. Dime lo que ves.»

—¿En qué contexto lo dijo?

—Con unas copas de más.

Tess esbozó una sonrisa.

—Pero ¿qué crees que quiso decir?

—En ambas ocasiones estaba cabreada conmigo. Eso sí lo recuerdo. Siempre pensé que se refería a que si él... A que el día que mi padre me viera, se...

Rachel hizo un gesto de negación con la cabeza.

—¿Se qué? —inquirió Tess con delicadeza—. El día que tu padre te viera, ¿qué sucedería?

Rachel tardó en cobrar el aplomo necesario para responder.

—Que se llevaría una decepción.

—¿Una decepción?

Rachel le sostuvo la mirada un instante.

—Que le repugnaría.

Fuera, las calles parecían envueltas en una mortaja, como si una forma enorme y fantasmagórica hubiera eclipsado el sol y su sombra se proyectara a lo largo y ancho de la ciudad. De pronto comenzó a llover. El trueno resonó como los neumáticos de un camión de gran tonelaje cruzando un viejo puente de madera. Un relámpago restalló a lo lejos.

—¿Por qué sonríes? —le preguntó Tess.

—¿Estaba sonriendo?

Tess asintió.

—Me he acordado de otra cosa que decía mi madre, en especial en días como hoy. —Rachel se sentó sobre sus piernas—. Decía que extrañaba su olor. La primera vez que le pregunté a qué se refería, a qué olía, cerró los ojos, olfateó el aire y dijo: «A relámpago.»

Tess la miró un tanto sorprendida.

—¿Así huele en tu recuerdo también?

Rachel dijo que no con la cabeza.

—A mí me olía a café. —Dirigió la mirada hacia las gotas que salpicaban el cristal de la ventana—. A café y a pana.

Rachel se repuso de aquella primera fase de ataques de pánico y leve agorafobia a finales de la primavera de 2002. Un día se encontró casualmente con un chico que había sido compañero suyo en la clase de Técnicas de Investigación Avanzada el semestre anterior. Patrick Mannion, se llamaba aquel chico, siempre atento y cortés. Estaba más bien fofo y tenía el vicio de entrecerrar los ojos cuando no oía bien, lo cual le ocurría a menudo, pues había perdido un cincuenta por ciento de audición en el oído derecho a consecuencia de un accidente con un trineo sufrido en su infancia.

A Pat Mannion lo sorprendió mucho que Rachel siguiera hablándole una vez agotada la conversación sobre aquella única clase que habían tenido en común. Le costó creer que propusiera ir a tomar algo por ahí. Y ya de vuelta en su piso unas horas después, cuando Rachel echó mano a la hebilla de su pantalón, puso la mirada propia del hombre que, al levantar la vista al cielo para ver si hay nubes, descubre que hay ángeles sobrevolando su cabeza. Esa mirada permanecería en su semblante, poco más o menos, a lo largo de toda su relación, que duró dos años.

Cuando finalmente Rachel cortó con él —con suma delicadeza, hasta el punto de convencerlo casi de que habían tomado la decisión de común acuerdo—, Pat Mannion la miró con una dignidad extraña, descarnada, y le dijo:

—Al principio no entendía qué hacías conmigo. Porque, la verdad, tú eres tan guapa y yo soy tan... tan feo.

—Tú...

Pat Mannion levantó una mano, interrumpiéndola.

—Hasta que un día, hará unos seis meses, de pronto caí en la cuenta: para ti lo más importante no es el amor, sino la seguridad. Y entonces supe que tarde o temprano me dejarías antes de que yo lo hiciera porque, y aquí viene lo importante, Rach, yo a ti nunca te dejaría. —La miró con una sonrisa tan hermosa como derrotada—. Ésa ha sido mi función desde el primer momento.

Cuando terminó el posgrado, Rachel estuvo trabajando un año para el *Times Leader* en Wilkes-Barre, Pensilvania; después regresó a Massachusetts y en poco tiempo se ganó un ascenso en la redacción del *Patriot Ledger* de Quincy, donde escribió un artículo acusando de discriminación racial a la policía de Hingham que fue lo bastante celebrado y cacareado como para que incluso Brian Delacroix se pusiera en contacto con ella a través del correo electrónico. En un viaje de negocios se había topado con un ejemplar del *Ledger* en la sala de espera de una distribuidora maderera de Brockton. Quería saber si aquélla era la misma Rachel Childs que él había conocido y si había conseguido localizar a su padre.

Rachel le contestó diciendo que sí, que era ella, pero que no, no había localizado a su padre. ¿No le apetecería probar suerte otra vez con el caso?

> No puedo. Desbordado de trabajo. No hago más que viajar. Cuídate, Rachel. No durarás mucho en el *Ledger*. Te esperan cotas más altas. Me encanta como escribes.

Tenía razón: al año, Rachel ya había saltado a los principales rotativos y al *Boston Globe*.

Allí fue donde la localizó el doctor Felix Browner, ginecólogo y obstetra de su madre. El asunto del correo que le envió rezaba: «Antiguo amigo de tu madre», pero después de que Rachel le contestara se puso de manifiesto que, más que un amigo, el señor Browner era alguien a quien Elizabeth Childs había recurrido con fines médicos. Rachel tampoco recordaba que hubiera sido ginecólogo de su madre cuando ella tuvo edad de entender esas cosas. Cuando entró en la pubertad, Elizabeth la llevó a la doctora Veena Rao, que era quien trataba a la mayoría de las mujeres y adolescentes que Rachel conocía. Nunca había oído mencionar a Felix Browner. Sin embargo, él aseguraba que había sido el médico de su madre cuando ésta se afincó en el oeste de Massachusetts y que, de hecho, a él debía la misma Rachel la primera bocanada de oxígeno que había entrado en sus pulmones. «Eras muy escurridiza», le escribió.

En el siguiente correo electrónico que le envió afirmaba disponer de cierta información importante acerca de su madre que deseaba poner en su conocimiento, pero sólo le parecía correcto contarla si podía hacerlo en persona. Así que acordaron verse a medio camino entre Boston y Springfield, donde Browner residía, y se dieron cita en una cafetería de Millbury.

Antes del encuentro, Rachel indagó un poco sobre el doctor Browner y, como ya había intuido desde su primer mensaje, el resultado no fue positivo. El año anterior, en 2006, Browner había sido inhabilitado profesionalmente tras múltiples denuncias de pacientes por abusos sexuales y conductas impropias, la primera de las cuales se remontaba a 1976, cuando sólo hacía una semana que el bueno del médico había terminado la carrera.

El doctor Browner se presentó en la cafetería con dos maletines de ruedas. Pese a que debía de tener unos sesenta y dos años, llevaba su densa mata de pelo cano corta por delante y larga por detrás, al estilo de quienes conducen coches deportivos y frecuentan los conciertos de Jimmy Buffett. Iba vestido con unos pantalones vaqueros azul claro, mocasines sin calcetines y una camisa hawaiana debajo de un *blazer* de lino negro. Se comportaba como si los quince kilos de grasa que le sobraban en torno a la cintura fueran un testimonio de su éxito, y trataba al servicio con desenvoltura. A Rachel le pareció el típico hombre que cae bien a los extraños pero que es incapaz de comprender que alguien no le ría las gracias.

Tras darle el pésame por la muerte de su madre, le recordó lo escurridiza que era de recién nacida. «Como si te hubieran bañado en Palmolive.» Luego, un poco de sopetón, le reveló que la primera chica que lo había denunciado —«Llamémosla Lianne y no sólo porque suene a lianta, ¿eh?»— ya conocía de antemano a varias de las demás denunciantes. Las fue nombrando una por una y Rachel se preguntó de inmediato si aquellos nombres serían apodos o si estaría vulnerando sin el menor miramiento el derecho al anonimato de aquellas mujeres: Tonya, Marie, Ursula, Jane y Patty; todas, según él, se conocían ya de antes.

—Bueno, Massachusetts no es tan grande —dijo Rachel—. La gente se conoce.

—¿Ah, sí? —Browner sacudió un sobrecito de azúcar antes de abrirlo y le sonrió con frialdad—. ¿Tú crees? —Espolvoreó el azúcar en el café y luego rebuscó en uno de los maletines—. La lianta de Lianne, según he descubierto, ha tenido muchos amantes. Lleva dos divorcios y además...

—Doctor...

Browner levantó una mano para interrumpirla.

—Además fue identificada como «la otra» en un divorcio ajeno. Patty va de bares sola. Marie y Ursula tienen problemas con las drogas y Tonya, ¡mira tú qué casualidad!, Tonya ya denunció a otro médico por abusos sexuales. —Abrió los ojos desmesuradamente, con falsa indignación—. ¡Cielos! Parece que hay una epidemia de médicos pervertidos en los Berkshires.

Rachel había conocido a una Tonya en la zona. Tonya Fletcher. Regentaba un establecimiento de la cadena Minute Man. Siempre parecía distraída y un poco preocupada.

El doctor Browner descargó sobre la mesa una pila de papeles del tamaño de un bloque de hormigón y miró a Rachel arqueando triunfalmente las cejas.

—¿Qué pasa —dijo Rachel—, no cree en los lápices de memoria, o qué?

El doctor Browner obvió el comentario.

—Tengo pruebas con las que incriminarlas a todas, no sé si me entiende. ¿Me entiende?

—Lo entiendo —dijo Rachel—. ¿Y qué quiere que haga yo con eso?

—Ayudarme —contestó, como si no hubiera más respuesta posible.

—¿Y por qué iba a hacer eso?

—Porque soy inocente. Porque yo no hice nada malo, nada en absoluto. —Puso las manos vueltas sobre la mesa y las extendió hacia ella—. Estas manos traen vidas al mundo. A ti también te trajeron al mundo, Rachel. Estas manos fueron las primeras que te sostuvieron. Éstas. —Se las quedó mirando como si fueran lo más preciado de su vida—. Esas mujeres han manchado mi reputación. —Puso una mano sobre la otra y se quedó mirándolas fijamente—. Perdí a mi familia por culpa de todo el estrés y la discordia que ellas sembraron. Me dejaron sin consulta. —Se le saltaban las lágrimas—. Y no me lo merecía. No me lo merecía en absoluto.

Rachel esbozó una sonrisa intentando parecer comprensiva, pero sospechó que había quedado simplemente forzada.

—No acabo de entender lo que quiere de mí.

El doctor Browner echó el cuerpo hacia atrás.

—Escribe sobre esas mujeres. Saca a la luz que esas mujeres tenían un plan, que me eligieron ex profeso para cumplir ese plan. Que se propusieron destruirme y lo han conseguido. Esas mujeres tienen que pagar por lo que han hecho. Tienen que retractarse. Hay que dejarlas en evidencia. Ahora me denuncian por lo civil. No sé si sabrás, jovencita, que las costas de la defensa en un proceso civil ascienden por término medio al cuarto de millón de dólares. Sólo las de la defensa. Tanto si ganas como si pierdes, son doscientos cincuenta mil dólares menos en el bolsillo. ¿Lo sabías?

Rachel no había encajado todavía el apelativo de «jovencita», pero asintió.

—En fin, que esas arpías han abusado de mí. Porque ha sido un abuso, no tiene otro nombre. Se han cargado mi reputación y destrozado la relación que tenía con mi familia y mis amigos. Y no contentas con eso, ahora además pretenden sacarme las entrañas. Pretenden quitarme lo poco que me queda para que pase el resto de mis días en la indigencia. Para que me muera en un camastro de algún hospicio, sin amigos siquiera, como un desecho humano. —Puso la mano abierta sobre el montón de papeles—. En estas páginas encontrarás todos los trapos sucios sobre esas sucias mujeres. Sácalos a la luz. Muéstrale al mundo de qué pasta están hechas. Te estoy poniendo el Pulitzer en bandeja, Rachel.

—No he venido aquí en busca de un Pulitzer —contestó Rachel.

El doctor entornó los ojos.

—Entonces ¿qué has venido a buscar?

—Usted dijo que tenía información sobre mi madre.

Browner asintió.

—Después.

—¿Después de qué?

—De que escribas ese artículo.

—Yo no trabajo así —replicó Rachel—. Si dispone de información sobre mi madre, démela y punto. Luego ya veremos si...

—No es sobre tu madre. Es sobre tu padre. —Los ojos del doctor chispearon—. Como tú misma has dicho, aquí la gente se conoce. La gente habla. Y lo que se decía de ti, querida mía, era que Elizabeth se había negado a decirte quién era tu padre. Nos dabas lástima, ¿sabes? A toda la buena gente del lugar nos dabas lástima. Nosotros queríamos decirte quién era, pero no podíamos. Bueno, yo al menos podría habértelo dicho. Conocí a tu padre bastante bien. Pero los médicos estamos obligados por ley a no desvelar secretos profesionales, así que sin contar con el permiso de tu madre no podía revelarte su identidad. Pero ahora que tu madre ha muerto y yo tengo prohibido ejercer la profesión... —Dio un sorbo al café—. En fin, Rachel, ¿te gustaría saber quién es tu papaíto o no?

A Rachel tardó en salirle la voz del cuerpo.

—Sí.

—¿Qué has dicho?

—Que sí.

El doctor recibió la respuesta con una caída de párpados.

—Entonces, escribe el puñetero reportaje, querida.

3

J.J.

Cuanto más indagaba Rachel —en los expedientes judiciales y en los mismos documentos que le había proporcionado Browner—, peor cariz tomaba el asunto. Si el doctor Felix Browner no era un violador en serie, daba toda la impresión de serlo. Se había librado de terminar entre rejas sólo porque la única mujer que había presentado cargos contra él dentro del plazo prescrito por la ley, Lianne Fennigan, había ingerido una sobredosis de OxyContin durante la última semana del juicio, justo antes de que le llegara el turno de declarar. Lianne sobrevivió a la sobredosis, pero el día de la citación judicial se hallaba en una clínica de desintoxicación, y el fiscal del distrito aceptó una sentencia acordada que conllevaba la retirada de la licencia para ejercer la medicina, seis años de libertad condicional, de los que Browner ya había cumplido seis meses, y una orden de silencio, pero sin condena de cárcel.

Rachel escribió el reportaje. Lo llevó consigo a la cafetería de Millbury y lo sacó del bolso nada más tomar asiento frente a Felix Browner. El doctor echó una ojeada al pequeño montón de hojas, pero no hizo ningún movimiento.

—¿Qué pasa —dijo Browner—, no crees en los lápices de memoria, o qué?

Rachel respondió con una tensa sonrisa forzada.

—Parece contento.

Verdaderamente lo parecía. Había mandado a hacer puñetas el estilo a lo Jimmy Buffett y lucía una impecable camisa blanca con un traje marrón oscuro. Llevaba el pelo peinado hacia atrás, todo engominado, y se había recortado las pobladas cejas. Se le veía mejor tez y un destello de ilusión en los ojos.

—Porque estoy contento, Rachel. Tú también estás estupenda.

—Gracias.

—Esa blusa resalta el verde de tus ojos.

—Gracias.

—¿Siempre tienes el pelo tan sedoso?

—Me lo acaban de peinar en la peluquería.

—Te sienta bien.

Rachel lo miró muy risueña a su vez. Él respondió con una batida de pestañas y una risita enigmática.

—Ay, Señor —dijo.

Rachel no contestó; se limitó a asentir con complicidad y le sostuvo la mirada.

—Me parece que ya estás oliendo ese Pulitzer —dijo Browner.

—Bueno —dijo ella—, mejor no precipitarse.

Le tendió el reportaje.

Browner se acomodó en el asiento.

—Habría que pedir unas copas —dijo distraído mientras empezaba a leer. Al pasar la primera hoja, levantó la vista hacia Rachel, y ella lo animó a proseguir con una sonrisa. Browner retomó la lectura y su entrecejo se fue frunciendo a medida que la ilusión mudaba primero en consternación, después en desesperación y por último en indignación.

—Aquí —dijo, mandando alejarse a la camarera con un ademán—, aquí dice que soy un violador.

—Eso parece, ¿no?

—Y que la toxicomanía, el abuso de alcohol y el furor uterino de esas mujeres los he provocado yo.

—Porque así es.

—Aquí dice que intenté chantajearte para que les destrozaras la vida una vez más.

—Porque eso fue lo que hizo. —Rachel asintió con afabilidad—. No sólo eso, sino que las difamó en mi presencia. Y apuesto a que con unas simples pesquisas en los tugurios que frecuenta me bastaría para descubrir que las ha difamado ante la mitad de la población masculina del oeste de Massachusetts. Lo cual supondría una violación de la condicional. Total, Felix, que cuando el *Globe* publique ese reportaje, usted va de cabeza al puto calabozo.

Rachel se echó hacia atrás y vio cómo aquel hombre se quedaba sin habla. Cuando por fin Browner se atrevió a levantar la vista, sus ojos rebosaban victimismo e incredulidad.

—Estas manos —dijo, mostrándoselas— te trajeron al mundo.

—A la mierda sus manos —saltó Rachel—. El trato ha cambiado. ¿De acuerdo? No entregaré ese reportaje.

—Que Dios te bendiga. —Browner se irguió en el asiento—. Sabía que en cuanto te...

—Dígame cómo se llamaba mi padre.

—Con mucho gusto, pero antes vamos a pedir una copa y comentamos un poco el tema.

Rachel le arrebató las hojas.

—Si no me dice ahora mismo cómo se llamaba mi padre, dicto este reportaje al periódico —señaló hacia la barra— desde ese teléfono.

Browner se derrumbó en el asiento y levantó la mirada hacia el ventilador del techo, que giraba lentamente sobre su cabeza con un herrumbroso chirrido.

—Elizabeth lo llamaba J.J.

Rachel metió de nuevo el artículo en el bolso a fin de ocultar los temblores que le sacudían los brazos desde las manos hasta los codos.

—¿Por qué J.J.?

Browner extendió las palmas de las manos sobre la mesa, atribulado, como fingiendo implorar clemencia.

—¿Y ahora qué voy a hacer? ¿De qué voy a vivir?

—¿Por qué lo llamaba J.J.? —Rachel advirtió que le rechinaban los dientes.

—Sois todas iguales —mascullό Browner—. Nos chupáis la sangre a los hombres de buena voluntad. Sois alimañas.

Rachel se puso en pie.

—Siéntate. —Lo dijo tan alto que dos comensales se volvieron hacia ellos—. Por favor. No, no. Siéntate un momento. Me portaré bien. Seré bueno.

Rachel tomó asiento de nuevo.

El doctor Browner extrajo una notita de la chaqueta del traje. Era un papel ya viejo, doblado en cuatro. Lo desdobló y lo deslizó sobre la mesa. Al ir a cogerlo, la mano de Rachel tembló más si cabe, pero esta vez no se molestó en disimular.

En la parte superior figuraba el membrete de su consulta: BROWNER, CLÍNICA DE SALUD DE LA MUJER. Y debajo: «Historial médico del padre.»

—Sólo vino a mi consulta un par de veces. Tuve la impresión de que discutían bastante. Los embarazos espantan a algunos hombres. Les aprietan el cuello como una soga.

En la casilla del apellido, en tinta azul y con primorosas mayúsculas de imprenta, su padre había escrito: «JAMES.»

Por eso no habían conseguido encontrarlo: James era el apellido.

El nombre de pila era Jeremy.

4

GRUPO B

Jeremy James había trabajado desde septiembre de 1982 como docente a tiempo completo en el Connecticut College, un pequeño centro universitario especializado en Artes y Humanidades en New London, Connecticut. Aquel mismo año adquirió una vivienda en Durham, una población de siete mil habitantes a unos cien kilómetros de South Hadley, donde se crió Rachel, y a unos diez minutos en coche de la casa que su madre había alquilado en Middletown el año que Rachel contrajo la mononucleosis.

En julio de 1983 contrajo matrimonio con Maureen Widerman. El primer hijo de la pareja, Theo, vino al mundo en septiembre de 1984. El segundo fue una niña, Charlotte, que nació en las Navidades de 1986. «Tengo hermanastros —pensó Rachel—, tengo lazos de sangre.» Y sintió, por primera vez desde la muerte de su madre, cierto arraigo en el universo.

Una vez descubierto el nombre completo de su padre, había tardado menos de una hora en averiguar la vida entera de Jeremy James, o al menos la parte de su vida de la que se conservaban registros oficiales. Obtuvo la plaza de profesor adjunto de Historia del Arte en 1990 y la titularidad en 1995. Cuando Rachel lo localizó, en otoño de 2007, llevaba trabajando en el Connecticut College un cuarto de siglo y ocupaba la plaza de jefe del departamento. Su mujer, Maureen Widerman-James, trabajaba como conservadora de Arte Europeo en el Wadsworth Atheneum de Hartford. Rachel encontró varias fotos de Maureen en internet y le gustó tanto su mirada que decidió abordarlo a través de ella. También buscó a Jeremy James y encontró fotos suyas. Era ya un señor calvo, con barba cerrada, y en todas las fotos tenía pinta de erudito y dominante.

Cuando Rachel se presentó a Maureen Widerman-James por teléfono, ésta tardó apenas unos segundos en reaccionar: «Llevo veinticinco años pensando cuándo ibas a llamar. No te imaginas el alivio de oírte por fin, Rachel.»

Cuando colgó el auricular, Rachel miró por la ventana y contuvo el llanto. Se mordió el labio con tanta fuerza que se hizo sangre.

Rachel fue en coche hasta Durham un sábado a principios de octubre. Como Durham había sido un municipio agrícola durante gran parte de su historia, las estrechas carreteras secundarias por las que circuló Rachel estaban salpicadas de árboles majestuosos, graneros rojos con la pintura desconchada y alguna que otra cabra. El aire olía a humo de leña y a los manzanos de un huerto cercano.

Maureen Widerman-James salió a abrirle la puerta de la modesta casita de Gorham Lane. Era una mujer bien parecida, con unas grandes gafas redondas que acentuaban el aire sereno, y sin embargo inquisitivo, de sus ojos castaños. El pelo, castaño también, aunque rojo en las puntas y entrecano en las sienes y alrededor de la frente, lo llevaba recogido en una coleta suelta. Vestía unas mallas negras y una camisa informal de cuadros rojos y negros, con los faldones por fuera; iba descalza y, al sonreír, la luz le inundó el rostro.

—Rachel —dijo, con la misma mezcla de alivio y familiaridad que había mostrado por teléfono. Ella tuvo la inquietante sensación de que aquella mujer, a lo largo de los años, había pronunciado su nombre unas cuantas veces—. Pasa.

Maureen se hizo a un lado y Rachel entró en el típico hogar de una pareja de profesores universitarios: librerías en el vestíbulo, librerías forrando las paredes de la sala de estar, bajo una ventana de la cocina; paredes pintadas de vivos colores, con desconchones que nunca se habían retocado; figurillas y máscaras de países del tercer mundo esparcidas por doquier; pinturas haitianas en las paredes. Rachel había pisado cientos de casas como aquélla durante el tiempo que vivió con su madre. Sabía qué elepés albergaría la estantería empotrada de la sala de estar, qué clase de revistas predominarían en el canasto del cuarto de baño, y sabía que la radio estaría sintonizada en una emisora de la cadena nacional. De inmediato se sintió como en casa.

Maureen la condujo hasta una puerta corredera al fondo. Puso las manos en la rendija abierta entre ambas hojas y se volvió hacia ella.

—¿Estás preparada?

—¿Quién puede estar preparado para algo así? —admitió Rachel, y dejó escapar una risita ansiosa.

—No te preocupes —le dijo Maureen afectuosamente, pero Rachel captó también un poso de tristeza en su mirada. Si bien es cierto que aquello era el comienzo de una nueva etapa para ambas, no dejaba de suponer el fin de otra. Rachel no estaba segura de si la tristeza de Maureen obedecía a eso, pero intuía que sí. Nada volvería a ser igual para ninguno de ellos.

Jeremy James estaba de pie en medio de la habitación y se volvió al oír que se abría la puerta corredera. Su atuendo no era muy distinto del de su mujer, salvo que en lugar de mallas vestía vaqueros de color gris. También llevaba una camisa de cuadros y se la había dejado por fuera del pantalón, pero la suya era azul y negra y la llevaba desabrochada, con una camiseta blanca debajo. Lucía además algunos toques bohemios: un arito de plata en la oreja izquierda, tres oscuros brazaletes trenzados en la muñeca izquierda y un reloj aparatoso con una gruesa correa de cuero negro en la otra. La calva le brillaba. No tenía la barba tan poblaba como en las fotos que Rachel había visto en internet y parecía mayor, con los ojos más hundidos y la cara algo más flácida. Era más alto de lo que Rachel esperaba, aunque tenía los hombros un tanto encorvados. Al acercarse a él, la recibió con la misma sonrisa que Rachel recordaba, el rasgo de su persona que Rachel recordaría no sólo hasta la tumba, sino hasta mucho después de que la enterraran en ella. La sonrisa súbita y vacilante de un hombre que, en algún momento de su vida, había sido programado para pedir permiso antes de manifestar alegría. Jeremy James la tomó de las manos, escrutándola como si quisiera absorberla con la mirada, recorriéndola de arriba abajo.

—Dios mío, fíjate. No hay más que verte —dijo en un susurro.

La atrajo hacia sí con una torpe ferocidad. Rachel correspondió con otro abrazo similar. Aunque había ganado corpulencia con los años, tanto de cintura como de brazos y espalda, Rachel lo estrechó con tanta fuerza que notó el tacto de sus huesos. Cerró los ojos y oyó el latido del corazón de su padre como una ola en la oscuridad.

«Sigue oliendo a café —pensó—. A pana, ya no. Pero a café, sí. A café todavía huele.»

—Papá —susurró.

Jeremy deshizo el abrazo, apartándola de su pecho con suma delicadeza.

—Siéntate —le dijo, haciendo un vago ademán en dirección a un sofá.

Rachel dijo que no con la cabeza, armándose de valor a la espera de un nuevo jarro de agua fría.

—Prefiero quedarme de pie.

—Entonces tomaremos una copa. —Jeremy se dirigió al carrito de las bebidas y se dispuso a preparar copas para los tres—. Cuando murió estábamos fuera del país, me refiero a tu madre. Yo estaba disfrutando de un año sabático en Francia y no me enteré de su muerte hasta pasado mucho tiempo. Tampoco teníamos amigos en común que pudieran haberme comunicado la noticia. Mi más sincero pésame.

Jeremy la miró fijamente a los ojos y la intensidad de su compasión la asaltó con la fuerza de un puñetazo.

Sin saber por qué, lo único que se le ocurrió fue preguntar:

—¿Cómo os conocisteis? Jeremy le explicó que la había conocido en un tren en la primavera del setenta y nueve, cuando regresaba de un viaje a Baltimore, donde había asistido al funeral de su madre. Elizabeth iba hacia el este con su doctorado por la Johns Hopkins, para tomar posesión de su primer cargo docente en Mount Holyhoke. Jeremy llevaba ya tres años trabajando como profesor ayudante en Buckley College, a veinticinco kilómetros de donde Elizabeth había sido destinada. Al cabo de una semana ya estaban saliendo, y en menos de un mes ya vivían juntos.

Jeremy ofreció sus whiskies a Rachel y Maureen, alzó el suyo y bebieron los tres.

—Era el primer año laboral de tu madre en una zona tremendamente liberal de un estado liberal y a finales de una década liberal, así que vivir juntos sin casarse era algo aceptable. El embarazo extramatrimonial, tal vez más incluso; había quien lo consideraba digno de admiración, como un escupitajo en la cara del sistema y tal. En cambio, que un desconocido cualquiera la hubiera dejado preñada... Eso se habría considerado algo de mal gusto, digno de lástima, la habría hecho quedar como la víctima incauta incapaz de sustraerse a su clase social. Al menos eso temía ella.

Rachel advirtió que Maureen, mediada ya la copa de whisky, no le quitaba el ojo de encima.

Jeremy aceleró de pronto su discurso, barboteando atropelladamente.

—Pero una cosa era, era... venderle la moto a la gente en general, a sus compañeros de trabajo y tal, y otra muy distinta venderla en casa. Quiero decir que, aunque no sea profesor de matemáticas, sé contar. Y a tu madre le sobraban dos meses.

«Ya está. Ya lo ha soltado —pensó Rachel y dio un largo trago de whisky—. Lo ha dicho, pero es como si no lo hubiera oído. Entiendo lo que pretende decirme, pero no lo entiendo. No puedo entenderlo. Imposible.»

—Yo habría aceptado participar de aquel cuento ante los demás, incluso de buen grado, pero lo que no estaba dispuesto a hacer era vivir con la mentira de paredes adentro, en nuestra cocina, en nuestro dormitorio, en nuestra vida de cada día. Me parecía traicionero.

Rachel notaba el levísimo movimiento de sus labios pero no acertaba a articular palabra. Le faltaba aire, las paredes de la habitación se encogían.

—Me hice un análisis de sangre —dijo Jeremy.

—Un análisis de sangre —repitió Rachel lentamente.

Jeremy asintió.

—Un análisis de los más básicos. No podía servir para determinar la paternidad de forma concluyente, pero sí para descartarla. Tú eres del grupo sanguíneo B, ¿no es cierto?

Rachel sintió un adormecimiento que se extendía por todo su cuerpo, como si le hubieran inyectado novocaína en la médula espinal. Asintió.

—Elizabeth era del grupo A. —Jeremy apuró el whisky de un trago y dejó la copa en el borde del escritorio—. Yo también soy A.

Maureen le acercó entonces una silla a Rachel. Ésta tomó asiento.

Jeremy seguía hablando.

—¿Entiendes? Si tu madre era del grupo A como yo, pero tú eres del B, entonces...

Rachel agitó las manos.

—Entonces es imposible que seas mi padre. —Rachel vació el whisky de un trago—. Entendido.

En ese momento reparó en las fotografías que descansaban sobre el escritorio de Jeremy y sobre las estanterías y mesitas auxiliares del despacho; todas ellas de las dos mismas personas: Theo y Charlotte, los hijos que había tenido con Maureen. Las fotos mostraban imágenes de distintas etapas de la vida: cuando los niños todavía andaban a gatas, en la playa, en fiestas de cumpleaños y graduaciones. Algunos momentos señalados, y otros que habrían caído en el olvido de no haber sido captados por la cámara. Fotos, en cualquier caso, que recogían toda una vida, desde el nacimiento hasta la universidad. En las últimas setenta y dos horas, aproximadamente, Rachel los había considerado hermanastros suyos. De pronto no eran más que los hijos de otras personas. Y ella, hija única de nuevo.

Rachel cruzó una mirada con Maureen y le sonrió desconsolada.

—Imagino que no podías habérmelo contado por teléfono, ¿verdad? No. Lo entiendo, de verdad que lo entiendo.

Rachel se levantó de la silla, Maureen la imitó y Jeremy dio dos rápidos pasos hacia ella. «Por si acaso se le ocurría desmayarse», pensó Rachel.

—Estoy bien. —Le dio por levantar la vista al techo y fijarse, lo que son las cosas, en que estaba pintado de color cobre—. Sólo que me siento... —Intentó dar con la palabra exacta—. ¿Triste? —Respondió a su propia pregunta asintiendo con la cabeza—. Sí, eso es. Triste. Además de cansada. Como comprenderéis. Llevo tanto tiempo buscando... Bueno, ya me voy.

—No —dijo Jeremy—. No.

—Por favor —insistió Maureen—. No te vayas. Te habíamos preparado la cama en la habitación de invitados. Quédate a pasar la noche con nosotros. Échate un rato. Pero quédate, Rachel, por favor.

Durmió. Quién lo iba a imaginar, con tanta vergüenza. Vergüenza de saber cuánto la compadecían. De que hubieran evitado esa conversación durante tanto tiempo por no reducirla a lo que ahora era: una huérfana. Mientras cerraba los ojos, Rachel oyó un tractor a lo lejos y el petardeo del motor se coló en unos sueños que luego no lograría recordar. Cuando abrió los ojos, al cabo de una hora y media, se sentía aún más agotada. Se acercó a la ventana, abrió las pesadas cortinas y contempló el jardín trasero de los James y el jardín contiguo, con todos aquellos juguetes infantiles desparramados, un pequeño columpio de plástico duro, un cochecito rosa y negro. Al otro lado del jardín había una casita de madera con el tejado de pizarra clara, y más allá, campos de labranza. El tractor que había oído estaba parado en un campo.

Rachel había creído saber lo que era sentirse sola en el mundo, pero estaba equivocada. Antes tenía una ilusión por compañía, una creencia en una falsa deidad. En un padre mítico. Cuando volviera a verlo, llevaba diciéndose de una forma u otra desde los tres años, ese padre llenaría cuando menos un vacío. Pero ya lo había visto, y ese padre guardaba tanta relación con ella como aquel tractor.

Bajó la escalera y se los encontró esperándola en la pequeña salita de la planta baja. Se detuvo en el umbral de la puerta y volvió a detectar la compasión en sus miradas. Sintió como si llevara toda la vida mendigando afecto de puerta en puerta, reclamando la caridad de perfectos desconocidos. Pidiendo que llenaran su vacío. Que la llenaran de nuevo.

«Soy un pozo sin fondo. Llenadme.»

Cruzó una mirada con Jeremy y se le ocurrió que tal vez no fuera compasión lo que veía en sus ojos, sino vergüenza de sí mismo.

—Ya entiendo que no era sangre de tu sangre —dijo Rachel.

—Rachel, pasa —dijo Maureen.

—Pero ¿eso justificaba que me abandonaras?

—Yo no quería abandonarte. —Jeremy le tendió las manos—. A ti no. A mi Rachel, no.

Rachel entró en la salita. Se quedó detrás de la butaca que habían colocado frente al sofá, donde ambos estaban sentados.

Jeremy bajó las manos.

—Pero en cuanto Elizabeth decidió que yo era el enemigo, y eso ocurrió el mismo día en que empecé a poner en duda la fantasía sobre quién la había fecundado, fue una guerra sin cuartel.

Rachel tomó asiento.

—Sabes mejor que nadie cómo era tu madre, Rachel. Seguro que fuiste testigo de su ira en más de una ocasión. En cuanto esa ira encontraba un blanco en el que centrarse o una causa donde encauzarse no había quien la detuviera. Era imposible hacerla entrar en razón. Y cuando me hice el análisis de sangre pasé de ser un enemigo a convertirme en una especie de cáncer en aquella casa. Fue a por mí con una obcecación... —trató de encontrar la palabra exacta—... demencial. O pasaba por el aro con todas las de la ley o me expulsaba de su vida.

—Te borraba.

Jeremy parpadeó.

—¿Cómo has dicho?

—Te lo dijo a voz en grito aquella última noche: «Te borraré de mi vida.»

Jeremy y Maureen se miraron asombrados.

—¿Lo recuerdas?

Rachel asintió. Se sirvió un vaso de agua de la jarra que había sobre la mesita de centro, entre ambos.

—Y eso fue lo que hizo, borrarte, Jeremy. Si te hubiera expulsado, creo que entre tú y yo podría haber habido algo más. Pero al borrarte de su vida te condenó al olvido. Los muertos tienen nombre y epitafios. Los que han sido relegados al olvido no existen.

Rachel bebió un sorbo de agua y recorrió la sala con la mirada, observando que los libros, los cuadros, el aparato de música y los discos estaban donde ella había predicho que estarían. Tomó nota de las mantas tejidas a mano, del punto donde se combaba el armazón del confidente, de los arañazos en la madera noble del suelo, de las rozaduras del zócalo y del relativo abarrotamiento de toda la estancia. Pensó que le habría gustado mucho criarse allí, haber sido hija de Jeremy y Maureen. Bajó la cabeza, cerró los ojos y en la oscuridad vio a su madre y aquel parque con el cielo encapotado y los columpios mojados donde Jeremy la llevaba de pequeña. Vio la casa de Westbrook Road con las pilas de hojas empapadas la mañana después de que él se marchara. Luego vio otra vida posible, en la que Jeremy James no se había ido y era su padre a todos los efectos y la criaba, le daba consejos y era el entrenador del equipo de fútbol de su colegio de secundaria. Y en esa otra existencia posible, su madre no era una mujer cegada por el deseo de doblegar a todos los que formaban parte de su vida para que encajaran en su maldita versión de esa vida, sino la persona que se traslucía en su obra y en sus clases: objetiva, racional, capaz de reírse de sí misma, capaz de amar de una forma sencilla, directa y madura.

Pero eso no era lo que a Rachel y Jeremy les había tocado en suerte. Lo que les había tocado fue un revoltijo tóxico, agresivo y disfuncional de una inteligencia, una ansiedad y una furia desmedidas. Todo ello envuelto en una capa de templanza nórdica, serena y competente en apariencia.

«Te borraré de mi vida.»

«Lo borraste, mamá. Y con ello nos privaste a mí y a ti misma de la familia que podríamos haber sido, la que tan fácil y felizmente podríamos haber sido. Si no te hubieras empeñado en salirte con la tuya, maldita bruja endemoniada.»

Rachel levantó la cabeza y se apartó el pelo de los ojos. Maureen estaba delante de ella con una caja de pañuelos de papel, tal como Rachel habría esperado de ella. ¿Quién podía cuidarte y mimarte así? Nadie como una madre. La madre que ella no había tenido.

Jeremy se había sentado en el suelo, delante de ella, y la miraba con las manos entrelazadas en torno a las rodillas y el semblante iluminado por la bondad y el arrepentimiento.

—Maureen, ¿podría hablar con Rachel a solas un momento?

—Claro, claro.

Maureen se dirigió hacia un aparador para dejar la caja de pañuelos, pero luego cambió de opinión y volvió a colocarla sobre la mesita de centro. Le llenó el vaso de agua a Rachel y se entretuvo un momento ajustando el pico de una alfombra. Luego les dirigió una sonrisa que pretendía ser reconfortante pero que se convirtió en una especie de rictus aterrado, y salió de la habitación.

—Cuando tenías dos años —dijo Jeremy—, tu madre y yo apenas podíamos pasar un minuto juntos sin acabar enzarzados. ¿Sabes lo que es pasarte la vida peleando con alguien? ¿Alguien que asegura aborrecer los enfrentamientos, pero que de hecho no sabe vivir sin ellos?

Rachel ladeó la cabeza.

—¿De veras me lo preguntas?

Jeremy sonrió, pero enseguida mudó el semblante.

—Vivir así desgasta el alma, destroza el corazón. Te sientes morir. La vida con tu madre, al menos a partir del momento en que decidió considerarme su enemigo, era un estado de guerra permanente. Un día al llegar del trabajo vomité en el camino de entrada. Eché las entrañas delante de mi propia casa, sobre la nieve del jardín. A pesar de que en aquel momento no había ningún conflicto en particular entre nosotros, yo sabía que, en cuanto entrara en casa, arremetería contra mí por lo que fuera. Cualquier cosa: mi tono de voz, la corbata que había escogido aquel día, algún comentario que hubiera hecho tres semanas atrás, algo que alguien le hubiera dicho sobre mí, una sensación suya, una intuición inspirada como por la divina providencia de que yo no era trigo limpio, algún sueño que confirmara esa intuición...

Jeremy movió la cabeza de un lado a otro y exhaló un suspiro, como si se sorprendiera de lo vivos que podían seguir todavía esos recuerdos pese a los treinta años transcurridos.

—Entonces ¿por qué aguantaste tanto tiempo?

Jeremy se arrodilló delante de Rachel. Le tomó las manos, se las llevó al labio superior y aspiró su olor.

—Por ti —respondió—. Habría aguantado por ti, y si hubiera hecho falta habría vomitado en el jardín cada noche, pillado una úlcera o enfermado prematuramente del corazón, o de cualquier cosa con tal de haber podido criarte.

Jeremy le soltó las manos y se sentó sobre la mesita auxiliar delante de ella.

—Pero... —acertó a decir Rachel.

—Pero —continuó Jeremy— tu madre lo sabía. Sabía que yo no tenía ningún derecho sobre ti, pero también sabía que continuaría estando presente en tu vida, le gustara o no. Así que una noche, la última noche que hicimos el amor, eso lo recuerdo bien, me desperté y vi que no estaba. Fui corriendo a tu habitación y te encontré allí, dormida plácidamente. Registré la casa de arriba abajo, pero no había ni una nota, ni rastro de Elizabeth. Los teléfonos móviles no existían por aquel entonces y no contábamos con ningún amigo al que poder llamar.

—¿Llevabais dos años allí y no habíais hecho amistades?

—Dos años y medio —corrigió Jeremy y se inclinó hacia ella, sobre el filo de la mesita—. Tu madre boicoteaba cualquier amago de vida social. Yo entonces no me daba cuenta. Estábamos tan saturados entre el trabajo y el embarazo, luego que si el bebé y todo el trajín con las sucesivas etapas de... en fin, de la crianza de un hijo, que no creo que hubiera caído en lo desconectados que vivíamos hasta aquella noche. Yo en aquella época daba clases en Worcester, en la universidad de los jesuitas. El trayecto diario era una paliza para mí, y tu madre, como imaginarás, no estaba dispuesta a hacer vida social en Worcester. De todos modos, cuando le proponía quedar con sus compañeros de trabajo, gente de la facultad y tal, siempre me salía con algún pretexto: que si fulanito en el fondo era un misógino, que si menganito era un pretencioso insufrible o, la excusa para todo, que fulanito o menganito miraban raro a Rachel.

—¿A mí?

Jeremy asintió.

—¿Qué podía decir yo a eso?

—A mí me hacía lo mismo con mis amigas —dijo Rachel—. Siempre estaba dando una de cal y otra de arena.

«Jennifer parece simpática... pese a todas sus inseguridades.» O: «Con lo guapa que es Chloe, ¿por qué se viste así? ¿Es que no se da cuenta de la imagen que va dando por ahí?»

Rachel lo contó en tono socarrón y desenfadado, pero sintió una punzada debajo de las costillas al reparar en la cantidad de amistades que había perdido por prestar oído a los comentarios hirientes de su madre.

—A veces —dijo Jeremy—, ella misma hacía planes con alguna otra pareja o algún grupo de compañeros del trabajo y, cuando ya estábamos con un pie en el estribo, en el último momento siempre se torcía algo. A la canguro se le había averiado el coche, Elizabeth se sentía indispuesta, parecía que tú estabas incubando algún virus —«¿No la notas un poco caliente, J.J.?»—, la otra pareja había llamado para cancelar, aun cuando yo no recordaba haber oído el teléfono. Todas esas excusas entonces me parecían perfectamente válidas. Sólo al cabo del tiempo, al mirar atrás, caí en la cuenta de cómo se habían ido acumulando. Sea como fuere, el caso es que no teníamos amigos, no.

—Entonces, ¿la noche que desapareció...?

—Al amanecer ya estaba de vuelta. Le habían dado una paliza. —Jeremy bajó la vista al suelo—. Le habían hecho algo peor también. Todas las heridas visibles las tenía en el cuerpo, no en la cara. Pero la habían violado y golpeado.

—¿Quién?

Jeremy la miró a los ojos.

—Eso me gustaría saber a mí. Había denunciado la agresión en comisaría, eso sí. Le tomaron fotos. Se sometió voluntariamente a la exploración médica. —Jeremy tragó saliva—. A la policía le dijo que no tenía intención de identificar al agresor. Por el momento, al menos. Pero cuando llegó a casa y me lo contó, me aseguró que si no entraba en razón y reconocía la verdad, me...

—Un momento —lo interrumpió Rachel—, ¿qué verdad?

—Que era yo quien la había dejado embarazada.

—Pero si no eras tú.

—Exacto.

—Pues...

—Pues ella se empeñaba en que reconociera que sí. Decía que sólo podríamos seguir juntos si era totalmente sincero con ella y dejaba de engañarme sobre tu paternidad. Yo le dije: «Elizabeth, estoy dispuesto a hacerme pasar por el padre de Rachel ante el mundo entero. Firmaré todos los documentos que haga falta. Si nos divorciamos, me haré cargo de su manutención hasta que cumpla los dieciocho. Pero lo que no pienso hacer, lo que no puedo hacer, porque es un disparate demencial pedirme que haga una cosa así, es hacerme pasar ante ti, su madre, por la persona que engendró a esa criatura. Eso no se le puede pedir a nadie.»

—¿Y ella cómo reaccionó? —preguntó Rachel, aunque se podía hacer una idea.

—Me preguntó por qué me empeñaba en mentir. Me preguntó qué clase de enfermedad me llevaba a aparentar que la insensata era ella en un asunto tan crucial. Me pidió que reconociera que estaba intentando hacerla pasar por loca.

Jeremy juntó las palmas de las manos, como si rezara, y añadió bajando la voz, casi en un susurro:

—El juego, por lo que entendí, consistía en que ella nunca creería en mi amor a menos que me plegara a un contrato disparatado. Lo disparatado de la exigencia era precisamente el quid de la cuestión. Ésa era la condición imprescindible: o me sigues la corriente y entras en mi locura o adiós muy buenas.

—Y optaste por el adiós.

—Opté por la verdad. —Jeremy, sentado todavía en la mesita, se inclinó hacia atrás—. Y por mantener la cordura.

Rachel sintió que un rictus amargo le afloraba en las comisuras de la boca.

—Y no le sentó nada bien, ¿no?

—Me dijo que si pretendía vivir como un cobarde y un mentiroso no me dejaría verte nunca más. Si salía de aquella casa, salía de tu vida para siempre.

—Y saliste.

—Y salí.

—¿Y nunca intentaste ponerte en contacto?

Jeremy negó con la cabeza.

—Al final, ése fue el jaque mate. —Se inclinó hacia Rachel y le apoyó las palmas de las manos en las rodillas con delicadeza—. Si intentaba ponerme en contacto, me amenazó, le diría a la policía que el violador era yo.

Rachel se quedó cavilando un rato. ¿Habría sido capaz su madre de llegar a esos extremos para expulsar de su vida a Jeremy James, o a cualquier otra persona? Incluso viniendo de ella parecía una reacción desmedida. Pero entonces recordó la suerte de otros que habían tenido encontronazos con Elizabeth Childs cuando ella era niña. Aquel decano contra el que muy paulatinamente había ido sembrando cizaña entre el profesorado; aquel colega del departamento de Psicología al que no le renovaron el contrato; el conserje al que despidieron; el empleado de la panadería del barrio al que se sacudieron amablemente de encima. Todas aquellas personas y alguna que otra más habían contrariado en algún momento a Elizabeth Childs, o al menos así había dado en verlo ella, y de todos se había vengado tan fría como despiadadamente. Su madre, bien lo sabía ella por experiencia, siempre había sido una estratega.

—¿Crees que de verdad la violaron? —le preguntó a Jeremy.

Él dijo que no con la cabeza.

—Creo que se acostó conmigo y luego pagó o coaccionó a alguien para que le pegara. He tenido mucho tiempo para pensarlo a lo largo de estos años, y es la hipótesis que me parece más probable.

—¿Todo porque te negaste a vivir con aquella mentira de puertas adentro?

Jeremy asintió.

—Y porque había visto hasta qué extremo podía llegar su locura. Eso nunca podría perdonármelo.

Rachel siguió dándole vueltas a la cabeza. Al final reconoció ante el hombre que debería haber sido su padre:

—Cuando pienso en ella, algo que hago demasiado a menudo, a veces me pregunto si no sería una persona perversa.

—No —dijo Jeremy—. Eso no. Pero nunca en la vida me he cruzado con alguien que tuviera una herida tan profunda. Y si la contrariabas era implacable, eso debo reconocerlo. Aunque también tenía una gran capacidad de amar.

Rachel soltó una carcajada.

—¿De amar? ¿A quién?

Jeremy la miró con sombría perplejidad.

—A ti, Rachel. A ti.

5

ACERCA DEL LUMINISMO

Después de conocer a quien erróneamente había tenido por padre, ocurrió algo sorprendente: entre Rachel y Jeremy surgió la amistad. No hubo vacilación apenas; ambos se lanzaron a ella de cabeza, más como hermanos que no se hubieran visto en mucho tiempo que como un señor de sesenta y tres años y una chica de veintiocho entre los que al fin y al cabo no había lazos de parentesco.

Cuando Elizabeth Childs falleció, Jeremy y su familia se encontraban en Normandía, donde él había dedicado su año sabático a investigar sobre un tema que le apasionaba desde tiempo atrás: el posible vínculo entre el luminismo y el expresionismo. Aprovechando que su carrera académica daba ya los últimos coletazos y la jubilación se cernía en el horizonte, Jeremy se proponía acometer la escritura de su libro sobre el luminismo americano, un estilo de pintura paisajista a menudo confundido con el impresionismo.

Según Jeremy le explicó a Rachel, que de arte sabía nada y menos, el luminismo había surgido de la denominada Escuela del Río Hudson. Él estaba convencido de que existía una conexión entre ambas tendencias pictóricas, pese a que la teoría preponderante —el dogma, de hecho, decía él con sorna— sostenía que las dos se habían desarrollado de manera aislada a ambos lados del Atlántico a finales del siglo XIX.

Jeremy le contó que un tal Colum Jasper Whitstone había trabajado como aprendiz de dos de los más famosos luministas estadounidenses —George Caleb Bingham y Albert Bierstadt—, pero luego había desaparecido de la faz de la tierra en 1863 junto con una cuantiosa suma de dinero propiedad de la sucursal de Western Union para la que trabajaba. Nunca más se supo nada ni del dinero ni de Colum Jasper por las Américas. No obstante, en el verano de 1865 el diario de Madame de Fontaine, una viuda adinerada y mecenas artística residente en Normandía, mencionaba en dos ocasiones a un tal Callum Whitestone y se refería a él como un caballero estadounidense de buenos modales, gustos refinados y turbio patrimonio. Cuando Jeremy le habló por primera vez a Rachel de dichas pesquisas, los ojos se le iluminaron como los de un crío en su cumpleaños y su voz de barítono descendió varias octavas.

—Monet y Boudin pintaron la costa de Normandía el mismo año. Se instalaban cada día con sus caballetes en la misma calle donde Madame de Fontaine tenía su casita de verano, unos metros más allá.

Jeremy estaba convencido de que aquellos dos gigantes del impresionismo se habían cruzado en algún momento con Colum Jasper Whitstone, y de que Whitstone, de hecho, era el eslabón perdido entre el luminismo americano y el impresionismo francés. Ya sólo quedaba demostrarlo. Rachel se ofreció a echarle una mano con la investigación, consciente de la ironía de que ella y su falso padre estuvieran buscando a un hombre que se había esfumado sin dejar rastro ciento cincuenta años atrás cuando ni uno ni otra eran capaces de localizar al hombre que había engendrado a Rachel tan sólo treinta años antes.

Jeremy solía dejarse caer por su piso cuando pasaba por Boston para documentarse en el Museo de Bellas Artes, el Ateneo o la Biblioteca Pública. Rachel, que por aquel entonces ya había dejado el *Globe* y trabajaba en televisión, se había ido a vivir con Sebastian, productor de Channel 6. Algunos días Sebastian los acompañaba y cenaban o tomaban unas copas los tres juntos, pero las más de las veces estaba trabajando o en su barco.

—Hacéis una bonita pareja —le dijo Jeremy una noche en su piso, pero la palabra «bonita» salió de sus labios con un tonillo nada bonito. Jeremy siempre se las ingeniaba para señalar las cosas buenas de Sebastian —su inteligencia, su seco sarcasmo, su apostura, su aire de hombre competente— sin que nada de todo ello sonara sincero.

Se quedó mirando una foto de la pareja a bordo del preciado barco de Sebastian. La devolvió a la repisa de la chimenea y miró a Rachel con una sonrisa entre afable y ausente, como si buscara otro halago más que hacerles pero se hubiera quedado en blanco.

—Hay que ver cuánto trabaja este hombre —señaló.

—Pues sí —convino Rachel.

—Será que aspira a dirigir la emisora algún día.

—La emisora no, la cadena entera.

Jeremy rió entre dientes y, con la copa de vino en la mano, se dirigió a la librería, donde se detuvo ante una fotografía de Rachel con su madre, de cuya presencia ella casi se había olvidado. Sebastian, a quien no le gustaban demasiado ni la foto ni el marco, la había dejado arrumbada en el extremo de una hilera de libros, apoyada del revés contra un ejemplar de *History of America in 101 Objects*. Jeremy extrajo la foto con cuidado e inclinó el libro para que no se cayera. Rachel lo vio mudar el semblante, de pronto nostálgico y apesadumbrado.

—¿Cuántos años tenías aquí?

—Siete —respondió Rachel.

—Por eso estás desdentada.

—Mmm. Sebastian dice que en esa foto parezco un hobbit.

—¿Eso te ha dicho?

—En broma.

—Pues vaya con la bromita... —Jeremy llevó la fotografía al sofá y se sentó junto a Rachel.

Cuando tenía siete años, a Rachel le faltaban las dos paletas de arriba y un diente de abajo y había dejado de sonreír ante la cámara, para disgusto de su madre. Elizabeth se hizo con unos colmillos de goma postizos y se pintó con un rotulador negro un diente de arriba y dos de abajo. Le pidió a Ann Marie que le sacara unas fotos con su hija haciendo de vampiros una tarde de llovizna, cuando todavía vivían en la casa de South Hadley. En la foto que Jeremy tenía en sus manos, la única conservada de aquel día, Elizabeth envolvía a Rachel en un abrazo y ambas sonreían de oreja a oreja a la cámara con terroríficas sonrisas.

—Había olvidado lo guapa que era también. Dios mío. —Miró a Rachel con una sonrisa irónica—. Si se parece a tu novio.

—Calla ya —replicó Rachel, pero desgraciadamente Jeremy tenía razón. ¿Cómo no se había dado cuenta antes? Tanto Sebastian como su madre encajaban en el ideal de belleza ario: cabello dos tonos más claro que el rubio vainilla, pómulos y mandíbulas bien marcados, ojos de un gélido azul y labios tan finos y delgados que tenían un inevitable aire de cierto hermetismo.

—Dicen que los hombres acaban casándose con sus madres —observó Jeremy—, pero esto es...

Rachel le dio un codazo en la barriga.

—Vale ya.

Jeremy se rió, le dio un beso en la coronilla y volvió a colocar el retrato en su sitio.

—¿Tienes más?

—¿Fotos?

Jeremy asintió.

—Es que no pude verte crecer.

Rachel fue al vestidor a por la caja de zapatos en la que guardaba las fotos. Al vaciarla sobre la pequeña mesa de la cocina, su vida adoptó la forma de un *collage* revuelto, lo cual no podía ser más apropiado. La fiesta de su quinto cumpleaños; un día en la playa cuando era adolescente; en una fiesta de gala al comienzo del bachillerato; con el uniforme del equipo de fútbol en algún momento entre los doce y los catorce años; en el sótano con Caroline

Ford, a los once seguramente, dado que el padre de Caroline Ford había estado allí como profesor visitante sólo aquel año; Elizabeth, Ann Marie y Don Klay en un cóctel, por lo que parecía; Rachel y Elizabeth el día que Rachel terminó la secundaria; Elizabeth, Ann Marie y el primer marido de Ann Marie, Richard, con Giles Ellison en el festival de teatro de Williamstown y los mismos en una comida al aire libre, si bien todos con menos pelo y más canas; Rachel, el día que le quitaron los aparatos de los dientes; dos fotos de Elizabeth en un bar con media docena de amigos desconocidos. En esta última su madre se veía joven todavía, con veintitantos quizá, pero Rachel no reconocía a ninguno de sus acompañantes ni tampoco el bar donde estaban.

—¿Quiénes son éstos? —le preguntó a Jeremy.

Él le echó una ojeada a la foto.

—Ni idea.

—Por la pinta parecen profesores universitarios. —Rachel cogió la foto, y la que estaba debajo, que parecía tomada justo un momento después—. Se la ve tan joven que pensé que la habrían sacado cuando acababa de llegar a los Berkshires.

Jeremy observó la foto que Rachel sostenía en la mano derecha, la que mostraba a su madre, captada por sorpresa, mirando hacia las botellas detrás de la barra.

—No, no conozco a ninguno de ellos. Ni siquiera el bar me suena. En los Berkshires no está. O al menos yo no lo he pisado nunca. —Se ajustó las gafas en el caballete de la nariz y se inclinó un poco más hacia la foto—. Los Colts.

—¿Eh?

—Mira.

Rachel siguió adonde Jeremy apuntaba. En la esquina del encuadre de ambas fotos, donde terminaba la barra, en la entrada que daba al típico pasillo revestido de madera que por lo general conduce a los servicios, se veía un banderín colgado en la pared. El encuadre sólo captaba la mitad del banderín, precisamente la parte con el distintivo del equipo: un casco blanco con una herradura azul marino en su centro. El emblema de los Colts de Indianápolis.

—¿Qué hacía mi madre en Indianápolis? —preguntó Rachel.

—Los Colts no se trasladaron a Indianápolis hasta el año 1984. Antes estaban en Baltimore. La foto debió de tomarse cuando tu madre estaba haciendo el doctorado en Johns Hopkins, antes de que tú nacieras.

Rachel depositó nuevamente sobre el *collage* la foto en la que su madre permanecía ajena a la cámara y ambos fijaron la atención en la de los profesores mirando al objetivo.

—¿Por qué nos hemos quedado embobados con esta foto? —preguntó Rachel al rato.

—¿Tú viste que tu madre se pusiera sentimental o nostálgica alguna vez?

—No.

—Entonces ¿por qué guardó estas dos fotos?

—Buena pregunta.

En el centro de la imagen se veía a tres hombres y tres mujeres, incluyendo a su madre. Se habían apiñado en una esquina de la barra, con los taburetes muy juntos. Grandes sonrisas y ojos vidriosos. El de mayor edad era un hombre de complexión recia situado en el extremo izquierdo del grupo. Debía de rondar los cuarenta y llevaba las pobladas patillas al estilo boca de hacha, una americana informal de cuadros, una corbata ancha de lana con el nudo flojo y el botón de la camisa desabrochado. A su lado había una chica con un jersey morado de cuello vuelto, el pelo oscuro recogido en un moño, la nariz tan chata que casi no se le veía y el mentón prácticamente inexistente. Junto a ella, una chica negra, alta y delgada, con los tirabuzones que se estilaban entre los afroamericanos de los setenta; vestía un *blazer* blanco con las solapas levantadas y debajo un top negro que dejaba ver la barriga. Sostenía un largo cigarrillo blanco a la altura de la oreja, todavía sin encender; tenía la mano izquierda posada sobre el brazo de un chico negro y esbelto, con un traje de color habano de tres piezas, gruesas gafas cuadradas y la mirada seria y directa. A su lado había otro hombre, con camisa blanca, corbata negra y jersey de falso terciopelo con cremallera. Tenía el pelo castaño, peinado con la raya en medio y marcado con secador, ondulado en torno a los pómulos. Los ojos verdes, picarones y quizá un punto lascivos. Rodeaba a la madre de Rachel con el brazo, aunque de hecho todos se abrazaban, algo apretujados. Elizabeth Childs estaba sentada en el extremo; lucía una holgada blusa de rayas finas con los tres botones de arriba desabrochados, exhibiendo más escote de lo que Rachel le había visto hacer nunca en público. El pelo, que siempre había llevado corto durante el tiempo que vivieron en los Berkshires, le llegaba casi hasta los hombros y se lo había peinado con las puntas hacia arriba, al estilo del momento. Pero, pese a la antiestética moda de la época, transmitía una fuerza de carácter que atraía como un imán. Te miraba desde más de tres décadas atrás como si ya en el momento de captarse aquella fotografía hubiera sabido que las circunstancias llevarían algún día a su hija y al hombre con el que había estado a punto de casarse al lugar exacto donde se hallaban en ese momento: escrutando su rostro, una vez más, en busca de pistas con las que desentrañar su espíritu. Pero en las fotografías, al igual que en la vida, esas pistas resultaban tan opacas como infructuosas. La sonrisa de Elizabeth destacaba por ser la más radiante de las seis, pero también la única que no llegaba a los ojos. Sonreía por obligación, sin sentimiento; una impresión que se ponía de relieve en la otra foto, tomada al parecer segundos antes o después del retrato de grupo.

Segundos después, concluyó Rachel, puesto que en la segunda foto la punta del cigarrillo de la chica negra brillaba incandescente. Su madre ya había borrado la sonrisa y en ese instante se volvía de nuevo hacia la barra, con la mirada fija en las botellas, a la derecha de la caja registradora. Botellas de whisky, observó Rachel un tanto sorprendida, no de vodka, bebida que solía atraerla más. Su madre ya no sonreía y, sin embargo, parecía más feliz por esa misma razón. Había en su rostro una intensidad que Rachel habría descrito como cargada de erotismo de no haber sido el objeto de su atención unas botellas de whisky. Como si la hubieran pillado ensimismada, imaginando por adelantado su encuentro con quien fuera a acompañarla al salir del bar o a citarse con ella después.

O quizá simplemente había dejado vagar la mirada hacia las botellas mientras se preguntaba qué iba a desayunar al día siguiente. Rachel reparó con cierto sonrojo en que estaba proyectando sus propias fantasías hasta un extremo casi imperdonable porque quería encontrarle sentido a unas fotos que carecían de él por completo.

—Esto es absurdo.

Fue a por la botella de vino que habían dejado en la encimera de la cocina.

—¿Qué es absurdo? —Jeremy juntó ambas fotos.

—Tengo la impresión de que estamos buscándolo ahí.

—Es que estamos buscándolo ahí.

—Son dos fotos de una noche en un bar cuando ella estaba haciendo el doctorado. —Rachel sirvió el vino en las dos copas y dejó la botella entre ambos sobre la mesa—. No tienen nada de particular.

—Yo viví con tu madre tres años. No vi ninguna foto en la que no salieras tú. Ninguna. Y de pronto descubro la existencia de estas dos, que conservó mientras vivíamos juntos, pero nunca se le ocurrió enseñármelas. ¿Por qué? ¿Qué detalle importante contienen estas fotos sobre esa noche? Yo apostaría que tu padre.

—A lo mejor era sólo una noche que le traía buenos recuerdos.

Jeremy arqueó una ceja.

—O a lo mejor olvidó que las tenía por ahí guardadas.

Jeremy mantuvo la ceja en alto.

—Está bien, de acuerdo —dijo Rachel—. Suéltalo.

Jeremy señaló al hombre que estaba más cerca de su madre, el del jersey de falso terciopelo con la melenita ondulada.

—Tiene los ojos del mismo color que tú.

Eso era cierto. Tenía los ojos verdes, al igual que ella, aunque los de él eran de un tono mucho más vivo; los de Rachel eran tan claros que parecían casi grises. Y al igual que Rachel, también tenía el pelo castaño. La forma de su cabeza tampoco era muy distinta; el tamaño de la nariz, más o menos el mismo. El mentón lo tenía bastante puntiagudo, mientras que el de ella era más bien cuadrado, como el de su madre, pero podía argumentarse que había heredado el mentón de ella y los ojos y el pelo de él. Era guapo, a pesar del bigote a lo estrella del porno, pero tenía una pinta un tanto liviana. Y su madre, que se supiera, nunca había sentido simpatía por lo liviano. Puede que Jeremy y Giles no fueran los hombres más manifiestamente viriles que Rachel había conocido en su vida, pero ambos tenían un fondo de acero y una inteligencia prodigiosa, reconocible a primera vista. El Hombre de Terciopelo, en cambio, parecía que fuera a hacer de maestro de ceremonias en un concurso de belleza juvenil.

—¿Te parece su tipo? —preguntó Rachel.

—¿Yo lo parecía? —dijo Jeremy.

—Tú eres solemne —dijo Rachel—. A mi madre le tiraba mucho la solemnidad.

—Pues entonces éste no es seguro —dijo Jeremy, poniendo el dedo sobre el corpulento hombretón con la horrenda americana a cuadros—. Y éste tampoco —añadió, señalando al negro—. ¿Y si fuera el fotógrafo?

—La fotógrafa —corrigió Rachel y le mostró a una chica reflejada en el espejo que estaba detrás de la barra, con una larga melena castaña que asomaba bajo un gorrito de lana de vistosos colores y una cámara en las manos.

—Ah.

Rachel se fijó en el resto de la clientela inmortalizada por la cámara sin saberlo. Dos ancianos y una pareja de mediana edad que estaban sentados hacia la mitad de la barra. El camarero, que contaba unas monedas delante de la caja registradora. Y un joven con una cazadora de cuero negra captado justo cuando traspasaba el umbral de la puerta doble de la entrada.

—¿Y si fuera él? —preguntó Rachel.

Jeremy se ajustó las gafas y se encorvó para acercarse a la foto.

—No lo veo bien. Espera, espera. —Se levantó y fue hacia la mochila de loneta que llevaba consigo a todas partes en sus viajes de investigación académica. Sacó una lupa pisapapeles, se acercó con ella a la mesa y enfocó la cara del chico de la chaqueta de cuero. Su semblante reflejaba la sorpresa de quien está a punto de fastidiar la instantánea de un fotógrafo con su irrupción. De cerca su tez parecía más oscura. Latinoamericano o indio americano posiblemente. En cualquier caso, nada que ver con la composición genética de Rachel.

Jeremy acercó de nuevo la lupa al Hombre de Terciopelo. Decididamente, éste tenía el mismo color de ojos que Rachel. ¿Qué le había dicho su madre? «Búscate en su mirada.» Rachel observó detenidamente aquellos ojos ampliados por la lupa hasta que se desenfocaron. Apartó la mirada para descansar la vista y luego volvió a enfocarla en ellos.

—¿Tú crees que son mis ojos? —le preguntó a Jeremy.

—Son del mismo color —respondió él—. La forma es distinta, pero al fin y al cabo también la constitución ósea la has heredado de Elizabeth. ¿Quieres que haga un par de llamadas?

—¿A quién?

Jeremy dejó el pisapapeles sobre la mesa.

—Vamos a suponer, ya que estamos, que éstos eran compañeros suyos del doctorado aquel curso en Johns Hopkins. Si esa conjetura fuera cierta, posiblemente podríamos identificarlos a todos. Y si no lo fuera, no pierdo nada por hacer unas llamadas a algunos amigos que trabajan allí.

—Adelante.

Jeremy tomó ambas fotos con el móvil, comprobó la nitidez de las imágenes y se guardó el teléfono en el bolsillo.

Cuando ya estaba en la puerta, se dio la vuelta y le preguntó:

—¿Estás bien?

—Sí. ¿Por qué?

—Te veo un poco desinflada de pronto.

Rachel tardó en responder.

—Es que no eres mi padre.

—No.

—Pero me gustaría que lo fueras. Así ya habría zanjado todo este asunto. Y encima tendría a un tío enrollado por padre.

Jeremy se ajustó las gafas, un gesto que, como Rachel venía observando, hacía siempre que se sentía incómodo.

—Es la primera vez en mi vida que me llaman enrollado.

—Eso es lo que te hace enrollado —dijo ella, y le dio un beso en la mejilla.

Rachel recibió el primer mensaje de correo de Brian Delacroix en dos años. Era breve —tres líneas—; la felicitaba por una serie de reportajes suyos que habían salido un par de semanas antes acerca de ciertas acusaciones de soborno y tráfico de influencias que pesaban sobre el órgano gestor de la libertad condicional en Massachusetts. El encargado de dicha gestión, Douglas —*Dougie*— O'Halloran, había dirigido dicha administración penitenciaria a modo de feudo particular, pero a raíz de las pesquisas llevadas a cabo por Rachel y algunos antiguos compañeros suyos del *Globe*, el fiscal del distrito ya había dictado la orden de procesamiento.

> Cuando Dougie vio que ibas hacia él —le decía Brian en el mensaje— se le puso una cara que parecía que iba a cagarse encima.

Rachel sonrió de oreja a oreja.

Es una alegría saber que está usted ahí, señorita Childs.

«Lo mismo digo», pensó en contestarle.
Pero entonces leyó la posdata:

Vuelvo a cruzar la frontera sur. Regreso a Nueva Inglaterra. ¿Algún barrio que recomiendes?

Rachel se lanzó inmediatamente a buscar a Brian en Google, movida por una curiosidad que se había obligado a reprimir hasta el momento. Encontró una única foto suya en Google Imágenes, un tanto borrosa, que se había publicado originalmente en el *Toronto Sun* con motivo de una gala benéfica celebrada el año 2000. Era él sin duda, con un esmoquin que no le pegaba ni a tiros, la cabeza vuelta hacia un lado, y un pie de foto que rezaba «Brian Delacroix, heredero de la industria maderera». En el artículo correspondiente se lo describía como persona «discreta» y «conocida por su reserva», licenciado en Brown y con un máster en Administración de Empresas por la Wharton Business School, que tras obtener dicha titulación había trabajado como...

¿Detective privado en Chicopee, Massachusetts, durante un año?

Rachel sonrió sólo de recordarlo en aquel cuchitril, el vástago prodigioso intentando rechazar la senda que le había trazado su familia, pero reñido a todas luces con la opción que había escogido.

Tan responsable, tan sincero. De haber llamado a otra puerta y haber depositado su caso en manos de cualquier otro detective privado, a buen seguro que le habrían hecho exactamente lo que Brian le había advertido que harían: desplumarla.

Brian, en cambio, se había negado a hacerlo.

Rachel contempló su foto y se lo imaginó viviendo en algún barrio cercano al suyo. Tal vez sólo a un par de manzanas de distancia.

—Estoy con Sebastian —se dijo en voz alta—. Quiero a Sebastian.

Cerró el portátil.

Decidió que ya respondería al día siguiente al mensaje de Brian, pero no encontró el momento.

Dos semanas después, Jeremy James la llamó por teléfono y le preguntó si estaba sentada. No lo estaba, pero se apoyó en una pared y contestó que sí.

—Ya los he identificado prácticamente a todos. La pareja negra sigue siendo pareja; ambos tienen un consultorio privado en San Luis. La otra chica falleció en 1990. El grandullón ya era profesor entonces, pero también falleció hace pocos años. Y el del jersey de terciopelo se llama Charles Osaris y trabaja como psicólogo clínico en Oahu.

—Hawái.

—Si resulta que es tu padre —dijo Jeremy—, será un buen destino para ir de visita. Espero que me invites.

—Por supuesto.

Rachel tardó tres días en llamar a Charles Osaris. No por nervios ni por temor de ninguna clase. Su resistencia obedecía más bien a la desesperación. Sabía que Osaris no era su padre, se lo decían las tripas y cada filamento electromagnético de su cerebro reptiliano.

Pero en el fondo todavía albergaba una esperanza.

Charles Osaris le confirmó que había formado parte del programa de doctorado en Psicología Clínica de la Johns Hopkins junto con Elizabeth Childs. Recordaba haber ido varias noches con ella a un bar que se llamaba Milo's, al este de Baltimore, donde, efectivamente, había un banderín de los Colts colgado en la pared a la derecha de la barra. Lamentaba que Elizabeth hubiera fallecido; siempre le pareció una mujer interesante.

—Según tengo entendido, ustedes dos fueron pareja durante un tiempo —dijo Rachel.

—¿Quién demonios se habrá inventado este cuento? —Charles Osaris dejó escapar un sonido mitad risotada, mitad ladrido—. Yo salí del armario en los setenta, señorita Childs. Además, nunca me engañé respecto a mi sexualidad. Confuso puede que estuviera, sí, pero engañado, no. Nunca salí con ninguna mujer, ni siquiera besé a ninguna.

—Evidentemente me han informado mal —dijo Rachel.

—Evidentemente. ¿A qué se debe su pregunta en cualquier caso?

Rachel se sinceró, le contó que estaba buscando a su padre.

—¿Su madre no le dijo quién era?

—No.

—¿Por qué?

Rachel le ofreció la explicación de rigor, aunque con cada año que pasaba se le antojaba más absurda.

—Por la razón que fuera, ella creía que con eso me protegía. Confundió mantener el secreto con mantenerme a salvo.

—La Elizabeth que yo conocí nunca confundió nada de nada.

—¿Por qué otra razón iba a mantener en secreto algo tan importante? —preguntó Rachel.

Charles Osaris respondió con la voz empañada por una súbita tristeza.

—Yo traté a su madre durante dos años. Era el único hombre en muchos kilómetros a la redonda que no intentaba llevársela a la cama, así que tal vez la conociera mejor que nadie. Conmigo se sentía segura. Pero si quiere que le diga la verdad, señorita Childs, no tengo ni idea de cómo era su madre en realidad. Elizabeth no se abría a nadie. Le encantaba tener una vida secreta porque adoraba los secretos. Tener un secreto era tener poder. Era mejor que el sexo. Era su droga preferida, estoy convencido.

Tras su conversación con Charles Osaris, Rachel sufrió tres ataques de pánico en el curso de una semana. Uno en el baño para empleados de los estudios de Channel 6, otro en un banco junto al río Charles cuando debiera haber estado haciendo footing como cada mañana y el tercero en la ducha una noche, cuando Sebastian ya se había dormido. No le dijo nada; tampoco se lo contó a sus compañeros de trabajo. Logró controlarse, si es que se puede hablar de control cuando uno está en pleno ataque, a fuerza de repetirse una y otra vez que no era un infarto, que no se estaba ahogando, que al fin y al cabo podía respirar.

El deseo de permanecer en casa fue en aumento. Durante unas semanas consiguió obligarse a salir por las mañanas haciendo un esfuerzo consciente y retándose interiormente a voz en grito. Los fines de semana no pisaba la calle. Las tres primeras semanas, Sebastian interpretó que su reclusión obedecía a un comprensible instinto hogareño. A la cuarta, empezó a exasperarse. Por aquel entonces ambos figuraban en la lista de invitados de prácticamente todos los eventos que se celebraban en la ciudad; de todas las galas, funciones benéficas o reuniones para empinar el codo con el pretexto de ver y dejarse ver. Se habían convertido en la pareja mediática del momento, objeto constante de cotilleos en *Inside Track* y *Names & Faces*. Rachel, por más que lo intentaba, no podía negar lo mucho que disfrutaba con aquella situación. Sería huérfana, concluiría tiempo después, pero al menos la ciudad la acogía en su seno tribal.

De manera que acabó por salir de nuevo a la calle. Estrechó manos, intercambió besos en las mejillas y recibió con agrado la atención del alcalde, del gobernador, de jueces, millonarios, cómicos, escritores, senadores, banqueros, jugadores y entrenadores de los Red Sox, de los Patriots, de los Bruins y los Celtics, así como de los rectores universitarios. En Channel 6 ascendió como la espuma y saltó de colaboradora *freelance* a la sección de educación, luego a sucesos y de ahí a reportera generalista; todo en sólo dieciséis meses. Estamparon su rostro en una valla publicitaria junto al de Shelby y Grant, los presentadores del informativo de la noche, y ocupó un lugar destacado en el anuncio de presentación del nuevo logo de la cadena. Cuando Rachel y Sebastian decidieron contraer matrimonio, fue como si se hubieran autoproclamado reyes de la fiesta, y la ciudad aplaudió la decisión y la aprobó sin reservas.

A la semana de haber enviado las invitaciones de boda, Rachel se topó con Brian Delacroix. Ella acababa de salir de la sede del gobierno federal, donde había entrevistado a dos diputados en relación con un pronóstico de déficit presupuestario. Su equipo de rodaje regresó a la unidad móvil, pero ella decidió volver a los estudios dando un paseo. Acababa de cruzar a la otra acera de Beacon Street cuando vio a Brian saliendo del Ateneo en compañía de un señor, mayor y más bajo que él, con el pelo y la barba colorados. Rachel sintió la descarga eléctrica de confusión y reconocimiento que solía asaltarla sólo cuando se cruzaba con algún famoso por la calle. Esa sensación de «te conozco, pero en realidad no te conozco». Estaban a unos tres o cuatro metros de distancia cuando sus miradas se cruzaron. Al súbito reconocimiento que reflejaron los ojos de Brian se añadió de inmediato otra emoción fugaz que Rachel no logró identificar —¿contrariedad?, ¿temor?, ¿ninguna de las dos cosas?— y enseguida se desvaneció para dar paso a lo que, en retrospectiva, Rachel no podía describir sino como un júbilo desbordante.

—¡Rachel Childs! —exclamó Brian, salvando la distancia que los separaba con una larga zancada—. ¿Cuánto tiempo ha pasado... nueve años?

Brian le estrechó las manos con un vigor inesperado, excesivo.

—Ocho —dijo Rachel—. ¿Desde cuándo estás...?

—Te presento a Jack —la interrumpió Brian. Se hizo a un lado para que aquel caballero bajito ocupara el lugar que dejaba vacío y allí se quedaron los tres plantados en la acera, en lo alto de Beacon Hill, mientras el gentío que transitaba por las calles a la hora de comer se abría paso a su alrededor.

—Jack Ahern. —El hombre le estrechó la mano, si bien con menos vehemencia que Brian.

Tenía todo el aspecto de un caballero a la vieja usanza. Vestía una camisa elegante de doble puño, con gemelos de plata que asomaban bajo las mangas del traje hecho a medida. Llevaba pajarita y una barba primorosamente recortada. Rachel no percibió rastro de humedad ni callosidad alguna en su mano. Se imaginó que fumaría en pipa y poseería un conocimiento superior a la media sobre música clásica y coñac. El hombre preguntó:

—¿Son ustedes amigos desde hace mucho...?

Brian lo interrumpió.

—Amigos sería mucho decir. Nos conocimos hace diez años, Jack. Rachel es periodista, trabaja como reportera en Channel 6. Una gran profesional.

Jack inclinó levemente la cabeza en dirección a Rachel con una especie de reverencia.

—¿Le gusta su trabajo?

—Por lo general, sí —respondió ella—. ¿Y usted a qué se dedica?

—Jack se dedica al comercio de antigüedades —se apresuró a responder Brian—. En Manhattan, está aquí de paso.

Jack Ahern sonrió.

—Vía Ginebra.

—No entiendo... —dijo Rachel.

—Pues que vivo a caballo entre Manhattan y Ginebra, pero mi casa en realidad está en Ginebra.

—Fantástico, ¿no? —dijo Brian, aunque la cosa no tenía nada de fantástica. Echó un vistazo a su reloj—. Nos tenemos que ir, Jack. La reserva es para las doce y cuarto. Rachel, ha sido un placer.

Brian se inclinó hacia su mejilla pero le dio un beso al aire.

—Tengo entendido que te casas. Me alegro mucho por ti.

—Enhorabuena. —Jack Ahern le tomó la mano de nuevo e hizo una caballerosa reverencia—. Espero que sea muy feliz con su futuro esposo.

—Cuídate, Rachel. —Brian se alejaba ya, con sonrisa ausente y un brillo excesivo en los ojos—. Un placer verte.

Se fueron los dos andando Park Street abajo, torcieron a la izquierda y se perdieron de vista.

Rachel se quedó en la acera haciendo balance del encuentro. Brian Delacroix había engordado un poco desde el año 2001. Le sentaba bien. Cuando lo conoció estaba demasiado flaco, tenía el cuello demasiado delgado para el tamaño de la cabeza. Y los pómulos y el mentón poco definidos. Ahora sus rasgos parecían mucho más marcados. Había llegado a esa edad —treinta y cinco, calculó Rachel— en la que quizá empezara a parecerse a su padre y ya no tuviera aspecto de hijo de nadie. Vestía mucho mejor y estaba al menos el doble de guapo que en 2001, y entonces ya lo estaba bastante. Es decir, que, en lo tocante al aspecto físico, sólo había cambiado para bien.

Sin embargo, la energía que emanaba, por más que la envolviera en cumplidos y cortesías, a Rachel se le antojó un tanto desequilibrada y ansiosa. Olía al ímpetu del vendedor que intenta colocarte una multipropiedad. Rachel había averiguado que Brian estaba al frente del departamento de ventas y adquisiciones de la empresa maderera de la familia, y le entristeció pensar que esos casi diez años de dedicación al mundo de las ventas habían hecho de él un histrión que iba por ahí repartiendo besos al aire y apretones de manos.

Imaginó a Sebastian en Channel 6, enfrascado en su trabajo en ese instante, seguramente retrepado en una butaca, mordisqueando un lápiz mientras seleccionaba y ajustaba alguna filmación: Sebastian, el rey de la precisión en el montaje. De hecho, Sebastian era preciso para todo. Preciso, limpio y cuadriculado. Tan difícil era imaginárselo en el mundo de las ventas como arando un campo. Sebastian le atraía, reparó en ese instante Rachel, porque en su código genético no había rastro de ansia ni necesidad alguna de gustar.

Brian Delacroix, en cambio... «Qué lástima que la vida haya hecho de ti un simple vendedor más», pensó.

• • •

Jeremy llevó a Rachel al altar de la Iglesia de la Alianza de Boston, y al levantarle el velo se le empañaron los ojos. Al banquete posterior en el Four Seasons acudió la familia al completo: Jeremy, Maureen, Theo y Charlotte. Rachel sólo los había visto un par de veces, pero se sentía tan a gusto con Jeremy como a disgusto se había sentido siempre con Maureen y sus hijos.

Después de su primer encuentro, cuando tuvo la impresión de que Maureen se alegraba sinceramente de que Rachel hubiera dado con ellos, la había notado más distante en cada ocasión, como si sólo la hubiera acogido con cordialidad en un principio porque en realidad no esperaba tener más trato con ella. Su actitud no era descortés ni mucho menos, tampoco fría; sólo que parecía más bien ausente. Sonreía a Rachel, alababa su aspecto o la ropa que llevaba, se interesaba por su trabajo y por Sebastian y cada vez que se veían mencionaba sin falta lo contento que estaba Jeremy de volver a tenerla en su vida. Sin embargo, rehuía su mirada y en su voz se detectaba una alegría forzada, como una actriz que se desvive hasta tal punto por recordar su papel que ha olvidado el sentido de sus palabras.

Theo y Charlotte, los hermanastros que nunca tuvo, trataban a Rachel con una mezcla de deferencia y terror soterrado. En sus conversaciones con ella siempre tenían prisa y mantenían la cabeza gacha, y ni una sola vez le habían preguntado por su vida, como si mostrar ese interés implicara otorgarle el estatus de persona real. Más bien parecían movidos por la necesidad imperiosa de envolverla en la etérea nebulosa de siempre, de aquella persona que avanzaba inexorablemente hacia su puerta pero sin llegar nunca.

Cuando Maureen, Theo y Charlotte se acercaron para despedirse, apenas transcurrida una hora del comienzo del banquete, el alivio de verse a un paso de la calle era tan absoluto que insufló vigor a sus extremidades. Sólo a Jeremy le asombró que tuvieran que marcharse de manera tan intempestiva (tanto Maureen como Charlotte temían estar incubando algún virus veraniego, y les esperaba un largo trayecto de vuelta a casa). Jeremy tomó las manos de Rachel entre las suyas y le pidió que no se olvidara de los luministas ni de Colum Jasper Whitstone en su luna de miel porque les quedaba mucho trabajo pendiente a su regreso.

—Claro que me voy a olvidar —contestó Rachel, y se echó a reír.

El resto de la familia se deslizó hacia la marquesina exterior para aguardar a que el aparcacoches les entregara su vehículo.

Jeremy se ajustó las gafas. Se remetió la camisa, arrugada en la cintura, siempre cohibido por su exceso de peso en presencia de Rachel, y le dirigió su característica sonrisa vacilante.

—Sé que habrías deseado llegar al altar del brazo de tu verdadero padre, pero...

Rachel lo agarró por los hombros.

—No, no. Ha sido un honor.

—...pero, pero... —Jeremy dirigió su dubitativa sonrisa a la pared que Rachel tenía detrás, aunque luego volvió a fijar la vista en ella. Su voz sonó aún más profunda, más fuerte—. Para mí ha sido muy pero que muy importante.

—También para mí —susurró ella.

Rachel apoyó la frente sobre el hombro de Jeremy. Él posó la palma de la mano en su nuca. Y, en aquel instante, Rachel imaginó que nunca volvería a sentir algo tan parecido a la plenitud.

Después de la luna de miel, Jeremy y Rachel no encontraban un momento para verse. Maureen no se sentía muy bien, nada grave, achaques de la edad, suponía Jeremy. Pero lo necesitaba a su lado y no zascandileando en Boston y desperdiciando el verano en las salas de lectura de la Biblioteca Municipal o del Ateneo. Un día consiguieron hacer un hueco para comer juntos, en New London, y Rachel lo vio cansado, con el rostro demacrado y macilento. Maureen tenía problemas de salud, le confesó. Dos años antes había superado un cáncer de mama. Le habían practicado una mastectomía doble, pero las últimas pruebas radiológicas no arrojaban datos concluyentes.

—¿Concluyentes en qué sentido? —Rachel alargó el brazo sobre la mesa y posó la mano sobre la de Jeremy.

—En el sentido de que el cáncer podría haberse reproducido. La semana que viene le harán otra batería de pruebas. —Se ajustó y reajustó las gafas, y luego la miró por encima de ellas, sonriendo antes de cambiar de tema—. ¿Qué tal los recién casados?

—Pues comprándose una casa —dijo Rachel, contenta.

—¿En la ciudad?

Rachel dijo que no con la cabeza, asimilando todavía la decisión.

—Unos cincuenta kilómetros al sur, más o menos. Necesita reformas y arreglos varios, así que tardaremos todavía en mudarnos, pero es un buen sitio donde vivir, con buenos colegios por si algún día tenemos niños. No queda lejos de donde se crió Sebastian. Y es donde tiene amarrado el barco.

—Está loco por ese barco.

—Y por mí también, ¿eh?

—No he dicho que no lo estuviera. —Jeremy la miró con una sonrisa socarrona—. Sólo he dicho que está loco por ese barco.

Cuatro días más tarde, Jeremy sufrió un derrame cerebral mientras se encontraba en su despacho de la universidad. Intuyó que se trataba de un derrame pero no estaba del todo seguro, así que cogió el coche sin avisar a nadie y se dirigió al hospital más cercano. Dejó el vehículo medio montado en la acera y fue tambaleándose hacia la entrada. Llegó hasta Urgencias por su propio pie, pero en cuanto pisó la sala de espera sufrió un nuevo derrame. El primer camillero que acudió en su auxilio se sorprendió de la fuerza con que las delicadas manos de aquel profesor lo agarraron por las solapas de la bata blanca.

Las últimas palabras que Jeremy pronunciaría en mucho tiempo no significaron gran cosa para aquel camillero, ni para nadie en realidad. Con los ojos desorbitados, tiró de él para que acercase la cara a la suya.

—Rachel —dijo, arrastrando las palabras— está en el espejo.

6

DISTANCIAMIENTOS

Una noche, cuando Jeremy llevaba ya tres días ingresado en el hospital, Maureen le comentó a Rachel lo que el camillero le había contado.

—¿Rachel está en el espejo? —repitió Rachel.

—Eso dijo Amir. —Maureen asintió—. Pareces cansada. Te toca hacer un descanso.

Rachel tenía que estar de vuelta en el trabajo al cabo de una hora. Iba a llegar tarde. Otra vez.

—Estoy bien.

Jeremy yacía en la cama, con la vista fija en el techo, la boca abierta y la mirada vacía por completo.

—Tiene que ser una paliza venir en coche hasta aquí —observó Charlotte.

—Tampoco tanto. —Rachel se había sentado en la repisa de la ventana porque sólo había tres sillas en la habitación y las tres estaban ocupadas por la familia.

—Dicen los médicos que podría continuar en este estado durante meses —dijo Theo—. Puede que más.

Charlotte y Maureen rompieron a llorar. Theo se acercó a consolarlas y los tres se abrazaron, compartiendo su dolor. Por unos minutos Rachel no tuvo otra visión que la de sus espaldas agitadas por los sollozos.

Una semana después trasladaron a Jeremy a una unidad de neurorrehabilitación y poco a poco fue recuperando algunas funciones motoras y las más rudimentarias expresiones verbales: «sí», «no», «baño». Miraba a su mujer como si fuera su madre, a sus hijos como si fueran sus abuelos y a Rachel como si no la reconociera. Ellos intentaban leerle en voz alta, le mostraban sus pinturas favoritas en el iPad o le ponían la música de Schubert que tanto le gustaba, pero Jeremy no reaccionaba ante nada. Sólo deseaba alimento, confort y alivio para sus dolores de cabeza, para el dolor en general. Se relacionaba con el mundo con el desamparado narcisismo de un recién nacido.

La familia le aseguró a Rachel que podía visitarlo siempre que quisiera —eran demasiado educados como para impedirlo—, pero no solían incluirla en las conversaciones y mostraban un evidente alivio cuando llegaba su hora de marcharse.

En casa, Sebastian empezaba a mostrarse resentido con la situación. Si prácticamente acababa de conocer a aquel hombre, replicaba. Estaba proyectando un vínculo sentimental que en realidad no existía.

—Tienes que pasar página —le dijo.

—No —replicó ella—, quien tiene que pasar página eres tú.

Sebastian levantó la mano en ademán de disculpa y entornó un instante los ojos en señal de que no tenía ningún interés en armar una bronca. Al abrirlos de nuevo, se dirigió a ella en tono más suave y conciliador.

—¿Sabes que están pensando en ficharte para las Seis Grandes?

Las Seis Grandes era la denominación que empleaban en Nueva York para referirse a la red nacional de la cadena.

—No sabía nada —dijo Rachel, procurando disimular la ilusión.

—Están preparándote para el ascenso. No es momento de levantar el pie del acelerador.

—No lo estoy levantando.

—Porque te pondrán a prueba con algo importante. Algo de ámbito nacional.

—¿Como qué?

—Un huracán, una matanza, yo qué sé, la muerte de algún famoso.

—Como por ejemplo: ¿qué va a ser de nosotros cuando Whoopi Goldberg ya no esté en este mundo? —se preguntó Rachel en voz alta.

—Las pasaremos moradas —contestó él—, pero ella habría querido que fuéramos valientes.

Rachel soltó una risotada, y Sebastian se acurrucó a su lado en el sofá.

La besó en el cuello.

—Tú y yo somos inseparables, cariño. Uña y carne. Donde yo vaya, tú vienes conmigo. Y viceversa.

—Ya. Lo sé.

—Creo que sería un puntazo vivir en Manhattan.

—¿En qué barrio? —preguntó Rachel.

—En el Upper West Side —respondió él.

—En Harlem —dijo ella a la vez.

Los dos lo tomaron a risa porque parecía que cuando las diferencias fundamentales de una pareja se ponían de manifiesto en un plano puramente teórico había que verles la gracia.

Jeremy James mejoró sensiblemente a lo largo del otoño. Consiguió recordar quién era Rachel, si bien no lo que le había dicho al camillero, y daba la impresión de que más que depender de su presencia, la toleraba. Había retenido gran parte de sus conocimientos acerca del luminismo y de Colum Jasper Whitstone, pero dada su afectación del sentido cronológico general, eran conocimientos fragmentarios, de tal modo que situaba la desaparición de Whitstone, ocurrida en 1863, en un tiempo justo anterior al primer viaje que Jeremy había realizado a Normandía en 1977, cuando trabajaba en el doctorado. Hacía a Rachel más joven que Charlotte y había días en los que no comprendía cómo Theo podía tomarse tanto tiempo libre para ir a visitarlo si todavía estaba estudiando en el instituto.

—Es que no es un chico aplicado —le dijo a Rachel—. No quiero que mi enfermedad le sirva de pretexto para que lo sea aún menos.

En noviembre se trasladó de nuevo a la casa de Gorham Lane, donde sería atendido por una enfermera. Poco a poco fue recuperando la fuerza y expresándose con más claridad. Sin embargo, se le seguía yendo la cabeza. «Tengo la sensación de que las cosas se me escapan —dijo un día. Maureen y Rachel se encontraban con él en la habitación y las miró con su característica sonrisa vacilante—. Siento como si estuviera en una librería maravillosa pero ninguno de sus libros tuvieran título.»

A finales de diciembre de 2009, Rachel lo pilló dos veces mirando el reloj cuando ella apenas llevaba diez minutos en la habitación. No se le podía reprochar. Sin sus respectivas pesquisas detectivescas que comentar —él tras la pista que conectara a Colum Jasper Whitstone con Claude Monet, ella tras la pista de su padre, y ambos tras la verdadera identidad de Elizabeth Childs—, no tenían mucho de lo que hablar. No había un propósito futuro ni un pasado en común que los uniera.

Rachel prometió seguir en contacto.

Al salir de casa de Jeremy, mientras bajaba por el sendero enlosado en dirección a su coche, sintió que lo había perdido de nuevo. Sintió asimismo la antigua sospecha de que la vida, a tenor de su experiencia, consistía en una sucesión de distanciamientos. Los personajes cruzaban el escenario y algunos se demoraban en él más que otros, pero todos terminaban retirándose.

Cuando llegó al coche, volvió la vista hacia la casa. «Fuiste mi amigo —pensó—. Fuiste mi amigo.»

Dos semanas después, el 12 de enero a las cinco de la tarde, un terremoto de siete grados de magnitud sacudió Haití.

Tal como había anticipado Sebastian, las Seis Grandes la mandaron como enviada especial. Los primeros días se instaló en Puerto Príncipe. Con la ayuda de su equipo, informó sobre el suministro aéreo de víveres y provisiones, que desembocaba en revueltas prácticamente a diario. También sobre los cadáveres amontonados en el aparcamiento del Hospital General. Y sobre los improvisados crematorios que brotaban en las esquinas por toda la ciudad, aquellas piras en las que los cadáveres ardían como ofrendas sacrificiales, el grisáceo azufre agitándose entre la oleaginosa humareda negra, el cuerpo ya una mera abstracción, y aquel humo indistinguible de los demás: el de los edificios en llamas, el de los conductos del gas que seguirían ardiendo mientras quedara en ellos combustible. Rachel informó desde campamentos y hospitales de campaña. En el centro, en el antiguo barrio comercial de la ciudad, Rachel y su operadora de cámara, Greta Kilborne, filmaron a la policía disparando contra los saqueadores, y a un muchacho de dientes y costillas protuberantes, que yacía entre cenizas y cascotes, al que le habían volado un pie a la altura del tobillo; a su lado, pero fuera de su alcance, unas cuantas latas de comida que acababa de robar.

En los días que sucedieron al terremoto, lo único que abundaba en Puerto Príncipe, aparte de la enfermedad y el hambre, era la prensa acreditada. Rachel y Greta enseguida optaron por desplazarse al epicentro del terremoto, la ciudad costera de Léogâne, y seguir informando desde allí. Léogâne se hallaba tan sólo a cuarenta kilómetros al sur de Puerto Príncipe, pero tardaron dos días en llegar. El olor de los muertos las asaltó a tres horas de distancia de la población. No quedaban infraestructuras en pie, no había ayuda médica de emergencia ni apoyo gubernamental de ningún tipo, ni siquiera fuerzas del orden que dispararan contra los saqueadores, porque las fuerzas del orden brillaban por su ausencia.

Cuando Rachel comparó aquello con el infierno, Greta replicó: «En el infierno al menos hay alguien al mando.»

Durante su segunda noche allí, en un rudimentario campamento levantado de la noche a la mañana a base de sábanas —sábanas por techo y sábanas por paredes—, Rachel, Greta, una ex monja y una cuasimonja se dedicaron a esconder a cuatro niñas trasladándolas de una tienda a otra. Los seis violadores potenciales que las perseguían iban armados con navajas y *serpettes*, esos machetes pequeños de hoja ganchuda que los campesinos suelen utilizar para podar. Antes de la catástrofe, según le aseguraron a Rachel, la mitad de aquellos hombres habían gozado de un trabajo en condiciones. Su cabecilla, Josué Dacelus, provenía de la campiña del este de la zona afectada por el terremoto. Consciente de que como noveno hijo nunca llegaría a heredar la pequeña granja dedicada al cultivo de sorgo que su familia poseía en Croix-des-Bouquets, era un hombre resentido y amargado. Josué Dacelus tenía el aspecto de una estrella de cine y el porte de una estrella del rock. Vestía un polo verde y blanco y unos pantalones militares de color beige con los bajos vueltos. En la cadera izquierda llevaba una Desert Eagle del 45, y en la derecha, una *serpette* en una vieja funda de cuero. La *serpette*, afirmaba, era para su seguridad, y la pistola, añadía con un guiño, para la de los demás. Había mucha gente mala suelta, mucho horror, muchos malhechores, decía persignándose con los ojos vueltos al cielo.

El ochenta por ciento de Léogâne había quedado reducido a escombros tras el terremoto. Arrasado. El orden público era un mero recuerdo. Corría el rumor de que había equipos de búsqueda y rescate británicos e islandeses por la zona. Ese mismo día Rachel había confirmado que los canadienses tenían un destructor amarrado en el puerto, y un goteo de médicos japoneses y argentinos comenzaba a penetrar en las ruinas del antiguo centro de la población. Sin embargo, por el momento nadie se había personado en el campamento donde ellas se encontraban.

Habían empleado la mañana y la tarde en ayudar a Ronald Revolus, un joven que estudiaba para enfermero antes del terremoto. Juntos habían transportado a los tres heridos mortales que habían llegado al campamento hasta un hospital de campaña dirigido por voluntarios de Sri Lanka, cinco kilómetros al este. Allí, un traductor le aseguró a Rachel que les enviarían ayuda lo más pronto posible. Con un poco de suerte, antes de la noche siguiente, a lo sumo al cabo de dos días.

Cuando Rachel y Greta regresaron al campamento, las cuatro niñas ya estaban allí. Los vehementes y calenturientos hombres de la cuadrilla de Josué no tardaron en echarles el ojo, y sus malévolas intenciones se propagaron de uno a otro en el tiempo que ellas tardaron en dar de beber a las niñas y hacerles un somero reconocimiento.

Rachel y Greta, que aquella noche incumplieron su deber como reporteras por involucrarse en unos hechos de los que deberían haber informado si alguien hubiera estado dispuesto a emitir la noticia, ayudaron a la ex monja y a Ronald Revolus a trasladar a aquellas niñas de un lado al otro del campamento, sin que permanecieran más de una hora en cada escondite.

La llegada del alba no arredraría a la cuadrilla; ni ellos ni la mayoría de sus congéneres consideraban que la violación fuera un acto execrable. La muerte, tan habitual en las últimas fechas, sólo se lloraba cuando el difunto era autóctono e, incluso entonces, sólo si se trataba de un familiar cercano. Aquellos hombres no habían dejado de beber durante la cacería nocturna y hasta el amanecer, por lo que cabía la esperanza de que en algún momento los venciera el sueño. Al final, dos de las cuatro niñas consiguieron salvarse gracias a la llegada de un camión de Naciones Unidas que aquella mañana entró traqueteando en el campamento acompañado de un *bulldozer* para recoger los cadáveres desperdigados entre los escombros de la iglesia que había al pie de la colina.

A las otras dos, sin embargo, nunca más se las volvería a ver. Cuando llegaron al campamento sólo unas horas antes, las dos acababan de quedarse sin padres y sin casa. Esther llevaba una camiseta roja descolorida y unos vaqueros cortos. La del vestido amarillo pálido se llamaba Widelene, pero todos la llamaban Widdy. A nadie le extrañó que Esther se mostrara hosca, que apenas abriera la boca y rara vez mirara a los ojos. Lo que nadie concebía era que Widdy fuera una niña tan alegre y luciera una sonrisa capaz de horadar hasta el más pétreo de los corazones. Rachel sólo trató a aquellas niñas durante aquella noche, aunque la mayor parte del tiempo la pasó con Widdy. Widdy y su vestido amarillo, su bondad infinita y su costumbre de tararear canciones que nadie reconocía.

Les llamó la atención que desaparecieran sin dejar rastro. Porque no sólo se esfumaron sus cuerpos y la ropa que vestían, sino su existencia misma. Una hora después de que saliera el sol, sus dos compañeras enmudecieron al ser interpeladas sobre su paradero. A las tres horas, nadie en aquel campamento, a excepción de Rachel, Greta, la ex monja Veronique y Ronald Revolus, aseguraba haberlas visto. Al anochecer del día siguiente, Veronique ya había modificado su relato de los hechos y Ronald empezaba a dudar de su memoria.

A las nueve de aquella noche, Rachel cruzó casualmente una mirada con uno de los violadores: Paul, profesor de ciencias en un instituto y dechado de cortesía. Estaba sentado a la puerta de su tienda, recortándose las uñas con un cortaúñas oxidado. A esas horas ya corrían rumores de que, en el supuesto caso de que las niñas hubieran estado realmente en aquel campamento —que no habían estado, sólo eran habladurías—, tres de los seis hombres que se habían pasado la noche deambulando por el lugar y empinando el codo ya estaban acostados cuando supuestamente habían desaparecido. De manera que si alguien las había violado (aunque eso era imposible, porque no existían), Paul había tenido que ver en ello. En cambio, si las habían matado (seguro que no, eso también era imposible, porque no existían), Paul a esas horas ya estaba dormido. Sólo era un violador; Paul, el maestro, sólo era un violador. Si el destino de aquellas niñas le corroía la conciencia, lo ocultaba a las mil maravillas. Miró a los ojos a Rachel. Dirigió el pulgar y el índice hacia ella a modo de pistola y apuntó hacia su pubis. Luego se metió el índice en la boca, se lo chupó y soltó una carcajada sin voz.

Después se levantó y fue hacia Rachel. Se plantó delante de ella y la miró fijamente.

Haciendo un gran alarde de cortesía, con servilismo casi, le rogó que abandonara el campamento.

—Sus mentiras —le dijo amablemente— están poniendo nerviosa a la gente. No se lo dicen porque aquí somos gente educada. Pero sus mentiras nos ofenden mucho a todos. Esta noche —levantó un dedo— nadie se mostrará ofendido. Esta noche —volvió a levantar el dedo— ni usted ni su amiga sufrirán ningún daño.

Rachel y Greta abandonaron el campamento veinte minutos más tarde; se sumaron al grupo de voluntarios de Sri Lanka, que era el único modo de salir de allí. En su centro de socorro, Rachel imploró a los esrilanqueses y a los cascos azules canadienses, que ya se habían abierto camino desde el barco hasta la zona afectada.

Ninguno de ellos comprendió su alarma. Ni de lejos. ¿Dos niñas desaparecidas? ¿Aquí? Los desaparecidos se contaban ya por millares y la cantidad no haría más que aumentar.

—Esas niñas no han desaparecido —le dijo uno de los canadienses—, han muerto. Lo sabe usted bien. Siento tener que decirlo, pero así es. Y nadie dispone del tiempo ni de los recursos necesarios para buscar sus cadáveres. —Miró a sus compañeros y a unos cuantos esrilanqueses que se encontraban en la tienda con ellos. Todos asintieron—. Al menos, ninguno de nosotros.

El día siguiente, Rachel y Greta se desplazaron a Jacmel. Tres semanas después estaban de regreso en Puerto Príncipe. Para entonces Rachel ya empezaba el día con cuatro benzodiacepinas que se había agenciado en el mercado negro y un trago de ron. Y barruntaba que Greta había recaído en aquella afición a esnifar alguna que otra rayita de heroína de la que le había hablado la primera noche en Léogâne.

Finalmente, les comunicaron que era hora de regresar a casa. Ante las protestas de Rachel, el redactor jefe le confesó vía Skype que sus reportajes se habían vuelto demasiado corrosivos, demasiado monótonos, que habían adquirido un tono de desesperación nada agradable.

—Nuestros telespectadores necesitan esperanza —afirmó el redactor jefe.

—Y los haitianos necesitan agua —replicó Rachel.

—Ya está otra vez —comentó el redactor con alguien fuera de pantalla.

—Danos unas semanas más.

—Pero, Rachel —le dijo—, Rachel... Si tienes una pinta que da pena. Y no me refiero sólo a esos pelos. Estás esquelética. Se acabó, cerramos el grifo.

—Nadie tiene interés —se lamentó Rachel.

—Nosotros lo hemos tenido —contestó él con sequedad—. Qué cojones, Estados Unidos ha donado más de mil quinientos millones de dólares a esa isla. Y esta cadena le ha dado toda la puta cobertura posible al asunto. ¿Qué más quieres?

Rachel, aturdida por el efecto de los tranquilizantes, pensó: «A Dios.»

«Quiero al Dios con mayúsculas que según los telepredicadores aparta los tornados de su camino. El Dios que cura el cáncer y la artritis de sus fieles, el Dios al que los atletas profesionales agradecen que se interese por el resultado de la Super Bowl o de la Copa del Mundo o de ese *home run* marcado en el partido número ochenta y siete de los ciento sesenta y dos jugados por los Red Sox este año.»

Quería que ese Dios que intervenía activamente en los asuntos de los seres humanos bajara del cielo y purificara el agua que bebían los haitianos, que curara a sus enfermos y levantara, piedra sobre piedra, las escuelas, hospitales y viviendas derruidas.

—¿Se puede saber qué coño farfullas?

Su jefe la miraba de hito en hito por la pantalla.

Rachel había seguido hablando en voz alta sin darse cuenta.

—Coge un avión ahora que todavía lo puedes cargar a nuestra cuenta —le dijo el redactor jefe—, y vuelve a tu humilde puesto de trabajo.

Rachel sobreentendió que si había abrigado alguna esperanza de ascenso a la programación nacional de la cadena ya podía olvidarse para siempre. Adiós a Nueva York.

Adiós a su carrera profesional en las Seis Grandes y lo que aguardara más adelante.

Vuelta a Boston.

Vuelta a las Seis Pequeñas.

Vuelta a Sebastian.

Consiguió desengancharse de las benzodiacepinas. (Le costó cuatro intentos, pero lo logró.) Redujo su consumo de alcohol a niveles anteriores (o casi) a los de Haití. No obstante, la dirección de las Seis Pequeñas no volvió a asignarle ninguna noticia de envergadura. Durante la ausencia de Rachel, había entrado una chica nueva, Jenny Gonzalez.

—Es inteligente, accesible y cuando mira a cámara no tienes la impresión de que un día pueda liarse a cabezazos contra ella —le dijo Sebastian.

Por desgracia, Sebastian llevaba razón. Rachel habría deseado odiar a Jenny Gonzalez (sabe Dios que lo intentó) y pensar que había llegado hasta allí gracias a su físico y su *sex appeal*. Sin embargo, aunque dichos atributos sin duda no la perjudicaban, Jenny tenía un máster en periodismo por la Universidad de Columbia, era capaz de improvisar sobre la marcha, siempre procuraba documentarse como es debido y trataba a todo el mundo, desde el recepcionista al director general, con idéntico respeto.

Jenny Gonzalez no sustituyó a Rachel porque fuera más joven y más guapa y tuviera un cuerpo más exuberante (que también, maldita sea), sino porque desempeñaba mejor su trabajo, tenía mejor carácter y a la gente le encantaba hablar con ella.

A Rachel, no obstante, se le brindó una segunda oportunidad. Si conseguía llevar una vida sana y revertir el proceso de envejecimiento que se había acelerado en Haití, si se sacudía de encima la amargura que había empezado a destilar su persona y no dejaba de aumentar, si hacía un poco la pelota y les seguía el juego y se transformaba de nuevo en la estupenda y sobradamente preparada reportera, un punto sexy, un punto masculina y un punto excéntrica (le cambiaron las lentillas por unas gafas con montura roja de carey) que habían captado del *Globe* con el señuelo de un sustancioso contrato... entonces sí, entonces todavía habría lugar para ella en las Seis Pequeñas.

Rachel lo intentó. Cubrió la noticia de un gato que ladraba como un perro, de la «ruptura del hielo» anual celebrada por los L Street Brownies, un grupo de señores que cada año eran los primeros en lanzarse a las aguas del muelle de Boston, desnudos en su mayoría. Cubrió también el nacimiento de una cría de koala en el Franklin Park Zoo, así como «la carrera de las novias», la histérica jornada de rebajas de trajes nupciales en Filene's Basement.

Entre ella y Sebastian restauraron la casa que habían comprado al sur de la ciudad. Sus horarios eran tales que cuando él estaba en casa, ella estaba trabajando, y viceversa. El hecho de no coincidir muy a menudo les vino tan bien que, con el correr del tiempo, Rachel llegó a pensar que había añadido un año de vida a su matrimonio.

Brian Delacroix se comunicó un par de veces con ella por correo electrónico. Si bien es cierto que uno de aquellos mensajes —«Hiciste un trabajo magnífico en Haití. Conseguiste contagiar a esta ciudad de tu preocupación por el país»— la ayudó a tirar adelante a lo largo de un día por lo demás asqueroso, se recordó a sí misma que Brian Delacroix era un vendedor nato, imbuido de una extraña energía que seguramente emanaba del conflicto entre su espíritu y la carrera profesional por la que se había decantado. Dudando, pues, de que quedara algo del auténtico Brian, respondió a sus correos de forma escueta y cortés: «Gracias. Celebro que te gustara. Cuídate.»

Rachel se decía a sí misma que era feliz. Se decía que estaba intentando volver a ser la periodista, la esposa y la persona que había sido. Pero no podía conciliar el sueño ni dejar de seguir la actualización de los boletines informativos sobre Haití, siempre atenta a aquel país que luchaba con uñas y dientes por salir a flote, pero que en general no hacía sino continuar hundiéndose. Se desató una epidemia de cólera en el río Artibonite. A la noticia le sucedió el rumor de que los soldados de Naciones Unidas habían sido los culpables. Rachel le suplicó a Klay Bohn, su redactor jefe, que la dejara regresar al país una semana. Incluso estaba dispuesta a pagárselo de su bolsillo. El señor Bohn ni siquiera se dignó a contestarle; se limitó a anunciarle que una unidad móvil la esperaba en el aparcamiento de los estudios para salir a toda mecha hacia Lawrence, donde un niño de seis años afirmaba que Dios le había soplado el número ganador con el que su madre se había llevado el premio de la lotería.

Cuando las cámaras filmaron clandestinamente a unos soldados de Naciones Unidas extrayendo una canalización defectuosa de las orillas del río Artibonite y las imágenes se hicieron virales, Rachel estaba entrevistando a un fan centenario de los Red Sox que asistía a su primer partido en Fenway Park, el estadio del equipo.

Mientras el cólera continuaba propagándose, Rachel cubrió incendios en viviendas del extrarradio, un concurso de perritos calientes, un fin de semana de tiroteos entre bandas rivales de Dorchester, la noticia de dos hermanas ya ancianas que confeccionaban mesitas auxiliares con chapas de botellas, de un botellón en Cleveland que se había desmandado y de un antiguo bróker de Wall Street que había dado la espalda a las altas finanzas para entregarse a un filantrópico trabajo social con los sintecho de la costa de Massachusetts.

No todas las historias que le tocaba cubrir eran tontadas, no siempre eran frivolidades intrascendentes. Rachel casi se había convencido de que de vez en cuando prestaba algún servicio público de utilidad cuando el huracán *Tomás* golpeó Haití. No hubo un gran número de víctimas mortales, pero las barracas quedaron arrasadas, el alcantarillado y las fosas sépticas se desbordaron y la epidemia de cólera hizo metástasis por toda la isla.

Llevaba toda la noche en pie, siguiendo por la pantalla las imágenes disponibles y los boletines informativos conforme se iban retransmitiendo, cuando el nombre de Brian Delacroix saltó a su bandeja de entrada. Abrió su mensaje, pero lo único que ponía era:

¿Qué haces que no estás en Haití? Te necesitamos allí.

Rachel sintió como si alguien hubiera llevado una mano cálida a su cuello y le hubiera prestado un hombro en el que descansar el rostro con los ojos cerrados. Puede que, desde aquel anómalo encuentro frente al Ateneo, hubiera juzgado a Brian con excesiva severidad. Puede que lo hubiera pillado en un mal día y estuviera preocupado por cerrar algún trato con Jack Ahern, aquel tratante de antigüedades de Ginebra. Ignoraba qué relación podía existir entre la industria maderera y el mundo de las antigüedades, pero a decir verdad ella entendía bien poco de asuntos económicos; quizá Jack Ahern fuera una especie de inversor. En cualquier caso, Brian había estado un poco raro, un poco nervioso. Pero ¿qué había de malo en estar un poco raro y un poco nervioso?

¿Qué haces que no estás en Haití? Te necesitamos allí.

Brian lo entendía. Pese a los años transcurridos y al escaso contacto virtual entre ambos, Brian comprendía lo crucial de su regreso a Haití.

Y como si hubiera pedido una pizza a domicilio, media hora más tarde, cuando Sebastian regresó a casa, anunció:

—Te envían otra vez.

—¿Otra vez adónde?

Sebastian sacó una botella de agua del frigorífico, se la llevó a la sien y cerró los ojos.

—Será por tus contactos y porque conoces las costumbres.

—Haití. ¿Me envían otra vez a Haití?

Sebastian abrió los ojos y continuó masajeándose la sien con la botella de plástico.

—A Haití, sí.

Aunque él nunca lo había manifestado verbalmente, Rachel sabía que Sebastian culpaba a Haití de su declive profesional. Y al declive profesional de Rachel del estancamiento de su propia carrera. Así que al pronunciar aquella palabra, «Haití», sonó a algo repugnante.

—¿Cuándo? —preguntó Rachel con un hormigueo en el cuerpo. No había pegado ojo en toda la noche y, sin embargo, de pronto se sentía completamente despierta.

—Klay ha dicho que mañana como muy tarde. Supongo que no hará falta que te recuerde que esta vez no puedes cagarla.

Rachel sintió que se le desencajaba la cara.

—¿Ésa es tu forma de animarme?

—¿Qué quieres que te diga? —replicó él, fatigado.

A Rachel se le ocurrían muchas respuestas posibles, pero todas habrían conducido a enzarzarse en una pelea y en ese momento no tenía ganas de pelea.

—Te echaré de menos —acertó a decir.

No veía el momento de embarcar en aquel avión.

—Y yo a ti —dijo él, con la vista fija en el interior del frigorífico.

7

¿ME HAS VISTO?

De vuelta en Haití, el mismo calor, los mismos edificios desmoronados, la misma exhausta desesperación. Las mismas miradas de desconcierto en la mayoría de los rostros. Cuando no había desconcierto, había rabia. Cuando no había rabia, había hambre y miedo. Pero prevalecía el desconcierto: después de tanto sufrimiento, parecían preguntarse aquellos rostros, ¿tenemos que aceptar que no existe otra cosa en la vida que sufrir?

Cuando iba al encuentro del resto del equipo frente al Hospital Choscal, en el hacinado barrio de chabolas de Cité Soleil donde iban a filmar su primera emisión en directo, Rachel se internó en unas callejuelas donde la pobreza era tan extrema que un recién llegado no habría distinguido en qué se diferenciaba el barrio antes y después del terremoto. Había fotos estampadas en los postes de las farolas rotas, en los postes de los inservibles cables eléctricos y en los muretes que flanqueaban las calles; fotos, en algunos casos, de víctimas fallecidas, pero sobre todo de desaparecidos. Y al pie de muchas de aquellas fotos, la pregunta o la súplica:

Èske ou te wè m?

«¿Me has visto?»

No. Rachel no los había visto. O tal vez sí. Tal vez el rostro del hombre de mediana edad con el que se había cruzado al doblar la esquina era el de uno de los cadáveres que había visto entre los escombros de la iglesia o en el aparcamiento del hospital. En cualquier caso, esa persona ya no estaba en este mundo. Y no iba a regresar, de eso estaba convencida.

Rachel llegó a la cima de una cuesta y el gueto se desplegó ante ella en toda su extensión, un mar de barracas de chapa y hormigón que refulgían con un monocromático gris, agostadas por el sol. Un niño pasó por su lado montado en una bicicleta cubierta de barro. Tendría unos once años, doce a lo sumo, y llevaba un rifle automático sujeto a la espalda con unas cinchas. Cuando volvió la cabeza para mirarla, Rachel se recordó a sí misma que estaba en territorio de bandas. Minúsculos dioses de la guerra se habían adueñado del lugar y se disputaban sus dominios de punta a cabo. Los alimentos no entraban en el barrio, pero las putas armas fluían a mansalva. No debería haberse internado a solas en aquel barrio. Ni a solas ni sin un tanque o apoyo aéreo, a decir verdad.

Sin embargo, no sentía miedo. Sólo se sentía embotada. Embargada por el embotamiento.

Al menos eso creía ella.

«¿Me has visto?»

«No, no te he visto. Nadie te ha visto. Ni te ha visto, ni te vio, ni te verá. Aunque hubieras vivido toda una vida. Porque a nadie le importa... desapareciste nada más nacer.»

Ése fue el talante con el que se adentró en la placita donde se encontraba el hospital. Lo único positivo sobre lo que ocurrió a continuación fue que sólo se retransmitió en directo localmente, en este caso, en Boston. Las Seis Grandes iban a decidir a posteriori si difundían el material en las distintas emisoras territoriales. Las Seis Pequeñas, por contra, consideraban que el directo reactivaría la urgencia de una noticia que al parecer empezaba a perder interés para los telespectadores, saturados ya de tanta tragedia.

Rachel retransmitió, pues, la noticia en directo ante las puertas del Hospital Choscal. El sol despuntaba sobre una densa franja de nubarrones justo por encima de su cabeza, dispuesto a abrasar la tierra. Grant, el presentador del telediario local, lograba sonar doblemente imbécil en una transmisión internacional.

Rachel soltó de corrido las estadísticas: había treinta y dos casos de cólera confirmados, ingresados en el hospital a sus espaldas; las inundaciones posteriores al huracán estaban contribuyendo a que la epidemia se propagara a escala nacional y complicando las labores de ayuda; las expectativas eran catastróficas. Detrás del equipo de filmación, Cité Soleil se desplegaba como una ofrenda sacrificial al dios del sol, y Rachel sintió que algo se partía en su interior. Era un fragmento de su espíritu que hasta el momento se había mantenido inaccesible al mundo, un pedazo del alma tal vez, y tan pronto como se desgajó de ella, el calor y la muerte le dieron caza y se lo tragaron. En su lugar, fue a instalarse un gorrión que batía las alas en el centro de su pecho. Sin previo aviso, de golpe y porrazo. De súbito sobrevolaba el centro de su pecho, batiendo las alas con todas sus fuerzas.

—Pero, disculpa, Rachel —le decía Grant por el pinganillo—, Rachel...

¿Por qué repetía una y otra vez su nombre?

—Sí, Grant.

—¿Rachel?

—¿Sí? —contestó, evitando conscientemente soltar un bufido.

—¿Cuántas personas se calcula que han contraído esa terrible enfermedad? ¿Cuál es el número de enfermos?

A Rachel la pregunta se le antojó absurda.

¿Cuál es el número de enfermos?

—Enfermos lo estamos todos —respondió Rachel.

—¿Perdona? —dijo Grant.

—Que estamos todos enfermos —repitió ella. ¿Eran imaginaciones suyas o las palabras le habían salido un tanto entrecortadas?

—Rachel, ¿significa eso que tú y otros miembros del equipo de Channel 6 habéis contraído el cólera?

—¿Cómo? No.

Danny Marotta apartó el ojo del objetivo de la cámara y le preguntó a Rachel con la mirada si se encontraba bien. Widdy caminaba por detrás de él con una grácil zancada que no se correspondía con su corta edad ni con la sangre que manchaba su vestido, ni con aquella otra sonrisa abierta como un tajo en su garganta.

—Rachel —decía Grant—. ¿Rachel? Lo siento, pero no entiendo.

Rachel, ya sudando a mares y temblando de tal modo que el micrófono le saltaba en la mano, contestó:

—He dicho que enfermos lo estamos todos. Todos, todos lo estamos, lo que quiero decir, digo que todos estamos enfermos. ¿Entiendes? —Las palabras le brotaban de los labios como sangre por una herida punzante—. Estamos perdidos y enfermos aunque todos finjamos lo contrario, pero luego nos vamos todos y aquí se quedan. Todos nos vamos, y a tomar por saco.

Antes de que se pusiera el sol, las imágenes de Rachel repitiéndole al perplejo presentador de televisión «enfermos lo estamos todos», con las manos y los hombros sacudidos por los temblores y pestañeando para apartar las gotas de sudor que le resbalaban por la frente, se habían hecho virales.

En la reunión convocada a posteriori por los altos mandos de la cadena para analizar lo sucedido, se acordó que si bien era de alabar que la retransmisión se hubiera interrumpido cuatro segundos antes de que Rachel dijera «tomar por saco», el corte debería haberse producido diez segundos antes. En cuanto se puso de manifiesto que Rachel estaba fuera de sí —momento que al decir de la mayoría había que fijarlo en la primera mención de aquel «enfermos lo estamos todos»—, deberían haber interrumpido la comunicación y pasado a publicidad.

Rachel recibió el despido vía móvil, mientras cruzaba la pista del aeropuerto Toussaint Louverture para embarcar en el avión que había de devolverla a casa.

• • •

A su regreso aquella primera noche, salió a tomar una copa en un bar de Marshfield, a pocas manzanas de su casa. Sebastian iba a trabajar toda la noche y había dejado claro que no le apetecía verla. Dijo que se iba a instalar en el barco hasta que hubiera «digerido lo que ella había hecho con su relación».

A decir verdad, no podía reprochárselo. Rachel tardaría todavía unas cuantas semanas en asimilar el impacto del incidente en su futuro profesional, pero al verse en el espejo del bar mientras despachaba la copa de vodka, se sobresaltó por el terror que reflejaba su rostro. Sin embargo, no era terror lo que sentía, sino una especie de anestesia emocional. Aun así, al observar aquella imagen que se alzaba sobre las botellas de whisky, a la derecha de la caja registradora, veía a una mujer que se parecía un tanto a su madre y un tanto a ella misma, y aquella mujer llevaba el terror pintado en el rostro.

El camarero que estaba detrás de la barra evidentemente no había visto el vídeo de su colapso ante las cámaras. Le dispensaba el mismo trato que todo camarero aburrido del mundo habría brindado a unos clientes que le importaban una mierda. Esa noche había poco movimiento en el bar, así que en vista de que no iba a embolsarse grandes propinas por mucho que hiciera la pelota o se deshiciera en sonrisas, había optado por no hacer ni una cosa ni la otra. Leía el periódico en el otro extremo de la barra y enviaba mensajes de texto por el móvil. Rachel consultó a su vez el móvil, pero no había recibido ningún SMS; todos sus conocidos habían ahuecado el ala hasta que los dioses decidieran con qué saña continuar la embestida o si podían aplacar su furia y apiadarse de ella. Aunque sí le había entrado un correo electrónico y, ya antes de pulsar el icono, supo quién era el remitente y sonrió al ver el nombre de Brian Delacroix.

Rachel:

No merecías que te castigaran por reaccionar como un ser humano ante tanta inhumanidad. Tampoco merecías que te despidieran o te condenaran. Lo que merecías era una medalla, joder. Al menos en opinión de un servidor. Ánimo.

BD

«¿Quién eres, extraño ser, que siempre (o casi siempre) apareces en el momento oportuno? Un día de éstos, Brian Delacroix, me gustaría...»

¿Qué?

«Me gustaría darte la oportunidad de explicarme aquel extraño encuentro delante del Ateneo. Porque el tipo aquel no me cuadra en absoluto con el que acaba de enviarme esta nota.»

El camarero le puso otro vodka, y Rachel decidió volver a su casa, tal vez escribirle un correo electrónico a Brian Delacroix manifestándole alguno de los pensamientos que se le acababan de ocurrir. Le tendió al camarero la tarjeta de crédito y le pidió la cuenta. Mientras él le cargaba las consumiciones, Rachel se vio asaltada por el *déjà vu* más potente de su vida. No, no era un mero *déjà vu*: había vivido aquel momento antes, estaba convencida. Cruzó una mirada con el camarero en el espejo, y él le devolvió una expresión de extrañeza, como si no estuviera seguro de por qué lo miraba con tanta atención.

«No te conozco —pensó Rachel—, pero conozco este momento. Lo he vivido.»

Y de pronto cayó en la cuenta: no era ella quien lo había vivido, sino su madre. Estaba ante una nueva puesta en escena de aquella fotografía de su madre tomada más o menos en la misma posición y ante una barra muy similar, bajo una iluminación muy similar, treinta y un años atrás. Al igual que su madre, Rachel tenía la vista perdida en las botellas. Al igual que el camarero de aquella fotografía, su camarero esa noche preparaba la cuenta de espaldas a ella. La mirada del camarero había quedado suspendida en el espejo. Y también la de ella.

«Búscate en su mirada», le había dicho su madre.

«Rachel está en el espejo», le había dicho Jeremy.

El camarero le tendió la cuenta. Rachel añadió la propina y firmó el recibo.

Dejó la copa sin terminar sobre la barra y regresó a su casa a toda prisa. Fue derecha al dormitorio y abrió la caja de zapatos donde guardaba las fotos. Las imágenes de aquel bar del este de Baltimore estaban en lo alto de la pila, donde Jeremy y ella las habían dejado dos veranos atrás. Rachel siguió la mirada de su madre, fija en el espejo sobre las botellas de whisky, y vio hacia donde miraba Elizabeth en realidad, el porqué de aquella chispa en su mirada, del erotismo que reflejaba.

La cara del camarero se alzaba sobre la caja registradora; tenía los ojos clavados en Elizabeth. Unos ojos de un verde tan pálido que casi parecían grises.

Rachel llevó la fotografía al espejo del cuarto de baño. La colocó a la altura de su cabeza. Los ojos de aquel hombre eran sus ojos: tenían el mismo color, la misma forma.

—No te jode... —dijo—. Hola, papá.

8

GRANITO

Rachel supuso que aquel bar habría dejado de existir hacía tiempo, pero al introducir en el buscador de Google las palabras «Milo's» y «este de Baltimore», el establecimiento saltó de inmediato a la pantalla, con imágenes incluidas. Había cambiado ligeramente —en la pared de ladrillo que daba a la calle había ahora tres grandes ventanales, la iluminación era más tenue, la caja registradora ya era digital y los taburetes tenían respaldos y reposabrazos ornamentados—, pero el espejo que se alzaba detrás de la barra seguía siendo el mismo y las botellas ocupaban exactamente el mismo lugar. El banderín de los Baltimore Colts que colgaba en la pared había sido sustituido por uno de los Baltimore Ravens.

Rachel llamó por teléfono y pidió que la pusieran con el propietario.

—Ronnie, dígame —saludó éste al ponerse al aparato.

Rachel explicó que era una periodista de Channel 6. No especificó si de la emisora nacional o de uno de sus centros territoriales y tampoco mencionó que estuviera trabajando sobre ningún asunto en particular. Por lo general bastaba con que se identificara como periodista para que su interlocutor inmediatamente le abriera o cerrara las puertas; tanto en un caso como en el otro, así evitaba tener que extenderse con explicaciones.

—Mira, Ronnie, estoy intentando localizar a un camarero que trabajó en Milo's en 1979. Me gustaría saber si conserváis algún registro del personal empleado en aquella época y si os importaría proporcionarme unos datos.

—¿Un camarero en el setenta y nueve? Pues entonces casi seguro que era Lee, pero le pregunto a mi padre por si acaso.

—¿Lee? —repitió Rachel, pero Ronnie ya había soltado el auricular. En el primer momento, Rachel no consiguió oír gran cosa, un murmullo de fondo, tal vez una conversación mantenida a lo lejos; no se apreciaba bien, pero luego oyó pisadas acercándose al teléfono y el roce del auricular que alguien levantaba de la barra.

—Soy Milo, dígame —dijo una voz rasposa a la que sucedió un resoplido a través de las fosas nasales.

—¿Milo, el dueño del establecimiento?

—El mismo. ¿Qué quería?

—Pues desearía ponerme en contacto con un camarero que trabajaba en la barra de su bar hará casi treinta y dos años. Su hijo me ha mencionado a un tal Lee, ¿podría ser?

—Trabajaba aquí entonces, sí.

—¿Se acuerda de él?

—Claro, trabajó aquí por lo menos veinticinco años. Se marchó hará unos ocho.

—¿Y era el único camarero que tenían empleado entonces?

—No, pero el principal, sí. Yo también atendía la barra de vez en cuando, y mi difunta esposa, y el pobre Harold, que por esas fechas ya estaba medio senil. ¿Le aclara eso algo?

—¿Sabe dónde podría localizar a Lee?

—¿Por qué no me cuenta antes para qué quiere saberlo, señorita...?

—Childs.

—Señorita Childs. ¿Por qué no me cuenta antes para qué quiere a Lee?

Rachel no veía razón alguna por la que mentir, así que se lo contó.

—Es posible que conociera a mi madre.

—Lee conocía a muchas mujeres.

Rachel decidió echarse al agua:

—Es posible que fuera mi padre.

Durante un largo rato sólo los resoplidos de Milo llenaron un silencio que Rachel estuvo en un tris de romper de pura ansiedad.

—¿Cuántos años tiene usted? —dijo Milo por fin.

—Treinta y uno.

—Bueno —dijo Milo con parsimonia—, el muy cabrón estaba de buen ver por aquel entonces. Salió con bastantes mujeres, unas diez, si mal no recuerdo. Claro que hasta el diablo era hermoso cuando era mozo.

Más resoplidos.

Rachel suponía que iba a seguir hablando, pero al rato se dio cuenta de que no.

—Me gustaría ponerme en contacto con él. Si no tiene inconveniente en ayudarme, se lo...

—Está muerto.

Rachel sintió como si dos manitas le estrujaran el corazón. Un torrente de agua helada le subió por el cogote y le inundó el cráneo.

—¿Muerto? —exclamó, más alto de lo que era su intención.

—Hará unos seis años, sí. Nos dejó y se puso a trabajar en otro bar de Elkton. Murió cuando llevaba allí dos años.

—¿Cómo murió?

—De un infarto.

—Pero era bastante joven, ¿no?

—Tendría unos cincuenta y tres —dijo Milo—. Puede que cincuenta y cuatro. Joven era, sí.

—¿Cómo se llamaba de apellido?

—Mire, señorita, usted y yo no nos conocemos. ¿Quién me dice a mí que no tiene intención de ponerles una demanda de paternidad a sus herederos, o algo así? Yo no sé mucho de esas cosas. Como le digo, usted y yo no nos conocemos, ése es el problema.

—¿Cambiaría algo la cosa si me conociera?

—Pues claro.

• • •

A la mañana siguiente, Rachel tomó el tren en dirección a Baltimore desde la estación de Back Bay. En el andén cruzó inocentemente una mirada con una joven universitaria, y la chica, que la reconoció de inmediato, abrió unos ojos como platos. Rachel se encaminó hacia el otro extremo del andén con la cabeza gacha y se colocó junto a un señor mayor vestido con un traje gris. El señor le lanzó una sonrisa tristona y se enfrascó de nuevo en la lectura de *Bloomberg Markets*, sin que Rachel supiera si le había sonreído así por lástima o si su sonrisa era triste de natural.

Subió al tren sin más contratiempos y encontró un asiento al fondo de un vagón que iba semivacío. Conforme el tren avanzaba, Rachel sintió que escapaba kilómetro a kilómetro de aquella identidad de loca de remate recién adquirida ante la opinión pública, y al llegar a la altura de Rhode Island la invadía ya una sensación casi de sosiego. Pensó que quizá parte de esa calma obedeciera a que por fin regresaba, si no a casa, al menos a sus orígenes. También le procuraba un extraño consuelo saber que estaba recorriendo en sentido inverso parte del trayecto que su madre y Jeremy James habían recorrido en el verano del año 1979, camino del oeste de Massachusetts. Ahora, más de tres décadas después, mediado noviembre, las ciudades y los pueblos por los que pasaba se encontraban atrapados entre un otoño tardío y un invierno adelantado. Había aparcamientos municipales donde ya habían hecho acopio de sal y arena para las carreteras. La mayoría de los árboles habían perdido sus hojas y en el cielo, tan despojado como los árboles, el sol brillaba por su ausencia.

—Es este de aquí. —Milo colocó una fotografía enmarcada sobre la barra, delante de Rachel, y posó su índice regordete junto a la cara de un hombre de cierta edad, enjuto y con prominentes entradas. Tenía la frente alta, los pómulos hundidos y los mismos ojos que ella.

Milo rondaba los ochenta y respiraba con la ayuda de una máquina de oxígeno portátil que llevaba acoplada a una cartuchera sujeta a la espalda. Los tubitos de silicona transparente le subían por detrás y, pasando por encima de las orejas, caían sobre los pómulos y terminaban en unas cánulas que se introducían en las fosas nasales. Padecía de enfisema desde los setenta y pocos, le dijo a Rachel. Últimamente la hipoxia había ido en aumento, pero no como para impedir que se fumara sus ocho o diez cigarrillos a escondidas.

—Uno, que tiene buenos genes —dijo Milo, colocando una foto sin enmarcar delante de ella—. No como Lee.

La foto sin enmarcar parecía más natural que la primera, para la que el personal del bar al completo había posado en grupo. La segunda era de muchas décadas atrás. En ésta, Lee lucía una abundante mata de pelo lacio, castaño oscuro, y no tenía los ojos tan caídos. Sonreía por algo que había dicho un cliente. Pero a diferencia de algunos de los retratados en aquella foto, que reían con la cabeza inclinada hacia atrás, la suya era una sonrisa tenue, refrenada; no invitaba, más bien abría un foso de distancia. No aparentaba más de veintisiete o veintiocho años, y Rachel comprendió de inmediato la atracción que había ejercido sobre su madre. Aquel esbozo de sonrisa era pura vitalidad contenida e inflamada reticencia. Prometía todo y nada al mismo tiempo. Lee parecía el peor novio y el mejor polvo del universo.

Entendía por qué su madre había dicho de él que olía «a relámpago». Y sospechaba que si ella misma hubiera entrado en aquel bar en 1979 y se hubiera encontrado a aquel hombre detrás de la barra, se habría tomado más de una copa. Tenía todo el aspecto de poeta libertino, de pintor genial colgado de la droga, de músico que fallece en accidente de tráfico al día siguiente de firmar su gran contrato con una discográfica.

No obstante, el recorrido por la vida de Lee que Milo le ofreció fue un viaje circunscrito principalmente al mismo bar donde en ese momento se hallaba sentada. A cada foto que pasaba, Rachel veía como la vida de Lee, sus posibilidades y sus oportunidades de promiscuidad con mujeres excitantes se iban reduciendo. Pronto el mundo ajeno al bar dejó de ser algo con lo que soñar, para convertirse en algo de lo que refugiarse. Y las mujeres que antes lo habían perseguido se convirtieron en mujeres a las que había que perseguir. Luego en mujeres que habría que lubricar con buenas dosis de humor y alcohol. Y un día, finalmente, en mujeres a quienes les repeliera o divirtiera descubrir que había puesto el ojo en ellas con intenciones sexuales.

Pero a medida que el voltaje sexual de Lee declinaba, año tras año, sus sonrisas se ensanchaban. En la época en que ella estaba en secundaria, cuando Lee aún vestía el chaleco negro sobre la camisa blanca con el que Milo uniformaba a sus camareros, le habían salido manchas en la piel, la cara se le había chupado y en su sonrisa, ya amarillenta, se observaban dos mellas en las hileras de atrás. Pero a cada foto que pasaba parecía más suelto, menos abrumado por el peso de lo que escondía tras aquella encabronada sonrisa, tras aquel encabronado carisma sexual. Su espíritu parecía emerger a medida que su cuerpo se deterioraba.

Milo le mostró a continuación un montón de fotos tomadas el Día de la Independencia, durante el partido anual de *softball* con familiares y amigos, con el subsiguiente pícnic. Dos mujeres aparecían una y otra vez junto a Lee en aquellas imágenes. Una era delgada, morena, con el rostro tenso y nervioso; la otra era rubia y desaliñada, y casi siempre salía con una copa en una mano y un cigarrillo en la otra.

—Ésa era Ellen —dijo Milo, señalando a la morena—. Siempre estaba de mal humor. Nadie supo nunca por qué. Era la típica aguafiestas. Cumpleaños, bodas, Días de Acción de Gracias: las tres cosas le vi chafar. En fin, a lo que iba, Ellen dejó a Lee en el ochenta y seis. ¿O el ochenta y siete? No más tarde. La otra fue su segunda mujer. Maddy se llamaba. Todavía vive, que yo sepa. En Elkton.

Maddy y Lee vivieron bastantes años juntos y se llevaban bien, pero luego no sé si se distanciaron o qué.

—¿Lee tuvo hijos? —preguntó Rachel.

—Con estas dos, no. —Milo la miró fijamente un momento desde el otro lado de la barra mientras echaba la mano a la espalda para ajustar algo en el depósito de oxígeno—. Crees que eres hija suya, ¿no?

—Estoy casi segura —dijo Rachel.

—Tienes los mismos ojos que él —dijo Milo—, de eso no hay duda. Haz como si te hubiera dicho algo gracioso.

—¿Qué?

—Que te rías —aclaró Milo.

—Ja, ja —dijo Rachel.

—No, de verdad.

Rachel miró alrededor. El bar estaba vacío. Soltó una risotada y se sorprendió de lo auténtica que había sonado.

—Es su misma risa —afirmó Milo.

—Entonces está claro —dijo Rachel.

Milo sonrió.

—Cuando era joven, la gente decía que me parecía a Warren Oates. ¿Sabes a quién me refiero?

Rachel dijo que no con la cabeza.

—Es un actor de cine. Hizo muchas películas del Oeste. *Grupo salvaje*, por ejemplo.

Rachel se encogió de hombros, avergonzada.

—Da igual, el caso es que de verdad tenía una retirada a Warren Oates. Ahora dicen que me parezco a Wilford Brimley. ¿Ése sabes quién es?

—El del anuncio de los cereales Quaker.

—Exactamente.

—Pues es verdad que se le parece.

—Sí. —Milo levantó un dedo—. Pero, que yo sepa, no tengo ningún parentesco con él. Ni con Warren Oates. Vamos, ni un tanto así —añadió, separando una milésima el pulgar y el índice.

Rachel inclinó levemente la cabeza, en señal de que comprendía la insinuación. Sobre el mostrador del bar se desplegaba el documento fotográfico de la vida de un hombre, al igual que dos veranos antes se había desplegado el suyo delante de ella y de Jeremy James. Un *collage*, nuevamente, que lo decía todo y a la vez nada. Aunque se fotografiara a una persona cada día de su vida, barruntó Rachel, su verdad, su esencia, permanecía oculta para todo aquel que después pretendiera desentrañarla. A lo largo de veinte años, su madre había sido una presencia constante en su vida y, sin embargo, Rachel sólo sabía de ella lo que Elizabeth había juzgado oportuno mostrarle. Y en ese momento, ahí tenía a su padre, mirándola desde muy diversos formatos y tamaños, 10 × 15, 13 × 18, 15 × 20, enfocado, desenfocado, sobresaturado y mal iluminado. Pero en todos y cada uno de ellos, definitivamente inaprensible. Podía ver su rostro, pero no lo que había detrás de él.

—Tenía un par de hijastros —le dijo Milo—. Ellen ya tenía un hijo cuando se conocieron, y Maddy, una hija. No sé si llegó a adoptar oficialmente a ninguno de los dos. Nunca tuve la impresión de que los apreciara ni de que ellos lo apreciaran a él, pero tampoco de lo contrario. Ni tampoco de algo intermedio. —Encogió los hombros y bajó la vista hacia el *collage*—. Entendía mucho de whisky, tuvo un par de motos a lo largo de los años con las que estaba muy contento, y un perro durante un tiempo, pero se le murió de cáncer y ya nunca más tuvo otro.

—¿Y estuvo veinticinco años trabajando aquí?

—Más o menos.

—¿Tenía otras aspiraciones aparte de ser camarero?

Milo apartó la vista un momento, haciendo memoria.

—Cuando se envició con lo de las motos, durante un tiempo estuvo negociando con otro tipo para abrir juntos un taller de mecánica donde iban a repararlas o personalizarlas y tal. Cuando se le murió el perro, se estuvo informando bastante sobre escuelas de veterinaria. Pero al final todo eso se quedó en proyectos. —Milo encogió los hombros—. Si tuvo otros sueños, los llevaba bien escondidos.

—¿Por qué dejó de trabajar aquí?

—Pues porque no le apetecería aceptar órdenes de Ronnie, lo más seguro. No es fácil aceptar órdenes de alguien que has visto crecer. O también puede que se cansara de ir y venir todos los días desde tan lejos. Vivía en Elkton. El tráfico en esa carretera cada año está peor.

Rachel adivinó por su mirada en ese momento que la estaba sopesando, que intentaba formarse una opinión.

—Vistes bien, parece que llevas buena vida.

Rachel asintió.

—Lee siempre estaba sin blanca, ¿sabes? Lo poco que tuvo se lo llevaron sus ex.

Rachel asintió de nuevo.

—Grayson.

Rachel sintió esta vez que las manitas acariciaban su corazón, con frialdad, pero ligeras como un murmullo.

—Leeland David Grayson —añadió Milo—. Así se llamaba el amigo.

Rachel se citó con la segunda mujer de Lee, Maddy, en un pequeño parque de Elkton, Maryland, una población con aire de abandono cuyas colinas estaban salpicadas por las ruinas de fábricas y fundiciones de cuyo apogeo probablemente ya ninguno de sus habitantes se acordaba.

Maddy Grayson era una mujer de una corpulencia que rayaba en la obesidad, y la sonrisa revoltosa que mostraba en la mayoría de las fotos del pasado había sido reemplazada por un rictus que parecía desvanecerse al instante de aflorar.

—Fue Steph, mi hija, quien se lo encontró. Hincado de rodillas, delante del sofá, pero con el codo derecho todavía apoyado en él. Como si se hubiera levantado para beber o echar una meada y le hubiera pillado de sopetón. Llevaba allí un día como poco, puede que dos. Steph había pasado por su casa para que le prestara dinero, porque, bueno, cuando bebía, Lee se ablandaba. Si no, había que dejarlo en paz. Cuando libraba, lo que le gustaba hacer era pasarse el día bebiendo whisky del bueno, fumando y viendo películas antiguas en la tele. Las nuevas no le interesaban. A él le iban las series de los setenta y los ochenta: *Mannix* y *El equipo A. Corrupción en Miami.* —Se volvió un poco hacia Rachel, animada de pronto—. Cómo le gustaba *Corrupción en Miami*, no te lo puedes imaginar. Pero la primera época, ¿eh? Siempre decía que la serie se había ido al carajo cuando casaron a Crockett con la cantante. Que aquello ya no había quien se lo tragara. —Hurgó en el bolso y sacó un cigarrillo. Lo encendió, exhaló el humo y siguió las volutas con la mirada—. A Lee le gustaban esas series porque en aquella época todo tenía sentido, ¿sabes? El mundo tenía sentido. Eran tiempos mejores, la vida era más fácil. —Recorrió el parque desierto con la mirada—. No como ahora.

A Rachel le costaba imaginar dos décadas de su vida con menos sentido que los setenta y los ochenta, o dos que se le antojaran menos equilibradas o misericordiosas en general. Pero no creyó que sirviera de nada mencionárselo a Maddy Grayson.

—¿Tenía alguna ambición? —preguntó.

—¿A qué te refieres? —Maddy se tapó la boca con el puño para toser.

—Si alguna vez deseó, no sé, ser alguien. —Rachel lamentó al instante haberlo expresado de ese modo.

—¿Como qué, médico o algo por el estilo? —La mirada de Maddy se endureció de inmediato. Parecía enfadada, confusa y molesta por su misma confusión.

—Bueno, me refiero a... —farfulló Rachel, intentando hacerse la simpática—, a otra cosa aparte de camarero.

—¿Qué tiene de malo ser camarero? —Maddy arrojó la colilla al suelo, dirigió las rodillas hacia ella y respondió a la angustiada sonrisa de Rachel con un rictus gélido—. No, lo pregunto en serio. Durante más de veinte años, la gente acudió al bar de Milo porque sabían que detrás de la barra estaba Lee. Porque a él podían contarle lo que fuera, que no los juzgaría. Podían acudir a él cuando su matrimonio se iba a hacer puñetas, cuando se quedaban en el paro, cuando los hijos les salían rana o se metían en drogas o cuando la puta vida se les venía abajo. Porque sabían que cuando estuvieran sentados en aquella barra delante de él, Lee les pondría un trago y los escucharía.

—Era un gran tipo, por lo que parece.

Maddy frunció los labios e inclinó el cuerpo hacia atrás, como si acabara de ver una cucaracha trepando por su plato de pasta.

—No, no era un «gran tipo»... Muchos días no había quien lo aguantara al cabrón. Yo al final no pude seguir viviendo con él. Pero como camarero era estupendo y supo ayudar a mucha gente.

—No pretendía insinuar lo contrario.

—Pero lo has hecho.

—Lo siento.

Maddy soltó un bufido que logró mostrar desdén y melancolía a un tiempo.

—Sólo la gente que puede hacer lo que desee con su vida pregunta si alguien deseaba ser algo más aparte de camarero. Los demás somos simples ciudadanos de a pie.

«Los demás somos simples ciudadanos de a pie.»

Rachel detectó la mezquina soberbia del comentario, así como su falsa modestia. Se imaginó citando la frase en algún cóctel y oyendo las risas que cosecharía con ella. Pero tan pronto como oyó esas risas, se avergonzó de sí misma. Al fin y al cabo, se sentía culpable de su éxito, un éxito que derivaba de su cuna y sus privilegios. Para Rachel la esperanza se daba por sentada, las oportunidades se presuponían y en realidad nunca había temido diluirse en un mar de rostros y voces que pasaban inadvertidos.

Ése, sin embargo, había sido el país de su padre. Un país habitado por seres a los que nadie veía ni escuchaba. A los que, una vez muertos, nadie recordaba.

—Lo siento si te he ofendido —le dijo a Maddy.

Maddy le quitó hierro haciendo un ademán con el cigarrillo que acababa de encender.

—A mí me importa una mierda lo que tú pienses, guapa. —Apretó la rodilla de Rachel con gesto cordial—. Si Lee era sangre de tu sangre, yo que me alegro. Espero que con eso te quedes en paz. Te hubiera venido bien conocerlo, supongo. —Sacudió la ceniza del cigarrillo—. Pero uno no tiene lo que quiere, sino lo que puede.

Rachel visitó su tumba. Estaba marcada por una lápida de granito común y corriente, de color negro con motitas blancas. Había visto esa clase de granito en la encimera de la cocina de al menos dos de sus colegas de trabajo. Aunque para Lee Grayson no se había empleado tanta cantidad. La suya era una lápida pequeña, no mediría más de cuarenta y pico centímetros de alto por cincuenta de ancho. Según Maddy, Lee la había comprado a plazos más o menos en la época en que sus padres fallecieron, y había conseguido liquidar la cuenta unos tres años antes de morir.

LEELAND D. GRAYSON
20 DE NOVIEMBRE DE 1950
9 DE DICIEMBRE DE 2004

Tenía que haber algo más. Seguro que había algo más.

Pero si lo había, Rachel no lograba encontrarlo.

Había logrado construir un amago de biografía a partir de lo que Milo le había contado de él, de lo que Maddy le había contado de él, y de los datos dispersos que ambos habían ido evocando por lo que les habían contado otros.

Leeland David Grayson había nacido y crecido en Elkton, Maryland. Había pasado por un jardín de infancia, una escuela de primaria y un instituto. Había trabajado como peón, como camionero, como dependiente en una tienda de zapatos y como repartidor de una floristería, todo ello antes de colocarse en el bar de Milo en el este de Baltimore. Había engendrado hijos al menos en una ocasión (o eso parecía), se había casado, divorciado, vuelto a casar y vuelto a divorciar. Había gozado de una casa en propiedad que había perdido en su primer divorcio; y vivido de alquiler en una vivienda algo más modesta a partir de entonces. A lo largo de su vida había sido propietario de nueve coches, tres motocicletas y un perro. Había fallecido en la misma población que lo había visto nacer. Cincuenta y cuatro años en esta vida y, que se supiera, sin esperar gran cosa de los demás ni dar mucho más a cambio. No era un hombre colérico, aunque muchos tenían la impresión de que era mejor no buscarle las cosquillas. No era un hombre alegre, pero sí capaz de encontrarle la gracia a un buen chiste.

Algún día, todo el que contara con algún motivo por el que recordarlo desaparecería de este mundo. A juzgar por el cuidado de la salud que Rachel había observado entre el círculo de amigos y conocidos de Lee, ese día no tardaría en llegar. Y cuando eso ocurriera, la única persona que conocería su nombre sería quienquiera que segara el césped en torno a su lápida.

Lee no había vivido la vida, habría dicho su madre, la vida lo había vivido a él.

En ese momento, Rachel comprendió por qué su madre quizá no le había contado nada a Lee sobre ella ni a ella sobre Lee. Elizabeth había intuido cómo se desarrollaría la vida de aquel hombre. Ella sabía que sus necesidades eran pequeñas, su imaginación, limitada, y sus ambiciones, vagas. Elizabeth Childs, que había crecido en un pueblo y escogido vivir en un pueblo, detestaba la mentalidad pueblerina.

Su madre nunca le había contado quién era su padre porque el simple hecho de reconocer que había entregado su cuerpo a aquel hombre habría sido como reconocer que en el fondo nunca había deseado escapar de sus orígenes.

«Así que antes preferiste privarnos al uno del otro», pensó Rachel.

Siguió allí sentada junto a su tumba por espacio de casi una hora. Esperando a oír su voz en el viento o los árboles.

Y su voz llegó, vaya si llegó. Pero no trajo nada bueno.

«Quieres que alguien te diga el porqué.»

Sí.

«Por qué hay dolor y por qué hay pérdida. Por qué hay terremotos y hambrunas. Pero sobre todo: por qué no le importas una mierda a nadie, Rachel.»

—Cállate —le dijo, convencida de que había hablado en voz alta.

«¿Quieres saber la respuesta?»

—He dicho que te calles.

«Porque sí.»

—¿Porque sí qué? —preguntó al silencio del cementerio.

«Porque sí nada. Sólo porque sí.»

Rachel agachó la cabeza y no derramó una sola lágrima. No escapó el menor ruido de su cuerpo. Pero durante un buen rato no pudo dejar de temblar.

«Has hecho un largo viaje para conocer esta respuesta. Pues ahí la tienes. Ahí la tienes por fin. Delante de tus narices.»

Rachel levantó la cabeza. Abrió los ojos y contempló lo que tenía ante sí: cuarenta y cinco centímetros de alto por medio metro de ancho.

«Granito y tierra, ahí tienes la respuesta. No hay más.»

Rachel no abandonó el cementerio hasta que el sol comenzó a caer por detrás de sus oscuros árboles. Eran casi las cuatro de la tarde. Había entrado allí a las diez de la mañana.

Nunca más volvió a oír su voz. Ni una sola vez.

En el tren de regreso al norte, miró por la ventanilla, pero era noche cerrada y lo único que se distinguía de las ciudades y poblaciones a su paso era el resplandor difuso de las luces y, a intervalos, la oscuridad.

La mayor parte del tiempo, no veía nada ahí fuera. Sólo su propio reflejo. Sólo a Rachel. Todavía sola.

Todavía en el lado malo del espejo.

II

BRIAN

2011-2014

9

EL GORRIÓN

Rachel y Brian Delacroix volvieron a cruzarse en primavera, seis meses después de su último contacto por correo electrónico, en un bar del South End.

Él había ido a parar allí porque quedaba a unas pocas manzanas de su casa y aquella noche, la primera del año que preludiaba el verano, las calles olían a humedad e ilusión. Ella fue a aquel bar porque aquella misma tarde le habían concedido el divorcio y necesitaba armarse de valor. Temía que su miedo a la gente se extendiera como una metástasis en su interior y pretendía dominarlo, demostrarse a sí misma que era capaz de controlar sus neurosis. Era mayo, y apenas había salido de casa desde principios del invierno.

Solía salir para hacer la compra, pero siempre cuando el supermercado estaba menos concurrido. Los martes a las siete de la mañana era el momento idóneo, cuando los palés con las mercancías empaquetadas en plástico retráctil todavía aguardaban sin desembalar en medio de los pasillos, cuando los dependientes de la sección de lácteos chuleaban con los de charcutería, cuando las cajeras ponían a buen recaudo sus bolsos y se tomaban el café en vasos de cartón entre bostezos mientras despotricaban del tráfico, del tiempo, de sus intratables hijos y sus intratables maridos.

Cuando necesitaba cortarse el pelo, siempre pedía cita para la última franja horaria del día. Al igual que para sus esporádicas manicuras y pedicuras. Casi todas las demás necesidades podían satisfacerse a través de internet. Poco después, lo que había comenzado como una opción —mantenerse alejada del mundo exterior para evitar miradas indiscretas y, cómo no, críticas— se convirtió en un hábito rayano en la adicción. Antes de dejarla oficialmente, Sebastian se había pasado meses durmiendo en la habitación de invitados; y antes de eso, en su barco, amarrado en el río South, un estuario cuyas aguas desembocaban en la bahía de Massachusetts. No era de extrañar: es probable que Sebastian nunca la hubiera querido, ni a ella ni a ningún otro ser humano, pero hay que ver cómo quería a aquel barco. En cualquier caso, cuando Sebastian se marchó, su motivación principal para salir de casa —escapar de él y de su dañina indiferencia— quedó desactivada.

Sin embargo, al irrumpir la primavera empezó a oír voces, agradables y reposadas, que regresaban a las calles junto con el griterío de los niños, las ruedas de las sillitas de paseo que traqueteaban por la acera, el chirrido y golpeteo de las puertas mosquiteras. La casa que había comprado con Sebastian se hallaba en Marshfield, a unos cincuenta kilómetros al sur de Boston. Era una población costera, aunque su vivienda se encontraba a más de un kilómetro y medio de la playa, algo que para Rachel no suponía un inconveniente puesto que nunca había sido muy amante del mar. A Sebastian, ni que decir tiene, el mar le apasionaba, y al principio de su relación incluso había enseñado a Rachel a bucear. Cuando ella terminó por confesarle que detestaba sumergirse en un medio donde pululaban potenciales depredadores acechando desde las profundidades, en lugar de enorgullecerse porque Rachel hubiera vencido temporalmente su miedo para darle gusto, le reprochó que hubiera simulado disfrutar de las mismas cosas que él sólo para «cazarlo». Ella replicó que uno sólo cazaba lo que deseaba comer y que hacía tiempo que se le habían quitado las ganas de él. Fue un golpe bajo decirle eso, pero cuando una relación se desmoronaba con la rapidez y severidad con que lo hacía la suya, los golpes bajos estaban a la orden del día. Una vez ultimado el divorcio, pondrían la casa en venta, se repartirían las ganancias y ella tendría que buscar otro alojamiento.

Mejor que mejor. Rachel echaba de menos la urbe y nunca había llegado a adaptarse a coger el coche para todo. Además, si en la ciudad ya era difícil escapar de su notoriedad, en una población pequeña, donde las miradas venían impregnadas en distintas gradaciones de provincianismo, era imposible. Sólo un par de semanas antes, la habían pillado echando gasolina a la vista de todo el mundo; no se había dado cuenta de que el establecimiento era sólo de autoservicio hasta después de entrar en la gasolinera con el depósito a cero. Tres jovencitas adolescentes que parecían sacadas de un *reality show*, con sus wonderbras, sus leggings, sus alisadas melenitas y sus pómulos tallados a punta de diamante, salieron de la tienda de la gasolinera en dirección a un chico con una ceñida sudadera térmica y unos vaqueros rotos y desgastados que estaba llenando el depósito de un flamante Lexus todoterreno. Tan pronto como repararon en Rachel, las tres se pusieron a cuchichear y darse codazos. Rachel miró en su dirección y una de ellas se sonrojó y bajó la mirada, pero las otras dos se crecieron más todavía. La morena con las mechas de color melocotón remedó el gesto de alguien amorrado a una botella y la otra bruja que la acompañaba, una rubia con los cabellos color miel, arrugó la cara fingiendo que lloraba amargamente y luego se retorció las manos en el aire como si se zafara de un amasijo de algas.

—Chicas, vale ya —las reconvino la tercera, pero en un tono mitad lamento, mitad risita nerviosa, hasta que las carcajadas estallaron por sus tres malévolas boquitas como un vómito de Kahlúa un viernes noche.

A partir de aquel día Rachel no volvió a pisar la calle. Había agotado prácticamente todas sus reservas de comida. Acabó con todas las botellas de vino. Luego con las de vodka. Ya no le quedaban más páginas web en las que entrar ni películas que ver. Entonces llamó Sebastian para recordarle que la vista del divorcio estaba programada para aquel martes 17 de mayo, a las tres y media de la tarde.

Se arregló para la cita y se fue a Boston en el coche. Cuando ya había accedido a la Ruta 3 dirección norte, cayó en la cuenta de que hacía seis meses que no circulaba por una autopista. Los coches se adelantaban unos a otros a toda velocidad, daban acelerones y se movían a su alrededor como un enjambre. Sus carrocerías destellaban como navajas bajo el sol implacable. La envolvían, acuchillaban el aire, brotaban por todas partes, aceleraban, frenaban, mientras los faros rojos traseros refulgían como ojos enfurecidos. «Genial —pensó Rachel, percibiendo la ansiedad en la garganta, la piel y el cuero cabelludo—, ahora resulta que también me da miedo conducir.»

Consiguió llegar a la ciudad, si bien con mala conciencia por haber conducido en semejante estado de vulnerabilidad e histeria. Pero llegó. Y sin consecuencias. Salió del aparcamiento, cruzó la calle y se presentó a la hora indicada en el Juzgado de Familia de New Chardon Street.

El juicio fue bastante parecido a lo que había sido su matrimonio y a lo que había sido Sebastian: frío y escueto. Una vez concluido y ya con su unión legalmente disuelta, al menos en lo que respectaba al estado de Massachusetts, Rachel se volvió para intercambiar una mirada con su recién estrenado ex marido, una mirada si no como la de dos soldados que gozaran de cierta sensación de triunfo por haber abandonado el campo de batalla con sus extremidades intactas, sí al menos digna. Pero Sebastian ya no estaba al otro lado del pasillo, sino a un paso de la puerta, de espaldas a ella, avanzando con la cabeza erguida y la zancada larga y resuelta hacia la salida. Una vez que Sebastian hubo cruzado aquella puerta, Rachel observó que el resto de la sala la miraba con lástima o tal vez con repulsión.

«En eso me he convertido, en un ser digno del más profundo desprecio», pensó.

Había dejado el coche en un aparcamiento al otro lado de la calle, y desde allí bastaba con girar dos veces a la derecha para acceder a la 93 en dirección sur y volver a casa. Pero al pensar en todos aquellos coches confluyendo en la autopista a toda velocidad, dando frenazos y volantazos para saltar de un carril a otro, decidió encaminarse hacia el oeste, subir por Beacon Hill y cruzar Back Bay hasta llegar al South End. Hizo todo el trayecto sin contratiempos. Sólo una vez, cuando creyó que un Nissan iba a adelantarla por la derecha al llegar a un cruce, sintió que le sudaban las manos. Cuando llevaba un rato al volante, descubrió un espacio libre donde aparcar, algo inaudito en aquel barrio, y estacionó el coche. Se quedó allí sentada un momento, respirando a conciencia. Tuvo que hacer señales con la mano a un par de coches que se detuvieron a su lado, suponiendo que iba a dejar el espacio libre, para que continuaran su camino.

—Pues apaga el puto motor —le dijo a voces el conductor del segundo vehículo y salió dejando una estela de goma quemada que olía a regüeldo de fumador.

Rachel se apeó del coche y deambuló por el vecindario, no sin rumbo pero casi, recordando que había un bar por los alrededores donde en una ocasión había pasado una noche muy agradable. Por entonces todavía trabajaba en prensa escrita, para el *Globe*. Había corrido el rumor de que su serie de reportajes sobre el complejo de viviendas de protección oficial Mary Ellen McCormack tal vez figurara en la lista de los candidatos al Pulitzer. No le concedieron el premio (aunque sí fue galardonada con el Horace Greely Award y el PEN/Winship por su excelente labor como periodista de investigación), pero a fin de cuentas le trajo sin cuidado; sabía que había hecho un buen trabajo y, en aquel entonces, le bastaba con eso. El establecimiento era un bar a la vieja usanza, sin pretensiones, que tenía la puerta pintada de rojo y se llamaba Kenneally's Tap; si no le fallaba la memoria, estaba escondido en una de las últimas manzanas del barrio que aún no había sido víctima del aburguesamiento imperante en la zona; el nombre en sí ya te retrotraía a los tiempos en que los bares irlandeses no tenían por qué llevar nombres con vagas reminiscencias literarias como St. James's Gate, Elysian Fields o The Isle of Statues.

Localizó por fin la puerta roja en una manzana que en un principio no había reconocido porque los Toyotas y Volvos de antaño habían sido sustituidos por Mercedes y Range Rovers, y los funcionales barrotes de las ventanas, por otros más historiados y de estética más pretenciosa. No obstante, allí seguía Kenneally's, si bien la carta ahora colgaba en el exterior, y en lugar de los palitos de mozzarella y las albóndigas de pollo rebozado ofrecía carrilleras de cerdo y kale salteado.

Rachel fue directa a un taburete libre que vio al fondo, cerca de la zona reservada para camareros, y cuando el que atendía la barra se acercó a ella, le pidió un vodka con hielo y preguntó si tenían la prensa del día. Se había puesto una sudadera gris con capucha, una camiseta blanca con cuello de pico y unos vaqueros azul oscuro, y calzaba unos zapatos planos negros, ya desgastados y tan anodinos como el resto de su vestimenta. Pero ni por ésas. Por mucho que se hablara de progreso, de igualdad de oportunidades y de una generación postsexista, una mujer todavía no podía sentarse sola en un bar a tomar una copa sin atraer miradas curiosas. Rachel mantuvo la cabeza gacha y se enfrascó en la lectura del *Globe* mientras daba sorbitos de su vodka e intentaba mantener a raya al atolondrado gorrión que aleteaba en su pecho.

Por suerte, el bar estaba a poco más de un cuarto de su capacidad, y por desgracia, la clientela era mucho más joven de lo que Rachel esperaba. La veterana parroquia con la que suponía que iba a encontrarse se reducía a cuatro vejestorios sentados a una baqueteada mesa cerca de la trastienda, que salían cada dos por tres a la calle para echarse sus cigarrillos. Qué ingenuidad por su parte pensar que en esa zona, el barrio más chic de Boston, la peña amante de rebajar el lingotazo de whisky con un trago de cerveza hubiera podido resistir a la presión del público aficionado al whisky puro de malta.

La clientela veterana, que gustaba de beber durante el día y trasegaba latas de Pabst Blue Ribbon y Narragansett sin medida, rara vez veía las noticias de las seis. Tampoco la clientela más joven, al menos en tiempo real, pero podía ser que las grabaran o las vieran después en *streaming* en sus portátiles. Y sin duda entraban en YouTube regularmente. El otoño anterior, cuando el videoclip de la crisis nerviosa de Rachel se hizo viral, alcanzó las ochenta mil visualizaciones en las primeras doce horas. Antes de que pasaran veinticuatro, ya circulaban siete memes y un montaje con imágenes de Rachel parpadeando, sudando, farfullando e hiperventilando, con un remix del *Drunk in Love* de Beyoncé como música de fondo. Ésa era la interpretación que se le había dado: reportera borracha pierde los estribos durante una retransmisión en directo desde un gueto de Puerto Príncipe. Antes de que transcurrieran treinta y seis horas del incidente, el vídeo ya había acumulado doscientas setenta mil visualizaciones.

Sus escasas amistades aseguraban que sobreestimaba el número de personas capaces de reconocerla en público. La tranquilizaban diciéndole que la propia naturaleza de esta «época viral», con su constante necesidad de reabastecimiento de contenidos, garantizaba que aun cuando muchos hubieran visto aquel vídeo, pocos lo recordarían.

Aun así, cabía la posibilidad de que la mitad de la clientela de aquel bar que no pasaba de los treinta y cinco lo hubiera visto. Si el momento los había pillado colgados o borrachos, aumentaba la probabilidad de que no la relacionaran con aquella mujer tocada con una gorra de béisbol que estaba sola en la barra leyendo el periódico. Por otro lado, puede que a algunos los hubiera pillado sobrios y guardaran un recuerdo más nítido de lo ocurrido.

Rachel lanzó unas cuantas miradas de soslayo para hacerse una idea del tipo de parroquia que la rodeaba: dos ejecutivas que daban sorbitos de sendos martinis aderezados con unas gotitas de algo rosa; cinco corredores de bolsa que trasegaban cervezas y chocaban los nudillos siguiendo el partido de rigor en la pantalla que tenían encima de sus cabezas; un grupo de informáticos e informáticas cercanos a la treintena, capaces de mantener los hombros encorvados incluso mientras bebían; y una pareja de treinta y pocos, bien vestida y acicalada, él a todas luces borracho ya, y ella a todas luces asqueada y un tanto atemorizada. Estos dos últimos eran los que tenía más cerca —a cuatro taburetes a su derecha—, y hubo un momento en que uno de dichos taburetes cayó medio tumbado sobre otros dos, con las patas delanteras levantadas del suelo. La chica exclamó «Joder, ya está bien», y fue en su voz, así como antes en sus ojos, donde Rachel detectó ese asco y ese temor. Su acompañante saltó: «Tranquila, coño, niñata de mierda...», y en ese momento la mirada de Rachel se cruzó sin querer con la de él y luego con la de ella, pero los tres hicieron como si no pasara nada mientras él ponía en pie el taburete.

Rachel ya casi había dado cuenta del vodka y decidió que había sido un error entrar en aquel bar. Su miedo a ciertas personas determinadas, es decir, a las que habían presenciado su desatado ataque de pánico en el informativo de las seis, le había impedido ver el terror que le inspiraba la gente en general, una fobia creciente cuyas dimensiones sólo entonces empezaba a barruntar. Debería haberse vuelto corriendo a casa después del juicio. A quién se le ocurría meterse en un bar. Qué tonta. El gorrión batió las alas. No demasiado convulso, ni demasiado frenético, todavía no. Pero su ritmo iba *in crescendo*. Rachel percibía el corazón oscilando en su pecho, suspendido por cordeles de sangre. Todas las miradas se clavaban en ella, y entre el guirigay de voces a sus espaldas, juraría que había oído a alguien susurrar: «La reportera aquella.»

Dejó un billete de diez dólares sobre la barra, feliz de llevar uno encima porque sólo hubiera faltado tener que esperar el cambio. No podía seguir allí un segundo más. Se le cerraba la garganta. Se le nublaba la visión. El aire parecía plomo fundido. Fue a levantarse, pero el camarero le puso una copa delante.

—Un caballero me pide que le sirva esto y le mande «sus respetos».

Los trajeados agentes de bolsa seguían el partido por la pantalla. Le daban mala espina: parecían la típica cuadrilla de antiguos amigotes universitarios capaces de forzar a una chica. Los cinco rondarían los treinta y pocos; dos empezaban a echar carnes, y todos tenían los ojos demasiado encogidos y demasiado brillantes al mismo tiempo. El más alto del grupo le dirigió un saludo alzando el mentón y la copa a la vez.

—¿Ése? —le preguntó Rachel al camarero.

El camarero volvió la cabeza.

—No. No estaba con el grupo. Era otro que... —Buscó en derredor con la mirada—. Habrá ido a desaguar.

—Bueno, dele las gracias de mi parte, pero...

Mierda. El novio borracho que había derribado el taburete se estaba acercando, y la señalaba como un presentador de un concurso televisivo dispuesto a entregar la vajilla del premio a la ganadora. La asqueada y atemorizada novia se había esfumado. Cuanto más se acercaba, menos bien parecido lo veía. En forma estaba desde luego, y tenía una exuberante mata de pelo oscuro, labios carnosos que enmarcaban una reluciente y risueña boca, así como un andar garboso, todo esto lo tenía, desde luego. «Así como unos bonitos ojos, con el color y el dulzor del tofe inglés, pero, ay, Rachel, lo que esconden esos ojos, lo que hay en esos ojos es crueldad. Una impetuosa y soberbia crueldad.»

Ya has visto antes esa mirada. En los ojos de Felix Browner. En los de Josué Dacelus. En complejos de viviendas de protección oficial y bloques de extrarradio. En acosadores satisfechos de sí mismos.

—Oye, perdona por lo de antes.

—¿Por qué?

—Mi novia. Bueno, mi ex novia ahora, aunque la cosa se veía venir desde hace tiempo. Es muy melodramática ella. Todo son dramas.

—A mí me ha parecido que sólo estaba preocupada porque habías bebido demasiado.

«Pero ¿qué haces dándole conversación, Rachel? Aléjate de ese hombre.»

El tipo desplegó los brazos.

—Hay gente que en cuanto bebe más de la cuenta, se pone agresiva, ¿sabes? Es el problema que tiene el alcohol.

A mí en cambio me pone contento. Estoy contento y sólo quiero hacer amigos y pasarlo bien, nada más. No veo qué problema hay en eso.

—Bueno, que te vaya bien. Yo me tengo que...

—Tienes que terminarte eso —la interrumpió, señalando la copa—. Sería un pecado desperdiciarla. —Le tendió la mano—. Me llamo Lander.

—La verdad es que ya he bebido bastante.

Lander bajó la mano y se volvió hacia el camarero.

—Un Patrón Silver, mozo. —Se volvió hacia Rachel de nuevo—. ¿Por qué nos mirabas?

—No os miraba.

El camarero le trajo el tequila y Lander dio un sorbo.

—¿Cómo que no? Te he pillado.

—He mirado de refilón porque estabais levantando la voz.

—¿Levantando la voz? —dijo él con sonrisa suficiente.

—Sí.

—Te ha parecido *impúbico*, ¿no?

—No. —Rachel pasó por alto el barbarismo, pero no consiguió reprimir un bostezo.

—¿Te aburro?

—No, pareces un tipo simpático, pero me tengo que ir.

Lander sonrió haciendo alarde de simpatía.

—Qué te vas a tener que ir... Tómate esa copa.

El gorrión empezaba a aletear con fuerza; la cabeza y el pico se elevaban hacia la base de su garganta.

—Me voy a ir. Gracias.

Rachel se colgó el bolso al hombro.

—Eres la chica de la tele.

A Rachel no le apetecía malgastar los cinco o diez minutos que le llevaría negarlo y volverlo a negar para luego terminar reconociéndolo, pero aun así se hizo la tonta.

—¿Qué chica?

—La de las noticias, la que perdió los papeles. —Desplazó la vista hacia la copa que Rachel tenía delante, intacta todavía—. ¿Estabas borracha? ¿O colgada? ¿Cuál de las dos cosas? Vamos, a mí me lo puedes contar.

Rachel lo miró con sonrisa forzada y dio un paso adelante, dispuesta a pasar de largo.

—Eh, eh, eh —dijo él, cerrándole el paso—. Sólo quería saber... —Dio un paso hacia atrás y la miró fijamente—... Sólo quería saber en qué estabas pensando. Quiero que seamos amigos.

—Y yo lo que quiero es irme. —Hizo un gesto con la mano derecha indicándole que se apartara.

Lander echó la cabeza hacia atrás, frunció el labio inferior y remedó el ademán de ella.

—Te he hecho una pregunta nada más. El público confiaba en ti. —Le dio un toquecito en el hombro con el dedo—. Ya, ya sé, crees que estoy borracho y, mira tú, puede que lo esté. Pero tengo algo importante que decir. Yo soy un tío simpático, un buen tío, mis amigos se parten de risa conmigo. Tengo tres hermanas. Y la cosa es, lo que quería decir es que a ti te parecerá muy bonito eso de empinar el codo estando de servicio porque seguro que tienes un buen colchón donde caer si te vienen mal dadas. ¿A que sí? Un buen marido médico o rentista que... —Perdió el hilo de lo que iba diciendo, lo retomó y abrió los dedos, rosados, en torno a su cuello rosado—. Yo en cambio no puedo hacer eso. Yo tengo que ganarme la vida. ¿A que tú tienes un viejales forrado de pasta que te paga el Pilates, el Lexus y las comidas con las amiguitas y encima te cagas en todo lo que hace por ti? Venga, tómate esa copa, coño, que para eso te invitan. Un poco de respeto.

El tipo siguió allí plantado, tambaleándose. Rachel no sabía cuál sería su reacción si volvía a tocarla en el hombro. Nadie en el bar daba un paso. Nadie había abierto la boca ni hacía amago de acercarse a ayudarla. Contemplaban el espectáculo sin más.

—Quiero irme —insistió Rachel, y dio un paso en dirección a la puerta.

Lander volvió a ponerle el dedo en el hombro.

—Quédate un momento. Tómate algo conmigo. Con nosotros —añadió, abarcando el bar con un gesto—. No querrás dejarnos con la sensación de que piensas mal de mí.

No pensarás mal de mí, ¿no? Soy un hombre como otro cualquiera. Un tío normal. Sólo que...

—¡Rachel! —Brian Delacroix apareció de pronto por detrás del hombro izquierdo de Lander, pasó junto a él y se colocó al lado de ella—. Lo siento mucho. Me he entretenido. —Miró a Lander con una sonrisa distante y se volvió de nuevo hacia ella—. Oye, llegamos tarde, lo siento. La entrada era a las ocho. Hay que salir pitando.

Agarró la copa de vodka de Rachel que estaba en la barra y se la pimpló de un trago.

Vestía un traje azul marino, una camisa blanca con el botón del cuello desabrochado y corbata negra con el nudo suelto y algo torcido. Seguía siendo bastante apuesto, pero no al estilo de esos petimetres que acaparan el baño por las mañanas. Tenía un aire más bien rudo, las facciones marcadas pero sin llegar a ser toscas, la sonrisa ladeada, el pelo negro y ondulado pero no acicalado en exceso. La tez curtida, patas de gallo, nariz y mentón fuertes. La miraba con sus ojos azules muy abiertos y divertidos, como si encontrarse en situaciones como aquélla fuera motivo de asombro constante para él.

—Por cierto, estás despampanante —le dijo entonces a Rachel—. Insisto, perdona que me haya entretenido. No tengo disculpa.

—Eh, eh, tú. —Lander se quedó embobado mirando la copa un momento—. Para el carro.

¿Y si todo era un montaje y estaban los dos conchabados? Lander en el papel de lobo, ella en el de inocente corderito y Brian Delacroix en el de redentor. Rachel no había olvidado lo raro que estaba aquel día frente al Ateneo, y que se encontraran precisamente el día de su divorcio se le antojaba demasiada casualidad.

Decidió no seguirle el juego. Levantó las palmas de las manos.

—Chicos, creo que me voy a...

Pero Lander no la oyó, porque ya estaba empujando a Brian.

—Largo de aquí, colega.

Al oírse llamar «colega», Brian la miró arqueando las cejas con divertida complicidad y Rachel tuvo que hacer un esfuerzo por contener la sonrisa.

Brian se volvió hacia Lander.

—Yo me largaría, tío, pero es que no puedo. Ya, ya sé que te has llevado un chasco, pero, claro, cómo ibas a saber que la chica me estaba esperando. Pero, oye, eres un tío simpático, no hay más que verlo. Y la noche es joven. —Hizo una señal hacia el camarero—. Tom me conoce. ¿Verdad, Tom?

—Cómo no —dijo Tom.

—Así que, mira... ¿cómo te llamas?

—Lander.

—Bonito nombre.

—Gracias.

—Cariño —dijo, dirigiéndose a Rachel—, ¿por qué no vas a por el coche?

—Claro —se oyó decir Rachel.

—Lander —dijo Brian, pero intercambió una mirada con Rachel y parpadeó en dirección a la puerta—, esta noche ya puedes guardar la cartera. Pide las consumiciones que quieras, que Tom las anotará en mi cuenta.

Brian lanzó otro vistazo hacia ella, con algo más de insistencia esta vez, y Rachel se puso en marcha.

—¿Que quieres invitar a una ronda a esas que están junto a la mesa de billar? Pues adelante, corre de mi cuenta también. La de la camiseta verde de cuadros y los vaqueros negros no deja de mirarte desde que he entrado...

Rachel se dirigió hacia la puerta y no volvió la vista atrás, aun deseando hacerlo. Pero la última mirada que había captado en el semblante de Lander era la de un perrito con la cabeza ladeada, a la espera de una orden o un premio. En menos de un minuto, Brian Delacroix se lo había metido en el bolsillo.

No conseguía dar con el coche. Recorrió una manzana tras otra, primero en dirección este, luego norte, y luego sur para volver sobre sus pasos. En alguna parte de entre aquella colección de casas de ladrillo rojo o chocolate, con sus rejas y verjas de forja, tenía que estar el Prius 2010 gris claro.

Era la voz de Brian, decidió al enfilar por una travesía en dirección a Copley Square. Una voz cálida, segura de sí misma, persuasiva, pero no persuasiva como la de un charlatán. Era la voz del amigo que llevas toda la vida deseando encontrarte o del pariente cariñoso que desapareció demasiado pronto de tu mundo y por fin regresa. Era la voz del hogar, pero no del hogar como realidad, sino como abstracción, como ideal.

Minutos después, aquella voz penetró en el aire a sus espaldas:

—Si te sientes acosada y aprietas el paso, no me lo tomaré como una ofensa. De verdad lo digo. Me quedaré aquí quieto y nunca más volveremos a vernos.

Rachel detuvo sus pasos. Al volverse, lo vio en el arranque del callejón que acababa de atravesar treinta segundos antes. Estaba bajo una farola, con las manos entrelazadas por delante, allí quieto. Se había puesto una gabardina encima del traje.

—Pero si te apetece alargar un poco más la noche, me quedaré a diez pasos de distancia y te seguiré hasta dondequiera que me lleves para invitarte a una copa.

Rachel se quedó observándolo un largo rato, el suficiente para advertir que el gorrión había dejado de aletear en su pecho y ya no percibía aquella opresión en la garganta. Sentía la misma calma que la última vez que había cerrado la puerta y se había refugiado en su propia casa.

—Que sean cinco pasos —le dijo.

10

VUELVE LA LUZ

Caminaron por el South End, y Rachel no tardó en comprender por qué Brian se había puesto la gabardina. Caía una llovizna tan leve que no reparó en ella hasta que sintió el pelo y la frente mojados. Se tapó la cabeza con la capucha de la sudadera, pero obviamente también ésta se había calado.

—¿Eras tú quien me invitaba a ese vodka?

—Yo mismo.

—¿Por qué?

—¿Sinceramente?

—No, falsamente.

Brian soltó una risita.

—Porque tenía que ir al baño y quería asegurarme de que cuando saliera siguieras allí.

—¿Por qué no abordarme directamente?

—Nervios. Tampoco es que te haya notado entusiasmada las veces que he retomado el contacto contigo durante estos años.

Rachel aflojó el paso y él le dio alcance.

—Pues me gustaba recibir tus correos.

—Qué curioso. A juzgar por tus respuestas, nadie lo diría.

—Estos últimos diez años han sido muy difíciles para mí —dijo Rachel, sonriéndole con un mohín tan dubitativo como esperanzador.

Brian se quitó la gabardina y se la echó a Rachel sobre los hombros.

—No pienso aceptarte la gabardina.

—Ya lo sé. Sólo te la estoy prestando.

—No la necesito.

Brian dio un paso atrás y la miró de arriba abajo.

—Muy bien. Devuélvemela entonces.

Rachel sonrió y lo miró con fingida exasperación.

—Bueno, ya que te empeñas...

Siguieron caminando, sin más sonido alrededor que el de sus propias pisadas.

—¿Adónde me llevas? —preguntó Brian.

—Mi idea era ir al Railway Road, si es que existe todavía.

—Existe. Una manzana más arriba, dos más allá.

Rachel asintió.

—¿Por qué lo llamarán Railway Road? No hay ninguna vía férrea en los alrededores.

—Es una referencia al Underground Railroad, el ferrocarril subterráneo. Una red clandestina que ayudaba a escapar a los esclavos a territorios libres. A la mayoría de ellos los sacaron por esa manzana. En este edificio de aquí —señaló hacia una mansión de ladrillo rojo encajada entre una casa y lo que antaño había sido una iglesia— fue donde Edgar Ross fundó la primera imprenta con mano de obra negra a principios del XIX.

Rachel miró de reojo a Brian.

—Hay que ver cuánto sabes.

—Me interesa la historia. —Encogió los hombros con un gesto un tanto enternecedor en un hombre de su edad.

—Por aquí a la izquierda.

Giraron a la izquierda. Era una calle con más solera, más tranquila. Muchos de los garajes o de los garajes reconvertidos en viviendas habían sido caballerizas antiguamente. Las ventanas eran de vidrio emplomado y los árboles, tan antiguos como la Constitución americana.

—Por cierto, me gustabas más cuando informabas sobre temas de actualidad que cuando te dedicabas a la información local.

Rachel rió entre dientes.

—¿No te sentiste bien informado con mi reportaje sobre el gato que ladraba?

Brian hizo una castañeta con los dedos.

—Prométeme que está en los archivos.

De pronto oyeron un chasquido metálico y la calle quedó a oscuras. Todas las luces —de las casas, de las farolas, del pequeño bloque de oficinas al fondo de la calle— se habían apagado.

Podían verse, mal que bien, gracias al plomizo resplandor proyectado por los rascacielos que circundaban el barrio, pero aquella súbita semioscuridad representaba una extraña anomalía y conllevaba la asunción de la postergable verdad que todo urbanita mantenía arrumbada en lo alto de su armario: que no estamos preparados para afrontar la mayoría de los retos que plantea la supervivencia. Salvo que se presenten con toda clase de comodidades.

Continuaron avanzando por la calle con sensación de maravillada extrañeza. El vello de Rachel cobró una vida de la que carecía cinco minutos antes. Su oído se había aguzado. Todos sus poros se habían abierto por completo. Sentía el cuero cabelludo frío, húmedo, inyectado de adrenalina.

Eran sensaciones que también había percibido en Haití. En Puerto Príncipe, en Léogâne, en Jacmel. Algunos barrios de esas ciudades aún seguían sin luz.

Una señora salió de un edificio de la esquina. Llevaba una vela en una mano y una linterna en la otra, y al enfocar sobre sus torsos con el haz de luz de la linterna, Rachel distinguió el letrero que se alzaba sobre la cabeza de aquella mujer y descubrió que estaban justo enfrente del Railway Road.

—¡Eh, hola! —La señora movió la linterna arriba y abajo ungiéndolos con su luz, antes de desplazar el foco hacia sus rodillas—. ¿Qué hacen aquí fuera con esta oscuridad?

—Estábamos buscando su coche —respondió Brian—. Luego nos ha dado por buscar su bar, y de pronto, esto.

Brian alzó las manos a la oscuridad, y se produjo otro estallido metálico con el que volvió la luz.

Parpadearon deslumbrados por los suaves rayos de neón que despedían el letrero de la marca de cerveza en la ventana y el rótulo del bar sobre la puerta.

—Bonito truco —le dijo la camarera a Brian—. ¿Se le puede contratar para fiestas de cumpleaños?

La señora les abrió la puerta y pasaron los tres al interior. El local seguía tal como Rachel lo recordaba, quizá mejor incluso, ya que la iluminación era algo más tenue y en lugar del acre olor a cerveza impregnado en el caucho negro del suelo ahora se detectaba un levísimo aroma a nogal americano. Cuando entraron, en la máquina de discos sonaba Tom Waits, pero la canción se fue apagando mientras pedían sus consumiciones y Radiohead vino a reemplazarlo con un tema de la época de *Pablo Honey*. Rachel era capaz de situar a Tom Waits en su contexto porque muchos de sus mejores temas eran anteriores a sus tiempos. Pero a menudo reparaba con asombro, por previsible y leve que éste fuera, en que había gente en los bares, ya con la edad reglamentaria para consumir alcohol, que iba en pañales cuando Radiohead formaba parte de la banda sonora de sus tiempos universitarios. «Envejecemos a ojos de todo el mundo, pero curiosamente somos los últimos en enterarnos», pensó Rachel.

En el bar no había nadie más aparte de ellos y Gail, la camarera.

Mediadas ya sus respectivas copas, Rachel le dijo a Brian:

—Cuéntame qué te pasaba la última vez que nos vimos.

Brian entrecerró los ojos, confundido.

—Ibas con un marchante de antigüedades.

Brian castañeteó los dedos.

—Jack Ahern, ¿no? ¿Era Jack?

—Sí, Jack Ahern.

—Íbamos a comer, nos topamos contigo en lo alto de Beacon Hill.

—Sí, sí —dijo Rachel—, los datos los conozco. Lo que quiero saber es qué mosca te picaba aquel día. Porque, chico, estabas más raro... estabas loco por librarte de mí.

Brian asentía cabeceando.

—Ya, lo siento.

—¿Lo reconoces?

—Qué demonios, claro que lo reconozco. —Se volvió en el asiento y sopesó sus palabras antes de continuar—. Jack había invertido en una pequeña filial que yo estaba creando en aquel tiempo. Una empresa de poca monta, dedicada a la fabricación de tarimas y persianas de alta calidad. Jack además se las da de moralista, es un hombre muy del siglo XV en ese sentido, no sé si fundamentalista luterano o fundamentalista calvinista, una de las dos cosas, no recuerdo.

—Yo también las confundo.

Brian le lanzó una sonrisa sardónica.

—En fin, el caso es que yo entonces estaba casado.

Rachel dio un trago largo de la copa.

—¿Casado?

—Sí. A punto de divorciarme, pero todavía casado en aquel momento. Y lo mío son las ventas, así que le había vendido la moto al moralista de mi cliente de que era un hombre felizmente casado.

—Hasta aquí, todo claro.

—Pero en cuanto te vi cruzando la calle en dirección a mí, comprendí que si no me adelantaba, Jack iba a darse cuenta, así que me entró la verborrea, como siempre me pasa cuando estoy muy nervioso, y la cagué de mala manera.

—¿«Darse cuenta»? ¿De qué tenía que darse cuenta?

Brian ladeó la cabeza y la miró arqueando una ceja.

—¿De verdad hace falta decírtelo con pelos y señales?

—Oye, perdona, pero eres tú quien se está explicando.

—Pues de mi atracción por ti, Rachel, de qué iba a ser. Mi ex siempre se estaba metiendo conmigo por eso: «Qué, otra vez viendo a tu *amiguita* en las noticias, ¿no?» Si hasta mis amigos me lo notaban, ya me dirás cómo no se iba a percatar Jack Ahern viéndome allí en mitad de Beacon Street con la baba caída. Joder, bien claro estaba ya desde Chicopee. Ahora no me vengas con cuentos.

—¿Qué cuentos? Yo qué iba a saber.

—Sí, ya, claro. Tú qué ibas a saber.

—Podrías habérmelo dicho.

—¿Cómo, en un correo? ¿Para que lo leyeras junto a tu querido marido ideal?

—De ideal, nada.

—Eso no lo sabía en aquel momento. Además, que todavía estaba casado.

—¿Y qué fue de ella?

—Se marchó. Volvió a Canadá.

—Así que estamos los dos divorciados.

Brian asintió y levantó la copa.

—Brindemos por ello.

Rachel chocó la copa con la suya, la despachó de un trago y pidieron otras dos consumiciones.

—Dime algo que no te guste de ti —le pidió Rachel.

—¿Que no me guste? Pero ¿la idea no era que al principio había que mostrar lo mejor de uno mismo?

—¿Al principio de qué?

—De conocer a alguien.

—¿De salir? ¿Esto es una cita entonces?

—No lo había pensado.

—Tú tienes tu copa, yo la mía, y aquí estamos los dos sentados frente a frente, intentando averiguar si nos sentimos tan a gusto juntos como para repetir el encuentro.

—Visto así, parece una cita, desde luego. —Brian levantó un dedo—. Aunque también podría verse como el equivalente a un partido de pretemporada de la liga nacional de fútbol americano.

—O el equivalente a un partido de los entrenamientos de primavera de las grandes ligas de béisbol —dijo Rachel—. O también, espera... ¿cómo llaman a la pretemporada en la NBA?

—La pretemporada.

—Ya, pero ¿cómo la llaman?

—La pretemporada, tal cual.
—¿Seguro? Qué poco originales.
—Ya, pues así se llama.
—¿Y la pretemporada de la liga nacional de hockey?
—Yo qué coño sé.
—Pero si eres canadiense.
—Ya —admitió—, pero no se me da muy bien.

Los dos rieron por la sencilla razón de que acababan de alcanzar la primera de las etapas establecidas por la madre de Rachel: el flechazo. Desde que habían echado a andar por el empedrado de aquella manzana tan silenciosa que sólo se oía el eco de sus propias pisadas, con el olor del cuello de la húmeda gabardina de Brian bajo la barbilla de Rachel, luego los dos minutos en la absoluta oscuridad, la entrada de ambos ya como pareja al cruzar el umbral del bar mientras la voz ronca y melodiosa de Tom Waits se perdía en el estribillo final, hasta ese instante, en que los dos charlaban y bromeaban con su vodka y su whisky escocés, respectivamente, en algún momento habían traspasado otro umbral dejando atrás lo que habían sido antes de confesarse su atracción mutua para avanzar ya dando por sentada dicha atracción.

—Lo que no me gusta de mí, ¿no?

Rachel asintió.

Brian levantó la copa y la agitó suavemente, entrechocando los cubitos en el cristal. La picardía abandonó su semblante para ceder el paso a una expresión triste y perpleja, pero no amarga. Esa ausencia de amargura le gustó de inmediato a Rachel. Se había criado en un hogar lleno de amargura y luego, cuando ya estaba convencida de que nunca más volvería a tener que vérselas con ese sentimiento, se casó con él. Ya lo había sufrido bastante.

—¿Sabes cuando de niño nadie te escoge para jugar en su equipo, o no le gustas a quien te gusta, o tus padres te rechazan o te marginan no porque hayas hecho algo malo sino porque son un par de disfuncionales desgraciados?

—Sí, sí y sí. Me muero de ganas de saber adónde quieres ir a parar.

Brian bebió un trago.

—Cuando pienso en esos momentos... y a lo largo de una infancia los hay a montones, se acumulan... y me doy cuenta de que yo de niño creía en lo más profundo de mi ser que llevaban razón. Que yo no estaba a la altura del equipo, que no valía como para gustarle a esa persona, que mi familia me rechazaba porque merecía ser rechazado. —Dejó la copa sobre la barra—. En resumidas cuentas, que lo que no me gusta de mí es que a veces en realidad no me gusto.

—Y aunque hagas el bien por dondequiera que vayas —añadió ella—, aunque seas un amigo excelente, una excelente esposa o un excelente marido, aunque seas el ser más solidario del mundo, nada, pero nada de nada...

—Nada —corroboró él.

—... compensará la mierda de persona que eres en realidad.

Brian la obsequió con una hermosa sonrisa de oreja a oreja.

—Veo que has estado un tiempo metida en mi cabeza.

—Ja. —Rachel hizo un gesto de negación—. Con la mía me basto y me sobro.

Guardaron silencio un momento. Dieron cuenta de sus copas y pidieron dos consumiciones más.

—Aun así —dijo Rachel—, despides una asombrosa confianza en ti mismo. Al capullo ese del bar lo tenías hipnotizado.

—Ése era idiota. A los idiotas se los engaña pronto. Por eso son idiotas.

—¿Quién me dice a mí que no estabais conchabados?

—¿Conchabados?

—Ya sabes, el viejo truco: él me mete miedo y tú acudes en mi rescate.

—Pero si he conseguido sacarte de allí y luego me he quedado dándole coba al tipo.

—Si lo teníais tramado, podrías haber salido por la puerta cinco segundos después de que yo me fuera y haberme seguido.

Brian iba a decir algo, pero cerró la boca de nuevo y asintió con la cabeza.

—Eso es cierto. ¿Siempre te abordan de forma tan rocambolesca?

—Que yo sepa, no.

—Me tendría que haber tomado muchas molestias. ¿El tipo ese no estaba antes con su novia? Se estaban peleando, ¿no?

Rachel asintió.

—Pues entonces yo tendría que... a ver, déjame que ordene todos los acontecimientos: tendría que haber sabido que ibas a ir a ese bar esta noche, haber buscado a un amigo dispuesto a fingir que estaba allí con una novia, armarle la bronca a la chica, ingeniárselas para que se marchara, luego abordarte a ti y ponerse agresivo, todo para que yo pudiera intervenir y darte tiempo a salir mientras yo lo entretenía para luego poder...

—Está bien, no sigas.

—...atravesar el bar a toda mecha en cuanto te fueras, salir detrás de ti y perseguirte por la ciudad, taconeando por calles desiertas y silenciosas.

—Está bien, ya te he dicho que no sigas. —Le señaló el traje, la camisa blanca y la elegante gabardina—. Es que te veo muy compuesto y no me cuadra eso de que en realidad no te gustes. Porque la verdad, amigo mío, es que irradias seguridad en ti mismo.

—¿Así en plan chulo y tal?

—No, chulo no —dijo Rachel, negando enfáticamente con la cabeza.

—Por lo general soy una persona segura de sí misma —dijo Brian—. El adulto racional que llevo dentro tiene sus malos rollos muy bien controlados. Pero hay una ínfima parte de mi ser a la que se puede acceder a medianoche en la penumbra de un bar si una mujer me tira de la lengua y me pregunta qué es lo que no me gusta de mí. —Se volvió de frente hacia Rachel de nuevo y aguardó—. Por cierto...

Rachel carraspeó; por un momento, creyó que se le saltaban las lágrimas. Sentía el nudo atenazándole la garganta, y era una vergüenza. Había cubierto un terremoto de siete grados de magnitud en una isla ya devastada por una miseria inimaginable para el común de los mortales. Se había pasado un mes en un complejo de viviendas de protección oficial yendo de acá para allá hincada de rodillas con el único propósito de meterse en la piel de un niño en esas circunstancias. En una ocasión se había encaramado a la copa de un árbol en plena selva amazónica brasileña, a sesenta metros del suelo, y había pasado allí la noche. Y, sin embargo, ese día, sólo por ponerse al volante de un coche para recorrer los cincuenta kilómetros que separaban la capital de la zona residencial del extrarradio, había estado a punto de sufrir un ataque de nervios.

—Hoy me he divorciado —le dijo—. Hace seis meses me quedé sin trabajo... no, mejor dicho, me quedé sin carrera profesional, como bien sabes, por sufrir un ataque de pánico en directo. La gente me inspira pavor, y no me refiero a cierta gente en concreto, sino, lo que es peor, a la gente en general. Desde hace nueve meses vivo prácticamente enclaustrada. ¿Y quieres que te diga la verdad? Estoy deseando regresar a mi cueva. En resumidas cuentas, Brian, no me gusta nada de mi persona.

Durante un minuto, Brian guardó silencio y se limitó a mirarla sin más. Pero no con fijeza, no había insinuación ni desafío en su semblante. La suya era una mirada franca, compasiva, carente de prejuicios. Rachel no lograba catalogarla, hasta que cayó en la cuenta de que era la mirada de un amigo.

Entonces reparó en la canción. Llevaba sonando medio minuto tal vez. Era Lenny Welch, uno de los primeros cantantes que alcanzaron la fama gracias a una sola canción, aunque en su caso fue un éxito duradero: *Since I Fell for You*.

Brian la escuchaba con la cabeza ladeada y la mirada perdida.

—Esta canción la pusieron en la radio un día cuando yo era pequeño y estábamos en un lago al que íbamos a menudo. Los mayores aquel día se comportaron de un modo muy extraño, estaban todos muy desmadrados. Hasta al cabo de los años no caí en que iban todos de porros hasta las cejas. No entendía por qué no hacían más que pasarse el mismo cigarrillo una y otra vez. El caso es que estuvieron bailando esta canción junto al lago, toda la cuadrilla de canadienses emporrados con sus bañadores de nailon.

¿De dónde salió lo que Rachel dijo a continuación? ¿Se podía rastrear ese impulso? ¿O tal vez fue una reacción puramente química? Neuronas disparadas, el triunfo de la biología sobre el intelecto.

—¿Te apetece bailar?

—Será un placer. —Brian la tomó de la mano y encontraron la pequeña pista de baile justo al otro lado de la barra, en una salita oscura iluminada únicamente por el resplandor que proyectaba la máquina de discos.

Aquél fue su primer baile. La primera vez que sus pechos y las palmas de sus manos se tocaron. La primera vez que Rachel estuvo lo bastante cerca de él como para detectar lo que ya siempre identificaría como su olor característico: un leve rastro a humo entremezclado con el olor a su champú sin perfume y una ligera fragancia entre almizclada y silvestre en su piel.

—Te he invitado a esa copa porque no quería que te marcharas del bar.

—Porque tenías que ir al servicio, ya.

—No, he ido al servicio porque, justo después de pedirte la copa, me ha entrado el pánico. Es que, no sé, uf, no quería que me vieras como el típico ligón de mierda. Así que me he metido en el servicio, yo que sé para qué, muerto de vergüenza supongo. Me he quedado paralizado allí dentro, apoyado en la pared, y me he llamado imbécil como diez veces por lo menos.

—Venga ya.

—En serio. Te lo juro. Cuando te veía en las noticias, me parecías sincera. No juzgabas, no ironizabas, no imponías tu sesgo particular sobre las cosas. Creía en tus palabras porque me inspirabas confianza. Porque eras una profesional íntegra, y se notaba.

—¿Incluso cuando lo del gato que ladraba?

Brian se puso serio pero continuó hablando en un tono desenfadado.

—No menosprecies mi opinión sobre ti. Yo me puedo pasar días, a veces incluso semanas, sin oír más que mentiras de todo el mundo, todo el mundo intenta jugármela. El del concesionario que pretende endosarme un coche, el vendedor ambulante, el médico que me vende medicamentos más caros de los que necesito para joder al representante farmacéutico, las compañías aéreas, los hoteles, las chicas en los bares de los hoteles... Pero cuando regresaba de un viaje y ponía Channel 6, tú... tú nunca me mentías. Eso significaba mucho para mí. Y algunos días, sobre todo después de que mi matrimonio se fuera a pique, cuando estaba siempre solo, lo significaba todo.

Rachel no supo qué decir. Últimamente no tenía costumbre de que le regalaran el oído y nunca había sabido lo que era confiar en los demás.

—Gracias —acertó a decir, y bajó la vista.

—Qué canción más triste —observó Brian al rato.

—Sí.

—¿Quieres que lo dejemos?

—No. —Era un placer sentir el tacto de la mano de Brian apoyada en la parte baja de su espalda. Le hacía sentir que nunca iba a caer. Que nunca le harían daño. Que nunca perdería. Que nunca más volverían a abandonarla—. No, sigamos.

11

ANSIAS

El principio de su romance infundió en Rachel una falsa sensación de serenidad. Casi estaba convencida de que los ataques de pánico eran cosa del pasado, aunque su acometida más reciente había sido la más intensa de todas.

Su primera cita oficial con Brian tuvo lugar a la mañana siguiente de aquel encuentro, para tomar un café. Rachel, demasiado bebida la noche anterior para ponerse al volante, se había permitido el lujo de pedir una habitación con vistas al río en el Westin Copley Square. Hacía más de un año que no se alojaba en aquel hotel; en el ascensor, se imaginó llamando al servicio de habitaciones para pedir que le subieran algo que picar mientras veía alguna película de pago en el televisor, pero en cuanto se quitó los zapatos y retiró la colcha, se quedó dormida. Al día siguiente, a las diez de la mañana, se encontró con Brian en Stephanie's, un restaurante de Newbury Street. Todavía había trazas de vodka bullendo por sus venas y por la ligera viscosidad de su cerebro. Brian, en cambio, ofrecía un aspecto estupendo. De hecho, estaba más guapo a la luz del día que en la penumbra del bar. Rachel le preguntó por su trabajo, y él le contestó que era un modo como otro de ganarse la vida y de poder dar rienda suelta a su pasión por viajar.

—Algo más te dará.

—Pues no, la verdad. —Rió entre dientes—. ¿Sabes lo que hago día sí y día también? Negociar contratos con los proveedores de madera en función de si ese mes ha habido abundancia o escasez. ¿Que ha habido sequía en Australia o la estación de los monzones se ha prolongado en Filipinas? Pues esos factores afectan al precio de la madera, que a su vez afecta al precio de... ¿por dónde empezamos?... de esa servilleta de papel, este mantel, ese sobrecito de azúcar. Me entra sueño sólo de contártelo. —Dio un sorbo del café—. ¿Y tú qué?

—¿Yo?

—Sí. ¿Volverás algún día al periodismo?

—Dudo que alguien quiera contratarme.

—¿Tú qué sabes? ¿Y si hay alguien que no ha visto ese vídeo?

—¿Y dónde está ese alguien?

—Tengo entendido que en Chad la conexión a internet es pésima.

—¿Chad?

—Chad.

—Bueno, si algún día consigo montarme otra vez en un avión, probaré suerte en las cadenas de televisión de...

—Yamena.

—Capital de Chad, ya.

—Lo tenías en la punta de la lengua, ¿verdad?

—Pues sí.

—Ya, te creo.

—Estaba a punto de decirlo.

—No te lo discuto.

—De palabra quizá no —dijo Rachel—, pero los ojos te...

—Los tuyos son impresionantes, por cierto.

—Mis ojos.

—Y tu boca.

—Cuando quieras salimos otra vez.

—Ése es el plan. —El rostro de Brian se ensombreció un poco—. ¿Alguna vez has pensado que quizá no haga falta acabar en un lugar tan remoto como Chad?

—¿A qué te refieres?

—No creo que seas tan fácilmente reconocible como tú piensas.

Rachel lo miró arqueando una ceja.

—Durante casi tres años estuve saliendo en las noticias de esta ciudad cinco noches a la semana.

—Lo sé —afirmó Brian—. Pero ¿con qué número de telespectadores cuenta esa cadena? ¿Sobre un cinco por ciento de una urbe con dos millones de habitantes? Eso son cien mil personas. Repartidas por a saber los kilómetros cuadrados que abarque la zona metropolitana. Apuesto a que si hicieras un sondeo entre los comensales que hay ahora mismo en este restaurante, sólo te reconocerían uno o dos, y quizá sólo porque preguntando los obligaríamos a fijarse.

—No acabo de ver si pretendes hacerme sentir mejor o peor —dijo Rachel.

—Mejor. Siempre mejor. Lo que pretendo hacerte ver, Rachel, es que, sí, cierto que habrá personas que recuerden ese vídeo y que algunas de esas personas lo relacionarán contigo al verte en público, pero es un porcentaje mínimo de la población y con el tiempo se irá reduciendo más todavía. Vivimos en un mundo donde hasta la memoria es desechable. Nada está hecho para perdurar, ni siquiera la vergüenza.

Rachel lo miró arrugando la nariz.

—¡Qué bonitas palabras!

—Tú sí que eres bonita.

—Ooooh.

La segunda vez quedaron para cenar en South Shore, cerca de casa de Rachel. La tercera, de nuevo en Boston, también para una cena, al término de la cual se morrearon como dos adolescentes, ella con la espalda apoyada contra una farola. La lluvia los sorprendió de pronto, pero no con aquella fina llovizna de la primera noche sino con un chaparrón que coincidió con un brusco descenso de las temperaturas, como si el invierno quisiera arrancarles un último y desesperado bocado.

—Venga, te acompaño a tu coche, que te vas a enfriar. —Brian la arrebujó en su gabardina. Rachel oía los goterones golpeando la tela impermeable como pequeños pedruscos, pero sólo se le mojaron los tobillos.

Pasaron junto a un pequeño parque donde había un vagabundo tumbado en un banco. El hombre escudriñaba la calle como si tratara de divisar algo que se le hubiera perdido. Se había tapado con periódicos, pero movía una y otra vez la cabeza bajo la lluvia y le temblaban los labios.

—Qué primavera más perra —les dijo.

—Y eso que junio está al caer —observó Brian.

—Dicen que escampará antes de medianoche —dijo Rachel, preocupada y culpable por disponer de cama, coche y techo.

El vagabundo frunció los labios, esperanzado con la buena nueva, y cerró los ojos.

Ya dentro del coche, Rachel puso la calefacción y se frotó las manos para entrar en calor. Brian inclinó la cabeza por la ventanilla abierta para darle un breve beso de despedida que terminó prolongándose bajo el jarreo de la lluvia contra el techo del coche.

—¿Te llevo a casa? —se ofreció Rachel.

—Está a diez manzanas en dirección contraria. La gabardina me protegerá.

—¿Y la cabeza qué? No llevas sombrero.

—Mujer de poca fe. —Brian se retiró un poco del coche y extrajo del bolsillo de la gabardina una gorra de los Blue Jays. Se la caló, levantó la visera de un papirotazo y le hizo un saludo militar de despedida sonriendo de medio lado—. Conduce con cuidado. Llámame cuando llegues a casa.

—Uno más —le dijo Rachel, engarfiando el dedo en su dirección.

Brian metió de nuevo la cabeza por la ventanilla y la besó. Rachel percibió un levísimo rastro a sudor bajo el ala de la visera y el sabor a whisky en su lengua, y tiró con fuerza de él por las solapas de la gabardina para besarlo apasionadamente.

Brian se alejó tomando el mismo camino por donde habían venido. Rachel puso en marcha el limpiaparabrisas y, cuando ya iba a acceder a la calzada, advirtió que tenía los cristales empañados. Pulsó el botón del ventilador, se quedó un momento observando cómo el vaho desaparecía de la luna delantera y arrancó. Al llegar a la esquina, cuando se disponía a girar a la derecha, echó un vistazo a su izquierda y vio a Brian en el parque. Se había quitado la gabardina para echársela encima al vagabundo.

Brian salió del parque, levantándose el cuello de la camisa para resguardarse de la lluvia, y echó a correr calle arriba en dirección a su casa.

La madre de Rachel, huelga decir, había dedicado un capítulo entero a lo que Rachel acababa de presenciar: «El impulso.»

En su cuarta cita, Brian la invitó a cenar en su piso. Mientras él estaba cargando el lavavajillas, Rachel se quitó la camiseta y el sujetador y fue a su encuentro en la cocina sin más vestimenta que unos holgados y raídos vaqueros. Brian se volvió justo en el momento de acercarse ella, abrió desmesuradamente los ojos y exclamó: «Oh.»

Rachel sintió que dominaba perfectamente la situación, aunque evidentemente no fuera así, y con libertad suficiente para dictar los términos de su primer contacto sexual. Aquella noche empezaron en la cocina pero terminaron en el dormitorio. Dieron comienzo al segundo asalto en la bañera y lo terminaron sobre la encimera, entre los dos lavabos. Fueron a por el triplete en el dormitorio una vez más y, sorprendentemente, lo culminaron con bastante éxito, si bien del cuerpo de Brian al final ya no brotó más que un estremecimiento.

A lo largo de aquel verano, la entrega del cuerpo funcionó a las mil maravillas. La entrega de todo lo demás, sin embargo, fue un proceso más lento. Sobre todo después de que regresaran los ataques de pánico, que por lo general la asaltaban cuando Brian se encontraba de viaje. Por desgracia, aceptarlo como pareja conllevaba como norma primordial aceptar que estaba fuera muy a menudo. La mayoría de sus viajes —a Canadá, al estado de Washington, a Oregón, más los dos anuales a Maine— suponían ausencias breves, de dos noches a lo sumo. Pero había otros —a Rusia, Alemania, Brasil, Nigeria e India— que se prolongaban mucho más.

A veces, al principio de su marcha, Rachel disfrutaba reencontrándose consigo misma. No necesitaba verse como la media naranja de nadie. A la mañana siguiente de su partida, se levantaba sintiéndose Rachel Childs al noventa por cierto. Luego miraba por la ventana y, embargada por el miedo al mundo, recordaba que de ese noventa por ciento de sí misma le sobraba como mínimo un cuarenta por ciento todavía.

A la segunda tarde, la idea de salir a la calle venía cargada de una histeria apenas contenida, envuelta en un temor cotidiano más manejable.

Lo que Rachel veía cuando imaginaba el mundo exterior era lo que sentía cuando se atrevía a entrar en él: que se le echaba encima como un negro nubarrón. La acorralaba. Le arrancaba pedazos a mordiscos. Se introducía en su cuerpo como una pajita y la absorbía hasta dejarla seca. A cambio, no le ofrecía nada. Frustraba todos sus intentos de corresponderle en especie, de obtener alguna recompensa por el esfuerzo de integrarse en él. La arrastraba en su remolino, la zarandeaba y luego la escupía de su vorágine antes de pasar a la siguiente víctima.

Un día que Brian estaba en Toronto se quedó paralizada en un Dunkin' Donuts de Boylston. Dos horas estuvo pegada a la pequeña barra que daba a la calle, sin poder moverse.

Una mañana, mientras Brian hacía escala en Hamburgo, Rachel tomó un taxi en Beacon Street. Cuando llevaban recorridas cuatro manzanas, le dio por pensar que había confiado en que un completo extraño la condujera sana y salva a través de la ciudad a cambio de una cantidad de dinero. Acto seguido, le pidió al taxista que se detuviera, le soltó una propina desmesurada y se apeó del vehículo. De pie en la acera, todo le parecía demasiado brillante, demasiado nítido. Su oído se había aguzado, como si le hubieran desguazado los conductos auditivos; podía oír a tres personas que se hallaban en el otro extremo de Massachusetts Avenue hablando sobre sus perros. A la señora que, tres metros por debajo de ella, en el sendero que bordeaba el río, reprendía a su hijo en árabe. Un avión que aterrizaba en Logan. Otro que despegaba. Lo oía todo. Los bocinazos en Massachusetts Avenue, los motores al ralentí en Beacon Street y los acelerones en Storrow Drive.

Por suerte, había un contenedor de escombros cerca. Dio cuatro pasos y vomitó en él.

Mientras se encaminaba hacia el piso que compartía con Brian, sintió que los transeúntes clavaban sus ojos en ella descaradamente, con desprecio, con asco y con algo que Rachel sólo podía calificar de ansias. Ansias de asestarle una dentellada al pasar.

En la manzana siguiente la abordó un cienciólogo que puso un panfleto en sus manos y le preguntó si quería hacerse un test de personalidad, porque «salta a la vista que le vendría bien una alegría, señora, a lo mejor aprendía algo sobre sí misma que le...».

No estaba del todo segura, pero sospechaba que le había vomitado encima a aquel hombre. De vuelta en el piso, advirtió que llevaba los zapatos manchados de salpicaduras de vómito, y estaba segura de no haber echado nada fuera cuando devolvió en el contenedor.

Se quitó la ropa y se pasó veinte minutos bajo la ducha. Cuando Brian llegó a casa aquella noche, Rachel todavía llevaba puesto el albornoz y casi había dado cuenta de la botella entera de pinot grigio. Brian se preparó una copa, un whisky puro de malta con un único cubito de hielo, se sentó junto a ella en la repisa de la ventana que daba al río Charles y la dejó desahogarse. Cuando terminó, el desprecio que Rachel esperaba captar en su rostro —ese desprecio que sin duda habría reflejado el de Sebastian— brillaba por su ausencia. Lo único que había en su semblante era... ¿qué era aquello?

Dios Santo.

Empatía.

«¿Así que ése es el aspecto que tiene la empatía?», pensó Rachel.

Brian le apartó el flequillo mojado con las yemas de los dedos y la besó en la frente. Luego le sirvió otra copa de vino.

Y a continuación dejó escapar una carcajada.

—¿De verdad le has vomitado encima a un cienciólogo?

—No tiene gracia.

—Cariño, cómo no va a tener gracia. La tiene, y mucha. —Chocó la copa con ella y dio un trago.

Rachel se rió, pero su risa se desvaneció al momento; recordó entonces la persona que había sido en otro tiempo —en los complejos de viviendas de protección oficial, en las rondas con los coches patrulla de la policía, en los pasillos del poder, en las calles de Puerto Príncipe y en el improvisado campamento de Léogâne aquella noche interminable— y no consiguió relacionar a la Rachel de entonces con la persona en la que había terminado convirtiéndose.

—Me da tanta vergüenza...

Miró a Brian, el mejor de los hombres que había conocido, sin duda el más amable, el más paciente, y se le saltaron las lágrimas, lo que no hizo sino acrecentar su vergüenza.

—¿Vergüenza de qué? —preguntó Brian—. No eres débil. ¿Me oyes?

—Ni siquiera soy capaz de salir a la puta calle —susurró—. Ni de montarme en un puto taxi.

—Irás a terapia —dijo él—. Encontrarás la solución. Te curarás. Entretanto, ¿dónde vas a ir? —dijo, abarcando el piso con un ademán del brazo—. ¿Dónde ibas a estar mejor que aquí? Tenemos libros, una nevera repleta de comida y una Xbox.

Rachel reclinó la frente sobre su pecho.

—Te quiero.

—Y yo a ti. Incluso podríamos celebrar la boda aquí mismo.

Rachel apartó la cabeza de su pecho y lo miró a los ojos. Brian hizo un gesto de asentimiento.

• • •

Se casaron en una iglesia a pocas manzanas de distancia. A la ceremonia asistieron únicamente los amigos más íntimos; por el lado de la novia: Melissa, Eugenie y Danny Marotta, el cámara de Rachel en Haití; y por el del novio: su socio, Caleb, la esposa de éste, Haya —una inmigrante japonesa despampanante que todavía no dominaba el inglés— y Tom, el camarero del bar donde se habían encontrado. Esta vez Jeremy James no la condujo al altar; hacía dos años que no sabía nada de él. En cuanto a Brian, cuando Rachel le preguntó si deseaba invitar a su familia, le contestó que no y se ensombreció de pronto, como si le hubieran echado encima un guardapolvo.

—Con la familia hago negocios. No los quiero. No comparto las cosas bonitas de mi vida con ellos.

Cuando Brian hablaba de su familia era tajante. Se expresaba con parsimonia y contundencia.

—Pero son tu familia —replicó Rachel.

—Mi familia eres tú.

Al término de la ceremonia, fueron todos al Bristol Lounge para tomar unas copas. Después, Rachel y Brian regresaron a casa a pie, cruzando por el parque central y los jardines municipales. Rachel no se había sentido mejor en su vida.

No obstante, mientras esperaban a que cambiara el semáforo para cruzar Beacon Street, Rachel divisó a dos niñas fantasma en lo alto del paso elevado que conducía al paseo marítimo. La de la desteñida camiseta roja y los vaqueros cortos era Esther. La del vestido amarillo pálido, Widdy. Las dos niñas se encaramaron a la barrera de seguridad del paso elevado. Mientras la marea de tráfico salía de Storrow Drive y fluía bajo sus pies, las dos se lanzaron de cabeza al vacío y se esfumaron antes de estrellarse contra el pavimento.

No le dijo nada a Brian. Llegó a casa sin más contratiempos, y brindaron con champán. Hicieron el amor, tomaron un poco más de champán y, tumbados en la cama, contemplaron la luna llena del equinoccio de otoño levantándose sobre la ciudad.

Había visto a aquellas dos niñas caer por el paso elevado y luego desaparecer. Rachel hizo el recuento de todas las personas que habían desaparecido de su vida, no sólo las importantes, sino también las que habían pasado por ella sin pena ni gloria, y se sintió súbitamente atenazada por lo que más temía en el mundo: que un día todos desaparecieran, absolutamente todos. Doblaría la esquina y descubriría las avenidas desiertas, los coches abandonados. El mundo entero se habría escabullido por algún galáctico portal trasero mientras ella hacía un alto para parpadear, y sería la única persona viva en el planeta.

Era una ocurrencia absurda, la clásica fantasía que un crío con complejo de mártir acariciaría. Aun así, parecía fundamental para desentrañar la esencia de sus temores. Contempló a su recién estrenado marido. Se le caían los párpados, vencidos por el sexo, el champán y la solemnidad del día. En ese instante comprendió que se había casado con él por razones diametralmente opuestas a las que la habían llevado a contraer matrimonio con Sebastian. Con Sebastian se había casado porque sabía inconscientemente que si algún día la dejaba, a ella le iba a importar un bledo. Con Brian, en cambio, se había casado porque si bien en cierto modo la dejaba de vez en cuando, lo bastante como para poder aceptar la imperfección de ese modelo, nunca la dejaría cuando verdaderamente importara.

—¿En qué piensas? —le preguntó Brian—. Pareces triste.

—No, qué va —mintió—. Estoy contenta —dijo, porque también era verdad.

Tardó dieciocho meses en volver a salir de casa.

12

EL COLLAR

El fin de semana antes de que él se marchara a Londres, con su segundo aniversario de boda ya al caer, Brian y Rachel se montaron en el ascensor en la planta quince del edificio donde vivían y bajaron a la calle. Llovía, no había dejado de llover en toda la semana, pero no con fuerza; era más bien una leve llovizna que Rachel apenas notaría hasta que la humedad le hubiera calado los huesos, parecida a la que caía la noche de su reencuentro. Brian la tomó de la mano y avanzó con ella por Massachusetts Avenue. Se había negado a comunicarle adónde se dirigían, sólo le dijo que ya estaba preparada. Que podía hacerle frente.

Rachel había salido del edificio una docena de veces en los últimos seis meses, pero sólo cuando la situación se le antojaba más controlable: por la mañana temprano y por la tarde entre semana, a menudo cuando más frío hacía. Iba al supermercado a hacer la compra, pero, como antes, sólo entre semana, a primera hora; los fines de semana no salía de casa.

Sin embargo, allí estaba aquel día, caminando por Back Bay un sábado a última hora de la mañana. Pese al mal tiempo, Massachusetts Avenue estaba atestada de gente. También las calles transversales, Newbury en particular. Los forofos de los Red Sox habían salido en masa para jalear a su equipo, que se proponía jugar como fuera al menos aquel partido, dado que los restantes de aquella semana se habían cancelado a causa de la lluvia. La avenida iba, pues, abarrotada de camisetas rojas o azules, de gorras rojas o azules y de los forofos que las lucían: fornidos jóvenes universitarios con vaqueros y chanclas que ya se abalanzaban hacia los bares; hombres y mujeres de mediana edad que competían en barrigas cerveceras; niños que zigzagueaban entre el tumulto que circulaba por las aceras, algunos blandiendo bates de juguete a modo de espadas. Había tal atasco de tráfico que los conductores habían optado por apagar sus motores. Sonaban pitidos y bocinazos, la gente cruzaba de una acera a otra sorteando vehículos y un tipo discurría por la calzada aporreando todo maletero junto al que pasaba al grito de «¡Boston campeón, Boston campeón!». Además de los aficionados —gamberros y no gamberros—, pululaban también yupis, *buppies* y la última hornada de hípsteres recién salida del Berkeley College of Music o de la Universidad de Boston con su flamante carrera y un desalentador futuro a la vista. Un poco más allá, en Newbury Street, aguardarían las esposas florero, con sus labios de pato y sus perritos metidos en el bolso, suspirando ante cualquier falla insignificante del servicio antes de requerir la comparecencia del encargado del establecimiento. Rachel llevaba tanto tiempo sin atreverse a circular entre la muchedumbre que curiosamente había olvidado lo agobiante que podía llegar a ser.

—Respira —le decía Brian—. Tú limítate a respirar.

—¿Qué, el humo de los coches? —replicó ella mientras cruzaban Massachusetts Avenue.

—Claro. Te hace fuerte.

Cuando llegaron a la otra acera, Rachel se percató por fin de lo que Brian tenía en mente. Giró de su mano hacia la estación de metro del Hynes Convention Center.

—Ay —dijo, aferrando su muñeca con la mano libre.

Brian se volvió al percibir el tirón, la miró a los ojos y sonrió.

—Venga, que puedes.

—No, no puedo.

—Claro que puedes —insistió con delicadeza—. Mírame, cariño. Mírame.

Rachel lo miró a los ojos. Brian podía ser muy alentador, pero también muy exasperante, dependiendo del ánimo en que ella se encontrara; su actitud positiva rayaba en lo evangélico. Brian prefería la música, el cine y la literatura que de un modo u otro reafirmaban el *statu quo* o al menos la idea de que quien hace el bien recibe el bien. Aunque no era ni mucho menos ingenuo. Sus ojos azules reflejaban la comprensión y sabiduría de una persona que le doblara la edad. Brian era consciente de que existía maldad en el mundo, sólo que prefería creerse capaz de eludirla a base de voluntad.

—Uno gana negándose a perder —le había dicho incontables veces.

—Y también pierde negándose a perder —había replicado ella en más de una ocasión.

En ese momento, sin embargo, necesitaba aquella faceta de Brian, aquella mezcla de Vince Lombardi y gurú de la autoayuda, aquel optimismo inquebrantable (a veces recalcitrante) que, si su marido no hubiera sido canadiense, a la cínica que Rachel llevaba dentro se le habría antojado demasiado previsiblemente estadounidense. En ese momento necesitaba que Brian desplegara su optimismo más desbordante, y eso hizo.

—No te soltaré —dijo, levantando las manos entrelazadas de ambos.

—Mierda. —Rachel captó la histeria reprimida en su voz, pese a que sonriera, pese a que supiera que iba a dar el paso.

—No te soltaré —repitió Brian.

De buenas a primeras, ya estaba montada en la escalera mecánica. Y no era precisamente una de esas modernas y amplias; la de Hynes era estrecha, oscura y empinada. Decididamente, no cumplía con la normativa vigente. Rachel temía que si se inclinaba por lo que fuera, caería rodando peldaños abajo y arrastrando consigo a Brian y a todo el que pillara por delante. Mientras descendían mantuvo el mentón y la cabeza erguidos, y la columna, recta. Las luces se fueron atenuando y en un momento dado Rachel tuvo la impresión de que aquel descenso formaba parte de una especie de rito ancestral, un rito de fertilidad o tal vez de nacimiento. Detrás de ella había extraños. Delante, extraños también. Rostros e intenciones embozados en la penumbra. Corazones que latían como bombas de relojería.

—¿Qué tal? —le preguntó Brian.

Rachel le apretó la mano.

—Tirando.

Una gota de sudor asomó en su sien y se le deslizó por detrás de la oreja izquierda. De allí fue a parar a su nuca y discurrió por ella hasta perderse bajo la blusa y disolverse en su espinazo.

El último ataque de pánico le había asaltado en el interior del mismo ascensor en el que acababa de bajar a la calle con Brian aquella mañana. De eso hacía siete meses. «No, ocho», se corrigió Rachel con cierto orgullo. «Ocho», pensó, y apretó de nuevo la mano de su marido.

Llegaron al andén. El tropel de gente que atestaba la estrecha escalera mecánica se dispersó por la plataforma. Mientras avanzaba hacia el fondo del andén, observó sorprendida que tenía las manos secas. A sus veinte años, incluso a sus treinta, Rachel había viajado por todo el mundo. Entonces, desembocar en un oscuro túnel junto a una muchedumbre de extraños para montarse en un vagón de metro atestado de otros muchos extraños ni siquiera figuraba en su lista de posibles amenazas. Tampoco asistir a conciertos, competiciones deportivas o salas de cine. Ni siquiera en las ciudades-campamento de Haití o en sus campamentos para refugiados había experimentado crisis de pánico. Allí había tenido otros muchos problemas con los que lidiar, así como a su regreso —el alcohol, el OxiContin y el Ativan acudían inmediatamente a su memoria—, pero no el pánico.

—Eh —le dijo Brian—, ¿estás aquí?

Rachel rió entre dientes.

—Creo que eso debería preguntártelo yo.

—Yo estoy aquí —dijo Brian—. A tu lado.

Tomaron asiento en un banco empotrado en un muro sobre el que se alzaba un plano de la red de metro, con sus líneas verde, roja, azul, naranja y gris, entrecruzándose como venas antes de bifurcarse cada una por su lado.

Brian le había cogido ambas manos y sus rodillas se rozaban. Desde fuera hacían una bonita pareja, a todas luces bien avenida.

—Tú siempre estás a mi lado —le dijo Rachel—. Salvo...

—Cuando no estoy —dijo Brian, terminando su frase, y los dos soltaron una risotada.

—Salvo cuando no estás —convino ella.

—Pero porque tengo que viajar, cariño. Puedes venir conmigo cuando quieras.

Rachel lo miró con un gesto sardónico.

—Si ni siquiera me veo capaz de montarme en ese vagón de metro, ya me dirás cómo voy a montar en un avión.

—Te montarás en ese vagón.

—¿Ah, sí? ¿Por qué estás tan seguro?

—Porque ya estás más fuerte. Y no corres peligro.

—¿Ah, no? —Rachel recorrió el andén con la mirada y luego volvió a dirigirla a las manos de Brian, a sus rodillas.

—No, ningún peligro.

Rachel lo miró a los ojos mientras el tren entraba como una exhalación en el andén, levantando un aire que despeinó el ya de por sí alborotado pelo de Brian.

—¿Preparada?

—No sé.

Se levantaron del banco.

—Estás preparada.

—No haces más que repetirlo.

Aguardaron a que los pasajeros salieran y dieron un paso hacia el umbral entre el vagón y el andén.

—Entramos juntos —dijo Brian.

—Mierda, mierda, mierda.

—¿Quieres que esperemos al siguiente?

El andén se había quedado vacío. Todos los pasajeros habían subido ya al tren.

—Podemos esperar —dijo Brian.

Las puertas comenzaron a cerrarse con un zumbido metálico y Rachel saltó al tren, tirando de Brian consigo. Las puertas volvieron a abrirse automáticamente al pasar ellos, pero ya estaban dentro; un par de ancianitas de raza blanca los miraban torciendo el gesto, y un joven hispano con un violín en un estuche sobre las rodillas, con curiosidad.

El vagón dio una sacudida y el tren enfiló hacia el interior del túnel.

—Lo has conseguido —dijo Brian.

—Sí. —Rachel le dio un beso—. Eureka.

El vagón dio otra sacudida, esta vez para tomar una curva, y las ruedas chirriaron con estridencia. Estaban a quince metros bajo el nivel del suelo, viajando a una velocidad de cuarenta kilómetros por hora en el interior de una lata que circulaba por carriles con más de un siglo de antigüedad.

«Estoy aquí abajo, en la más profunda oscuridad», pensó Rachel.

Miró a su marido. Brian tenía la vista puesta en uno de los anuncios pegados en el dintel de las puertas, con el recio mentón tan elevado como su mirada.

«Y no tengo tanto miedo como suponía.»

Hicieron el trayecto hasta Lechmere, donde terminaba la línea. Se adentraron en East Cambridge caminando bajo la llovizna y fueron hacia el centro comercial Galleria, donde comieron en una de las franquicias de la planta baja. Hacía tanto tiempo que Rachel no pisaba un centro comercial como el que llevaba sin entrar en un metro y, mientras esperaban a que trajeran la cuenta, comprendió que no habían ido a parar allí por casualidad.

—¿Pretendes que me pasee por esta galería comercial? —le preguntó.

Brian se fingió sorprendido e inocente.

—Ah, pues no se me había ocurrido.

—Ya. ¿Tenía que ser este macrocentro comercial precisamente? Habrá adolescentes y ruido en cantidad.

—Por eso mismo.

Brian le tendió al camarero la bandejita negra con su tarjeta de crédito.

—Ay, Dios —exclamó Rachel.

Brian enarcó las cejas.

—¿Y si te dijera que con la putada del metro ya he tenido bastante reto por hoy?

—Pues respetaría tu decisión.

Y la respetaría, Rachel confiaba en su palabra. Si alguien le hubiera preguntado qué era lo que más le gustaba de su marido, seguramente habría contestado que su paciencia. Una paciencia que, en lo tocante a su trastorno al menos, parecía infinita. En los dos meses posteriores a su primer ataque de pánico, el que la había asaltado en el ascensor, Rachel optó por subir hasta la planta número quince donde vivían por la escalera. Y si Brian estaba en Boston, no consentía que subiera sola. Bufaba y jadeaba escalera arriba con ella.

—Mirándolo por el lado positivo —le dijo en una ocasión, mientras hacían un descanso entre la planta diez y la once, con la cara brillante de sudor—, menos mal que no compramos aquel piso de Huntington en la planta veintidós. —Bajó la cabeza e hizo una honda inspiración—. No sé si lo nuestro hubiera terminado en divorcio, pero en mediación familiar fijo que ya estábamos.

Rachel todavía oía el eco de sus risas en el hueco de la escalera; risas leves y cansadas, que se alzaban en volutas hacia el tejado. Brian la agarró de la mano y subió tirando de ella los cinco pisos restantes. Luego se ducharon juntos y, desnudos sobre la cama, dejaron que el ventilador del techo secara lo que las toallas no habían secado. No hicieron el amor de inmediato, se quedaron tumbados cogidos de la mano, riéndose de lo absurdo de su situación. Porque así lo veía Brian: como una situación, como una imposición divina que ambos estaban tan lejos de poder cambiar como las circunstancias meteorológicas. A diferencia de Sebastian, así como de algunas amistades de Rachel, Brian nunca pensó que estuviera en manos de Rachel controlar aquellos ataques de pánico. No los padecía porque fuera una persona débil o se escuchara demasiado a sí misma o tuviera tendencia al drama, sino como podía haber padecido cualquier otra dolencia física: la gripe, un resfriado, una meningitis.

Cuando finalmente hicieron el amor, el día se desangraba ya en el crepúsculo al otro lado de la ventana de su dormitorio. El río se tornó primero púrpura y después negro, y al hacer el amor con Brian, como a veces ocurría cuando conectaban a todos los niveles, tuvo la sensación de estar surcando umbrales de huesos y deslizándose a través de muros de sangre, como si sus cuerpos se fusionaran.

Aquel día memorable se grabó en su memoria y pasó a engrosar la lista de días memorables que Rachel iría engarzando, uno tras otro, a lo largo de ocho meses, hasta que un día, al volver la vista atrás y contemplar el estado de su matrimonio, comprobó que los días buenos superaban con mucho a los malos. Luego fue cobrando seguridad y confianza en sí misma, hasta el punto de que un día, hacía de ello tres meses, sin avisar a nadie —ni a Brian, ni a sus amigas Melissa y Eugenie, ni a Jane, su psicoanalista—, se atrevió a tomar el ascensor de nuevo.

Pero volviendo al presente, ahora se encontraba en un centro comercial, bajando por una escalera mecánica que la arrastraba hacia una vorágine de cuerpos. Cuerpos, como había adivinado, de adolescentes en su mayoría, y un sábado por si fuera poco, un sábado lluvioso, esa clase de día con el que sueña todo director de un centro comercial. Rachel sentía las miradas clavándose en ellos —ignoraba si reales o imaginarias—, percibía el roce de los cuerpos al pasar, oía multitud de voces inconexas, multitud de fragmentos de conversaciones...

—... no me vaciles, Poot...

—... venga, coge el teléfono, coge el teléfono...

—... y él en plan que pase de los demás, ¿no? Porque a él de pronto le mola que...

—... si no te apetece, no, claro...

—... pues Olivia tiene uno y todavía no ha cumplido once.

Rachel se sorprendió de la calma con que aceptaba a todos aquellos seres que se le echaban encima, que pasaban por su lado, que fluían a distintos niveles, por encima y por debajo de ella, con su violenta necesidad de mercancías y servicios, de las desazonantes satisfacciones derivadas del consumismo puro y duro, de conexión y desconexión humana (antes de interrumpir la cuenta, ya había observado a veinte parejas en las que uno de los dos hacía caso omiso del otro para hablar por el móvil), con esa necesidad de alguien, de cualquiera, que les explicara por qué hacían lo que hacían, por qué estaban donde estaban, en qué se diferenciaban de los insectos que en ese instante pululaban bajo tierra en colonias que guardaban un notable parecido con aquel centro comercial de tres alturas en el que ellos deambulaban, vagaban y acechaban un sábado por la tarde.

Normalmente, ése era justo el género de reflexiones que solía preceder a sus ataques de pánico. Comenzaban con un cosquilleo en el centro del pecho. Al poco, el cosquilleo se transformaba en un pistón. Su boca, en un desierto sahariano. El pistón en un gorrioncito, acorralado y presa del pánico, que batía las alas —uooop, uooop, uooop, uooop— en el vacío excavado en el centro de su ser, y el sudor chorreaba por ambos lados del cuello y le empapaba la frente. Respirar era un lujo que tenía los minutos contados.

Pero ese día en el centro comercial no ocurrió nada de eso. Ni mucho menos.

Al rato, Rachel incluso cedió al placer del consumismo y se compró un par de blusas, una vela y un carísimo suavizante para el pelo. Un collar expuesto en el escaparate de una joyería atrajo la atención de ambos. En un primer momento ninguno de los dos mencionó nada, se limitaron a mirarse. De hecho, eran dos collares juntos, uno dentro del otro, dos ristras de cuentas de ónix negro ensartadas en cadenas de oro blanco. No era una pieza cara, en absoluto, probablemente ni siquiera algo como para dejar en herencia a una hija, si es que algún día tenía una con Brian, y sin embargo...

—¿Por qué nos atrae? —le preguntó a Brian—. ¿Por qué nos hemos enamorado los dos de él?

Brian se quedó mirando a Rachel, preguntándoselo a su vez.

—¿Porque son pareja, quizá?

Dentro de la joyería, Brian se lo colocó delicadamente en el cuello. Le costó un poco abrochárselo, porque el cierre iba un poco duro —algo normal, según el joyero, con el uso cedería—, pero finalmente las cuentas encontraron acomodo sobre su blusa, justo por debajo del cuello.

En la puerta de la joyería, Brian le palpó las manos.

—Totalmente secas —observó.

Rachel asintió ensanchando los ojos.

—Ven.

Brian la condujo hacia una cabina de fotomatón que estaba debajo de la escalera mecánica. Introdujo las monedas correspondientes, la atrajo hacia el interior de la cabina y la hizo reír tocándole los pechos mientras ella corría la cortinilla. Cuando la luz del flash estalló en el interior de la cabina, Rachel apoyó su mejilla en la de Brian y se divirtieron poniendo muecas, sacando la lengua y mandando besos hacia el objetivo.

Al salir, contemplaron las cuatro imágenes de la tira. «Tan tontorronas como imaginaba», pensó Rachel; en las dos primeras, ni siquiera salían las cabezas enteras en el encuadre.

—Quiero que poses otra vez —dijo Brian—. Tú sola.

—¿Qué?

—Por favor —dijo Brian, de pronto serio.

—Está bien...

—Quiero grabar este día. Quiero que mires a ese objetivo con orgullo.

Rachel se sintió un poco ridícula allí sola dentro de la cabina; oía a Brian fuera, introduciendo las monedas en la ranura. Pero tuvo también la sensación de que había dado un paso adelante; en eso Brian llevaba razón. Un año antes, no se imaginaba saliendo siquiera a la calle. Y allí estaba en ese momento, en un centro comercial atestado de gente.

Rachel miró fijamente al objetivo.

«Sigo teniendo miedo. Pero aquel pavor ya ha desaparecido. Además, no estoy sola.»

Cuando salió de la cabina, Brian le enseñó la tira de fotos, y le agradó la imagen que le devolvían. Incluso tenía cierto aire de chica dura, de mujer de rompe y rasga.

—Cada vez que veas estas fotos o te pongas ese collar —dijo Brian—, recuerda lo fuerte que eres.

Rachel recorrió el centro comercial con la mirada.

—Lo has conseguido tú sola, cariño.

Brian le agarró la mano y la besó en los nudillos.

—Yo sólo te he dado el empujón.

Rachel sintió ganas de llorar. Al principio no sabía por qué, pero de pronto se le ocurrió.

Brian la conocía.

Él la conocía; aquel hombre con el que se había casado, con el que se había comprometido a transitar por la vida, la conocía.

Y, maravilla de las maravillas, continuaba a su lado.

13

REFRACCIÓN

El lunes por la mañana, unas horas después de que Brian se fuera al aeropuerto, Rachel intentó ponerse de nuevo a trabajar en su libro. Llevaba casi todo un año escribiéndolo, pero ni siquiera sabía a qué género adscribirlo. Había empezado como una crónica puramente periodística, un relato de sus experiencias en Haití, pero en cuanto comprendió que era imposible referir los acontecimientos sin incluirse en la narración, el libro se transformó en una especie de memorias. Todavía no había abordado el capítulo que recogería su crisis nerviosa ante las cámaras, pero sabía que llegado el momento sería preciso contextualizar de algún modo el episodio. Eso conllevaría dedicarle un capítulo a su madre y otro, por ende, a hablar de los setenta y tres James, lo cual la llevaría forzosamente a una completa reestructuración de la primera parte del libro. En suma, que en ese momento no tenía idea de adónde conducía la historia, ni de cómo iba a llegar allí en caso de saberlo, pero aun así por lo general disfrutaba escribiéndolo. Había días, sin embargo, en que antes de la segunda taza de café se quedaba empantanada. Aquél era uno de esos días.

Rachel ignoraba por qué había momentos en que dar con las palabras precisas era como abrir un grifo y otros como sajar una vena, pero barruntaba que tanto lo malo como lo bueno del proceso tenían que ver con el hecho de que escribía sin un plan predeterminado. Sin plan ninguno en realidad. Se dejaba llevar, y con bastante naturalidad al parecer, por una técnica de escritura mucho más libre, dejando fluir la conciencia de un modo que nunca se habría permitido como periodista, y se entregaba a algo que no alcanzaba a comprender, a algo que, en el momento, le dictaba una cadencia más que una estructura.

No quería darle a leer el libro a Brian, pero sí lo comentaba con él de vez en cuando. Él, como siempre, la apoyaba sin fisuras, aunque en alguna que otra ocasión le había parecido detectar una chispa de condescendencia en su mirada, como si no acabara de creer que aquel libro fuera algo más que una simple veleidad, un pasatiempo que nunca llegaría a tomar cuerpo ni forma.

—¿Cómo piensas titularlo? —le preguntó Brian una noche.

—Transitoriedad —respondió Rachel.

Ése era el único hilo que, por el momento, unificaba su temática. Su vida y las vidas de quienes más huella habían dejado en ella parecían marcadas por un estado de desarraigo permanente. Como si flotaran. Como si se precipitaran sin remedio hacia el vacío.

Aquella mañana escribió unas cuantas páginas sobre su etapa en el *Globe*, pero sonaban tan áridas y, lo que es peor, tan trilladas, que decidió dar por terminada la jornada antes de hora, se entretuvo largo rato duchándose y se arregló para salir a comer, pues había quedado con Melissa.

Cruzó Back Bay bajo la constante lluvia, la lluvia pertinaz, omnipresente, «bíblica», como la había llamado Brian la noche anterior, «el diluvio universal». Exageraba, aunque llevaba ya ocho días lloviendo sin parar. Los lagos y pantanos del norte del estado se habían desbordado, anegando las carreteras y convirtiendo en afluentes algunas calles. Las riadas se habían llevado por delante dos vehículos. Durante el fin de semana, un avión comercial se había salido de la pista de aterrizaje. No se habían registrado víctimas. Los ocupantes de los diez vehículos implicados en una colisión múltiple en la 95 no habían tenido tanta suerte.

Rachel no tenía tanto motivo de preocupación como otros; al fin y al cabo, nunca viajaba en avión y apenas conducía (hacía dos años de la última vez que se había sentado a un volante); además, ella y Brian vivían muy por encima del nivel del suelo. Pero Brian sí tomaba aviones, a todas horas. Y conducía.

Había quedado con Melissa en el Oak Room del hotel Copley Plaza. El Oak Room ya no recibía ese nombre. Desde su crisis nerviosa, lo habían reformado y, después de muchas décadas de llamarse así, lo habían rebautizado con el nombre de OAK Long Bar + Kitchen, si bien Rachel, Melissa y casi todos sus conocidos seguían refiriéndose a él por su nombre original.

Hacía un par de años que Rachel no cruzaba sola Copley Square. Al comienzo de su última y prolongada etapa de episodios de pánico, los edificios que bordeaban dicha plaza —la Old South Church, la sede central de la Biblioteca Pública, la Trinity Church, el hotel Fairmont, el Westin y la Hancock Tower, un imponente rascacielos con ventanas azules de espejo— en cierto momento le habían dado la impresión de que se inclinaban, no ya como edificios sino como muros, altos muros levantados para acorralarla. Era una lástima por partida doble que le produjeran esa impresión, puesto que siempre había admirado aquella plaza porque representaba una fusión del antiguo y el nuevo Boston, el antiguo representado por el clasicismo *beaux arts* y la reluciente piedra caliza de la Biblioteca Pública y el hotel Fairmont, así como, obviamente, por la Trinity Church, con su tejado de arcilla y sus recargados arcos, y el nuevo por la gélida funcionalidad y las duras y elegantes líneas del hotel Westin y la Hancock Tower, estructuras que parecían contemplar con agresiva indiferencia tanto a la historia como a su llorona hermana, la nostalgia. Pero Rachel llevaba casi dos años dando un rodeo para no cruzar por la plaza.

Al adentrarse en ella por primera vez desde el día de su boda, imaginó que le entraría taquicardia, que se le aceleraría el corazón. Sin embargo, mientras avanzaba por la alfombra burdeos bajo la marquesina del Fairmont, no percibió más que un levísimo aumento del ritmo cardíaco, que enseguida recuperó su pulso normal. Tal vez fuera la lluvia lo que la calmaba. Con aquel paraguas sobre su cabeza, no era sino otro más de entre los muchos seres fantasmales vestidos de oscuro y ocultos bajo una cogulla de plástico que transitaban por la ciudad. Con aquella lluvia y aquella oscuridad, supuso Rachel, sería más posible que algunos crímenes quedaran sin resolver y algunas aventuras, impunes.

—Mmm —dijo Melissa cuando Rachel se lo mencionó—. Conque pensando en tener una aventura, ¿no?

—Qué va. Si apenas puedo salir de casa.

—Déjate de chorradas. Aquí estás. Y este fin de semana bien que cogiste el metro y estuviste zascandileando por un centro comercial. —Alargó la mano y le pellizcó la mejilla—. Toda una mujercita ya, ¿eh?

Rachel le apartó la mano y Melissa se retrepó en el asiento y soltó una carcajada un tanto estridente. Rachel había pedido un buen plato de ensalada y una copa de vino blanco de la que iba dando pequeños sorbitos, mientras que Melissa, que tenía el día libre, apenas había tocado su plato y despachaba un Bellini tras otro como si fueran a prohibir el Prosecco al toque de la medianoche. El alcohol agudizaba su sagacidad y su ingenio, pero también elevaba el volumen de su voz, y Rachel sabía por experiencia que ese humor rápidamente podía transformarse en autodesprecio y la agudeza apagarse, mientras que el volumen no haría sino aumentar. Ya había advertido un par de veces las miradas del resto de los comensales, aunque tal vez no tuvieran nada que ver con las voces que daba Melissa sino con la propia Rachel.

Melissa dio un sorbo de su copa, y Rachel reparó con cierto alivio en que los tragos eran cada vez más moderados. Melissa había trabajado como productora en muchos documentales de Channel 6, pero, por fortuna, en ninguno de los que se llevaron a cabo en Haití. Cuando Rachel se vino abajo durante aquella retransmisión en directo desde Cité Soleil, Melissa se encontraba de luna de miel en Maui. Su matrimonio no había durado dos años siquiera, pero Melissa continuaba en su mismo puesto de trabajo, por el que siempre había sentido más amor que por Ted. O sea que, como ella solía decir con amarga y luminosa sonrisa al tiempo que levantaba ambos pulgares en señal de victoria, en realidad había salido ganando.

—Pero si tuvieras que liarte con alguno de los que nos rodean, ¿con cuál te quedarías?

Rachel echó una rápida ojeada alrededor.

—Con ninguno.

Melissa irguió el cuello, escudriñando sin disimulo a la concurrencia.

—No hay mucho donde escoger, la verdad. Pero, oye, ¿ni siquiera con ese del rincón?

—¿El del borsalino y la mosca bajo el labio?

—Sí. No está mal.

—¿Para qué voy a liarme con uno que «no está mal»? Bueno, ni con nadie. Pero suponiendo que quisiera, tendría que ser el no va más.

—¿Y cómo te lo imaginas?

—Yo qué sé. No soy yo quien busca pareja.

—Bueno, no sería el típico hombre alto y misterioso con el que una sueña, porque con ése ya estás casada.

Rachel ladeó la cabeza intrigada.

Melissa remedó el gesto.

—Bueno, yo lo encuentro misterioso. —Melissa puso una mano abierta sobre el pecho—. Siempre que hablo con tu querido marido, que, hay que reconocer, rebosa atractivo, encanto, gracia e inteligencia, cuando se va siempre me quedo con la sensación de que no ha soltado prenda.

—Alguna vez os he visto hablar más de media hora.

—Pues aun así... No sé nada de nada sobre él.

—Es canadiense, de la Columbia Británica. Y...

—No, si su biografía la conozco —la interrumpió Melissa—. Es de él de quien no sé nada. Te encandila de tal modo con ese derroche de encanto, ese mirarte a los ojos e interesarse por ti, por tus ilusiones y tus sueños, que al día siguiente de haber hablado con él siempre me sorprendo al caer en la cuenta de que lo único que hizo fue sonsacarme para que hablara de mí misma.

—Pero si a ti te gusta hablar de ti misma.

—Me encanta, pero no se trata de eso.

—Ah, pero ¿es que se trata de algo?

—Serás petarda... pues claro.

—Pues venga, petarda, habla por esa boquita.

Se sonrieron, sentadas frente a frente. Volvían a ser las que eran cuando trabajaban juntas.

—Es que me pregunto si alguien sabe quién es Brian en realidad.

—¿Yo incluida? —Rachel soltó una risotada.

—Olvídalo.

—Son sólo elucubraciones tuyas.

—Te he dicho que lo olvides.

—Y yo te he preguntado si me incluías a mí entre todas esas personas que no saben «quién es» mi marido.

Melissa movió la cabeza de un lado a otro y le preguntó a Rachel por el libro que estaba escribiendo.

—Me está costando darle forma.

—¿Qué forma? —preguntó Melissa con displicente ligereza—. Hubo un terremoto en Haití, luego una epidemia de cólera y, de remate, un huracán. Y allí que estabas tú en cada momento, sin perderte una.

—Visto así —dijo Rachel—, suena exactamente como si quisiera hacer pornografía de la desgracia ajena. Que es lo que más temo.

Melissa restó importancia al comentario con un ademán, como solía hacer siempre que Rachel se adentraba en temas que ella no comprendía o no deseaba comprender.

En momentos así, Rachel se preguntaba por qué continuaba saliendo con Melissa. Melissa abrazaba la frivolidad de la misma manera que otros perseguían la profundidad y podía reducir cualquier intento de complejidad a objeto de un desdén superficial. Pero lo ocurrido en los últimos años había dado al traste con casi todas las amistades de Rachel, y le asustaba pensar que un día pudiera levantarse y descubrir que no le quedaba ninguna. Así que siguió escuchando a medias mientras Melissa parloteaba sobre su trabajo y le contaba el último serial de la jodienda, tanto literal como figurada, entre el personal de la empresa.

Rachel exclamaba «Vaya», «No me digas» o «Qué risa» cuando tocaba, pero por dentro no dejaba de dar vueltas a los comentarios que Melissa había hecho sobre Brian, y su irritación iba en aumento. Aquella mañana se había levantado de un humor excelente. Su única intención desde ese momento había sido mantener ese talante. Ser feliz a lo largo de todo un día, aunque fuera uno sólo. Pero no con el falso júbilo de la participante en un concurso de belleza o de la fanática religiosa, sino simplemente con la felicidad ganada a pulso de un ser humano consciente de que había conseguido enfrentarse a sus miedos a lo largo del fin de semana con la ayuda de su cariñoso, si bien a menudo ensimismado, marido.

Ya volvería a reavivar sus dudas al día siguiente. A abrir la puerta a las termitas espirituales de las pequeñas desdichas y el hastío. Pero ese día, ese deprimente día de perros, Rachel no deseaba estar deprimida. Y Melissa parecía haberse empeñado en arrojar agua helada sobre su buen humor.

Cuando su amiga quiso pedir otra ronda, Rachel se disculpó con el pretexto de que tenía hora en una peluquería de Newbury Street. Notó que Melissa no la creía, pero tampoco le importó demasiado. Fuera había amainado, apenas caían unas gotas, y le apetecía disfrutar de la leve llovizna dando un paseo: iría hasta el río Charles atravesando el parque, bordearía su orilla hasta el puente peatonal de Clarendon y desde allí continuaría camino a casa. Le apetecía tanto oler a tierra mojada como a húmedo asfalto. En Back Bay, cuando hacía un tiempo así, era fácil imaginarse en París, Londres o Madrid, sentirse parte de un continuo más amplio.

Melissa se quedó en el Oak Room con la idea de tomarse «la última» y se despidieron dándose unos besos en la mejilla. Rachel torció a la derecha al salir y enfiló la calle Saint James. Mientras bordeaba el hotel, vio el reflejo del edificio en la Hancock Tower, así como el suyo propio, en el extremo izquierdo del panel de cristal de la izquierda, en aquella suerte de tríptico en espejo. El panel izquierdo quedaba dominado por la acera y por Rachel caminando al borde de ésta, con una pequeña hilera de taxis a su izquierda, asomando en el encuadre. El panel central devolvía una imagen oblicua del antiguo y majestuoso hotel, y el tercer panel, la de la minúscula calle transversal que se abría paso entre el hotel y la Hancock Tower. Tan pequeña era la calle que, de fijarse alguien en ella, más bien habría dicho que era un callejón. Se usaba principal, si no exclusivamente, como entrada para camiones de reparto. En ese momento había una furgoneta de la lavandería aparcada de culo frente a una puerta doble en la fachada posterior del hotel, y en la parte trasera de la Hancock Tower, un Suburban negro con el motor al ralentí cuyos gases se entremezclaban con los vapores de una alcantarilla, creando una humareda sobre la cual la lluvia se derramaba con reflejos plateados.

Brian salió por la puerta trasera de la Hancock Tower y abrió el maletero del todoterreno. Bueno, alguien que se parecía a Brian, porque él no podía ser. Brian estaba en pleno vuelo, a esas horas estaría sobrevolando el Atlántico, rumbo a Londres.

Pero no podía ser otro que Brian: tenía su misma mandíbula, que empezaba a ensancharse un poco a medida que se acercaba a los cuarenta, el mismo mechón de pelo negro cayéndole sobre la frente, además de la misma gabardina color teja y el mismo jersey negro con el cuello levantado que llevaba puestos al salir de casa aquella mañana.

Iba a darle una voz cuando algo en su semblante la detuvo. Tenía una mirada que nunca había visto en él; una mirada despiadada y acorralada a un tiempo. «Imposible que sea el mismo rostro que me contempla mientras sueño», se dijo. El refractado y deslavazado reflejo de su marido se montó en el todoterreno. Rachel llegó a la esquina justo cuando el reflejo del vehículo cobraba forma en la realidad. Pasó junto a ella, con sus ventanillas tintadas, y dobló por la calle Saint James. Rachel giró sobre sus talones, boquiabierta pero incapaz de emitir una palabra, y lo siguió con la mirada mientras accedía al carril central, cruzaba el semáforo en Dartmouth y descendía por la rampa de acceso a la autopista de peaje. Allí lo perdió, cuando se adentraba en el oscuro túnel seguido por el tráfico que confluía en aquella vía.

Rachel se quedó pasmada en la acera un buen rato. La lluvia arreciaba otra vez. Los goterones repiqueteaban sobre su paraguas y rebotaban en la acera salpicándole los tobillos y las pantorrillas.

—Brian —consiguió articular por fin.

Repitió su nombre, aunque ya no a modo de afirmación, sino de interrogante.

14

SCOTT PFEIFFER, NATURAL DE GRAFTON, VERMONT

Rachel regresó a casa por la ruta más directa, recordándose a sí misma que el mundo estaba repleto de personas que se parecían como gotas de agua. Además, ni siquiera sabía hasta qué punto era exacto aquel parecido; lo que había visto era un reflejo. Un reflejo refractado en unos cristales de espejo, bajo la lluvia. Si hubiera tenido ocasión de fijarse como es debido, si aquel doble se hubiera detenido un instante ante la puerta de su vehículo y ella hubiera alcanzado a volver la esquina a tiempo de mirarlo a la cara, seguramente habría visto que era un desconocido. Alguien sin el apenas perceptible bulto en el caballete de la nariz que tenía Brian. Alguien con los labios más finos, con los ojos castaños en lugar de azules. Sin aquellas leves marcas de acné que Brian tenía bajo los pómulos, tan difusas ya que sólo se distinguían si te acercabas como para darle un beso en la mejilla. Aquel desconocido quizá habría esbozado una sonrisa desconcertada ante aquella mujer que con tanto descaro lo miraba bajo la lluvia, y se habría preguntado si no estaría mal de la cabeza. Tal vez el súbito reconocimiento habría aflorado en aquel semblante que era el de Brian pero no era el de Brian, mientras pensaba: «Es la periodista de Channel 6 que montó el numerito en directo hace un tiempo.» O tal vez ni siquiera habría reparado en ella. Habría entrado en el coche sin más y habría salido zumbando. Como finalmente había ocurrido.

El caso era que Brian sí tenía un doble. Habían hablado muchas veces de él desde que estaban juntos: Scott Pfeiffer, natural de Grafton, Vermont.

Cuando Brian era un universitario novato en Brown, la gente le decía que había un chico de su edad, un repartidor de pizzas, que era idéntico a él. Tanto se lo repitieron que al final tuvo que ir a comprobar si era verdad. Un día se apostó frente a la puerta de la pizzería hasta que vio que su gemelo se apartaba del mostrador, cargado con una bolsa isotérmica de cuero rojo llena de cajas de pizza. Brian se hizo a un lado al ver que salía, y el tal Scott se sentó al volante de una furgoneta blanca con el rótulo DOM'S PIZZA en la puerta y enfiló hacia Federal Hill para hacer su reparto. Brian no le supo explicar a Rachel por qué, pero nunca llegó a presentarse a Scott. Lo que hizo, como él mismo reconoció, fue «más bien» espiarlo.

—«Más bien» —repitió Rachel el día que se lo contó.

—Ya. Ya lo sé. Si hubieras visto el parecido comprenderías el acojone que daba. Sólo de pensar en presentarme se me ponían los pelos de punta.

—Pero si no eras tú. Era Scott...

—... Pfeiffer, natural de Grafton, Vermont, sí. —Así solía referirse Brian a él, con la ristra identificativa al completo, como si eso lo hiciera menos real, como si con ello le confiriera cierto aire a personaje de *sketch* cómico. Scott Pfeiffer, natural de Grafton, Vermont.

—Le saqué montones de fotos.

—¿Que hiciste qué?

—¿Qué pasa? —dijo Brian—. Ya te he dicho que lo espiaba.

—Has dicho que «más bien» lo espiabas.

—Las sacaba con zoom. Luego me ponía delante del espejo de mi cuarto de baño de Providence y llevaba las fotos a la altura de mi cara: plano frontal, perfil izquierdo, perfil derecho, mentón para abajo, mentón para arriba. Y te juro que lo único que nos diferenciaba era que su frente tal vez fuera unos milímetros más alta y que no tenía este bulto.

El bulto en el caballete de la nariz de Brian era consecuencia de una lesión que había sufrido jugando al hockey cuando tenía diez años; el golpe le había desplazado parte del cartílago. Pero sólo se apreciaba de perfil, y aun así había que fijarse mucho.

Una Navidad, ya en segundo de carrera, Brian siguió a Scott Pfeiffer hasta su domicilio de Grafton, Vermont.

—¿Y tu familia no te echó en falta esa Navidad? —preguntó Rachel.

—Que yo sepa, no —contestó en el mismo tono neutro, mortecino por decirlo de un modo menos benévolo, que empleaba siempre que hablaba de su familia.

Scott Pfeiffer, natural de Grafton, Vermont, llevaba la clase de vida que Brian probablemente nunca habría envidiado si no la hubiera visto de cerca. Scott trabajaba a tiempo completo en Dom's Pizza para costearse los estudios en Johnson & Wales, donde cursaba la especialidad de hostelería, mientras Brian estudiaba Economía Internacional en Brown, vivía gracias al fondo que sus abuelos le ingresaban anualmente e ignoraba qué pagaba de matrícula, sólo que sus padres debían de haberla pagado en su momento puesto que no le había llegado noticia de lo contrario.

El padre de Scott, Bob Pfeiffer, era carnicero en el supermercado de la localidad y su madre, Sally, ayudaba a los niños a cruzar la calzada camino del colegio. Ambos ejercían además las funciones de tesorero y vicepresidente, respectivamente, del Rotary Club de Windham County. Y una vez al año hacían un trayecto en coche de dos horas para llegar a Saratoga Springs, Nueva York, donde se alojaban en el mismo hotel en el que habían pasado su luna de miel.

—¿Cómo sabes tanto de esa gente? —preguntó Rachel.

—Espiando a la gente se aprende mucho.

Brian se dedicaba a vigilar a la familia y a rezar por que dieran un escándalo.

—Un incesto —reconoció—, o que pillaran a Bob en un servicio público agarrándole el rabo a algún polizonte vestido de paisano. Un desfalco tampoco hubiera estado mal, pero ya me dirás qué se puede desfalcar en la carnicería de un supermercado. Filetes, supongo.

—Pero ¿por qué rezar por eso?

—Porque eran demasiado perfectos. Imagínate, los muy puñeteros vivían en la típica casita colonial, justo al lado del parque. Blanca, cómo no, con su valla, su porche alrededor y, sí, lo has adivinado, su balancín incluido. En Nochebuena salieron al porche bien abrigaditos, sacaron unas estufas y unas tazas de chocolate caliente y se instalaron allí tan ricamente. Se contaban historias. Reían. En un momento dado, la niña, unos diez años tendría, se puso a cantar un villancico y todos rompieron a aplaudir. Nunca había visto algo así.

—Parece bonito.

—¿Bonito? Asco es lo que daba. Porque si se puede ser tan feliz, tan perfecto, ¿en qué lugar nos deja eso a los demás?

—Pero hay personas así en el mundo —repuso entonces Rachel.

—¿Dónde? Yo nunca las he conocido. ¿Y tú?

Rachel fue a decir algo, pero al final se quedó callada. Claro que nunca había conocido a esa clase de gente, pero ¿qué la llevaba a pensar que sí? Siempre se había tenido por una persona bastante escéptica, por no decir una cínica redomada. Y desde lo de Haití, habría jurado que los pocos restos de sentimentalismo o romanticismo que pudieran restarle se habían volatilizado. Sin embargo, en algún recóndito rincón de su mente todavía albergaba el convencimiento de que existía gente perfecta, feliz, y perfectamente feliz, en el planeta.

Quimeras, le recordaba a menudo su madre. La felicidad, solía decir su madre, es un reloj de arena con el cristal resquebrajado.

—Pero tú mismo has dicho que eran felices —replicó Rachel.

—Porque sin duda lo parecían.

—Pero entonces...

Brian sonrió. Triunfal, pero con cierto aire de desesperanza.

—Bob siempre hacía un alto en un pub escocés de camino a casa. Un día me senté a su lado. Como imaginarás, dio un respingo que casi salta del asiento al verme y me dijo lo mucho que me parecía a su hijo. Yo fingí sorpresa. Y volví a fingir sorpresa cuando el camarero lo mencionó a su vez. Bob me invitó a una copa, yo lo invité a otra, y así sucesivamente. Me preguntó por mí, y le conté que estaba estudiando en Fordham en lugar de Brown, pero aparte de eso no falté mucho a la verdad. Me dijo que a él Nueva York no le hacía mucha gracia. Demasiada delincuencia, demasiado inmigrante. A la tercera ronda, los «inmigrantes» ya se habían convertido en «espaldas mojadas» y «esa gentuza de los turbantes». A la quinta, empezó a despotricar contra los «negratas» y los «maricones». Ah, y contra las «tortilleras». El amigo Bob odiaba a las lesbianas. Me dijo que si a su hija le daba por hacerse lesbiana, le iba a... (te lo repito textualmente)... le iba a pegar el coño con cola. Resultó que Bob tenía unas ideas fascinantes sobre castigos físicos que llevaba empleando desde hacía años, primero con Scott y luego con Nannette, que así se llamaba la hija. Cuando el bueno de Bob empezó a largar, ya no hubo forma de detenerlo. Hasta que de pronto reparé en que el muy bestia llevaba un cuarto de hora sin soltar más que barbaridades. Detrás de aquel ser impecablemente anodino, se escondía un monstruo, un cobarde cagado de miedo.

—¿Y qué fue de Scott?

Brian se encogió de hombros.

—Dejó los estudios. Seguramente por falta de dinero. La última vez que indagué, hará ya quince años de eso, estaba trabajando en una pensión de Grafton.

—¿Y nunca te presentaste a él?

—¡Qué dices!

—¿Por qué no?

Brian encogió los hombros de nuevo.

—Cuando me di cuenta de que su vida no era mejor que la mía, perdí todo el interés.

• • •

Así que, casualidad de casualidades, Rachel acababa de toparse con el mismísimo Scott Pfeiffer, natural de Grafton, Vermont. Tal vez estuviera de paso por la capital para asistir a algún congreso de hostelería. Tal vez hubiera llegado a ser alguien y regentara una pequeña cadena de hostales selectos repartidos por toda Nueva Inglaterra. Al fin y al cabo, le deseaba lo mejor a Scott. Aunque nunca lo hubiera conocido, formaba ya parte del bagaje de su memoria y deseaba que le hubiera ido lo mejor posible en la vida.

Pero ¿cómo se explicaba que ambos fueran vestidos exactamente igual?

Ése era el detalle que no conseguía obviar por mucho que lo intentara. Aceptar que el doble o casi doble de Brian se encontrara casualmente en la misma ciudad, con sus dos millones de habitantes, todavía tenía un pase, pensó Rachel, pero tragarse que ambos lucieran gabardina ligera de color teja, jersey negro con el cuello levantado, camiseta blanca y vaqueros azul oscuro requería la clase de fe en la que se cimentan las religiones.

«Un momento —se dijo mientras giraba por Commonwealth Avenue en dirección a su casa—, ¿los vaqueros azules cómo se los has visto? Si el todoterreno le tapaba las piernas.»

Pues igual que había visto el resto de su persona, se respondió a sí misma: reflejado en el cristal. Primero le había visto la cara, la gabardina, el jersey. Luego, ya presa del desconcierto, lo había pillado un instante de espaldas al entrar en el vehículo, al agachar la cabeza para meterse por la portezuela, al tirar del faldón de la gabardina. En el momento, no había reparado en nada de eso, pero de camino a casa fue haciendo memoria poco a poco. O sea, que sí, que el Hombre Refractado (o Scott Pfeiffer, natural de Grafton, Vermont) llevaba unos vaqueros del mismo color que los de Brian al salir de casa aquella mañana. Los mismos vaqueros, la misma gabardina, el mismo jersey y el mismo color de camiseta.

Una vez en casa, casi volvió a quitarse aquella idea de la cabeza. En la vida se daban casualidades, eso era innegable. Se secó el pelo y entró en la habitación de invitados, que Brian a menudo utilizaba como despacho cuando trabajaba en casa. Lo llamó al móvil. Enseguida saltó el buzón de voz. Normal. Debía de estar en pleno vuelo todavía o a punto de aterrizar. Todo perfectamente normal.

Su escritorio, una mesa de madera de color claro, estaba colocada delante de una ventana que daba al río, al MIT y a Cambridge. A la altura en que vivían, si el día estaba despejado y te fijabas bien, incluso podías divisar Arlington y algunas zonas de Medford. Ese día, sin embargo, la vista que tenía ante sí tras la cortina de agua era una suerte de pintura impresionista en la que los edificios conservaban sus formas pero aparecían despojados de especificidad alguna. Brian solía dejar el portátil sobre la mesa, pero, como es natural, se lo había llevado para trabajar durante el viaje. Rachel colocó su propio portátil sobre el escritorio y sopesó las opciones a su alcance. Lo llamó de nuevo al móvil. Buzón de voz.

Las principales tarjetas de crédito de Brian, la Amex y la Visa Mileage Plus, eran de uso laboral. Los resguardos quedaban archivados en sus oficinas, ubicadas justo al lado de Harvard Square; pero eso suponía salir a la calle, con el día de perros que hacía, cruzar el río e ir hasta Cambridge.

A los extractos de sus tarjetas de crédito personales, en cambio, podía acceder fácilmente. Abrió el de la Mastercard en la pantalla. Se remontó a tres meses atrás y, viendo que no había nada de particular, retrocedió otros tres meses. Movimientos normales todos ellos. ¿Qué esperaba encontrar? Aunque descubriera alguna irregularidad, alguna compra inexplicable, alguna página web sospechosa,

¿acaso eso demostraría de forma concluyente que Brian había estado en Copley Square esa misma tarde cuando debía encontrarse en Londres? ¿O simplemente pondría de manifiesto que Brian visitaba páginas porno o que no había comprado el último regalo de cumpleaños de Rachel un mes antes de la fecha como él le había dicho, sino deprisa y corriendo aquella misma mañana?

Ni siquiera de eso encontró pruebas.

Entró en la página de British Airways y buscó la hora de llegada a Heathrow del vuelo 422 procedente de Logan.

Salida retrasada debido al mal tiempo.
Hora estimada de llegada: 8.25 pm (GMT +1)

Eso significaba que faltaban quince minutos para que su avión aterrizara.

Echó una ojeada a los extractos de los cajeros automáticos tanto suyos como de Brian y no encontró ninguna retirada de fondos destacable. Comprobó también con cierta culpabilidad que la última vez que Brian había utilizado la tarjeta había sido en un punto de venta: el collar que le había regalado en el centro comercial.

Miró el móvil, deseando que vibrara, que el nombre de Brian saltara a la pantallita. Seguro que él se lo aclararía todo de algún modo y, cuando colgara, se reiría de sus propias paranoias.

Un momento. El historial de llamadas del móvil. Cómo no se le había ocurrido. A las de Brian no podía acceder —su teléfono móvil era de la compañía y las llamadas, por tanto, se consideraban gastos de empresa—, pero a las suyas sí tenía acceso. Giró sobre la silla y se lanzó sobre el teclado. En poco más de un minuto, disponía del registro de todas las llamadas efectuadas a lo largo del año. Abrió su calendario digital y cotejó las fechas en las que Brian había estado de viaje con las de su propio historial.

Y allí estaban todas: todas las llamadas entrantes efectuadas desde el número de móvil de Brian durante sus estancias en Nome, Seattle, Portland. Aunque eso no probaba nada. Podía haber hecho aquellas llamadas desde cualquier parte. Se desplazó por la pantalla hasta otra semana —horror, aquella deprimente y gélida semana de enero— y buscó las llamadas entrantes de los días en que Brian estaba de viaje (al menos supuestamente) en Moscú, Belgrado, Minsk. Y en la quinta columna de la cuenta descubrió los cargos acumulados por responder a llamadas internacionales de larga distancia. Además, no eran cantidades de poca monta (¿por qué le cobraban por contestar al teléfono? Tendría que buscarse otro operador), sino importes considerables, que cuadraban con llamadas efectuadas desde el otro extremo del mundo.

Cuando ya abría de nuevo la página de British Airways, el móvil vibró: Brian.

—¿Qué hay? —saludó.

Se oyó entonces un prolongado siseo seguido de dos suaves *pops*.

Y a continuación su voz:

—Hola, nena.

—¿Qué hay? —volvió a decir Rachel.

—Estoy...

—¿Dónde...?

—¿Qué?

—¿...estás?

—Estoy en la cola de la aduana. Me voy a quedar sin batería de un momento a otro.

El alivio que Rachel había sentido al oír su voz se vio sustituido de inmediato por la irritación.

—¿No tenían toma de corriente en primera clase? ¿En British Airways?

—Sí, pero la mía no funcionaba. ¿Estás bien?

—Sí.

—¿Seguro?

—¿Por qué no iba a estarlo?

—No sé. Suenas un poco... tensa.

—Será la conexión.

Brian se quedó en silencio un momento.

—Bueno —dijo al rato.

—¿Qué tal la cola en la aduana?

—Interminable. No me he fijado, pero diría que hay un vuelo de Swiss Air y otro de Emirates que han aterrizado a la vez que nosotros.

Otro tiempo muerto.

—Esto... —dijo Rachel—. Hoy he quedado con Melissa.

—¿Ah, sí?

—¿Y sabes lo que me ha pasado? Que cuando volvía andando a casa...

Rachel oyó una serie de pitidos.

—Nena, se me está muriendo el móvil. Lo siento mucho. Te llamo desde el ho...

Se cortó.

¿Aquel ruido de fondo era el propio de una sala de aduanas? ¿Qué se oía en una sala de aduanas? Rachel llevaba bastante tiempo sin salir del país. Intentó imaginárselo. Estaba convencida de que cuando se abría un puesto de control sonaba un «ding», pero no recordaba si fuerte o flojo. En cualquier caso, no había oído ningún «ding» mientras hablaba con Brian. Aunque si la cola era larga, y Brian todavía iba por el final, quizá los puestos de control quedaban demasiado lejos para que se oyeran esos «dings».

¿Qué más había oído al otro lado del auricular? Barullo nada más. Ninguna conversación clara. La gente no solía conversar cuando hacía cola en la aduana, sobre todo después de un vuelo de larga distancia. Estaban demasiado cansados. Derrengados, como decía Brian.

Rachel miró por la ventana y contempló aquella versión a lo Monet del río Charles y de la distante Cambridge entre la lluvia. No todas las formas que se ofrecían a su vista le resultaban desconocidas. Río adelante se divisaba la angulosa y asimétrica silueta del Stata Center, un complejo de estructuras de aluminio y titanio con profusión de vistosos colores y volúmenes que evocaba una implosión. Rachel, por lo general, aborrecía la arquitectura moderna, pero sentía un afecto inexplicable por aquel edificio. Había algo en su caprichosa extravagancia que parecía inspirado por la gracia divina. Siguiendo de nuevo el curso del río, reconoció la cúpula del edificio principal del MIT, y un poco más allá, la aguja de la Memorial Church alzándose sobre Harvard Yard.

Había quedado varias veces para comer con Brian en aquel parque. Estaba sólo a unas manzanas de su despacho y el primer verano de su relación se reunían allí, a veces con unas hamburguesas de Charlie's Kitchen o una pizza de Pinocchio. La oficina de Brian no podía ser más sencilla: seis despachos en la tercera y última planta de un anodino edificio de ladrillo situado en Winthrop Street que correspondía más a una población minera como Brockton o Waltham que a las inmediaciones de una de las universidades más prestigiosas del mundo. Una pequeña placa dorada en la fachada principal la identificaba como Delacroix Timber Ltd. Rachel habría estado allí unas tres veces, cuatro tal vez, pero exceptuando a Brian y a su socio minoritario, Caleb, no conocía de nombre al resto de los empleados de la empresa ni recordaba gran cosa de ellos, aparte de que eran jóvenes y listos, tanto ellos como ellas, con el fulgor de la ambición en la mirada. Becarios en prácticas la mayoría, por lo que Brian le había dicho, que confiaban en demostrar su valía y conseguir el ascenso con un buen salario en la sede central de Vancouver.

La ruptura de Brian Delacroix con su familia, según le había explicado a Rachel, sólo había afectado al plano estrictamente personal, en modo alguno al profesional. A Brian le gustaba el negocio de la madera. Se le daba bien. Cuando su tío, que había dirigido la delegación estadounidense de la empresa desde Manhattan, en una oficina situada en la Quinta Avenida, falleció de forma fulminante una noche a consecuencia de un derrame cerebral mientras paseaba a su perro por Central Park, Brian —que nunca fue motivo de decepción para sus padres, sino sólo de desconcierto— pasó a ocupar su puesto. Al cabo de un año, agobiado por la vida en Manhattan —«Es imposible desconectar», decía—, había trasladado el negocio a Cambridge.

Rachel echó un vistazo al reloj en la esquina superior derecha de su portátil: 16.02 h. Todavía quedaría alguien en la oficina. Al menos Caleb, que trabajaba como un loco. Se dejaría caer por allí y le diría que Brian le había pedido que fuera a su despacho a recoger algo que se le había olvidado. Y una vez dentro, entraría rápidamente en su ordenador o husmearía en los resguardos de la tarjeta de crédito que tuviera archivados. Para asegurarse de que todo cuadraba.

¿Acaso era delito desconfiar de forma tan repentina y absoluta de tu marido?, se preguntó mientras intentaba parar un taxi en Commonwealth Avenue.

No era delito, ni pecado siquiera, pero tampoco indicaba que su matrimonio tuviera unos cimientos muy sólidos. ¿Cómo era posible que desconfiara de él tan de repente, cuando esa misma tarde había estado poniéndoselo por las nubes a Melissa? Su matrimonio, a diferencia de los de muchos de sus amigos, era sólido.

¿O no lo era?

¿Qué era un matrimonio sólido? ¿Qué era un buen matrimonio? Rachel conocía a personas horrorosas que formaban matrimonios perfectamente bien avenidos, compenetrados por el carácter horroroso de los dos. Al igual que conocía a bellísimas personas que se habían jurado amor eterno ante Dios y sus amigos y pocos años después habían acabado arrojando dicho amor a la basura. Al final, por buena gente que fueran —o creyeran ser—, lo único que a menudo quedaba de aquel amor que tan a bombo y platillo se habían profesado era vitriolo, lamento y una suerte de consternación sobrecogida ante la oscuridad de las sendas por las que habían terminado adentrándose.

La solidez de un matrimonio, solía decir su madre, dependía de la dureza de la siguiente pelea.

Rachel no compartía esa opinión. O no quería compartirla. Al menos en lo tocante a Brian. En lo tocante a Sebastian, sin duda aquella máxima había terminado corroborándose, aunque su relación con él había sido un desastre desde buen principio. Todo lo contrario que con Brian.

Sin embargo, a falta de una razón lógica que explicara por qué se había topado con un hombre idéntico a su marido y con idéntica vestimenta saliendo a toda prisa por la parte trasera de un edificio de Boston cuando se suponía que su marido estaba en pleno vuelo rumbo a Londres, no tenía más remedio que aceptar la única respuesta racional a su alcance: que el hombre al que había visto saliendo de la Hancock Tower esa tarde era Brian. Es decir, que Brian no estaba en Londres. Y, por tanto, que mentía.

Rachel levantó la mano para parar un taxi.

15

LLUVIA

«No quiero creer que miente —se dijo mientras el taxi cruzaba el puente sobre el río y daba la vuelta a la rotonda para acceder a Memorial Drive—. No quiero creer que esto está pasando. Lo que quiero es seguir sintiendo lo mismo que durante el fin de semana: amor y confianza.

»Pero ¿qué alternativa tengo? ¿Hacer como si no lo hubiera visto?

»No sería la primera vez que ves cosas que no existen.

»Pero eso era distinto.

»¿Distinto por qué?

»Porque sí.»

El taxista no abrió la boca en todo el trayecto. Rachel echó una ojeada a su licencia. Sanjay Seth. En la foto tenía aspecto huraño, malhumorado casi. No conocía de nada a aquel hombre, y sin embargo se estaba dejando transportar por él, del mismo modo que dejaba que otros extraños prepararan su comida, hicieran la recogida selectiva de su basura, le pasaran un escáner por el cuerpo y pilotaran el avión en que viajaba. Con la confianza de que no iban a estrellar dicho avión contra una montaña o a envenenar su comida sólo porque tuvieran un mal día. O, en el caso de aquel taxi, de que Sanjay Seth no iba a pisar el acelerador y conducirla hasta algún recóndito lugar detrás de un polígono industrial abandonado para luego saltar al asiento trasero y soltarle lo que pensaba de las mujeres que no pedían las cosas «por favor». La última vez que se había montado en un taxi, se había visto obligada a interrumpir la carrera por culpa de esa suerte de desvaríos, pero esta vez pegó los puños a los muslos y los mantuvo allí apretados. Procuró respirar con un ritmo regular, sin inhalar ni exhalar el aire muy hondo ni muy rápido, y contempló la lluvia al otro lado de la ventanilla diciéndose a sí misma que superaría el trance igual que había hecho en el metro y en el centro comercial.

Al acercarse a Harvard Square, Rachel le pidió a Sanjay Seth que la dejara en la esquina de JFK con Winthrop porque esta última calle era de sentido único y dirección contraria. Era hora punta y no le apetecía esperar otros cinco o diez minutos dentro del taxi mientras éste daba la vuelta a la manzana a paso de tortuga sólo para dejarla cien metros más cerca de su destino.

Al aproximarse al edificio, vio a Caleb Perloff saliendo de él. Caleb dio un tirón de la puerta cerciorándose de que quedaba bien cerrada; llevaba la gabardina y la gorra de béisbol de los Sox empapadas, como todo bicho viviente en la ciudad aquella semana, y al volverse hacia la calle se encontró a Rachel plantada en la acera, justo en el arranque de los peldaños.

Rachel advirtió su mirada de extrañeza: ¿qué hacía ella allí, al otro lado del río, en Cambridge, delante de la puerta de sus oficinas, si Brian estaba en el extranjero?

Se sintió ridícula. No se le ocurría cómo explicar su presencia allí. Pese a haber estado pensándolo a lo largo de todo el trayecto en el taxi, no había conseguido dar con una razón plausible que justificara por qué necesitaba acceder al despacho de su marido.

—Así que aquí es donde se cuece todo —acertó a decir.

Caleb la miró con su sorna habitual.

—Aquí mismo —respondió—. Levantó la cabeza para contemplar el edificio y después volvió la vista hacia Rachel—. ¿Sabes que ayer el precio de la madera bajó una décima de centavo en Andhra Pradesh?

—No, no lo sabía.

—Mientras que en la otra punta del mundo, en Mato Grosso...

—¿Eso queda en...?

—Brasil —dijo Caleb arrastrando la «erre» mientras bajaba los peldaños hacia ella—. En Mato Grosso, mira tú por dónde, subió medio centavo. Y todo apunta a que continuará subiendo a lo largo del mes que viene.

—Pero ¿en India?

—Allí esa décima de centavo nos la descuentan. —Se encogió de hombros—. Aunque ese mercado también anda un poco inestable en este momento. Y los gastos de transporte son más elevados. Ya me dirás con quién negociamos ahora.

—Menudo dilema —reconoció Rachel.

—Oye, ¿y qué me dices de toda la madera que exportamos?

—Otro quebradero de cabeza.

—No podemos dejar que se pudra sin más.

—Eso nunca.

—O que se la coman los bichos. O la lluvia.

—Oh, cielos. No me hables de lluvia.

Caleb levantó la palma de la mano al cielo; estaba lloviznando.

—De hecho, en la Columbia Británica no ha llovido este mes pasado. Lo que son las cosas. Allí no llueve, y aquí sí. El mundo al revés.

Caleb ladeó la cabeza.

Rachel remedó el gesto.

—¿Cómo tú por aquí, Rachel?

Rachel no sabía hasta qué punto Brian había informado a nadie de su dolencia. Según él, no lo había comentado, pero seguro que a alguien se lo tenía que haber mencionado, al menos cuando llevara algunas copas encima. Sin duda sus compañeros se habrían tenido que preguntar en alguna ocasión por qué Rachel no había podido asistir a tal o cual celebración, por qué se había escaqueado la noche del Cuatro de Julio cuando fueron todos a ver los fuegos artificiales en el paseo marítimo, o por qué rara vez salía con ellos de bares. Alguien inteligente como Caleb tenía que haberse percatado de que Rachel hacía acto de presencia únicamente cuando la reunión tenía lugar en ambientes controlados (en su casa por lo general) y en *petit comité*. Pero ¿estaría Caleb enterado de que Rachel llevaba casi dos años sin conducir un coche? ¿De que, durante casi el mismo tiempo, no se había atrevido a viajar en metro, hasta el sábado anterior? ¿O que una vez se había quedado paralizada en la zona de restauración del Prudential Center, que tuvo que sentarse, rodeada por el bienintencionado personal de seguridad del centro comercial, ahogándose casi y convencida de que se iba a desmayar, hasta que Brian fue a buscarla para llevarla a casa?

—Estaba de compras por el barrio. —Hizo un gesto en dirección a la plaza. Caleb le miró las manos vacías—. No he visto nada interesante. Al final lo único que he hecho ha sido mirar escaparates. —Guiñó los ojos entre la llovizna observando el edificio a espaldas de Caleb—. Y se me ha ocurrido venir a echar un vistazo, a ver con quién compito por la atención de mi marido.

Caleb sonrió.

—¿Quieres subir?

«Pasaré sólo un momento a su despacho para...»

«Se dejó una cosa en el cajón que...»

«Así que éste es su centro de operaciones, ¿eh? ¿Te importa si me quedo aquí un rato? Cierra la puerta al salir.»

—¿Habéis hecho alguna reforma? —le preguntó.

—No.

—Entonces no necesito ver nada. Sólo era por dar un paseo antes de volver para casa.

Caleb asintió como si le pareciera todo perfectamente normal.

—¿Quieres que compartamos un taxi?

—Muy buena idea.

Regresaron andando por Winthrop y cruzaron JFK. Ya eran casi las cinco y el tráfico que se dirigía hacia Harvard Square se había congestionado. Para tomar un taxi que partiera de la plaza, lo mejor era seguir otra manzana a pie y tomarlo desde el hotel Charles. Pero el cielo plomizo, que sólo un minuto antes parecía prometer una tregua, estaba cada vez más negro y borrascoso.

—Esto no pinta bien —observó Caleb.

—No, nada bien.

Cuando llegaron al extremo de Winthrop Street, observaron que en la parada del hotel no había un solo taxi esperando. La caravana de coches que serpenteaba hacia el río era igual o peor que la que se dirigía a la plaza.

Los negros nubarrones retumbaron sobre sus cabezas. A unos pocos kilómetros al oeste, un relámpago partió en dos el cielo.

—¿Tomamos una copa? —sugirió Caleb.

—O dos —dijo Rachel cuando ya se abría el cielo—. Dios santo.

Los paraguas apenas podían resguardarlos del súbito azote del viento. Echaron a correr de vuelta por Winthrop bajo el estruendoso jarreo de la lluvia y los goterones que estallaban en el pavimento. Las rachas los sacudían a derecha e izquierda, por delante y por detrás.

—¿Grendel's o Shay's? —le preguntó Caleb.

Rachel veía el Shay's al otro lado de la calle JFK. Quedaba cerca, pero aun así suponía hacer otros cincuenta metros bajo el aguacero. Y si el tráfico empezaba a circular, tendrían que buscar un semáforo por el que cruzar. El Grendel's, en cambio, estaba justo a la izquierda.

—Grendel's.

—Buena elección. De todos modos, somos demasiado mayores para el Shay's.

En el vestíbulo, sumaron sus paraguas a los otros muchos ya apoyados contra la pared. Se desprendieron de las gabardinas y Caleb se quitó la gorra de los Sox, que estaba chorreando. Llevaba el pelo tan al rape que le bastó pasarse la palma de la mano por encima para que se secara. Encontraron un perchero donde dejar las gabardinas junto al mostrador de la entrada y los condujeron a una mesa. El Grendel's Den era un establecimiento situado en un sótano, y mientras pedían las primeras consumiciones vieron pasar calzados de todo tipo por los adoquines de fuera. Al rato la lluvia comenzó a descargar con tal fuerza que los transeúntes desaparecieron.

Grendel's llevaba tanto tiempo abierto que no sólo Rachel recordaba la vez que no la habían dejado entrar con un documento de identidad falso allá en los noventa, sino que su propia madre ya recordaba haberlo frecuentado a principios de los setenta. El local atraía a una clientela formada principalmente por estudiantes y profesores de Harvard. Los que no eran del lugar sólo se dejaban caer por allí en verano, cuando los dueños sacaban las mesas al exterior y te podías sentar junto al parque.

El camarero le llevó una copa de vino a Rachel y un bourbon a Caleb y les dejó una carta a cada uno. Caleb se secó la cara y el cuello con la servilleta.

Los dos soltaron alguna que otra risotada sin necesidad de decir nada. Sería difícil que volvieran a ver un chaparrón así en mucho tiempo.

—¿Qué tal la niña? —le preguntó Rachel.

Caleb sonrió con cara de felicidad.

—Divina. Bueno, si te digo la verdad, empezaba a sentirme un poco desplazado, porque los primeros noventa días no apartan la vista del pecho y la cara de la madre. Pero llegado el día noventa y uno, AB me miró a los ojos y se me cayó la baba.

Caleb y Haya le habían puesto por nombre a su hija Annabelle. La niña tenía ya seis meses, pero Caleb se había referido a ella como AB desde las dos semanas de vida.

—En fin —Caleb levantó la copa—, ¡salud!

Rachel brindó con él.

—Por que nos libremos de una neumonía.

—Más vale.

Dieron un trago.

—¿Cómo está Haya?

—Está bien. —Caleb asintió—. Muy bien. Disfrutando de la maternidad.

—¿Qué tal le va con el inglés?

—Se pasa el día pegada a la tele. Eso es de gran ayuda. Con un poco de paciencia, ya se puede mantener una conversación como es debido con ella. Pero mide... mide mucho las palabras.

Caleb había estado de viaje en Japón y se había traído de allí a Haya. Él chapurreaba el japonés; ella apenas hablaba una palabra de inglés. Antes de que pasaran tres meses ya estaban casados. Brian no veía aquel matrimonio con buenos ojos. Decía que Caleb no era de los que sientan la cabeza. Además, ¿de qué iban a hablar durante la cena?

Rachel tenía que admitir que su opinión sobre Caleb se había visto empañada cuando le presentó a aquella luminosa y servil mujer, prácticamente muda, pero con un rostro y un cuerpo capaces de disparar mil poluciones nocturnas. ¿Qué otra cosa, si no eso, le había atraído de ella? Y aquel tufillo a relación amo-esclava que le parecía detectar al verlos juntos, ¿no sería el fruto de alguna fantasía machista que Caleb siempre había perseguido en secreto? ¿O acaso estaría siendo tan maliciosa sólo porque no se le escapaba que si Caleb se había casado con una mujer que no hablaba inglés, su socio Brian había escogido a una reclusa?

Cuando le sacó el tema a Brian, éste replicó:

—Lo nuestro es distinto.

—¿Por qué es distinto?

—Porque tú no eres una reclusa.

—Discrepo.

—Lo tuyo no es más que una etapa. Te recuperarás. Pero ¿él? ¿A quién se le ocurre tener un hijo? ¿En qué coño estará pensando? Como si él no fuera ya bastante niño.

—¿Por qué te molesta tanto?

—No me molesta *tanto* —replicó Brian—. Sólo que precisamente en este momento de su vida no me parece oportuno.

—¿Cómo conoció a Haya? —le preguntó Rachel.

—Bueno, lo de siempre. Fue en viaje de negocios a Japón y se vino con ella. Y sin cerrar el trato, por cierto. Les llegó otra oferta mejor de...

—Pero no te puedes traer a un ciudadano japonés así como así, ¿no? Quiero decir que hay leyes de inmigración que no permiten que cualquiera entre en este país y se quede aquí a vivir por las buenas.

—A menos que esa persona entre con visado oficial, como hizo ella, y se case.

—Pero ¿no te parece raro? De pronto conoce a Caleb y de la noche a la mañana lo deja todo para venirse con él a Estados Unidos, un país que no ha pisado en su vida y donde se habla un idioma que ni siquiera entiende.

Brian se quedó rumiando.

—Tienes razón. ¿Cuál es tu teoría entonces?

—¿Un matrimonio concertado por internet?

—Pero ¿las que vienen no son todas filipinas o vietnamitas?

—Todas, no.

—Mmm —dijo Brian—. Una novia por encargo. Pensándolo bien, no me extrañaría de él. Lo que prueba que llevo razón: Caleb no tiene la madurez suficiente para casarse. Así que elige a alguien que apenas conoce y con quien apenas puede comunicarse.

—El amor es el amor —repuso Rachel, devolviéndole la pelota con uno de los clichés preferidos de Brian.

Brian torció el gesto.

—Sí, pero cuando hay niños de por medio la cosa cambia. Entonces el amor se convierte en una asociación mercantil con precariedad económica garantizada.

No le faltaba razón, pero lo que a Rachel le dio que pensar era si se referiría a sí mismo cuando decía esas cosas, a sus temores respecto a la fragilidad de su propia relación de pareja y los posibles estragos que desencadenaría la introducción de un hijo en ella.

Un gélido interrogante se deslizó en su pensamiento antes de que pudiera detenerlo: «Ay, Brian, ¿y si nunca he sabido quién eras en realidad?»

Caleb le sonrió intrigado desde el otro lado de la mesa, como preguntándose qué andaría cavilando.

El móvil de Rachel vibró sobre la mesa. Brian. Rachel resistió el pueril impulso de no atender la llamada.

—Hola.

—Hola —dijo él, cariñoso—. Perdona por lo de antes. El puñetero móvil se me ha muerto de pronto. Y estaba preocupado porque no sabía si me había dejado los adaptadores en casa. Pero resulta que no, querida esposa mía, que los he traído. Así que aquí estamos.

Rachel se levantó del asiento y se apartó un poco de la mesa.

—Aquí estamos.

—¿Tú dónde estás exactamente?

—En Grendel's.

—¿Dónde?

—En el bar ese de estudiantes que está cerca de tu oficina.

—No, si sé cuál es, lo que no entiendo es cómo has acabado ahí.

—Estoy con Caleb.

—Ah, bueno. Pero qué más. ¿Qué pasa?

—No pasa nada. ¿Por qué tendría que pasar algo? Están cayendo chuzos de punta, pero aparte de eso, tomando aquí una copa con tu socio y ya está.

—Ah, mira qué bien. ¿Y qué te ha llevado a Harvard Square?

—Un impulso. Hacía mucho tiempo que no venía por aquí. De pronto se me ha antojado darme una vuelta por las librerías y no me he podido resistir. ¿Dónde paras esta vez? Ya se me ha olvidado.

—En Covent Garden. El típico sitio que le habría gustado a Graham Greene, según tú.

—¿Cuándo he dicho yo eso?

—Cuando te mandé una foto la última vez que vine. No, la última no, la anterior.

—Mándame otra ahora. —En cuanto las palabras salieron por su boca, la adrenalina le inundó el torrente sanguíneo como si la hubieran vertido a chorro.

—¿Qué?

—Una foto.

—Son las diez de la noche.

—Un selfie entonces desde el vestíbulo del hotel.

—¿Eh?

—Que me mandes una foto tuya y ya está. —Otra descarga de adrenalina estalló en su pecho—. Te echo de menos.

—Bueno.

—¿Me la mandarás?

—Sí, claro. —Tras un breve silencio, añadió—: ¿Va todo bien?

Rachel soltó una carcajada que sonó estridente incluso a sus oídos.

—Todo fantástico. Muy bien. ¿Por qué lo preguntas otra vez?

—No, es que suenas rara.

—Será cansancio, supongo —dijo Rachel—. Tanta lluvia...

—Bueno, pues hablamos mañana por la mañana entonces.

—Muy bien.

—Te quiero.

—Y yo a ti.

Rachel colgó y regresó a la mesa. Caleb levantó la mirada mientras ella tomaba asiento y le sonrió, sin dejar de teclear con el pulgar en el móvil. A Rachel le maravillaba que alguien fuera capaz de mantener una conversación con una persona al tiempo que tecleaba un mensaje de texto para otra. Por lo general, era una destreza común entre frikis de la informática y la tecnología, como Caleb, sin ir más lejos.

—¿Qué tal Brian?

—Bien, por lo visto. Cansado, pero bien. ¿Tú nunca te apuntas a esos viajes?

Caleb negó con la cabeza mientras seguía tecleando en el móvil.

—El portavoz de la empresa es él. Él y su viejo. Además, es él quien tiene olfato para los negocios. Yo sólo me ocupo de que todo funcione en el día a día.

—¿Te estás quitando importancia?

—Qué va, ni mucho menos. —Caleb se distrajo unos segundos más con el móvil y luego lo guardó en el bolsillo. Cruzó las manos sobre la mesa y la miró a los ojos, indicando que le devolvía toda su atención—. Si no fuera por mí y otros cuantos que se ocupan de la logística inmediata, esa maderera con sus doscientos años de existencia se iría al garete en seis meses. A veces, no siempre, pero a veces, la rapidez de una transacción puede ahorrar dos o tres millones de dólares. Así fluye todo ahí fuera —añadió, agitando los dedos en el aire para recalcar la globalidad de ese «fuera».

La camarera regresó y pidieron otra ronda.

Caleb abrió la carta.

—¿Te importa si como algo? He entrado en el despacho a las diez de la mañana y no me he vuelto a levantar de la silla hasta las cinco para salir.

—Claro que no.

—¿Y tú?

—Yo también me comería algo.

La camarera regresó con las consumiciones y les tomó nota. Cuando se fue, Rachel reparó en un hombre que tendría poco más o menos la edad de Brian, unos cuarenta o así, sentado a una mesa junto a una mujer mayor que él con aire de elegante profesora universitaria. La señora debía de frisar ya en los sesenta, pero unos sesenta con un *sex-appeal* de quitar el hipo. En otras circunstancias, Rachel habría escrutado a aquella mujer de arriba abajo intentando averiguar el porqué de tan rotunda impresión —¿era su forma de vestir, de sentarse, el peinado que llevaba, la inteligencia en su mirada?—, pero quien la atrajo en esta ocasión fue su acompañante. Tenía el cabello castaño claro, las sienes plateadas y no se había afeitado en un par de días. Bebía cerveza y lucía una alianza de oro. Además, a excepción de la gabardina, llevaba exactamente el mismo atuendo que su marido aquella mañana: vaqueros azules, camiseta blanca, jersey negro con el cuello levantado.

¿Acaso su enclaustramiento le había impedido reparar en esas cosas? No es que no saliera nada, pero salía poco, eso desde luego. A lo mejor había pasado por alto la prevalencia de ciertos estilos. ¿Desde cuándo, por ejemplo, se había impuesto entre los hombres esa tendencia de afeitarse sólo cada tres o cuatro días? ¿Desde cuándo se estilaban otra vez los borsalinos o los sombreros de fieltro de copa baja? ¿De dónde había salido aquella moda de las zapatillas de colorines? ¿En qué momento habían acordado todos los aficionados al ciclismo que había que enfundarse esas mallas y esas camisetas con marcas estampadas por todas partes, como si necesitaran de *sponsors* para llegar pedaleando a Starbucks?

Si no recordaba mal, en sus tiempos universitarios uno de cada tres chicos vestía con camisa de cuadros, camiseta de pico y vaqueros raídos. Si fuera a los bares de los hoteles que frecuentaban los viajantes de comercio republicanos de mediana edad, ¿cuántos llevarían camisa de vestir azul celeste y pantalones beige? Luego, por esa misma regla de tres, ¿no era perfectamente posible cruzarse con tres hombres el mismo día en la zona de Boston y Cambridge con la misma combinación de jersey oscuro, camiseta blanca y vaqueros azules, que lo más seguro es que nunca hubiera estado ni muy *in* ni muy *out*, dado lo común de esa vestimenta? Seguro que si en ese momento se diera una vuelta por un centro comercial, encontraría a otros dos más vestidos igual, eso sin contar los maniquíes en los escaparates de J. Crew o Vince.

Les trajeron la comida. Caleb dio cuenta de su hamburguesa en un santiamén y Rachel devoró la ensalada. No había reparado en lo hambrienta que estaba.

Una vez despachados los platos, siguieron charlando bajo la cálida iluminación del local mientras el sol empezaba a ponerse. Había escampado, y por encima de sus cabezas un flujo constante de pisadas regresó a las empedradas aceras; los transeúntes se atrevían a salir de nuevo a la calle.

Caleb se llevó la copa de bourbon a los labios con una sonrisa radiante.

Rachel se la devolvió percibiendo el efecto del vino.

Había habido algo entre ellos, un fugacísimo coqueteo todo lo más, cuando Rachel empezó a salir con Brian. Un día en casa de un amigo de Brian que vivía en Fenway. Rachel había ido a la despensa a por aceitunas y Caleb, si no recordaba mal, salía en ese momento de allí con unas galletitas saladas; al cruzarse, los dos se detuvieron. Sus miradas se encontraron y ninguno de los dos la bajó, hasta que terminaron en una especie de reto a ver quién pestañeaba antes.

—Hola —dijo Rachel.

—Hola —contestó Caleb. La palabra le salió de lo más hondo de la garganta.

Vasoconstricción, recordaba Rachel haber pensado. El proceso por el cual los capilares de la piel se contraen a fin de elevar la temperatura corporal interna. Con el consiguiente aumento del ritmo respiratorio y cardíaco. Y el rubor en la piel.

Ella se inclinó hacia él al mismo tiempo que él hacia ella, y sus cabezas se tocaron, los pechos de Rachel chocaron con su torso y el borde de la mano derecha de Caleb rozó el borde de la mano izquierda de ella camino de su cadera. De todos los puntos en los cuales sus cuerpos tomaron contacto en aquel par de segundos, el más íntimo fue ese roce de la mano de Caleb con la suya. Cuando la mano llegó a su cadera, Rachel se apartó y se adentró en la despensa. Caleb dejó escapar un ruidito, una mezcla entre risa e hipido de asombro, exasperación y vergüenza, y antes de que Rachel volviera la vista ya había salido de la despensa.

Vasodilatación: cuando la temperatura corporal interna es demasiado elevada, los vasos sanguíneos bajo la piel se dilatan para dejar que el calor escape del cuerpo y la temperatura interna se restablezca.

Rachel tardó casi cinco minutos en localizar las puñeteras aceitunas.

En Grendel's, Rachel dio un sorbo del vino, y Caleb, de su bourbon; el bar empezaba a llenarse. Al rato, ni siquiera podían ver la puerta. Antes, ese impedimento podría fácilmente haber disparado ráfagas de ansiedad por su torrente sanguíneo; esa noche, en cambio, no hizo sino acrecentar la calidez e intimidad del momento.

—¿Qué tal lleva Brian el diluvio este? —preguntó Caleb.

—Ya sabes cómo es, actitud positiva ante todo. Debe de ser el único en toda la ciudad que aún no se ha quejado.

—En el despacho tampoco. Estamos todos empapados hasta las cejas, y él en plan: «Pero si da ambiente.»

Terminaron la frase a coro.

—Lo mismo dice en casa. Y yo: «¿Ambiente de qué? ¿De depresión total?» Y él: «No. Es divertido. Y emocionante.» Y yo le digo: «Divertido y emocionante lo sería el primer día, cariño, pero han pasado ya diez.»

Caleb se llevó la copa a los labios, riendo entre dientes, y dio un trago.

—El tío sería capaz de ver algo positivo hasta en un campo de concentración. «No se encuentra alambre de espino de esa calidad en otros campos de exterminio. Además, las alcachofas de las duchas son de primera.»

Rachel dio otro sorbo del vino.

—Es increíble.

—Y que lo digas.

—Pero a veces cansa.

—Apabulla, el cabrón. Nunca he conocido a nadie con tanta necesidad de actitud positiva. Y es curioso, porque no es que pretenda pintarte la vida de color de rosa, en plan falso y tal, lo suyo es una cuestión de disposición, de voluntad. ¿Entiendes?

—Vaya que si lo entiendo. A mí me lo vas a contar.

Rachel sonrió pensando en su marido. Brian no soportaba las películas que terminaban mal, los libros en los que el héroe salía perdiendo ni las canciones sobre la alienación humana.

—Ya lo sé —le había dicho en una ocasión—. Leí a Sartre en la universidad, me dejé arrastrar por los amigos a un concierto de Nine Inch Nails. Ya sé que el mundo es un lugar caótico y absurdo donde nada tiene sentido. Lo sé. Sólo que prefiero no seguir esa filosofía de vida, porque a mí no me ayuda para nada.

Hacía tiempo que Rachel se había dado cuenta, con tanta admiración como exasperación, de que lo deprimente no iba con Brian. A él no le iban la desesperanza, la pose existencialista o el lamento. A él le iban los objetivos, las estrategias, las soluciones. La esperanza, en definitiva.

Un día que estaba sacándola de sus casillas, al decirle él: «Todo es posible», Rachel saltó:

—No, Brian, todo no. Erradicar el hambre del mundo no es posible, como tampoco nos es posible batir las alas para levantar el vuelo.

Una pequeña y extraña chispa encendió los ojos de Brian.

—Hoy en día nadie tiene paciencia para nada. Todo tiene que ser para ya.

—¿Se puede saber a qué viene eso?

—A que si uno cree, si de verdad cree, y cuenta con una buena estrategia, y está dispuesto a dejarse la piel para hacer realidad su deseo —desplegó los brazos—, puede hacer todo, todo lo que se proponga.

Rachel le sonrió y salió de la habitación antes de verse en la tesitura de decidir si el hombre con el que se había casado no estaría un poco mal de la cabeza.

Por otro lado, nunca iba a tener que preocuparse de que le viniera con quejas, críticas o lamentos de ningún tipo. Sebastian, huelga decirlo, era un quejica de primera. Un tipo negativo que siempre veía el vaso medio vacío y te daba a entender de mil y una maneras, tanto minúsculas como mayúsculas, que creía que el mundo se despertaba cada mañana pensando en cómo cagarse en él. A diferencia de Brian, que parecía enfrentarse a la vida diaria como si esperara encontrar algún regalo oculto en ella. Y si no lo encontraba, para qué iba a echar pestes.

Otra máxima típica de Brian: «Un lamento que no busca solución es una enfermedad que no busca cura.»

Caleb dijo:

—En la oficina siempre nos lo está repitiendo. Cualquier día vemos la cita estampada en una placa, colgada en la sala de espera.

—Aunque hay que reconocer que a él le funciona de verdad. ¿Tú has visto que alguna vez le dure el enfado más de unos minutos?

—En eso tienes razón —convino Caleb—. Fíjate, algunos lo seguirían hasta el infierno... porque en el fondo intuyen que Brian sabría ingeniárselas como fuera para salvarlos de las llamas.

A Rachel le agradó la observación. Le hizo ver a su marido como un ser heroico por un instante, como un líder, como una fuente de inspiración.

Rachel se apoyó en el respaldo del asiento, Caleb en el suyo, y durante un minuto más o menos ninguno de los abrió la boca.

—Tienes buen aspecto —dijo Caleb por fin—. Bueno, buen aspecto lo tienes siempre, me refiero a que pareces...

Rachel esperó a que encontrara la palabra.

—Segura —dijo Caleb.

¿Alguien la había llamado eso alguna vez? Su madre solía decirle que iba siempre tan acelerada por la vida que era una suerte que tuviera la cabeza pegada al cuerpo porque si no ya se la habría dejado olvidada en alguna parte. Dos ex novios y su ex marido la habían calificado de «ansiosa». A los veinte años, el alcohol, el tabaco y la lectura —la lectura, siempre— calmaban su desazón. Cuando dejó el tabaco, sustituyó la vida contemplativa por una cinta para correr, hasta que su médico reparó en la frecuencia de sus tendinitis en el tibial anterior y la significativa pérdida de peso en un cuerpo delgado ya de por sí y la convenció para que complementara el ejercicio en la cinta con el yoga. Y le fue bien durante un tiempo, pero al final el yoga propició las «visiones» y las visiones, a la vuelta de Haití, propiciaron los ataques de pánico.

Segura. Era la primera vez que la tachaban de algo así. ¿Por qué iba Rachel Childs-Delacroix a parecer segura?

El móvil le vibró junto al codo. Un mensaje de Brian. Lo abrió y sonrió.

Era una foto de él, con la misma ropa que llevaba al salir de casa; se lo veía muy risueño, si bien un tanto somnoliento y despeinado tras el viaje. A su espalda, una fachada revestida de madera oscura, una amplia puerta doble, grandes faroles de luz amarillenta a ambos lados de la entrada y, coronándolo todo, el nombre del establecimiento: COVENT GARDEN HOTEL. En anteriores viajes, Brian le había enviado fotos de la calle donde se encontraba el hotel: una coqueta callejuela londinense con trazado en curva, varias boutiques y restaurantes y preponderancia de ladrillo rojo y molduras blancas. El portero, o quien fuera que hubiera sacado la foto, habría tenido que bajar de la acera para captar toda la fachada del hotel en el encuadre.

Brian saludaba con la mano, y una sonrisa ufana resaltaba en su rostro atractivo y cansado, como dándole a entender que sabía que aquél no era un selfie cualquiera, que no sólo lo «echaba de menos». Aquello había sido una prueba en toda regla.

«Y caray, la has superado con creces», pensó Rachel al guardar el móvil en el bolsillo.

Caleb y ella terminaron compartiendo el taxi. Él seguiría después de dejarla, puesto que vivía más lejos, en el Seaport District. Durante el breve trayecto hasta casa de Rachel retomaron el tema de la lluvia y su efecto sobre la economía local. Los Red Sox, por ejemplo, estaban a punto de batir el récord nacional de partidos cancelados a causa del mal tiempo.

Cuando llegaron al domicilio de Rachel, Caleb se inclinó para darle el beso de despedida en la mejilla, pero ella ya volvía la cara y sus labios apenas la rozaron.

Una vez en casa, se metió en la ducha y sintió el impacto del agua caliente sobre la piel, estragada a lo largo de todo el día por la lluvia fría, como un placer casi pecaminoso. Cerró los ojos y vio a Caleb, primero en el bar, después en la despensa, y rememoró la última vez que había estado con Brian en aquella ducha, sólo unos días antes, y él la había sorprendido por la espalda y le había pasado la pastilla de jabón por los pezones, luego por el cuello, subiendo por un lado y bajando por el otro, y acariciado su vientre con ella, trazando círculos concéntricos cada vez más pequeños.

Rachel reprodujo los movimientos de Brian en ese momento y sintió su progresiva turgencia entre las piernas. Oyó su propia respiración mezclándose con el sonido del agua mientras Brian se convertía en Caleb y Caleb en Brian, hasta que dejó caer la pastilla de jabón al suelo y apoyó una mano en la pared. Pensó en Brian con ella en la ducha aquel día, en Brian delante del hotel de Covent Garden con aquella sonrisa ufana y aquellos ojos azules que le chispeaban con un júbilo infantil. Caleb desapareció de su fantasía. Alcanzó el clímax estimulándose con un solo dedo y el orgasmo recorrió todo su cuerpo como si el agua caliente la hubiera penetrado y encendido sus capilares.

Después se tumbó en la cama y, ya a punto de quedarse dormida, la asaltó un extraño pensamiento:

Cuando Caleb había decidido pedir algo para cenar, había mencionado que llevaba todo el día —desde las diez de la mañana hasta las cinco de la tarde— sentado a la mesa de su despacho. Sin levantarse de la silla. Sin salir a la puerta. Pero cuando ella se había presentado en el edificio, él estaba saliendo justo en ese momento. Ni siquiera se había apartado todavía del alero que protegía la puerta de la entrada.

Sin embargo, tenía la gabardina y la gorra empapadas.

16

REAPARICIÓN

Viernes. El regreso.

Rachel pensó en ir al aeropuerto a recoger a Brian, pero ya no disponía de coche propio. Lo había vendido al irse a vivir con él, ya que el edificio sólo contaba con una plaza de aparcamiento por vivienda. Desde entonces, siempre que había necesitado de vehículo para sus desplazamientos, había recurrido a una empresa que alquilaba coches por horas. El sistema resultó de lo más práctico —había una oficina de Zipcar a menos de una manzana de su casa—, pero luego vino el episodio del Dunkin' Donuts, el del Prudential y la vomitona encima del cienciólogo, y Brian le pidió que no condujera durante un tiempo.

Cuando llegó el momento de renovar el carnet de conducir tuvieron una de sus discusiones más acaloradas. Rachel ni se planteaba siquiera la posibilidad de no renovarlo, pero él replicó que le debía, le «debía», un poco de tranquilidad.

—¿Qué tiene esto que ver contigo? —recordaba Rachel haberle gritado desde el otro lado de la barra de la cocina—. ¿Te crees que todo gira en torno a ti? ¿También esto?

El imperturbable Brian dio un palmetazo sobre la barra.

—¿A quién llamaron cuando te quedaste paralizada en el Prudential? ¿Y cuando te...?

—Ah, así que el problema es que invada tu tiempo, ¿no? —Rachel se envolvió una mano con un trapo de cocina y lo retorció con tanta fuerza que sintió el bombeo de la sangre bajo la piel.

—Ah, no, no, no. No pienso entrar en ese juego.

—No, no, no —repitió ella, remedando su gesto; se sintió como una imbécil, pero tan a gusto también, pues la pelea venía fraguándose desde hacía una semana.

Por una milésima de segundo, a Rachel le pareció captar una rabia rayana en el odio asomando fugazmente en sus ojos, pero Brian enseguida exhaló un largo y hondo suspiro.

—Un ascensor no va a cien kilómetros por hora.

Rachel seguía pensando en aquel destello de rabia. «¿Será ese que asomaba el verdadero Brian?»

Al final se dio cuenta de que aquella rabia no iba a volver. Al menos no aquel día. Dejó caer el trapo sobre la barra.

—¿Qué?

—Que si te da un ataque de pánico en un ascensor o en un centro comercial o, vaya usted a saber, en un parque o paseando por la calle, no te vas a matar, pero ¿en un coche?

—Es que eso no me pasa. No me dan ataques de pánico cuando voy conduciendo.

—Pero sólo hace unos años que has empezado con esos ataques. ¿Cómo sabes de qué manera se va a manifestar el próximo? No quiero que me llamen para decirme que te has empotrado en algún poste.

—Joder.

—¿Te parece un miedo irracional?

—No —confesó Rachel.

—¿Algo completamente imposible?

—No, completamente, no.

—¿Y si tienes la sensación de que te ahogas y te pones a sudar tanto que ya ni te deja ver casi y atropellas a alguien que va cruzando por un paso de peatones?

—Esto ya es pura intimidación.

—No, no es más que una pregunta.

Al final, llegaron a un acuerdo. Rachel se renovó el carnet pero prometió no hacer uso de él.

No obstante, ya después de haber paseado por un centro comercial y montado en el metro, de haberse atrevido a cruzar por delante de la South Church y llegar hasta Copley Square, de haber viajado en taxi en pleno aguacero y haber pasado un rato en un atestado bar subterráneo, y todo sin asomo de taquicardia, sin una sola palpitación en las venas del cuello, ¿no sería un puntazo que se la encontrara delante de la zona de recogida de equipajes del aeropuerto? Se echaría las manos a la cabeza, eso seguro, pero ¿no le podría más el orgullo que la aprensión?

Rachel llegó al extremo de actualizar los datos de su cuenta con la empresa de alquiler —la tarjeta de crédito que había utilizado en otras ocasiones estaba caducada—, pero luego recordó que Brian había hecho el viaje hasta el aeropuerto en su Infiniti, y lo había dejado en el aparcamiento de larga estancia.

Así que ahí quedó la cosa. El alivio que sintió al verse librada de pasar por aquel mal trago suscitó en ella cierta culpabilidad —se veía pusilánime, débil—, pero casi era mejor que no se hubiera puesto al volante si todavía quedaba en ella un resquicio, por leve que fuera, de temor.

Cuando Brian entró por la puerta, su rostro reflejó la leve extrañeza de quien intenta familiarizarse de nuevo con esa otra parte de su vida ajena a aeropuertos, hoteles, servicios de habitaciones, continuos cambios, y regresa a lo familiar y cotidiano. Miró de refilón hacia el revistero que Rachel había dejado junto al sofá como si no lo reconociera, porque no podía reconocerlo: era una adquisición que Rachel había hecho en su ausencia. Llevó la maleta de ruedas a un rincón, se desprendió de su gabardina de color teja y la saludó con sonrisa titubeante.

—Hola.

—Hola. —Rachel dudó antes de ir hacia él.

Cuando Brian se ausentaba más de veinticuatro horas, su reaparición siempre se hacía un tanto violenta. Ambos avanzaban hacia el reencuentro con torpeza, a trancas y barrancas. Al fin y al cabo, Brian había abandonado su vida en pareja, todo aquello que los definía como «nosotros»; lo que significaba que durante aquella semana ambos habían regresado a su «yo». Y justo cuando ese estado empezaba a cobrar normalidad, Brian reaparecía en el encuadre y ambos tenían que volver a determinar dónde acababa el «yo» y empezaba de nuevo el «nosotros».

Se besaron; fue un beso seco, casto casi.

—¿Cansado? —le preguntó Rachel, pues tenía aspecto de estarlo.

—Sí. Sí que lo estoy. —Miró su reloj de pulsera—. Allí deben de ser ya... las doce de la noche.

—Te he preparado algo de cena.

Brian sonrió feliz y contento; era la primera sonrisa auténticamente suya desde que había entrado por la puerta.

—¿En serio? ¿Igual que una buena esposa? Gracias, nena.

La besó por segunda vez, ya un poco más efusivo. Rachel sintió que alguna cosa se aflojaba en su interior y le correspondió con la misma efusividad.

Se sentaron a cenar un salmón en *papillote* con arroz integral y ensalada. Brian se interesó por cómo le había ido la semana y Rachel le preguntó por Londres y el congreso, que al parecer había salido bien.

—Organizan esos simposios para convencer al mundo de que les importan muchísimo el medioambiente y la ética de la obtención de la madera, así que juntan a un montón de capullos del gremio que lo único que pretenden, aparte de catar las putas del lugar, es procurar que no se haga nada. —Se frotó los ojos con los pulpejos de las manos y dejó escapar un suspiro—. Es, yo qué sé, frustrante. —Bajó la mirada hacia su plato vacío—. ¿Y tú?

—¿Yo qué?

—Sonabas rara por teléfono.

—No, estoy bien.

—¿Seguro?

—Sí.

Brian bostezó, tapándose la boca con el puño, y la miró con aire fatigado; saltaba a la vista que no la creía.

—Voy a ducharme.

—Vale.

Brian recogió la mesa y metió los platos en el lavavajillas. Cuando ya iba hacia el dormitorio, Rachel le dijo:

—Está bien. ¿Quieres saber la verdad?

A un paso de la puerta, Brian se volvió y dejó escapar un suspiro de alivio.

—Me encantaría saberla —dijo, tendiendo las palmas hacia ella.

—He visto a tu doble.

—¿Mi doble?

Rachel hizo un gesto de asentimiento.

—Entrando en un Suburban negro por detrás de la Hancock Tower, el lunes por la tarde.

—¿Mientras yo estaba en pleno vuelo? —Brian la miró fijamente a los ojos, con aire perplejo—. A ver que me explique, porque estoy hecho polvo... o sea que viste a un tipo que se parecía a mí y...

—No, vi a tu doble.

—Entonces tuvo que ser Scott...

—¿...Pfeiffer, natural de Grafton, Vermont? Lo pensé. Pero lo curioso es que llevaba la mismísima ropa con la que tú habías salido de casa por la mañana.

Brian respondió con un parsimonioso asentimiento.

—O sea, que pensaste que era yo, no mi doble.

Rachel sirvió un poco más de vino en las copas y le acercó a Brian la suya. Ella se quedó apoyada en el respaldo del sofá; él, en la jamba de la puerta.

—Sí.

—Ah. —Brian entornó los ojos, sonrió y fue como si un peso se alzara de su cuerpo y desapareciera por la rejilla de ventilación sobre su cabeza—. O sea que aquel tono raro y el *selfie* que me pediste que te enviara fue sólo porque pensaste... —Abrió mucho los ojos—. ¿Qué pensaste?

—No lo sé.

—Pues o bien pensaste que Scott Pfeiffer estaba de paso por Boston o que lo de mi viaje era mentira.

—Algo así —dijo Rachel, consciente de lo absurdo que sonaba todo de pronto.

Brian torció el gesto y dio un trago.

—¿Qué? —preguntó Rachel—. Dime, ¿qué pasa?

—¿En tan poca estima tienes nuestra relación?

—No es eso.

—Pensaste que estaba llevando una doble vida o algo por el estilo.

—Yo no he dicho eso ni mucho menos.

—Pues entonces, ¿qué? Dices haberme visto en una calle de Boston cuando estaba a bordo de un 767, probablemente sobrevolando en ese momento, yo qué sé, Groenlandia. Así que me sometes al tercer grado cuando te llamo desde Heathrow porque no he cargado el móvil y...

—Yo no te sometí al tercer grado.

—¿Ah, no? Y encima me pides que me haga una foto para demostrarte que estoy donde cojones te había dicho que iba a estar, y luego te vas por ahí con mi socio y, ¿qué? ¿Lo sometes al tercer grado a él también?

—No pienso seguir escuchándote.

—¿Para qué ibas a hacerlo? Igual entonces tendrías que asumir la responsabilidad de estar haciendo el ridículo. —Brian bajó la cabeza y levantó la mano con aire hastiado—. ¿Sabes qué te digo? Que estoy cansado y dudo que en estas condiciones pueda aportar nada constructivo a la discusión. Además, necesito, no sé, necesito asimilar todo esto, si no te importa.

Rachel no sabía si mantenerse en sus trece, ni si su enfado iba con él o con ella misma.

—Me has llamado ridícula.

—No, te he dicho que estabas haciendo el ridículo. —Esbozó una sonrisa—. La diferencia es pequeña, pero importante.

Rachel respondió esbozando a su vez una sonrisa y llevó una mano al pecho de Brian.

—Anda, ve a ducharte.

Brian cerró la puerta del dormitorio tras él, y Rachel oyó correr el agua.

De pronto reparó en que tenía al lado la gabardina de Brian. Dejó la copa sobre una mesita y se preguntó por qué no se sentía culpable. Debería; Brian llevaba razón: era ofensivo por su parte pensar que su marido, la persona con la que llevaba dos años casada, la estaba engañando. Pero el caso es que no se sentía culpable. Se había pasado toda la semana diciéndose a sí misma que todo habían sido figuraciones suyas. El *selfie* era prueba de ello. Su relación hasta la fecha también era prueba de ello, dado que Brian, que ella supiera, nunca le había mentido sobre nada.

Entonces ¿por qué intuía lo contrario? ¿Por qué no se sentía culpable por desconfiar de él? No era una desconfianza absoluta, desde luego, sino más bien una intuición, un pálpito de que algo no encajaba del todo.

Levantó la gabardina del respaldo de la silla donde Brian la había dejado; le molestaba aquella manía suya. ¿No podía acercarse al armario del pasillo y colgarla de una percha?

Metió la mano en el bolsillo izquierdo y encontró un billete de avión —de Heathrow a Logan, con fecha de aquel día— y unas monedas sueltas. El pasaporte también estaba allí. Lo abrió y ojeó las páginas donde estaban estampados los visados, repletas de sellos de todos los países que había visitado. Pero los sellos no seguían un orden cronológico. Aparecían como si el oficial de aduanas de turno hubiera escogido cualquier página al buen tuntún. Aguzó el oído para asegurarse de que el agua seguía corriendo en la ducha y continuó pasando páginas: Croacia, Grecia, Rusia, Alemania y, por fin, allí estaba: Heathrow, 9 de mayo, año en curso. Volvió a dejar el pasaporte en su sitio y metió la mano en el otro bolsillo: una tarjeta-llave del Covent Garden Hotel, 10 Monmouth Street, y un minúsculo resguardo, no más grande que su pulgar, de una tienda de periódicos y revistas situada en el número 17 de la misma calle. El resguardo llevaba la fecha del día: 05/09/14, 11.12 h de la mañana, y daba constancia de que

Brian había comprado un periódico, un paquete de chicles y una botella de Orangina por los que había pagado con un billete de diez libras esterlinas y recibido 4,53 libras de cambio.

El agua de la ducha dejó de correr. Rachel metió de nuevo la tarjeta-llave en el bolsillo de la gabardina y volvió a colgar la prenda del respaldo de la silla. El resguardo, sin embargo, se lo guardó en el bolsillo trasero de los vaqueros. Sin motivo ni razón. Instintivamente.

17

GATTIS

Cada año, en el aniversario de la noche de su encuentro, Brian y Rachel regresaban al Railway Road y bailaban al son de *Since I Fell for You*. Las pocas máquinas de discos donde todavía se podía encontrar la canción por lo general ofrecían la versión de Johnny Mathis; pero la del Railway Road era la original, la primerísima de todas, en la voz de Lenny Welch, artista que debía su renombre a aquel único éxito.

No era una canción de amor sino más bien una elegía, el lamento de un hombre perdidamente enamorado de una mujer despiadada que, huelga decirlo, acabará por destrozarlo. O destrozarla, según la versión que se escuchara. Desde aquella primera vez que la habían bailado juntos, habían escuchado casi todas sus versiones: las de Nina Simone, Dinah Washington, Charlie Rich, George Benson, Gladys Knight, Aaron Neville y Mavis Staples. Y ésas eran sólo las más conocidas. Rastreando en iTunes, Rachel había encontrado doscientas sesenta y cuatro versiones distintas, interpretadas por cantantes de toda índole, desde Louis Armstrong hasta Captain & Tennille.

Ese año, Brian alquiló la sala del fondo e invitó a unos cuantos amigos. Se presentó Melissa. Y también Danny Marotta, el antiguo cámara de Rachel en Channel 6; Danny fue con su mujer, Sandra, y ésta llevó a una compañera de trabajo, Liz; también se dejaron caer por allí Annie,

Darla y Rodney, todos ellos antiguos colegas del *Globe* que, a lo largo de los años transcurridos desde que Rachel abandonara el periódico, habían ido dejando sus trabajos a cambio de la correspondiente indemnización. Caleb acudió con Haya, que aquel día estaba arrebatadora con un sencillo vestido de algodón negro muy ceñido y zapatos negros planos, la oscura melena retirada de su elegante nuca y recogida en un moño, y la criatura cargada a la cadera, realzando más si cabe su atractivo natural y su erotismo. Una criatura preciosa, por cierto, tan morena y tan guapa como sus padres, con la carita perfectamente simétrica, los ojos cálidos y negros como el betún y la tez como la arena del desierto al anochecer. Rachel pilló un par de veces a Brian, de natural bastante comedido en ese terreno, mirando embobado a Haya y AB al pasar por su lado, como si fueran fantásticas criaturas primigenias salidas de algún mito de la creación. Algunos de los invitados más jóvenes —becarios recién contratados por Brian y Caleb cuyos nombres no merecía la pena esforzarse por aprender, pues tan pronto como Rachel se diera la vuelta ya habrían sido reemplazados por otros— no le quitaban el ojo a Haya, pese a que sus colegas femeninas eran todas veinteañeras deslumbrantes, que derrochaban la tersura y lozanía propias de su edad.

Otra noche, Rachel tal vez hubiera sentido una punzada de celos o al menos cierto afán competitivo —por amor de Dios, si la muy puñetera acababa de dar a luz y parecía lista para salir en la página central de un catálogo de lencería—, pero aquella noche sabía que estaba preciosa. No de un modo exhibicionista, sino elegante y sobrio, dando a entender a todos los presentes que no necesitaba hacer alarde de las excelentes proporciones que Dios le había otorgado de partida y que la genética, además del pilates, mantenían, por el momento, en su lugar.

En cierto momento, Rachel y Haya coincidieron en la barra; el bebé dormía en la sillita del coche, a los pies de su madre. Hasta la fecha, la barrera del idioma les había impedido intercambiar poco más que algún saludo de pasada y apenas se habían visto a lo largo del año, pero Caleb le había mencionado que Haya había hecho grandes progresos con el inglés. Rachel decidió probar suerte y descubrió que no eran exageraciones: Haya hablaba bien el idioma, aunque premiosamente.

—¿Cómo estás?

—Yo... contenta. ¿Y tú?

—Fenomenal. ¿Y Annabelle qué tal?

—Tiene... su genio.

Rachel bajó la vista hacia la niña, dormidita en su silla pese al jolgorio circundante. Antes, cuando Haya la llevaba a la cadera, no la había oído piar ni revolverse siquiera.

Haya clavó la mirada en Rachel; su hermoso rostro impasible, los labios sellados.

—Muchas gracias por venir —le dijo Rachel finalmente.

—Sí. Es... es mi marido.

—¿Por eso has venido? —Rachel sintió aflorar una sonrisa en las comisuras de sus labios—. ¿Porque es tu marido?

—Sí. —Haya amusgó los ojos confundida, y Rachel se sintió culpable, como si estuviera intimidando a la pobre por sus limitaciones lingüísticas y culturales—. Estás... muy guapa, Rachel.

—Gracias. Tú también.

Haya bajó la vista hacia el bebé a sus pies.

—Se... se está despertando.

Rachel ignoraba cómo lo habría intuido, pero, unos cinco segundos después, Annabelle abrió súbitamente los ojos.

Rachel se acuclilló a su lado. Nunca había sabido comunicarse con los bebés. Había observado muchas veces a los demás interactuando con ellos, pero sus carantoñas y arrumacos, aquel tono infantiloide que sólo se adoptaba para hablar con bebés, animales o ancianos y enfermos, le resultaban afectados.

—Hola —le dijo a Annabelle.

La niña la miró con los mismos ojos de su madre, tan cristalinos y carentes de escepticismo o ironía que Rachel no pudo evitar sentirse enjuiciada por ellos.

Llevó un dedo al pecho de Annabelle y la niña lo agarró con el puñito y tiró de él.

—Qué fuerte eres —dijo Rachel.

Annabelle le soltó el dedo y miró la capota de la sillita un tanto asustada, como sorprendida de encontrársela allí. Arrugó la cara y, antes de que Rachel terminara de decir «No, no», ya se había puesto a berrear.

Haya rozó con el hombro a Rachel al agarrar el asa de la sillita. La levantó y la depositó sobre la barra. Meció un poco la silla y la niña dejó de llorar al instante. Rachel se sintió avergonzada y torpe.

—Qué bien la entiendes —le dijo a Haya.

—Soy... su madre. —Haya parecía confusa de nuevo—. Está cansada. Tiene hambre.

—Normal —dijo Rachel, porque le pareció que era lo que tocaba decir.

—Tenemos que marcharnos. Gracias por... invitarnos a vuestra... fiesta.

Haya sacó a su hija de la sillita y se la colocó al hombro; el bebé se le acurrucó en el cuello. Madre e hija parecían un solo ser, como si compartieran los mismos pulmones y miraran por los mismos ojos. La imagen hizo que Rachel se sintiera frívola, que sintiera la propia fiesta como algo frívolo. Y un tanto triste también.

Caleb fue hacia ellas para recoger la sillita, la bolsa rosa con las cosas del bebé y el arrullo de muselina blanca; luego acompañó a su mujer y su hija al coche y les dio un beso de despedida. Rachel los observó por la ventana y comprendió que no deseaba lo que ellos tenían. Aunque, al mismo tiempo, sí lo deseaba.

—Mírala —dijo Brian después de que alguien, Rachel supuso que Melissa, introdujera un dólar en la máquina de discos y pulsara la tecla B17: *Since I Fell for You*, obligándolos a bailarla por segunda vez aquella noche. Brian levantó las cejas al ver la imagen de ambos reflejada en el espejo que forraba la pared del fondo, y Rachel se vio de frente. Le sorprendió, como siempre le sucedía en las primeras milésimas de segundo ante su reflejo, no tener ya veintitrés años. Alguien le había dicho en una ocasión que todos nos quedamos anclados mentalmente en la imagen que teníamos a una edad determinada. Podían ser los quince o los cincuenta, pero todo el mundo tenía la suya. Para Rachel eran los veintitrés. En los catorce años siguientes la cara, naturalmente, se le había alargado y le habían salido más arrugas. Sus ojos habían cambiado; el color verde grisáceo de sus pupilas seguía siendo el mismo, pero su mirada no tenía ya la misma seguridad ni el mismo fulgor. El pelo, de un tono cereza tan oscuro que parecía negro bajo casi cualquier luz, lo llevaba corto, con el flequillo a un lado, en un estilo que suavizaba los rasgos más angulosos de su rostro en forma de corazón.

O así se lo había hecho saber un productor en cierta ocasión, cuando la convenció no sólo de cortarse el pelo sino de alisárselo también. Antes de aquella conversación, Rachel siempre había llevado una melena hasta los hombros, rebelde y exuberante. Pero el productor, que precedió su crítica con un «Sin ánimo de ofender», frase que siempre era preámbulo de alguna ofensa, le dijo: «No es que seas una gran belleza, pero eso a la cámara le da igual, porque eres fotogénica. Y a nuestros jefes les gusta que seas fotogénica.»

Dicho productor era Sebastian, quién si no. Tan elevado concepto tenía Rachel de sí misma que se casó con él.

Mientras se contoneaba abrazada a Brian aquella noche en la pista, tomó conciencia de hasta qué punto su marido actual era mejor que Sebastian. En todos los sentidos: más guapo, más amable, mejor conversador, más divertido y más inteligente, por mucho que él intentara restar importancia a ese rasgo de su carácter, no como Sebastian, que siempre estaba dándose aires.

No obstante, el problema de la confianza seguía pendiente. Sebastian podía ser un imbécil, desde luego, pero era un imbécil sin tapujos. Tan imbécil que no se creía en la necesidad de ocultarlo. Sebastian no ocultaba nada.

Con Brian, en cambio, Rachel no sabía a qué atenerse últimamente. Desde que había regresado de su viaje, la relación entre ellos era de una cortesía desesperante. Rachel carecía de pruebas en las que basar su desconfianza, de manera que no volvió a sacar el tema a colación. Y Brian parecía conforme con eso. Sin embargo, ambos se movían por casa evitándose, como si giraran en torno a una vasija de ántrax. Callaban bruscamente en mitad de la conversación por temor a decir algo que pudiera provocar un enfrentamiento —la manía de Brian de dejar la ropa del día anterior colgada del poste de la cama, la costumbre de Rachel de no cambiar el rollo de papel higiénico si todavía quedaba un cuadradito pegado al cartón— y medían cuidadosamente sus palabras. Si seguían así, pronto acabarían por no hacer el más mínimo comentario que pudiera causar fricciones, lo cual sólo conduciría a resentimientos. Por la mañana se sonreían distantes; por la noche se sonreían distantes. Cada vez pasaban más tiempo pegados a sus respectivos portátiles o móviles. En la semana anterior habían hecho el amor una sola vez, y el acto fue como la versión carnal de sus sonrisas distantes: tan vinculante como el agua, tan íntimo como el correo basura.

Cuando terminó la canción, el corrillo que los rodeaba prorrumpió en aplausos y silbidos; Melissa captó la atención de la concurrencia dando golpecitos en su copa con un tenedor al grito de «¡Que se besen! ¡Que se besen!», hasta que finalmente la pareja cedió a sus ruegos.

—¿No te cohíbe tanta mirada? —le preguntó Rachel a Brian, dejándose caer de nuevo en sus brazos.

Brian no contestó. Algo a espaldas de Rachel había atraído su atención.

Rachel se volvió al tiempo que él deshacía el abrazo.

Había entrado alguien. Era un hombre de cincuenta y pocos años, con el pelo largo y canoso atado en una coleta.

Bastante delgado. Vestía un tabardo de color gris, con una camisa hawaiana azul y blanca y vaqueros oscuros. Tenía la piel curtida y atezada y los ojos de un azul tan fulgurante que parecían encendidos.

—¡Brian! —exclamó, abriendo los brazos.

Brian intercambió una mirada fugaz con Caleb —tan fugaz que, de no hallarse a escasos centímetros de su cara, Rachel no se habría percatado—; después una sonrisa iluminó su rostro y fue al encuentro del recién llegado.

—Andrew. —Lo agarró por el codo con una mano y, con la otra, le dio un apretón—. ¿Qué te trae por Boston?

—Una función en el Lyric —respondió Andrew, arqueando las cejas.

—Genial.

—¿Ah, sí?

—¿No?

Andrew se encogió de hombros.

—Es un trabajo más.

Caleb fue hacia él con un par de copas.

—Andrew Gattis, de vuelta en el ruedo. ¿El Stoli sigue siendo tu veneno favorito?

Andrew despachó el vodka de un trago y le devolvió la copa a Caleb. Luego agarró la otra copa que Caleb le tendía, se la agradeció con un asentimiento y dio un trago más comedido.

—Me alegro de verte.

—Y yo a ti.

Andrew rió entre dientes.

—¿Ah, sí?

Caleb soltó una carcajada y le dio una palmada en el hombro.

—Parece que es tu frase de la noche.

—Andrew, te presento a mi mujer, Rachel.

Rachel estrechó la mano de Andrew Gattis y le sorprendió la suavidad de su tacto, casi delicado.

—Encantado, Rachel. —La miró con sonrisa pícara e insolente—. Una chica inteligente.

Rachel se rió.

—¿Perdona?

—Digo que eres inteligente. —Seguía estrechándole la mano—. Salta a la vista. Qué coño, cualquiera lo vería. Lo de la belleza se comprende, porque a Brian siempre le ha atraído la belleza, pero lo...

—No te pases —lo interrumpió Brian.

—... lo de la inteligencia es una novedad.

—¿Pasa algo, Andrew? —dijo Brian con un hilo de voz.

—¿Pasa algo, Brian?

Andrew le soltó la mano a Rachel, pero no apartó la mirada de ella.

—¿Todavía fumas?

—Vapeo.

—Yo también.

—No jodas.

—¿Te apetece que salgamos a echar una calada?

Andrew Gattis miró a Rachel con la cabeza ladeada.

—¿Crees que debería?

—¿Eh?

—Si debería salir a echar una calada con tu marido.

—¿Por qué no? —dijo Rachel—. Por los viejos tiempos. Así os ponéis al día.

—Mmm. —Andrew recorrió la sala con la mirada y luego volvió la vista hacia Rachel—. ¿Qué bailabais?

—*Since I Fell for You.*

—¿A quién se le ocurre bailar eso? —Andrew miró a ambos con risueña perplejidad—. La letra es deprimente a morir. Puro enganche emocional.

Rachel asintió.

—Creo que intentamos ser postirónicos. O metarrománticos. No sé, nunca me ha quedado muy claro. Que disfrutes del vapeo, Andrew.

Andrew hizo ademán de descubrirse un sombrero imaginario y se volvió hacia Brian y Caleb.

Cuando los tres se encaminaban ya hacia la puerta, de pronto Andrew Gattis se dio la vuelta.

—Busca en Google —le dijo a Rachel.

—¿Cómo?

Brian y Caleb, ya a un paso del umbral, repararon en que Andrew se había rezagado.

—*Since I Fell for You*. Busca en Google.

—Hay como doscientas versiones, ya lo sé.

—No me refiero a la canción.

Al ver que Brian volvía hacia ellos, Andrew giró sobre sus talones para ir a su encuentro y salieron juntos a fumar.

Rachel se quedó observando a los tres en la calle, todos exhalando vapor. Se reían mucho, como si fueran buenos amigos, con mucha camaradería de machotes: chocaban los puños, se daban palmadas en la espalda, empujones. En cierto momento, Brian agarró a Andrew por el cogote y lo atrajo hacia sí hasta que sus frentes se tocaron. Los dos sonreían, reían más bien, Brian movía los labios muy rápido y ambos asentían con las cabezas pegadas como hermanos siameses.

Al separarse, las sonrisas cesaron un instante, y en ese momento Brian desvió la vista hacia la ventana, descubrió a Rachel mirándolos y le hizo una señal con el pulgar como diciendo «Todo bien, todo bien».

Rachel se recordó a sí misma que aquél era el mismo hombre dispuesto a ceder gentilmente su gabardina a un vagabundo.

Cuando regresaron al interior, Andrew pareció dedicar atención a todo el mundo menos a ella. Estuvo un rato coqueteando con una de las empleadas de Delacroix Lumber, luego ligando con Melissa, después charlando largo y tendido con Caleb, los dos muy serios, y se emborrachó a una velocidad pasmosa. No había transcurrido ni una hora desde su llegada y ya daba un paso al lado por cada cinco al frente.

—Nunca ha sabido beber —observó Brian, después de que Andrew tirara al suelo la cartera de uno de los becarios que estaba colgada del respaldo de una silla y luego volcara la silla intentando remediar la situación.

Cuando la silla cayó al suelo rompieron todos a reír, aunque pocos parecían verle la gracia.

—Es un aguafiestas el tío —dijo Brian—. Siempre lo ha sido.

—¿De qué lo conoces? —preguntó Rachel.

Brian no la oyó.

—Espera, voy a ver si arreglo esto.

Brian se acercó a Andrew y lo ayudó a colocar la silla en su sitio. Luego fue a posar una mano en su brazo, pero Andrew se zafó bruscamente, y al hacerlo tiró al suelo una jarra medio llena de cerveza que estaba sobre la barra.

—¿Qué cojones me has echado en la copa, tío? —le espetó a Brian.

—Tranquilo —intervino Caleb—. Tranquilo.

El camarero, Jarod, sobrino de Gail y adicto al *Cross-Fit*, se acercó a la barra con cara de pocos amigos.

—¿Todo bien por aquí?

—¿Andrew? —dijo Brian—. El señor pregunta si va todo bien. ¿Todo bien?

—De putísima madre —contestó Andrew, dirigiéndole un saludo militar al camarero.

El gesto mosqueó a Jarod.

—Porque puedo pedirle un taxi al caballero cuando guste. ¿Entendido?

—Entendido, mozo, entendido —respondió Andrew, impostando de pronto un marcado acento británico—. Preferiría no tener que vérmelas con las fuerzas del orden esta noche.

—Meta a su amigo en un taxi —le dijo Jarod a Brian.

—Ahora mismo.

Jarod recogió la jarra, que había caído por detrás de la barra. Sin hacerse añicos, sorprendentemente.

—¿Qué hace aquí todavía? —rezongó Jarod.

—Estoy en ello —dijo Brian.

El semblante de Andrew dibujaba ya el reconcomido ceño del borracho irascible. De joven, Rachel había observado miradas similares en su madre y en dos de sus novios según un día de pesar se iba adentrando en una noche lamentable.

Andrew agarró su tabardo, colgado del respaldo de una silla, y estuvo a punto de volcarla también.

—¿Aún conservas la casa del lago Baker?

Rachel no tenía idea de a quién iba dirigida la pregunta. Andrew miraba al suelo.

—Vámonos de aquí —dijo Brian.

—No me toques, joder.

Brian puso las manos en alto, como el conductor de una diligencia asaltada en el Lejano Oeste.

—Eso sí que es un puto territorio comanche —dijo Andrew—. Claro que a ti siempre te ha privado lo salvaje, ¿verdad, Bri?

Andrew enfiló hacia la puerta dando tumbos, y Brian lo siguió con los brazos todavía medio levantados.

Cuando ya estaban en la acera, ocurrieron dos cosas casi simultáneamente: llegó el taxi y Andrew intentó atizarle un puñetazo a Brian.

Éste esquivó el golpe sin mayor dificultad y luego agarró en sus brazos al tambaleante Andrew cual damisela de película antigua a punto de desvanecerse en un sofá. Y tras ponerlo en pie, le plantó un bofetón en la cara.

Todos presenciaron la escena. Seguían de cerca el espectáculo desde que los dos habían salido del bar. Algunos becarios sofocaron una exclamación de asombro. Otros lo tomaron a risa. Uno de los jovencitos observó: «Joder. Al jefe no se le tocan los cojones, ¿eh?»

La bofetada resultó doblemente brutal por la celeridad y la desenvoltura con que se había propinado, como si tal cosa. Así no era como se abofeteaba a un hombre que se ponía bravucón, sino a un niño impertinente. Había habido desdén en ella. Los hombros de Andrew se agitaban convulsos, su cabeza se movía arriba y abajo: era evidente que estaba sollozando.

Rachel vio que su marido le decía algo al taxista, quien se había apeado del vehículo y pretendía quitarse de encima el engorro de tener que llevar a un borracho potencialmente violento en su coche.

Pero Brian le tendió unos billetes y el taxista terminó aceptando la carrera. Mal que bien, lograron meter a Andrew en el asiento trasero, y el taxi enfiló Tremont arriba.

Cuando Brian regresó al bar, pareció sorprenderse de que alguien hubiera seguido el altercado. Le tomó la mano a Rachel, la besó y dijo:

—Perdona la escenita.

Rachel seguía rumiando aquella bofetada, su expeditiva crueldad, sin acabar de asimilarla.

—¿Quién es ese hombre?

Se acercaron juntos a la barra; Brian pidió un whisky, compensó a Jarod con una propina de cincuenta dólares y se volvió hacia Rachel.

—Es un antiguo amigo. Un plasta impresentable de esos que no aceptan el paso del tiempo. ¿Tienes algún amigo así?

—Sí, claro. —Rachel dio un sorbo del whisky de Brian—. Bueno, los tenía.

—¿Y cómo te deshiciste de ellos?

—Se deshicieron ellos de mí —reconoció Rachel.

La respuesta pareció tocar una fibra sensible en Brian. Rachel lo vio mudar el semblante, apenado, y en ese momento lo quiso con toda su alma.

Brian extendió la misma mano con la que había abofeteado a su amigo y le acarició la mejilla.

—Imbéciles —susurró—. Menudos imbéciles.

18

CHOQUE CULTURAL

Al día siguiente de la fiesta, Rachel se pasó la mañana lidiando con la resaca y navegando en Google mientras Brian salía a correr a orillas del río.

Lo primero que hizo fue buscar *Since I Fell for You*. Tal como esperaba, los primeros resultados no ofrecían más que enlaces a distintas versiones de la canción. En la segunda página encontró una referencia a un episodio de la serie *La ley de Los Ángeles*, que se había emitido cuando ella era niña. Recordaba que su madre la veía religiosamente y que una vez se había llevado las manos a la boca cuando uno de los personajes, una mujer con el pelo cardado y una chaqueta de anchas solapas, cayó por el hueco de un ascensor. Rachel buscó en IMDb el episodio con el título «Since I Fell for You», pero la sinopsis del mismo no le dijo nada.

En la tercera página encontró un enlace a una película de 2002 protagonizada por Robert Hays, Vivica A. Fox, Kristy Gale y Brett Alden, con la aparición estelar de Stephen Dorff y Gary Busey. Pinchó el vínculo, pero saltó el aviso de que la página ya no existía, de modo que abrió una nueva ventana e introdujo en el buscador el texto «Since I Fell for You 2002 película».

Pese a la especificación añadida, la mayoría de los resultados remitían de nuevo a la canción. Hasta que finalmente uno la llevó a «Since I Fell for You/Mayo-Diciembre

(2002) VHS eBay». Pinchó el vínculo, entró en eBay y le apareció una captura de pantalla de una cinta de vídeo. La función de ampliar imagen resultó inútil por completo, pero al menos consiguió distinguir la cara de los dos actores principales. Al masculino tardó un minuto en identificarlo: era uno de los protagonistas de *Aterriza como puedas*. En cuanto a la actriz, estaba casi segura de que salía en *Independence Day*; hacía el papel de la tonta del bote que en un momento dado ponía en peligro la vida de todo el mundo por salvar a su perro. A la derecha de la foto figuraba una sinopsis de la película, seguramente extraída del dorso de la cinta:

> El viudo Tom (Hays) se enamora de una encantadora ama de casa, LaToya (Fox), a quien dobla la edad. Entretanto, el hijo de Tom (Alden) y la minusválida compañera de piso de LaToya (Gale) se enamoran a su vez en esta emotiva comedia dramática que nos obliga a plantearnos si el amor puede equivocarse.

Rachel saltó de nuevo al portal de IMDb y siguió buceando en la filmografía de Robert Hays y Vivica A. Fox en busca de más enlaces o información. Nada. No queriendo dejar ningún cabo suelto, buscó el título en la filmografía de Stephen Dorff, Gary Busey y los otros dos actores que nunca había oído mencionar, Kristy Gale y Brett Alden.

En la filmografía de los señores Dorff y Busey ni siquiera constaba la película. Kristy Gale parecía haber vivido una fugacísima carrera como actriz de películas distribuidas directamente en vídeo y figuraba en el reparto de una sola producción que había saltado a la gran pantalla, *Scary Movie 3*, como «Chica en monociclo». Su página no se había actualizado desde 2007, fecha también de su último papel, en un filme titulado *Asesinato letal* (¿había algún asesinato que no lo fuera?, se preguntó Rachel).

Brett Alden no figuraba en ninguna página. Seguramente habría catado la amargura de la vida en el off-off-off

Hollywood Boulevard y habría vuelto corriendo a Iowa o Wisconsin. Rachel entró de nuevo en la ventana abierta de eBay, pagó los 4,87 dólares que costaba la cinta y escogió el envío por correo aéreo con entrega en el plazo de dos días.

Se preparó otro café, volvió a sentarse delante del portátil, todavía en pijama, y contempló la vista del río. En algún momento de la noche había dejado de llover. Y en algún momento de la mañana había salido el sol; sí, por fin el sol. Todo lucía no ya limpio sino bruñido; el cielo semejaba una ola gigante congelada y los árboles de la ribera refulgían con la tonalidad del jade. Y allí estaba ella, encerrada, con una resaca que le taladraba la cabeza, le martilleaba el pecho y hacía hipar las sinapsis de sus neuronas. Abrió la carpeta donde guardaba sus archivos de música, escogió una *playlist* que había compilado para relajarse los días que sentía los nervios a flor de piel —The National, Lord Huron, Atoms for Peace, My Morning Jacket y otros grupos por el estilo— y se dispuso a indagar sobre el lago Baker.

Encontró tres lagos con dicho nombre, el mayor de ellos en el estado de Washington, otro en el ártico canadiense y un tercero en Maine. El de Washington parecía un enclave turístico, el de Canadá lo habitaban principalmente inuits y el de Maine se hallaba en un paraje remoto, que al parecer distaba más de sesenta kilómetros de la población más cercana. En cuanto a su proximidad a capitales importantes, de hecho quedaba más cerca de Quebec capital que de Bangor.

—¿Qué, nos vamos de acampada?

Rachel giró sobre la silla para volverse hacia él, hacia Brian, allí de pie a dos metros y medio de distancia, empapado de sudor después de correr y bebiendo agua de una botella.

—¿Ahora lees por encima de mi hombro? —le contestó risueña.

—Acabo de entrar —dijo él, risueño a su vez—, y de pronto veo la cabeza de mi mujer y, detrás de ella, «Lago Baker».

Rachel se dio impulso con el pie y movió la silla otra vez, balanceándola hacia delante y hacia atrás esta vez.

—Lo mencionó tu amigo anoche.

—¿Qué amigo?

Rachel enarcó las cejas.

—Había bastantes amigos míos anoche —repuso al punto Brian.

—Pero sólo abofeteaste a uno, ¿no?

—Ah.

Brian dio un pasito hacia atrás y otro trago de agua.

—Sí. Ah. ¿Se puede saber a qué vino eso?

—El tío estaba borracho, por su culpa casi nos echan de nuestro bar favorito y encima cuando salimos a la calle intentó sacudirme.

—Ya, pero ¿por qué?

—¿Por qué? —Brian la escrutó con una mirada que a Rachel se le antojó un tanto reptiliana—. Pues porque es el típico borracho agresivo. Siempre lo ha sido.

—Entonces ¿cómo se le ocurrió a Caleb invitarlo a dos copas de golpe?

—Cosas de Caleb. Yo qué sé. Pregúntaselo a él.

—Es que me resulta un tanto chocante que a un borracho agresivo se lo agasaje con alcohol a granel nada más cruzar la puerta.

—¿A granel?

Rachel asintió.

—A granel, sí.

Brian se encogió de hombros.

—Ya te digo, tendrás que preguntarle a Caleb. A lo mejor la próxima vez que salgáis por ahí aprovechando mi ausencia.

Rachel fingió un mohín de disgusto, a sabiendas de que el gesto sacaba de quicio a Brian.

—¿Te sientes amenazado?

—Yo no he dicho eso. —Brian encogió sus anchos hombros con aire displicente, haciendo como que le traía al fresco mientras la temperatura ambiente subía de pronto cinco grados.

—¿Porque no te fías de tu socio? —dijo Rachel—. ¿O porque no te fías de tu mujer?

—Me fío tanto de uno como de otro. Sólo que se me hace raro que después de llevar dos años prácticamente recluida, tomes un taxi, te plantes en Cambridge y te encuentres casualmente con mi socio.

—No me lo encontré casualmente. Fui a vuestro despacho.

Brian se acuclilló sobre la alfombra e hizo rodar la botella de agua entre las manos.

—¿Y eso por qué?

—Porque pensaba que me estabas mintiendo.

—¿Otra vez estamos con eso? —Brian soltó una desagradable carcajada.

—Otra vez.

—¿Te das cuenta de lo chalada que pareces?

—No. Ilústrame.

Brian hizo unas flexiones en cuclillas, como si calentara los gemelos para el pistoletazo de salida.

—Creíste verme en Boston, cuando de hecho estaba volando a treinta mil pies de altura.

—A no ser —replicó Rachel, arrugando la nariz— que no estuvieras volando.

Brian la miró batiendo los párpados.

—Luego me pusiste a prueba para cerciorarte de que de veras estaba en Londres. Prueba que pasé con éxito. Y no contenta con eso, llevas —soltó un bufido de súbita incredulidad—... llevas toda la semana lanzándome miraditas como si fuera el... el cabecilla de una puta célula durmiente.

—También podrías ser como el impostor aquel que se hizo pasar por uno de los Rockefeller —saltó Rachel.

—Por ejemplo —convino Brian, como si no le pareciera tan descabellado, y dio cuenta del resto del agua—. Resultó que era un asesino, ¿no?

Rachel le sostuvo la mirada.

—Sí, eso tengo entendido.

—A su mujer no se la cargó —añadió Brian.

—Qué caballeroso por su parte. —Rachel sintió una inexplicable sonrisita que amagaba con aflorar en sus labios.

—Se llevó al hijo que tenía con ella, pero dejó la cubertería de plata.

—Una mesa se tiene que poner como es debido.

—Oye.

—¿Qué?

—¿Por qué sonríes?

—¿Y por qué sonríes tú?

—Porque esta situación es ridícula.

—A más no poder —convino Rachel.

—¿Qué hacemos entonces, seguir dándole vueltas al tema?

—No sé.

Brian se arrodilló a los pies de Rachel, le tomó las manos y la miró a los ojos.

—El lunes pasado salí de Boston en un vuelo de British Airways.

—No hace falta que...

—El vuelo se retrasó setenta y cinco minutos por culpa del mal tiempo. En ese rato me di una vuelta por la Terminal E y estuve leyendo un *US Weekly* que alguien se había dejado olvidado en una puerta de embarque donde ya no quedaba un alma. Un vigilante me pilló leyéndolo. ¿Alguna vez te ha mirado mal un vigilante en un aeropuerto? Te aseguro que se te ponen de corbata.

Rachel sonrió e hizo un gesto con la cabeza para interrumpirlo.

—No hace falta que sigas, te creo.

—Luego fui a un Dunkin' Donuts a por un café y me dio la hora de embarcar. Me monté en el avión, me acomodé en mi asiento y descubrí que la toma de corriente para cargar el móvil no funcionaba. Luego me quedé dormido durante una hora o así. Desperté, leí los papeles que llevaba para la convención, a sabiendas de que no serviría de nada, y me puse a ver una película en la que Denzel Washington le plantaba cara a todo dios.

—¿Así se llamaba?

—En algunos países extranjeros, sí.

Rachel sostuvo su mirada. Ese acto siempre conllevaba algo: uno cedía el poder, se lo arrogaba o lo compartía. Acordaron mutuamente compartirlo.

—Te creo —dijo Rachel, llevando la mano con delicadeza a la sien de Brian.

—Por como vienes comportándote últimamente, nadie lo diría.

—No sé qué me pasa, ojalá pudiera explicártelo. Será la lluvia de mierda.

—Ya ha dejado de llover.

Rachel convino con un asentimiento.

—Pero, bueno, he hecho un montón de cosas estas dos semanas: el metro, el centro comercial, el taxi, incluso me metí en Copley Square.

—Lo sé. —La empatía que reflejó entonces su semblante, el amor, era tan sincero que hasta dolía verlo—. Y estoy orgullosísimo de ti.

—Sé que fuiste a Londres.

—Repítemelo.

Rachel le dio un ligero puntapié en la entrepierna.

—Sé que fuiste a Londres.

—¿Ha vuelto la confianza?

—Ha vuelto.

Brian la besó en la frente.

—Voy a ducharme —dijo, llevando ambas manos a las caderas de Rachel al ponerse de pie.

Ella se quedó sentada de espaldas al portátil, al río, al espléndido día, y se preguntó si habían estado distantes toda la semana porque ella se sentía distante. Si él había estado raro porque ella estaba rara.

Como acababa de señalarle a Brian, en aquellos últimos catorce días había viajado en metro, entrado en un centro comercial, paseado por Copley Square y depositado su confianza en un extraño dejándose llevar en su coche, y todo por primera vez en dos años. Tal vez esos logros fueran insignificantes para la mayoría, pero para ella eran colosales. Por otra parte, puede que esos mismos logros también le hubieran metido el miedo en el cuerpo. Cada paso que daba para salir de su zona de confort era un paso que la acercaba al equilibrio mental o al borde de otra crisis nerviosa. Pero sufrir otra crisis después de tantos progresos como había hecho sería diez veces más debilitante.

En los últimos dos años, en su cabeza se repetía una y otra vez el sonsonete: «No puedo caer otra vez. No puedo caer otra vez», cada puñetero minuto de cada puñetero día.

Por eso era comprensible que, al adoptar conductas que conllevaban una promesa de liberación y al mismo tiempo una amenaza de enclaustramiento, tal vez hubiera desviado todo el proceso obsesionándose por otra cosa, algo que partía de una base creíble —había visto una réplica tremendamente fiel de su marido en un lugar donde se suponía que no debía estar— pero que evidentemente había superado cualquier planteamiento racional.

Brian era un buen hombre. El mejor que había conocido. Eso no significaba que fuera el mejor del mundo, sino sólo el mejor para ella. A excepción de «El avistamiento», como Rachel había dado en calificar aquello, nunca había tenido motivo para desconfiar de él. Cuando ella sacaba las cosas de quicio, se mostraba comprensivo. Cuando se sentía atemorizada, la tranquilizaba. Cuando decía disparates, sabía interpretarla. Cuando perdía los estribos, era paciente. Y cuando le había llegado la hora de enfrentarse otra vez al mundo, él reconoció el momento y la condujo a él. Le sostuvo la mano, le infundió seguridad. Permaneció a su lado. Diera o no el paso, la habría apoyado.

«¿Y precisamente de ese hombre es de quien has decidido desconfiar?», pensó mientras giraba otra vez hacia la ventana y captaba su fantasmagórico reflejo flotando sobre el Charles y la verde ribera que se extendía al otro lado.

Cuando Brian salió de la ducha, Rachel lo esperaba sobre la encimera del cuarto de baño, con el pijama tirado en el suelo. Antes de llegar a ella, ya se le había levantado.

Después de la penetración hubo algún que otro momento de torpeza —la encimera era estrecha, la condensación, densa, las carnes de ella chirriaban contra el espejo sobre el que se había apoyado, él se salió un par de veces—, pero Rachel captó en su mirada, en aquella especie de maravillado asombro que reflejaba, que aquel hombre la quería como nadie la había querido antes. De vez en cuando ese amor parecía batallar con él en su interior, razón por la cual sus reapariciones resultaban tan excitantes.

«Ganamos, ganamos otra vez», pensó Rachel.

Cuando Rachel se cansó de darse golpes contra el grifo, sugirió que pasaran al suelo. Terminaron encima de su pijama, los talones de ella hincados en las corvas de él; una imagen, pensó Rachel, ridícula a ojos de Dios, si es que estaba mirando, y a ojos de sus respectivos difuntos, si es que los difuntos eran capaces de ver a través del tiempo y de las galaxias, pero le trajo sin cuidado. Lo quería.

A la mañana siguiente, Brian salió a trabajar cuando ella todavía dormía. Al entrar en el vestidor para escoger la ropa que se iba a poner aquel día, Rachel vio la maleta abierta sobre el reposamaletas de tijera que por lo general su marido dejaba plegado junto a los zapatos. Tenía ya casi listo el equipaje, faltaba el hueco donde habría de ir el neceser. Al lado de la maleta había una funda portatrajes colgada de un gancho, con tres trajes dentro.

Al día siguiente volvía a marcharse. Esta vez era uno de los viajes largos, que solía hacer cada seis semanas aproximadamente. A Moscú, según le había dicho, y desde allí a Cracovia y Praga. Rachel levantó unas camisas y observó que sólo había metido un jersey y una prenda de abrigo, la fina gabardina que se había llevado la última vez. Un poco ligera le parecía para viajar a Europa Oriental en mayo. ¿La temperatura media no oscilaba allí entre los diez y los quince grados en esa época del año?

Buscó en el móvil.

De hecho, la temperatura prevista en las tres ciudades iba a rondar los veinte grados.

Rachel regresó al dormitorio, se dejó caer en la cama y se preguntó qué mierda le pasaba. Brian había superado todas las pruebas a las que lo había sometido. A lo largo del día anterior, después de que hicieran el amor, había estado la mar de atento, alegre y divertido. No podía soñar con un marido mejor.

Y ella se lo pagaba consultando el parte meteorológico por si no había hecho el equipaje apropiado para su supuesto destino.

«Supuesto.» Otra vez. Joder. Quizá le convendría redoblar las sesiones con Jane durante un tiempo y poner freno a aquella paranoia. Tal vez lo único que necesitaba era mantenerse ocupada en lugar de andar todo el día vagueando y sospechando que su matrimonio era una farsa. Tenía que volver a ponerse a escribir. Sentarse en la silla y no levantarse hasta que resolviera por qué se había quedado bloqueada en la parte referente a Jacmel.

Se levantó de la cama y llevó el cesto de la ropa al hueco de la pared donde tenían empotradas la lavadora y la secadora. Revisó los pantalones de Brian, pues siempre se dejaba monedas en los bolsillos, y extrajo un total de setenta y siete centavos y un par de resguardos arrugados del cajero automático. Echó un vistazo a los resguardos, faltaría más, y descubrió dos retiradas de efectivo, a una semana de distancia la una de la otra, ambas de doscientos dólares, que era la cantidad que acostumbraba a sacar Brian. Tiró los resguardos a la pequeña papelera de mimbre y echó la calderilla en la taza de café desportillada que guardaba en un estante sólo para ese propósito.

Luego repasó también los bolsillos de su propia ropa y no encontró nada en ninguno de ellos, a excepción del resguardo que le había robado a Brian de la gabardina hacía cosa de una semana. Bueno, lo de «robado» eran palabras mayores. Del que se había apropiado más bien. Se sentó en el suelo, con la espalda apoyada contra la lavadora, y frotó el papelito en la rodilla para alisarlo, preguntándose una vez más por qué le daba tanto que pensar. Era un simple resguardo de una tienda londinense donde Brian había comprado un paquete de chicles, un *Daily Sun* y una botella de Orangina a las 11.12 h de la mañana, el 05/09/14, por un total de 5,47 libras esterlinas. La dirección de la tienda era 17, Monmouth Street, es decir, que estaba sólo a unos pasos del Covent Garden Hotel.

Ya estaba otra vez. Pero si no era más que un resguardo. Lo tiró a la papelera. Echó el detergente en la lavadora, la puso en marcha y se dio la vuelta.

Al momento, volvió sobre sus pasos. Extrajo el resguardo de la papelera y lo repasó de nuevo. Era la fecha lo que le había dado que pensar: 05/09/14. Es decir, 9 de mayo de 2014, fecha en que, efectivamente, Brian estaba en Londres. Mes, día y año coincidían, sólo que en Gran Bretaña no registraban así las fechas. Primero se ponía el día, luego el mes y después el año. Si aquel resguardo procedía realmente de una tienda londinense, la fecha debería haber constado como 09/05/14 y no como 05/09/14.

Rachel se metió el resguardo en el bolsillo del pantalón del pijama y consiguió llegar al cuarto de baño antes de vomitar.

Hizo de tripas corazón mientras cenaban, aunque apenas le dio conversación. Cuando Brian le preguntó si le pasaba algo, le dijo que otra vez estaba fastidiada con las alergias y que el manuscrito le estaba dando mucho más trabajo del que había previsto. Pero Brian siguió insistiendo y al final Rachel se salió por la tangente: «Estoy cansada, eso es todo. Dejémoslo ahí.»

Él asintió, con semblante resignado y alicaído, como el mártir obligado a soportar las hostiles veleidades de una mujercita caprichosa.

• • •

Rachel se acostó a su lado en la cama, convencida de que no podría conciliar el sueño; con la mejilla hundida en la almohada, se quedó observándolo mientras dormía durante al menos una hora. Habría querido preguntarle:

«¿Quién eres?»

Sintió el deseo de montarse con una pierna a cada lado sobre él, de golpearle en el pecho y preguntárselo a voz en grito.

«¿Qué has hecho conmigo?»

«¿Qué he hecho comprometiéndome contigo? ¿Dejándome atrapar por ti?»

«¿Qué persigues con esas mentiras?»

«Si eres un impostor, ¿qué dice eso de mi vida?»

Al final se quedó dormida, pero con un sueño inquieto, y a la mañana siguiente se despertó sobresaltada, sofocando una exclamación.

Mientras Brian estaba en la ducha, entró en la sala de estar y miró por la ventana hacia el pequeño Ford Focus rojo que el día anterior había reservado en la agencia de Zipcar que estaba a la vuelta de la esquina. Pese a la altura, distinguió la multa de color naranja bajo la varilla del limpiaparabrisas derecho. Era de esperar; había aparcado a sabiendas en la zona reservada para residentes, ya que era el único lugar desde donde podía tener vigilada la salida del garaje de su edificio.

Se vistió como si se dispusiera a ir al gimnasio y se puso encima una sudadera con capucha. Cuando oyó que el agua dejaba de correr en la ducha, llamó con los nudillos a la puerta del baño.

—¿Sí?

Rachel asomó la cabeza por la puerta. Brian llevaba una toalla anudada a la cintura y tenía el cuello y el mentón cubiertos de gel de afeitar. Se disponía a extendérselo por las mejillas, pero se detuvo para mirarla, con un pequeño pegote de gel púrpura en la palma de la mano derecha.

—Me voy al gimnasio.

—¿A estas horas?

Rachel asintió.

—¿Te acuerdas del monitor ese que me gusta? Los martes sólo viene a esta hora.

—Está bien. —Brian fue hacia ella—. Entonces nos vemos dentro de una semana.

—Que tengas buen viaje.

Se quedaron un momento quietos los dos; sus rostros separados por apenas unos centímetros, los ojos de él buscando su mirada, los de ella, ausentes.

—Adiós.

—Te quiero —dijo Brian.

—Adiós —dijo de nuevo Rachel, y cerró la puerta al salir.

19

ALDEN MINERALS, LTD.

El día anterior, sólo el hecho de llevar el coche de alquiler desde el aparcamiento a la vuelta de la esquina hasta el espacio libre que encontró junto a su edificio, un trayecto de dos manzanas, le había dejado los nervios destrozados. Esa mañana, mientras observaba a Brian subiendo por la rampa del garaje que daba a la calle, todo el oxígeno de su cuerpo se le agolpó en el corazón. Brian tomó por Commonwealth Avenue y se situó de inmediato en el carril izquierdo. Rachel arrancó con una sacudida. Un taxi se le vino encima por la izquierda. Se oyó un bocinazo. El taxista hizo un repentino viraje para esquivarla y sacó el brazo por la ventanilla, haciendo un ademán de indignación ante aquella inútil incapaz de conducir y prestar atención al mismo tiempo.

Rachel se quedó paralizada, con medio coche al través en el carril, y el calor le inundó la cabeza y el cuello.

«Olvídalo.

»La próxima vez que Brian salga de viaje, lo vuelves a intentar.»

Pero sabía que, si hacía caso de aquella voz, nunca lo haría. Se pasaría el año siguiente (o los años siguientes) encerrada en casa, embargada por el miedo, la desconfianza y el resentimiento, hasta que esas mismas emociones se convirtieran en un bálsamo, en un paradójico consuelo, en el amuleto que acariciar hasta que aquella misma caricia reemplazara todas las que hubiera de dar o recibir en la vida. Y lo peor sería que para entonces se habría convencido a sí misma de que le bastaba con eso.

Accedió a Commonwealth Avenue y oyó su propia respiración: mala señal. Si no conseguía normalizar su ritmo, acabaría hiperventilando e incluso llegaría a perder el conocimiento y a sufrir un accidente, como en cierta ocasión había vaticinado Brian. Frunció los labios y expulsó el aire lentamente. Brian giró a la izquierda por Exeter Street. Ella se pegó al mismo taxi que había estado a punto de estamparse contra su coche y que en ese momento doblaba por la misma calle. Expulsó el aire de nuevo, lentamente también, y consiguió controlar el ritmo de su respiración. El corazón, sin embargo, seguía bullendo en su interior con la desesperación del animal enjaulado que ve aproximarse al granjero con un hacha. Agarró el volante como una ancianita o un monitor de autoescuela, con el cuello tenso, las palmas sudorosas y las escápulas encogidas.

Brian dobló a la izquierda pasado el Westin, y Rachel lo perdió de vista por un instante. Mal sitio, porque allí se le abrían demasiadas opciones: podía dar toda la vuelta para acceder a la autopista, seguir todo recto por Stuart Street o torcer a la derecha en Dartmouth para dirigirse al South End. Rachel distinguió las luces de freno de su coche en el momento en que tomaba por esa última dirección y dejaba el centro comercial a su derecha. Pero no pudo seguir camuflada a rebufo del taxi, pues éste siguió en línea recta y ella giraba a la derecha. Brian se encontraba a media manzana de distancia pero no había ningún otro vehículo entre ellos. Si se acercaba más a él le vería la cara por el espejo retrovisor.

El día anterior había pensado en disfrazarse, pero había descartado la idea por ridícula. ¿Qué se iba a poner, una careta de Groucho Marx? ¿Una máscara de hockey? Al final se había calado una gorrita con visera que no solía ponerse y unas grandes gafas de sol con montura redonda que Brian no le había visto nunca; si le daba por mirar hacia ella desde una distancia prudencial, no la reconocería, pero de cerca sería imposible engañarlo.

Torcieron a la izquierda en Columbus, y un vehículo se coló entre ambos, una ranchera de color negro con matrícula de Nueva York. Rachel siguió detrás de ella y recorrieron en caravana unos cinco kilómetros. Luego tomaron Arlington los tres y después Albany, en dirección a la I-93. Cuando Rachel cayó en la cuenta de que quizá Brian se proponía acceder a la autopista, sintió la acometida de un violento acceso de vómito. Bastante difícil le resultaba ya conducir por el casco urbano, con el ruido, los baches, los martillos neumáticos taladrando la calzada en obras, los peatones que de buenas a primeras cruzaban los pasos de cebra y los coches que se le venían encima, que le cerraban el paso, que se le pegaban al guardabarros. Y eso a cuarenta kilómetros por hora nada más.

No tuvo tiempo de pensárselo dos veces porque Brian enfilaba ya por la 93 en dirección sur. Rachel lo siguió, como succionada por la rampa de acceso. Brian pisó el acelerador, cruzó como un relámpago los tres carriles de la autopista y, con el Infiniti a toda pastilla, se situó en el de la izquierda. Rachel aceleró a su vez pero el resultado inmediato no fue muy distinto del que habría obtenido de poner el pie sobre una losa y esperar que se lanzara al galope. El pequeño Ford fue cambiando de revoluciones muy lentamente, cogió un poco de velocidad, luego un poco más y luego un poco más todavía. Cuando logró ponerse a los ciento veinte por hora que Brian había alcanzado casi al instante, su Infiniti ya iba medio kilómetro por delante de ella. Rachel siguió pisando el acelerador, desde el carril a la derecha de Brian, y fue salvando la distancia que los separaba hasta que, una vez que dejaron atrás Dorchester y se adentraron en Milton, consiguió situarlo en su punto de mira desde cinco coches atrás.

Tan absorta iba en la tarea de darle alcance que había olvidado por completo su terror a circular por la autopista. De pronto volvió a asaltarla, pero más que terror era un pertinaz aleteo en la base de la garganta acompañado por la certeza de que en cualquier momento iba a estallarle el esternón.

A lo que había que sumarle un sentimiento de traición y de rabia tan tóxico como el salfumán. Porque ya no cabía ninguna duda, si es que en algún momento la hubo, de que Brian no se dirigía al aeropuerto. Logan quedaba veinticinco kilómetros atrás.

Cuando abandonaron la 93 para tomar la 95 hacia el sur siguiendo las señales de Providence, Rachel pensó por un momento que tal vez Brian hubiera decidido volar desde el aeropuerto T. F. Green, el único importante de Rhode Island. Sabía que algunos viajeros preferían volar desde allí porque no había tantas aglomeraciones como en Logan, pero también sabía perfectamente que desde allí no salían vuelos directos a Moscú.

—¡Qué cojones va a ir a Moscú! —exclamó en voz alta.

Un poco más adelante sus sospechas se vieron confirmadas cuando, unos quince kilómetros antes del desvío que llevaba al aeropuerto, Brian puso el intermitente y empezó a cambiar gradualmente de un carril a otro. Abandonó la autopista en Providence, en la salida de la Universidad de Brown, donde confluían los barrios de College Hill y Federal Hill. Otra serie de vehículos abandonaron la autopista al mismo tiempo, incluyendo el de Rachel, que iba a tres coches de distancia de Brian. Ya en lo alto de la rampa de salida, Brian torció a la derecha y los otros dos, a la izquierda.

Rachel aminoró la marcha al acercarse al cruce para mantenerse a la mayor distancia posible de Brian, pero no le fue preciso entretenerse demasiado puesto que un Porsche se le echó encima por la izquierda, dando acelerones, y la adelantó a toda velocidad. Nunca le había alegrado tanto que un imbécil con el típico síndrome «pene pequeño-coche grande» se cruzara en su camino, porque una vez más quedó a cubierto de Brian.

Su parapeto, sin embargo, no duró mucho. En el primer semáforo, el Porsche se situó en el carril de desvío a la izquierda y luego pisó el acelerador, dando un viraje para esquivar a Brian al llegar al cruce, y lo adelantó a toda mecha.

«Pene pequeño —pensó de nuevo Rachel—, coche grande. Mierda.»

Ya nada se interponía entre ella y su marido, ni habría forma de impedir que mirara por el retrovisor y la reconociera. Rachel atravesó el cruce. Se mantuvo a una distancia de cuatro coches, pero el conductor del vehículo que tenía detrás ya empezaba a alargar el cuello para mirar por encima de ella, como intentando averiguar por qué Rachel cometía el imperdonable pecado de exceder la distancia de seguridad reglamentaria.

Se adentraron en un barrio de viviendas con fachadas de tablones de madera de estilo federal, panaderías armenias e iglesias de piedra caliza. En un momento dado, Brian alargó la cabeza hacia la derecha —sin duda para mirar por el retrovisor— y Rachel estuvo a punto de dar un frenazo presa del pánico. Pero no; por suerte, Brian volvió la vista hacia la carretera. Dos manzanas más adelante, Rachel encontró justo lo que necesitaba: un ensanchamiento en el arcén, junto a una tienda de dónuts y una gasolinera. Puso el intermitente. Se hizo a un lado un momento junto a la tienda de dónuts y se dispuso a acceder de nuevo a la calzada en cuanto pasara el Chrysler verde.

Pero detrás del Chrysler verde venía un Prius marrón, detrás del Prius un Jaguar beige y, pegado al Jaguar, un Toyota todoterreno con ruedas gigantescas, y, para colmo, detrás del todoterreno, un monovolumen. Cuando por fin logró incorporarse a la circulación, no sólo estaba a cinco vehículos de Brian, sino que la altura del monovolumen le impedía ver lo que tenía delante. Y aunque éste no se lo hubiera impedido, se hubiera topado con la mole del todoterreno, que era si cabe más alto que el monovolumen.

El tráfico se detuvo en el siguiente semáforo, pero le fue imposible ver si Brian había cruzado o no antes de que se pusiera en rojo.

Se reanudó la marcha. Rachel siguió avanzando en línea recta por un tramo sin curvas. Por favor, que venga una curva, suplicaba, aunque tan sólo sea una, joder, y a lo mejor de esta manera, con un poco de suerte, consigo divisar el Infiniti.

Un kilómetro y medio después, la carretera se bifurcó. El Prius, el monovolumen y el todoterreno giraron por Bell Street, mientras que el Chrysler y el Jaguar continuaron camino por Broadway.

Lo malo fue que el Infiniti de Brian ya no iba delante del Chrysler. De hecho, había desaparecido.

Rachel gruñó a voz en grito apretando los dientes y aferró el volante con tanta fuerza que tuvo la impresión de que iba a arrancarlo de su eje.

Rápidamente, hizo un cambio de sentido. Sin pensar ni dar aviso, y provocando con ello airados bocinazos del vehículo que llevaba detrás, así como del que venía por el carril contrario. Le trajo sin cuidado. No sentía miedo, lo que sentía era rabia y frustración. Sobre todo rabia.

Deshizo el camino andado por Broadway hasta llegar a la gasolinera y la tienda de dónuts donde había perdido de vista a Brian. Allí hizo otro cambio de sentido —esta vez señalizando y sin tanta brusquedad— y recorrió nuevamente el mismo tramo, a cincuenta kilómetros por hora, mirando bien por todas las calles transversales.

Cuando llegó una vez más a la bifurcación, contuvo las ganas de desahogarse dando otro grito. Y de echarse a llorar. Torció a la izquierda y accedió a la minúscula zona de aparcamiento de un centro de veteranos de guerra y dio media vuelta de nuevo.

Quiso entonces la suerte que se topara con un semáforo en rojo. De no ser por eso, nunca habría encontrado a Brian. Mientras esperaba a que cambiara el semáforo, junto a otra gasolinera y una anodina agencia de seguros a la derecha, dirigió la vista hacia la calle que cruzaba y se fijó en una mansión victoriana con un gran letrero blanco en su jardín delantero en el que figuraba la lista de empresas con sede en el edificio. Y allí, en la zona de aparcamiento adyacente al edificio, bajo una escalera de incendios de hierro, descubrió el Infiniti de Brian.

Encontró un sitio donde aparcar, a seis viviendas de la mansión, y se dirigió hacia ella a pie. La calle estaba flanqueada por robles y arces centenarios; los tramos umbríos de la acera estaban todavía un poco mojados por el rocío caído de los árboles esa mañana, y la brisa de mayo llevaba, en la misma medida, el olor de la descomposición y el del renacimiento de la primavera. Pese a las circunstancias, a que se estaba aproximando a un edificio en el que su marido ocultaba la verdad sobre sí mismo, o al menos una de sus verdades, Rachel sintió que la calle y sus fragancias le apaciguaban el ánimo.

En el letrero que se alzaba sobre el jardín de la mansión figuraban tres psiquiatras, un practicante, una empresa de minerales, una correduría y dos abogados. Rachel avanzó al abrigo de los majestuosos árboles hasta que llegó al callejón contiguo al recinto. En la entrada al callejón, un gran letrero advertía que las plazas de aparcamiento eran de uso exclusivo para los residentes del número 232 de Seaver Street, y otra serie de rótulos más pequeños atornillados a la fachada consignaban la plaza que correspondía a cada uno. El Infiniti de Brian estaba aparcado en la plaza reservada para Alden Minerals Ltd.

Rachel nunca había oído hablar de Alden Minerals, pero el nombre le resultaba vagamente familiar, como si lo hubiera oído mencionar antes. Pero estaba segura de que no. Otra paradoja más que añadir a una semana pródiga en ellas.

Alden Minerals Ltd. se encontraba en la primera planta, despacho 210. A qué esperar, era el momento de subir hecha una furia la escalera, irrumpir en el despacho y averiguar de una vez por todas qué se traía entre manos el farsante de su marido. Sin embargo, dudó. Se escondió bajo la escalera de incendios, arrimada a la fachada, e intentó dilucidar si existía una explicación lógica para el comportamiento de Brian. A veces los hombres montaban unas farsas rocambolescas cuando, por ejemplo, tramaban una fiesta sorpresa para su mujer.

No. Qué va. Al menos no hasta el extremo de afirmar que estaban en Londres cuando estaban en Boston o de decir que se iban en avión a Moscú cuando en realidad iban en coche a Providence. No, aquello no tenía ninguna explicación aceptable.

A menos que...

¿Que qué?

«A menos que sea un espía. ¿Acaso los espías no hacen cosas de ésas?», pensó Rachel.

«Sí, claro, Rachel —se dijo con un sarcasmo que le recordó a su madre—, claro que los espías hacen cosas de ésas. Como también los maridos que se la pegan a su mujer y los sociópatas.»

Rachel se reclinó en la fachada y lamentó haber dejado de fumar.

Si le plantaba cara en ese mismo instante, ¿qué conseguiría? ¿Que le dijera la verdad? Probablemente no, habida cuenta de lo bien engañada que la había tenido durante tanto tiempo. Además, dijera lo que dijera, no se lo iba a creer. Por mucho que le mostrara sus credenciales de la CIA, no podría olvidar el *selfie* que le había «enviado» desde Londres (por cierto, ¿cómo habría amañado aquello?) y le diría que se metiera su falso carnet de la CIA donde le cupiera.

Plantándole cara no iba a conseguir nada.

Y por si fuera poco, si le plantaba cara tendría que aceptar que, tanto si le salía con alguna mentira como si no, su relación —o como quiera que aquello pasara a denominarse de ahí en adelante— se iría a tomar viento. Y para eso todavía no estaba preparada. Era humillante tener que reconocerlo, pero en ese momento no se veía capaz de vivir sin Brian. Se imaginó el piso sin su ropa, sus libros, su cepillo de dientes y su cuchilla de titanio, sin su comida favorita en el frigorífico, sin su whisky en el mueble-bar o, peor aún, allí olvidado, abandonado, recordándole a él hasta el día que decidiera verterlo por el fregadero. Se imaginó las revistas a las que estaba suscrito llegando a casa meses después de su marcha y el vacío de los interminables días languideciendo en interminables atardeceres. Desde su ataque de pánico en directo, a Rachel apenas le quedaban amigos. Tenía a Melissa, sí, pero Melissa era de esa clase de amigos que te empujan diciendo cosas como «venga, levanta ese ánimo», «hay que ser positivo», «ah, perdone, camarero, ¿me trae otra de éstas pero con menos hielo?» o «pasa página». Aparte de ella, los demás, más que amigos, eran conocidos; al fin y al cabo, no era fácil seguir manteniendo una relación social con alguien que prácticamente vivía recluido.

En los últimos años, su único amigo de verdad, su único amigo fiel, había sido Brian. Dependía tanto de él como los árboles de sus raíces. Brian era toda su vida. Y su lado racional le decía que obviamente —obviamente— tendría que pasar sin él. Brian era un impostor. Y su relación, como un castillo de arena. Sin embargo...

En ese momento, Brian salió por la parte trasera del edificio y pasó justo por delante de ella. Iba hacia el coche, tecleando un mensaje en el móvil, y Rachel estaba a menos de dos metros de distancia, escondida bajo la escalera de incendios. Segura de que la descubriría, intentó pensar en su reacción. Brian se había cambiado de ropa: vestía un traje azul oscuro con camisa blanca, corbata a cuadros grises y negros y zapatos marrón oscuro. Llevaba el portátil colgado del hombro derecho, en una cartera de cuero marrón. Se montó en el Infiniti, soltó el portátil en el asiento del copiloto y continuó escribiendo el mensaje de texto con una mano mientras con la otra cerraba la portezuela. Se puso el cinturón de seguridad. Arrancó el coche, sin dejar de teclear, y luego debió de darle a «enviar» porque soltó el móvil en el asiento del copiloto y salió reculando de la plaza de aparcamiento, con la vista puesta en el retrovisor. De haber desviado la mirada quince centímetros se habría topado de frente con ella. Rachel imaginó que el sobresalto sería tan mayúsculo que se olvidaría de que llevaba puesta la marcha atrás y se empotraría contra la farola al otro lado del callejón. Pero no sucedió nada de eso. Brian reculó, girando el volante, y en un segundo ya había enfilado el morro del coche hacia Seaver Street. Luego salió del callejón y torció a la izquierda.

Rachel corrió a su coche, dando gracias por haber incluido las zapatillas deportivas en su disfraz del gimnasio. Entró en el coche, dio la vuelta para salir a la calle y atravesó el cruce a toda pastilla cuando ya el semáforo en ámbar cambiaba a rojo. Un minuto después, divisó el Infiniti en Broadway, a tres coches de distancia.

Se adentró nuevamente en College Hill siguiéndolo. Atravesaban una manzana que alternaba entre el deterioro y la renovación, cuando Brian se hizo a un lado y aparcó. Rachel se quedó a unos cincuenta metros de distancia, estacionada delante de una agencia de viajes con las puertas y ventanas tapiadas y una extinta tienda de discos. A continuación había una tienda de alquiler de muebles que parecía haber acaparado todas las provisiones de cómodas lacadas en negro del mercado. Al lado de ésta, una bodega, y seguidamente, una tienda de cámaras fotográficas, Little Louie's. Esos negocios, se dijo Rachel, llevaban el mismo camino que las tiendas de discos y las agencias de viajes (no así las bodegas, pensó, que seguramente resistirían en todas partes del mundo). Aquél, sin embargo, parecía aguantar contra viento y marea. Brian entró en Little Louie's. Rachel pensó en acercarse andando por la acera y echar una ojeada disimuladamente para ver qué andaba haciendo allí dentro, pero enseguida descartó la idea por demasiado arriesgada. Como bien temía, apenas transcurridos dos minutos de su entrada, Brian salió del establecimiento. Si se hubiera dejado llevar por el impulso, la habría pillado in fraganti en mitad de la acera. Brian se alejó al volante y Rachel fue tras él. Al pasar por delante de la tienda de cámaras fotográficas, observó que el interior estaba en penumbra; el escaparate no exhibía más que fotos de cámaras y anuncios de periódico pegados al cristal. Ignoraba qué se cocería allí dentro, pero algo le decía que la venta de cámaras no era el negocio principal.

Dejó atrás Providence siguiendo los pasos de Brian y circularon por una serie de poblaciones cada vez más pequeñas, entre casas de tablones de madera en progresivo estado de deterioro y granjas dispersas por la campiña, hasta que él abandonó la carretera para acceder a un centro comercial de aspecto bastante nuevo. Dejó a un lado la típica franquicia de Panera Bread, situada en el extremo del centro comercial, y llegó hasta una pequeña oficina bancaria que ocupaba un edificio aislado. Aparcó en un espacio libre, se apeó del vehículo y enfiló directo hacia el banco, con el portátil cargado nuevamente al hombro derecho.

Rachel estacionó en el aparcamiento del centro comercial y dejó el coche en punto muerto, delante de una farmacia y una zapatería. Mientras esperaba, sacó el móvil del soporte para las bebidas donde lo había encajado y vio que acababa de recibir un mensaje de texto.

Lo abrió. Era de Brian, enviado veinte minutos antes; es decir, mientras salía del edificio de Seaver Street y pasaba por delante de ella.

Cariño, ya en pista. Enseguida despegamos. Aterrizo dentro de unas diez horas. Espero pillarte levantada aún. Te quiero mucho.

Diez minutos más tarde, Brian salía del banco sin el portátil.

Se montó en el Infiniti y abandonó el aparcamiento.

Rachel lo siguió otra vez hasta Providence, donde hizo un alto para entrar en una floristería y comprar un ramo de flores blancas y rosas. Rachel sintió náuseas. No sabía si estaba preparada para el rumbo que parecían tomar los acontecimientos. Brian hizo una parada de nuevo, esta vez para entrar en una tienda de vinos y licores de donde salió con una botella de champán. Decididamente, no estaba preparada. Brian abandonó la carretera principal en Federal Hill, antaño reducto italoamericano y sede de la mafia de Nueva Inglaterra, pero hoy ya transformado en otro elegante y aburguesado barrio repleto de restaurantes refinados e hileras de casas de ladrillo rojo.

Aparcó el Infiniti delante de una de esas viviendas, una casa con las ventanas abiertas al soleado día y las blancas cortinas ondeando entre los marcos blancos. Rachel estacionó unas casas más abajo, en la acera de enfrente, desde donde lo vio plantarse en la acera con el ramo de flores en la mano. Luego introducirse dos dedos en la boca y soltar un potente y agudo silbido, cosa que Rachel nunca le había visto hacer desde que estaban juntos. La novedad, sin embargo, no era sólo ese silbido, pensó, sino su forma de moverse: con los hombros más erguidos, las caderas más sueltas, brincando sobre las almohadillas del pie con el garbo de un bailarín.

Brian subió los peldaños que conducían a la entrada y la puerta se abrió.

—Ay, Dios —murmuró Rachel—. Dios, Dios, Dios.

Fue una mujer quien salió a abrirle, tendría unos treinta y cinco años poco más o menos. Una mujer con el pelo rubio y rizado y la cara bonita y ovalada. Pero nada de eso captó durante mucho tiempo la atención de Rachel desde el momento en que vio que Brian le tendía las flores y el champán y luego se arrodillaba frente al portal para besar su vientre preñado.

20

VHS

Rachel no recordaba haber hecho el camino de vuelta hasta la autopista. Durante el resto de su vida se preguntaría cómo era posible que alguien totalmente sobrio recorriera varios kilómetros al volante de un vehículo a través de una ciudad de tamaño mediano y no conservara el más mínimo recuerdo de ello.

Rachel había escogido a Brian por marido porque parecía infundir estabilidad. Porque era un hombre optimista y voluntarioso. De un responsable que rayaba en lo exasperante. Un hombre incapaz de engañar. Incapaz de mentir. Y, por descontado, de llevar una doble vida.

Pero había visto con sus propios ojos cómo entraba en aquella casa abrazando por la cintura a su mujer —o quizá novia— embarazada y luego cerraba la puerta. Ignoraba cuánto tiempo había permanecido allí, sentada en el coche, pasmada mirando a la casa, pero sin duda el suficiente como para fijarse en que la pintura de uno de los alféizares del primer piso estaba un tanto desconchada o en que el cable de la parabólica oxidada caía desde el tejado colgando por la fachada.

Los marcos de las ventanas eran blancos, y la fachada, al parecer recién remozada, de ladrillo rojo. La puerta era negra y daba la impresión de haber recibido bastantes capas de pintura a lo largo de un siglo o más. La aldaba era de peltre.

Y de buenas a primeras se vio en la autopista, sin saber cómo había llegado hasta allí.

Creyó que iba a llorar. No lloró. Creyó que se iba a echar a temblar. No tembló. Creyó que sentiría un dolor muy profundo y tal vez lo sintiera, tal vez el dolor se percibiera así: una absoluta insensibilidad, como si te hubieran macerado en el vacío. Como si tuvieras el alma cauterizada.

Los tres carriles de la autopista confluían en dos al adentrarse en Massachusetts. Un coche se situó a la derecha de Rachel, con intención de adelantarla a la vista del estrechamiento del carril, un estrechamiento que venía anunciándose desde cinco kilómetros atrás. El tipo había hecho caso omiso de las señales a su conveniencia y para inconveniencia de Rachel.

El conductor pisó el acelerador.

Rachel pisó el acelerador.

El otro aceleró un poco más. Rachel aceleró un poco más. El tipo intentó meter el morro, pero Rachel no se apartó de su carril. Luego el tipo volvió a acelerar, y Rachel aceleró a su vez, con la vista al frente. El otro pitó, pero Rachel se mantuvo en sus trece. El carril de la derecha terminaba cien metros más adelante. El conductor siguió acelerando y ella puso el coche a todo gas, en la medida de lo posible para un Ford Focus. Lo dejó atrás tan rápido que dio la impresión de que el tipo llevara un paracaídas incorporado. Segundos después, apareció pegado a su guardabarros trasero.

Rachel se fijó en el símbolo de Mercedes-Benz en el capó. Estaba claro. El tipo le enseñó el dedo y apretó el claxon con insistencia. Tras la ostentosa carrocería se escondía un sujeto con calvicie y papada incipientes, nariz fina y labios prácticamente invisibles. Rachel lo vio por el espejo retrovisor despotricando indignado y leyó claramente en sus labios que pronunciaba la palabra «puta» varias veces y «coño» otras cuantas. Seguro que ya tenía el salpicadero pringado de saliva. Su intención era meterse a la fuerza por el carril de adelantamiento, adelantar a toda pastilla hasta colocarse a su altura y luego cortarle el paso, supuso Rachel, pero dado que el denso tráfico que circulaba por la izquierda no se lo permitía, no le quedaba más remedio que mantener la bocina presionada, enseñarle el dedo y seguir dentro del coche gritándole quién coño se creía que era la muy hija de puta.

Rachel pisó el freno. Bruscamente. Redujo la velocidad y por un momento se puso a diez kilómetros por hora. Las cejas del tipo saltaron sobre sus gafas de sol. Estaba boquiabierto, entre el pasmo y la desesperación. Aferró el volante como si de pronto estuviera electrificado. Rachel sonrió. Soltó una carcajada.

—Jódete —le dijo al retrovisor—, don nadie. —Tal vez el calificativo no fuera el más apropiado, pensó, pero se quedó tan a gusto.

Al cabo de kilómetro y medio el tráfico empezó a espaciarse permitiendo que el del Mercedes virara hacia el carril izquierdo y se colocara a su altura. Normalmente Rachel habría mantenido la vista al frente. ¿Normalmente? Ya nada era normal para ella. Tres días antes ni siquiera se habría atrevido a sentarse al volante, pero ese día Rachel volvió la cabeza y se quedó mirando al del Mercedes. El tipo se había quitado las gafas de sol y Rachel observó que tenía los ojos tan pequeños y mortecinos como había imaginado. Lo miró sin pestañear, mientras seguía embalada por la autopista a casi ciento veinte kilómetros por hora. Miró con toda la calma a aquel desgraciado hasta que la rabia que fulguraba en sus ojos se transformó primero en confusión, después en culpa y después en algo rayano en la decepción, como si ella se hubiera metamorfoseado en la hija adolescente que regresa a casa más tarde de la hora convenida, con el aliento oliendo a una mezcla de aguardiente y elixir bucal. El tipo del Mercedes movió a un lado y otro la cabeza, en un gesto de impotente reprimenda, y volvió la vista hacia la carretera. Rachel le dirigió una última mirada e hizo lo mismo.

Ya de vuelta en su barrio, devolvió el Focus al aparcamiento de la oficina de alquiler y subió en ascensor hasta la planta quince de su bloque. Mientras avanzaba por el pasillo en dirección a su piso, se sintió más sola que un astronauta en el espacio. Desanclada. Desarraigada. Dejando atrás todos los confines sin que hubiera forma humana de atraparla y traerla de vuelta. Para colmo, de los cuatro pisos que había en la planta quince, el único ocupado regularmente era el de ella y Brian. Los dueños de los otros tres eran inversores extranjeros. Alguna que otra vez se habían cruzado con una pareja de chinos ya mayores o con la mujer del financiero alemán, cargada de compras y acompañada por los tres niños y la niñera. Ignoraba quién era el propietario de la tercera vivienda. El lujoso ático de arriba pertenecía a un joven al que Brian y ella habían apodado El Hijo de Papá; un chico tan joven que todavía estaría aprendiendo a leer en la época en que Rachel perdió la virginidad. Que ella supiera, sólo utilizaba la vivienda para dar rienda suelta a su afición por las prostitutas. El resto del tiempo, ni lo oían ni lo veían.

Rachel por lo general prefería ese silencio y la intimidad que procuraba, pero mientras avanzaba por el pasillo en ese momento se sintió como un desecho, una tara, como un ser necio, arrancado del rebaño, como una soñadora idiota que se había visto enfrentada a un violento despertar. Oía al cosmos burlándose de ella.

«¿Ahora te enteras de que el amor no está hecho para ti, tontorrona?»

La casa se le caía encima. Cada pared, cada rincón, cada ángulo era un recordatorio de su vida en común, de lo que habían compartido. Todos los lugares donde habían hecho el amor, donde habían conversado, discutido o comido juntos. Las obras de arte que habían escogido, las alfombras, la vajilla, la lámpara descubierta en aquel anticuario de Sandwich. El olor de Brian impregnado en su toalla de baño, el periódico con el crucigrama a medio terminar. Las cortinas, las bombillas, los artículos de tocador. Algunas de esas cosas Rachel se las llevaría consigo cuando iniciara una nueva vida, fuera ésta la que fuera, pero casi todo lo demás estaba demasiado asociado a ellos dos como pareja para poder aceptarlo de forma placentera como exclusivamente suyo.

A fin de distanciarse por un momento de su entorno, Rachel bajó al vestíbulo en el ascensor para recoger el correo. Dominick estaba sentado tras el mostrador de la conserjería, leyendo una revista. Una revista de algún inquilino probablemente; puede que incluso de ella misma. El conserje levantó la vista, la saludó con una sonrisa tan radiante como inexpresiva y reanudó la lectura. Rachel se dirigió hacia el cuarto de los buzones que Dominick tenía detrás, abrió el de su piso y extrajo un montón de correo. Tiró las circulares y la propaganda a la papelera de reciclaje y, al final, no le quedaron más que tres facturas.

—Cuídate —dijo, despidiéndose de Dominick.

—Tú también, Rachel. —Cuando Rachel estaba ya delante de la puerta del ascensor, Dominick la llamó—. Ay, perdona, te ha llegado algo.

Rachel se dio la vuelta y vio que revolvía en la caja donde se guardaba el correo que no cabía en los buzones. Le tendió un sobre grande de color amarillo. Rachel no reconoció el remitente —Pat's Book Nook & More, Barnum, Pensilvania—, hasta que recordó haber pedido aquella cinta de vídeo la otra noche. Sopesó el sobre en la palma de la mano: eso era exactamente lo que contenía.

De vuelta en el piso, abrió el sobre y extrajo la cinta. La caja estaba ya muy deteriorada y le faltaba parte del cartón de los cantos. Robert Hays y Vivica A. Fox la miraban risueños desde la carátula, con las cabezas inclinadas a la izquierda. Rachel estaba ya abriendo una botella de pinot noir con la que acompañarse cuando cayó en la cuenta de que no tenía reproductor de vídeo. ¿Acaso alguien lo tenía hoy en día? Se disponía a entrar en internet para ver si encontraba un aparato a la venta cuando recordó que habían dejado uno en el guardamuebles alquilado en Brookline. Pero eso suponía alquilar otro coche y recorrer casi cinco kilómetros en hora punta. Total ¿para qué? Para ver una película que un borracho le había mencionado. Al fin y al cabo, ya sabía que su marido tenía otra mujer en otro estado. ¿Qué más podría descubrirle una película de tres al cuarto filmada en 2002?

Dio un sorbo del pinot y miró el dorso de la caja: la sinopsis coincidía efectivamente con la descripción de la película colgada en eBay. Sobre la sinopsis había dos fotos pequeñas. En una se veía a Robert y Vivica charlando en una acera, sonriéndose el uno al otro de oreja a oreja. Y en la otra, a un chico inclinado sobre una chica sentada en una silla de ruedas, él besándole el cuello, ella con la cabeza echada hacia atrás y cara de embeleso. Debían de ser los dos actores secundarios, pensó Rachel, la pobre Kristy Gale y... ¿cómo se llamaba el chico? Buscó en los créditos: ah, ya, Brett Alden.

Rachel dejó la copa sobre la encimera un momento y cerró los ojos.

Alden Minerals Ltd.

Por eso le había sonado el nombre.

Observó con más detenimiento la minúscula foto de la esquina superior derecha. La cara de Brett Alden quedaba parcialmente oculta debido al ángulo con que se inclinaba para besar el cuello de Kristy Gale. Sólo se apreciaba bien el cabello (oscuro, voluminoso y rebelde), la frente, la parte izquierda del rostro: un ojo, una mejilla, la mitad de la nariz, la mitad de los labios.

Rachel, sin embargo, conocía aquellos labios, aquella nariz, aquella mejilla, aquel ojo azul. Ahora tenía entradas en el pelo y arruguitas en torno a la sien.

Pero era Brian. No cabía duda.

21

P380

¿Y si Brian volvía de pronto?

Rachel llevaba un rato echada en el sofá con los ojos cerrados cuando ese pensamiento la hizo incorporarse de un salto.

¿Y si Brian entraba por la puerta y se daba cuenta de que lo sabía? La poligamia era delito. También la suplantación de identidad con propósito de lucro. Por poco que entendiera del asunto, era conocedora de una serie de delitos y algo le decía que los sujetos que llevaban una doble vida no reaccionaban muy bien si alguien los ponía en evidencia.

Se dirigió al vestidor y buscó en el estante de arriba, donde Brian guardaba algunos de sus zapatos. Detrás de ellos escondía un arma. Una pequeña P380; la pistola abultaba poco más que un móvil, pero según Brian tenía potencia suficiente como para fulminar a cualquier intruso que no llevara chaleco antibalas.

La pistola no estaba. Rachel se puso de puntillas y alargó la mano por el lateral izquierdo del estante hasta que los dedos dieron con la pared.

De pronto oyó un ruido metálico en la entrada. ¿O no lo había oído? Podría haber sido la puerta al abrirse, o quizá hubiera saltado el aire acondicionado. O quizá nada de nada.

Así que el arma había volado. Eso quería decir que...

No. Allí estaba. Los dedos de Rachel se cerraron sobre la negra culata de caucho y, al tirar de ella hacia sí, una zapatilla de Brian cayó del estante. La pistola tenía el seguro puesto. Volcó el cargador en la palma de la mano para confirmar que había munición dentro y luego lo encajó de nuevo suavemente hasta oír el clic. Rachel había hecho prácticas con Brian en un campo de tiro de Freeport Street, en Dorchester, el barrio con peor fama de la ciudad, y él siempre bromeaba con que si había un lugar en Boston donde los vecinos no necesitaban que nadie les enseñara a disparar o esquivar balas ése era Dorchester. A Rachel le gustaba ir por allí y oír el crac crac crac de los rifles en las cabinas vecinas, el bang bang bang de los revólveres. El ratatatá de los fusiles de asalto no le entusiasmaba tanto, porque el sonido de sus ráfagas le evocaba matanzas de colegiales y espectadores de salas de cine. A veces podía dar la impresión de que aquel campo de tiro era el campamento ideal para niños con necesidad de descargar un exceso de agresividad; a la mayor parte de la clientela no le hacía ninguna falta hacer prácticas; otros iban allí simplemente por fantasear lo que sentirían cargándose al ladrón que entraba en casa o al ex novio violento, acribillando a balazos a la típica pandilla de gamberros siniestros. Rachel había tenido oportunidad de practicar con otras armas además de la P380 y había demostrado tener buena puntería con un revólver, no tanto con un rifle, pero la P380 le iba como anillo al dedo. No tardó en conseguir hacer blanco con las siete balas —seis en el cargador, una en la recámara—, y cuando lo consiguió, dejó de frecuentar el campo de tiro.

Echó un vistazo a la puerta de la calle y confirmó que sí había dejado puesta la cadena de seguridad, de manera que lo que había oído en el vestidor no era a Brian entrando. Fue a la cocina, abrió el portátil y buscó Alden Minerals Ltd. en internet: era una compañía minera con sede en Providence, Rhode Island, propietaria de una única explotación en Papúa Nueva Guinea. De acuerdo con una reciente valoración financiera efectuada por la empresa consultora Borgeau Engineering, los recursos potenciales del yacimiento sobrepasaban los cuatrocientos millones de onzas troy. Un artículo reciente del *Wall Street Journal* se hacía eco de un rumor según el cual la principal empresa minera de Papúa Nueva Guinea, Vitterman Copper & Gold, con sede en Houston, estaba considerando la posibilidad de absorber Alden Minerals.

Alden Minerals era una empresa de propiedad y gestión familiar, regentada por Brian y Nicole Alden. Rachel no encontró imágenes de ninguno de los dos. Tampoco le hacían falta. Ya sabía qué aspecto tenían.

Llamó por teléfono a Glen O'Donnell, que trabajaba en el *Globe*. Glen y ella habían coincidido primero en el *Patriot Ledger* y después en el *Globe*. Ella trabajaba en el equipo de investigación del periódico y él en la sección financiera. Tras el cortés intercambio de rigor, por el que Rachel se enteró de que él y su pareja, Roy, habían adoptado a una niña guatemalteca y comprado una casa en Dracut, le pidió a Glen si podía hacerle el favor de indagar sobre Alden Minerals.

—Claro, claro —contestó—. Te llamo enseguida con lo que averigüe.

—No hace falta que...

—Será un placer. De todos modos, no estaba pegando ni golpe ahora mismo. Te llamo enseguida.

Otra copa de pinot más tarde, Rachel tomó asiento junto al ventanal de la sala de estar y contempló la caída de la noche sobre Arlington, Cambridge y el río Charles. Mientras el paisaje se teñía de tonos cobrizos primero y luego azules, se planteó lo que sería su vida sin Brian. Intuía que los ataques de pánico regresarían tan pronto como pasara aquel aturdimiento. Todos los progresos que había hecho en los últimos meses se irían al traste. No sólo volvería a la casilla de salida, sino que temía que toda esa serie de batacazos —oh, tu marido tiene otra mujer; oh, tu marido lleva una doble vida; oh, puede que ni siquiera sepas cómo se llama en realidad tu marido— la hundieran en la miseria. Ya en ese momento un bolo histérico amagaba con cerrarle la tráquea sólo de imaginarse interactuando en sociedad de nuevo, con gente, con extraños, con personas incapaces de salvarla, que huirían de su dolor como de la peste nada más olerlo. («Selección natural, selección natural, selección natural.») Un día sería incapaz de montarse en el ascensor; al otro, tendrían que subirle la compra hasta la puerta. Al cabo de pocos años, despertaría pensando que no recordaba cuándo había salido del edificio por última vez. Incapaz ya de ejercer dominio alguno sobre sí misma o sobre sus fobias.

¿Y de dónde había surgido aquel dominio? De sí misma, naturalmente. Pero también de él. Del amor. O de lo que ella había entendido como amor.

Así que era un actor. Su Brian era actor. A decir verdad, prácticamente se lo había restregado en las narices durante aquella discusión a su «regreso» de Londres, al sacar a colación a Clark Rockefeller. O sea que no sólo Brian no era Brian, sino que tampoco era un Delacroix. Pero eso ¿cómo era posible?

Entró de nuevo en internet e introdujo «Brian Delacroix» en el buscador. La información coincidía con lo que Brian le había contado: cuarenta años, empleado en Delacroix Lumber, empresa maderera canadiense con propiedades en veintiséis países. Le dio a la pestaña de «imágenes» y no encontró más que cuatro, pero allí estaba su Brian: el mismo pelo, la misma mandíbula, los mismos ojos, la misma... no, la nariz no era la misma.

Su Brian tenía aquella pequeña protuberancia justo por encima del tabique nasal. Inapreciable de frente, pero visible de perfil. Y aun así, podía pasar inadvertida si no sabías de su existencia. Pero si sabías de ella, saltaba a la vista: Brian tenía un bulto en el caballete de la nariz.

Un bulto que Brian Delacroix no tenía. Dos de las fotos se habían tomado de perfil, y allí no se apreciaba protuberancia alguna. Rachel examinó con más detenimiento los retratos frontales, y cuanto más miraba a los ojos de Brian Delacroix, mayor conciencia cobraba de que nunca se había fijado realmente en ellos.

Su Brian Delacroix/Brett Alden era actor. Al igual que Andrew Gattis, aquel incómodo amigo venido del pasado. Caleb había dado la impresión de que los conocía bien a ambos, luego lo lógico era pensar que quizá también Caleb fuera actor.

Mientras la noche se instalaba sobre el río, le envió un mensaje de texto.

¿Tienes un momento para pasarte por casa?

Un minuto después, Caleb respondió:

Claro. ¿Qué quieres?

Que me eches una manita con unos muebles. Quiero hacer unos cambios antes de que B vuelva.

En 15 m estoy ahí.

Gracias.

El móvil de Rachel vibró. Era Glen.

—Hola.

—Hola —dijo Glen—. ¿Tienes mucho interés en esa empresa, Rachel?

—No mucho. ¿Por?

—Es una explotación de poca monta propietaria de una mina de poca monta en Papúa Nueva Guinea. Pero... —Rachel lo oyó pinchar varias veces con el ratón—... por lo visto, puede que la mina no sea tan de poca monta. Según los rumores, una consultora hizo una valoración financiera y descubrió que los recursos que Alden Minerals tiene en sus manos podrían ascender a los cuatrocientos millones de onzas troy.

—Sí, algo así he leído yo también —dijo Rachel—. Por cierto, ¿qué es eso de las onzas troy?

—Sí, perdona. La unidad de peso para metales preciosos. Es decir, que tienen en sus manos una mina de oro.

Literalmente. Aunque dudo que puedan hacer gran cosa con ella. Su mayor competidor en la zona, o el único, mejor dicho, es Vitterman Copper & Gold y esos tipos no se andan con chiquitas. Los cabrones de Vitterman en su puta vida aceptarán que otro explote una mina con semejante potencial en la región. O sea, que en algún momento terminará cayéndoles una OPA hostil. Eso explica que Alden haya estado intentando correr un tupido velo sobre las conclusiones de la consultora. Aunque, por desgracia, esa gente necesita liquidez. Ya se han reunido en varias ocasiones con Cotter-McCann.

—¿Y ése quién es?

—Es un grupo de capital riesgo. La semana pasada Cotter-McCann cedió el usufructo de una serie de parcelas de terreno urbanizable cerca del poblado de Arawa, en Papúa Nueva Guinea. ¿Qué te dice eso?

Rachel llevaba demasiado vino en el cuerpo como para que le dijera nada.

—No sé.

—Pues a mí me dice que Cotter-McCann inyectó liquidez en Alden Minerals probablemente a cambio de un porrón de acciones en esa mina. Cuando el negocio empiece a dar réditos, se sacudirán a Alden Minerals de encima y arramblarán con todo. Así funciona esa gente, son tiburones. Peor que tiburones, según algunos, porque al menos los tiburones dejan de comer cuando están llenos.

—Así que es posible que Alden Minerals se hunda.

—«Hundirse» no sé si es la expresión correcta. Los absorberán. Ya sea Vitterman o Cotter-McCann. Esa gente ha saltado a primera división de la noche a la mañana, así que dudo que aguanten el tipo.

—Ah. —Rachel no entendía nada de nada—. Muchas gracias, Glen.

—No hay de qué. Oye, me ha dicho Melissa que estás saliendo del hoyo.

—¿Eso te ha dicho? —Rachel reprimió un grito.

—Tenéis que venir un día a casa y conocer a Amelia. Nos encantaría veros.

—A nosotros también —dijo Rachel con súbito desaliento.

—¿Estás bien?

—Sí, sí. Sólo un poco resfriada.

Rachel tuvo la fugaz impresión de que Glen iba a tirarle de la lengua, pero luego dijo:

—Cuídate, Rachel.

Caleb llamó al interfono y Rachel le abrió. Había desplegado todas las pruebas sobre la barra de la cocina, junto a un vaso de whisky y una botella de bourbon, pero Caleb no reparó en ellas al entrar. Parecía distraído y agotado.

—¿Tienes algo de beber?

Rachel señaló el bourbon.

Caleb se sentó a la barra de la cocina y se sirvió una copa, sin reparar siquiera en lo que tenía alrededor.

—Llevo un día de perros.

—Ya somos dos —dijo Rachel.

Caleb dio un trago largo del bourbon.

—A veces pienso si Brian no llevaría razón.

—¿Sobre qué?

—Sobre lo de casarse. Y tener hijos. Es complicado, hay que hacer malabarismos y estar en mil sitios a la vez... —Echó un vistazo a los artículos desplegados sobre la barra y siguió hablando cada vez más ensimismado—. ¿Con qué querías entonces que te ayudara?

—Con nada, la verdad.

—Entonces, ¿por qué...? —Caleb se fijó por fin en uno de los billetes de avión de Brian, en el resguardo de la tienda de Covent Garden, en una foto impresa por Rachel del *selfie* que Brian había «tomado» a las puertas del hotel, en la cinta de vídeo de *Since I Fell for You*.

Dio un trago y levantó la mirada hacia Rachel, frente a él al otro lado de la barra.

—Pusisteis mal la fecha. —Rachel señaló el resguardo de la tienda.

Caleb le sonrió desconcertado.

—En Gran Bretaña ponen primero el día, después el mes y después el año, no como aquí.

Caleb miró de reojo el resguardo y volvió la vista hacia ella.

—No tengo ni idea de qué...

—Lo he seguido.

Caleb dio otro trago.

—Hasta Providence.

Caleb guardó silencio.

El edificio estaba igual de silencioso. El hijo de papá decididamente no estaba en casa; Rachel habría oído sus pisadas. Los demás inquilinos de la planta quince tampoco estaban. Parecía como si se encontraran en la cima de un bosque en los confines de la tierra.

—Tiene otra mujer y, por si fuera poco, embarazada. —Rachel se sirvió un poco más de vino—. Es actor. Aunque ya sé que no te estoy contando nada que no sepas, porque tú —dijo, señalándolo con la copa— también eres actor.

—No sé de qué me estás...

—Y una mierda. Y una mierda que no lo sabes. —Rachel se bebió media copa de un trago. A ese ritmo, no tardaría en ir a por la segunda botella. Pero le daba igual, porque era un placer tener un blanco contra el que focalizar la rabia. Le infundía una engañosa sensación de poder. Y a esas alturas, cualquier ilusión era buena con tal de mantener a raya el pánico.

—¿Qué crees saber? —dijo Caleb.

—A mí no me hables en ese tono, joder.

—¿Qué tono?

—Ese tonillo condescendiente.

Caleb puso las manos en alto como si lo apuntaran con una pistola.

—Seguí a Brian hasta Providence. Lo vi entrar en Alden Minerals. Luego en una tienda de cámaras fotográficas, en una floristería, en un banco. Y en casa de su mujer emba...

—¿Qué es eso de que entró en una tienda de cámaras fotográficas?

—Pues que entró en una tienda de cámaras fotográficas.

—¿En una que hay en Broadway?

Rachel comprendió que había tocado una fibra sensible sin saber cómo. Caleb miró su propio reflejo en la barra de mármol con gesto ceñudo, miró con gesto ceñudo el vaso y a continuación lo vació de un trago.

—¿Qué hay en esa tienda? —Tras un minuto de silencio, Rachel llamó su atención—. ¿Caleb?

Caleb levantó un dedo mandándola callar e hizo una llamada con el móvil. Mientras esperaba a que le respondieran, Rachel oyó el tono de llamada al otro lado del auricular. No podía dejar de darle vueltas a aquel dedo levantado conminándola a guardar silencio, al desprecio que denotaba. Le recordó al doctor Felix Browner, quien también le había dispensado el mismo trato desdeñoso en una ocasión.

Caleb pulsó «fin de llamada» en el móvil y acto seguido probó otro número. Tampoco hubo respuesta. Dio por finalizada también esa llamada y luego cerró el puño en torno al aparato con tanta fuerza que Rachel creyó que lo haría pedazos.

—Cuéntame algo más sobre... —le dijo Caleb.

Rachel le volvió la espalda. Fue a por la botella de vino, que había dejado sobre la encimera, junto al horno, y siguió dándole la espalda mientras se servía una copa. Era una reacción un tanto pueril por su parte, pero no por ello menos grata. Cuando se volvió hacia él, el iracundo semblante de Caleb tardó medio segundo en esfumarse y ser sustituido por su habitual sonrisa, juvenil y aletargada.

—Cuéntame algo más sobre lo que viste en Providence.

—Tú primero.

Rachel depositó la copa de vino sobre la barra, justo delante de él.

—No tengo nada que contar. —Se encogió de hombros—. No sé nada.

Rachel hizo un gesto con la cabeza en señal de asentimiento.

—Pues entonces vete.

La aletargada sonrisa de Caleb se transformó en aletargada risita.

—¿Irme? ¿Por qué?

—Si tú no sabes nada, yo tampoco.

—Ah. —Caleb desenroscó el tapón de la botella de bourbon y se sirvió otros dos dedos. Enroscó de nuevo el tapón y agitó el vaso—. Estás cien por cien segura de que has visto a Brian entrar en la tienda de cámaras fotográficas.

Rachel asintió.

—¿Cuánto tiempo ha estado allí dentro?

—¿Quién es Andrew Gattis?

Caleb hizo ademán de captar la indirecta y dio un trago.

—Un actor.

—Eso ya lo sé. Cuéntame algo que no sepa.

—Estudió en Trinity Rep, en Providence.

—La escuela de arte dramático.

Caleb asintió.

—Allí fue donde nos conocimos todos.

—Así que mi marido es actor.

—Eso parece, sí. Pero, volviendo a la tienda... ¿Cuánto tiempo ha estado allí dentro?

Rachel lo miró un momento.

—Unos cinco minutos, como mucho.

Caleb se mordisqueaba la cara interna de la mejilla.

—¿Ha salido de allí con algo?

—¿Cuál es el verdadero nombre de Brian? —Rachel no podía creer que aquella pregunta hubiera salido de sus labios. ¿Quién iba a imaginarse preguntando eso de su marido?

—Alden —respondió Caleb.

—¿Brett?

—No —dijo Caleb—. Brian. Brett era su nombre artístico. Me toca a mí.

—No, no, no —dijo Rachel, meneando la cabeza—. Tú llevas ocultándome información desde que te conozco;

yo sólo he empezado esta noche. Tienes derecho a una pregunta por cada dos mías.

—¿Y si no estoy conforme?

Rachel movió los dedos en dirección a la puerta, que Caleb tenía detrás.

—Pues a tomar por culo, amigo.

—Estás borracha.

—Un poco contenta tal vez —replicó—. ¿Qué hay en el despacho de Cambridge?

—Nada. Nunca se usa. Es de un amigo. Si lo necesitamos —como, por ejemplo, si algún día nos avisan de que tú vas a presentarte por allí—, lo decoramos. Igual que un escenario.

—¿Y los becarios de dónde salen?

—Ya has hecho las dos preguntas que te corresponden.

Rachel de pronto vio clara la respuesta, como caída del cielo engalanada en luces de neón.

—Son actores —dijo.

—¡Ding! —exclamó Caleb marcando un imaginario casillero en el aire, a la altura de sus ojos—. Diez puntos. ¿Brian ha salido de la tienda con algo en las manos?

—Que yo viera, no.

Caleb escrutó los ojos de Rachel.

—¿Al banco ha ido antes o después que a la tienda?

—Eso son dos preguntas.

—Anda, sé buena.

A Rachel le entró tal ataque de risa que casi vomita. Reía como ríen las víctimas de una inundación y los supervivientes de un terremoto. No porque la cosa tuviera gracia, sino porque no tenía ninguna gracia.

—¿Buena? ¿Buena has dicho?

Caleb juntó las palmas de las manos en actitud de plegaria y llevó la frente hacia ellas. Suplicando. Como un mártir esperando a ser esculpido. Viendo que el escultor no llegaba, levantó la cabeza. Tenía la cara pálida como la cera y las ojeras muy marcadas. Parecía envejecer a ojos vistas.

Rachel agitó el vino en la copa pero no bebió de ella.

—¿Cómo trucó el *selfie* aquel desde Londres?

—Lo hice yo. —Caleb rotó trescientos sesenta grados el vaso de bourbon sobre la barra—. Me envió un SMS contándome lo que pasaba. Tú estabas sentada justo delante de mí en Grendel's. Lo hice todo por el móvil, bastó darle a unas cuantas teclas, pillar una imagen de aquí y otra de allá y pasarlas por un programa de retoque fotográfico. Si hubieras visto la imagen en alta resolución y en una pantalla de ordenador en condiciones no creo que hubiera dado el pego, pero ¿para un *selfie* supuestamente tomado con mala luz? Pan comido.

—Caleb —dijo Rachel, ya claramente embriagada—, ¿en qué fregado estoy metida?

—¿Eh?

—Esta mañana cuando me he despertado, era la mujer de alguien. Y ahora... ¿ahora qué soy? ¿Una de sus muchas mujeres? ¿Una de sus muchas vidas? ¿Qué soy?

—Tú eres tú —respondió Caleb.

—¿Y eso qué significa?

—Pues que tú eres tú —dijo Caleb—. Sigues teniendo la misma identidad. La misma pureza. No has cambiado. ¿Que tu marido no es quien creías que era? Sí, bueno, pero eso no tiene que ver contigo. —Caleb alargó la mano sobre la barra y le cogió los dedos—. Tú eres tú.

Rachel retiró los dedos. Caleb dejó las manos sobre la barra. Ella miró las suyas, su sortija y su alianza: un anillo de compromiso con un redondo y solitario brillante y, en el mismo dedo, una alianza de platino con otros cinco brillantes redondos. Rachel los había llevado una vez a que se los limpiaran en una joyería de Water Street (una recomendada por Brian, recordó de pronto) y el anciano propietario del establecimiento silbó al verlos.

—Para que un hombre regale unas piedras preciosas como éstas... —dijo el anciano, acercando la lupa—. Uf. Mucho debe de quererla.

Las manos empezaron a temblarle al mirarlas, al mirar aquella carne, aquellas joyas, y se preguntó si habría algo, algo en su vida, que fuera real. En los últimos tres años había avanzado paulatinamente, arrastrándose primero, escalando después, en pos de su salud mental, intentando recuperar su vida y su identidad, pasito a pasito entre el maremoto de dudas y terrores. Como una invidente recorriendo pasillo tras pasillo de un edificio extraño en el que no recordaba haber entrado.

¿Y quién había acudido en su ayuda? ¿Quién la había tomado de la mano y le había susurrado: «Confía en mí, confía en mí», hasta que finalmente salió del pozo? ¿Quién la había guiado hacia la luz?

Brian.

Brian había creído en ella mucho después de que todos los demás desaparecieran. Era él quien la había sacado de aquella oscuridad sin esperanza.

—¿Todo era mentira? —Rachel se sorprendió al oír que esas palabras salían por sus labios y al ver las lágrimas que se derramaban sobre la barra de mármol, sobre sus manos y sus anillos, que resbalaban por ambos lados de su nariz y sus pómulos y caían en las comisuras de sus labios, que escocían.

Fue a coger un kleenex, pero Caleb la tomó de las manos de nuevo.

—No pasa nada —dijo—. Desahógate.

Rachel quiso decirle que sí pasaba, que pasaba mucho, y que, por favor, le soltara las manos.

Ella misma las retiró.

—Vete.

—¿Qué?

—Que te vayas. Quiero estar sola.

—No puedes quedarte sola.

—Sí, no te preocupes por mí.

—No —dijo Caleb—, sabes demasiado.

—¿Sé...? —Rachel fue incapaz de repetir el resto de aquella amenaza. Porque había sido una amenaza, ¿no?

—A Brian no le gustaría que te dejara sola.

—Porque sé demasiado —se atrevió, ya sí, a repetir.

—Ya sabes a qué me refiero.

—No, no lo sé.

Rachel había dejado la pistola en el sillón, junto al ventanal.

—Brian y yo llevamos mucho tiempo planeando esto —dijo—. Hay mucho dinero en juego.

—¿Cuánto?

—Mucho.

—¿Y piensas que me voy a ir de la lengua?

Caleb sonrió y dio un trago del bourbon.

—No necesariamente, pero podrías.

—Ya. —Rachel se dirigió al ventanal con la copa en la mano, pero Caleb le siguió los pasos. Se quedaron junto al sillón, mirando hacia Cambridge iluminado; si Caleb bajaba los ojos, vería la pistola—. ¿Por eso te casaste con una mujer que no hablaba tu idioma?

Caleb no contestó y ella procuró evitar que la mirada se le fuera hacia el sillón.

—¿Una mujer que no conoce a nadie en este país?

Caleb miró hacia la noche, pero acercó un poco la cadera al sillón y fijó los ojos en el reflejo de Rachel en el cristal.

—¿Por eso se casó Brian con una reclusa?

—Esto podría venirnos muy bien a todos —dijo por fin Caleb y buscó la mirada de Rachel en el oscuro cristal—. Así que no lo estropees.

—¿Me estás amenazando? —le preguntó Rachel con un hilo de voz.

—Creo que eres tú quien está amenazando esta noche, bonita. —La miró entonces como la había mirado el violador aquel en Haití, el profesor Paul.

O al menos ésa fue la sensación de Rachel en ese momento.

—¿Sabes dónde está Brian? —le preguntó.

—Sé dónde podría estar.

—¿Me puedes llevar hasta él?

—¿Por qué iba a hacer eso?

—Porque me debe una explicación.

—¿Y si no?

—¿Y si no qué?

—Eso te pregunto yo. ¿Nos estás poniendo entre la espada y la pared?

—Caleb —dijo Rachel, detestando la desesperación de su súplica—, llévame hasta Brian.

—No.

—¿Cómo que no?

—Brian tiene algo que necesito. Algo que mi familia necesita. Me molesta que esté en su poder y no me lo haya comunicado.

Rachel se sintió forcejeando de nuevo contra su embriaguez.

—¿Brian tiene algo que tú...? ¿La tienda de cámaras fotográficas?

Caleb asintió.

—Exacto.

—¿Qué...?

—Brian tiene algo que yo necesito. Y él te necesita a ti. —Se volvió para mirarla de frente; el sillón entre ambos—. Así que por el momento no voy a llevarte hasta él.

Rachel alargó el brazo, agarró la pistola, le quitó el seguro y apuntó a Caleb en el centro del pecho.

—Claro que me llevarás —le dijo.

22

EL SOPLADOR DE NIEVE

Se dirigían hacia el sur en el Audi plateado de Caleb.

—Puedes guardar la pistola —le dijo Caleb, al volante del coche.

—No —contestó Rachel—. Me gusta tenerla en las manos.

No era verdad. No le gustaba en absoluto. La sentía como una alimaña muerta capaz de cobrar vida en el momento menos pensado. El poder de aquel objeto para terminar con la vida de una persona por la simple flexión de un dedo se le antojó de pronto la mayor de las aberraciones. Y ella había apuntado con aquel objeto a un amigo. De hecho, todavía apuntaba más o menos en su dirección.

—¿Podrías ponerle el seguro?

—Entonces tendría otro paso más que dar en caso de querer apretar el gatillo.

—Pero no vas a apretar el gatillo. Soy Caleb. Y tú eres Rachel. ¿No te das cuenta de lo ridículo que es esto?

—Sí —dijo Rachel—. Totalmente ridículo.

—Pues ya que hemos acordado que no me vas a disparar...

—No hemos acordado nada.

—Pero si voy conduciendo —observó Caleb, con tanta esperanza como condescendencia—. Muy bien, pongamos que me disparas, y entonces ¿qué? ¿Te quedas ahí sentada mientras el coche se pone a dar bandazos por la autopista fuera de control?

—Para eso están los airbags.

—Me estás vacilando.

—Si intentas arrebatarme la pistola —afirmó Rachel—, no me quedará más remedio que hacerlo, que dispararte.

Caleb dio un volantazo y el coche saltó bruscamente al carril adyacente.

—Vaya, qué desagradable ha sido eso, ¿no? —dijo, mirándola muy risueño.

Rachel sintió que el equilibrio de poder empezaba a decantarse y sabía por su experiencia en los complejos de viviendas de protección oficial, en las rondas con los coches patrulla de la policía y las largas noches en Haití que cuando ese poder se inclinaba del otro lado tenías que recuperarlo de inmediato o lo perdías para siempre.

Aprovechó que Caleb iba mirando al frente para ponerle el seguro a la pistola de nuevo. No hizo ruido. Luego se rebulló en el asiento, se inclinó un poco hacia delante y golpeó con fuerza la culata sobre la rótula de Caleb. El coche dio una sacudida e hizo otro brusco viraje. Se oyó un bocinazo.

Caleb bufó dolorido.

—Me cago en la hostia. ¿Se puede saber qué coño te pasa? Ese puto...

Rachel le asestó otro golpe, en el mismo sitio.

El coche hizo un tercer viraje y Caleb maniobró bruscamente para enderezarlo.

—¡Vale ya!

Raro sería que algún conductor no estuviera ya avisando a la policía de que había un borracho circulando por la autopista y dictándole a la operadora el número de matrícula de Caleb.

Rachel le quitó el seguro a la pistola de nuevo.

—Vale ya —repitió Caleb. En sus cuerdas vocales, junto con la rabia y la impostada autoridad, vibró un nítido timbre de angustia. Ignoraba lo que Rachel se proponía hacer a continuación, pero era evidente que le había infundido cierto temor.

La balanza volvía, pues, a decantarse del lado de Rachel.

Caleb salió de la autopista en Dorchester, en el extremo sur de Neponset. Luego avanzó en dirección norte por Gallivan Boulevard y se mantuvo a la derecha en la rotonda; Rachel pensó en un principio que su intención era atravesar el puente rumbo a Quincy pero Caleb enfiló la rampa para acceder de nuevo a la autopista. En el último momento giró a la derecha y se adentró en una calle con la calzada en muy mal estado. Sortearon los baches dando tumbos y en un cruce doblaron a la derecha y circularon por unas manzanas flanqueadas por casas castigadas por el salitre y el viento, almacenes con forma de hangares prefabricados y dársenas repletas de embarcaciones de poca eslora. Al final de la calle se encontraba Port Charlotte Marina, un puerto deportivo que Sebastian le había señalado en alguna ocasión mientras navegaban por Massachusetts Bay los primeros veranos que pasaron juntos. Sebastian, que la enseñaba a llevar el timón y guiarse por las estrellas en sus travesías nocturnas. Sebastian, en las únicas ocasiones en que lo había visto feliz, surcando el mar con sus rubios cabellos azotados por el viento.

Al otro lado de un aparcamiento prácticamente desierto, había un restaurante y un club náutico; ambos edificios parecían recién pintados con un optimismo excesivo para un puerto en el que los yates brillaban por su ausencia. El barco más grande de los amarrados en el muelle no mediría más de doce metros de eslora. El resto de las embarcaciones parecían en su mayoría barcas de pesca, ya deterioradas y con casco de madera, aunque había alguna que otra nueva, de fibra de vidrio. La más bonita de éstas mediría unos diez metros de eslora y tenía el casco pintado de azul, la timonera blanca y la cubierta de teca color miel. Rachel se fijó en ella porque de pie en la cubierta estaba su marido, iluminado por los faros del Audi.

Caleb se apeó del coche a toda prisa. Señalaba hacia atrás en dirección a ella, diciéndole a Brian que su mujer se había tomado las cosas a la tremenda. A Rachel le alegró observar que pese a haberse lanzado a la carrera, Caleb se movía con paso renqueante. Ella, en cambio, fue hacia el barco despacio, con la vista fija en Brian, quien, salvo por alguna que otra ojeada hacia Caleb, apenas apartó la mirada de ella.

De haber sabido que terminaría matándolo, ¿habría montado en aquel barco?

Estaba a tiempo de darse la vuelta y presentarse en una comisaría. Mi marido es un impostor, diría. Imaginó al resabiado policía de turno replicándole: «¿No lo somos todos, señorita?» Porque, sí, cierto que era delito hacerse pasar por otro, como también lo era tener dos mujeres, estaba convencida, pero ¿acaso eran delitos graves? Al final Brian recurriría y aquí paz y después gloria, ¿no? Y ella quedaría como la pobre desgraciada, como el hazmerreír de la ciudad, como aquella periodista que fracasó en la prensa escrita y luego pasó a la televisión, donde terminó convertida en la reportera adicta a las pastillas de la que todos hacían burla, aquella que se recluyó entre cuatro paredes, la chica del telediario que se vino abajo ante las cámaras y durante semanas fue pasto de chistes para los graciosos del lugar al descubrirse que estaba casada con un farsante que llevaba una doble vida y tenía otra mujer.

Rachel siguió a Caleb por la rampa de embarque. Caleb puso el pie en cubierta y, cuando ella se disponía a imitarlo, Brian le tendió la mano para ayudarla. Rachel se quedó mirándola fijamente hasta que Brian la bajó y reparó en que Rachel llevaba una pistola.

—¿Quieres que te enseñe la mía? ¿Y así me siento más seguro?

—Adelante.

En cuanto subió a bordo, Brian la agarró por la muñeca y le arrebató el arma. Luego introdujo la mano por debajo de los faldones de la camisa y sacó la suya, un revólver del 38 de cañón corto, y dejó las dos armas sobre una mesa de popa.

—Cuando salgamos a la bahía dime si quieres retarme a un duelo, cariño. Te lo debo.

—Me debes mucho más que eso.

Brian asintió.

—Te pagaré con creces.

Brian desenrolló una cuerda atada a la cornamusa y, antes de que Rachel reparara en el ruido, Caleb ya estaba bajo el toldo con la palanca del motor en la mano y el barco surcaba el río Neponset rumbo a la bahía.

Brian se sentó en uno de los bancos de cubierta y Rachel delante de él, el frontal de la mesa entre ambos.

—Así que tienes un barco —le dijo.

Brian se inclinó hacia ella, con las manos enlazadas entre las rodillas.

—Pues sí.

Por detrás de Rachel, Port Charlotte empezaba a alejarse.

—¿Regresaré a tierra algún día?

Brian ladeó la cabeza.

—Claro. ¿Por qué no ibas a hacerlo?

—Pues, para empezar, porque podría hacer público que llevas una doble vida.

Brian se echó hacia atrás y abrió las palmas de las manos.

—¿Y qué conseguirías con eso?

—Yo, nada, pero a ti te meterían en la cárcel.

Brian se encogió de hombros.

—No lo ves posible —dijo Rachel.

—Oye, si quieres, ahora mismo damos la vuelta y te dejamos en tierra. Te acercas en coche a la comisaría más cercana y les cuentas tu historia. En caso de que te crean, porque, no nos engañemos, Rachel, tu credibilidad en esta ciudad deja bastante que desear, enviarán a un agente para que se persone en el lugar, tenlo por seguro, pero quizá mañana o al día siguiente o dentro de una semana, cuando les venga bien. Y para entonces yo ya me habré esfumado. Ni ellos ni tú me encontraréis. Nunca.

La idea de no ver a Brian nunca más se deslizó por sus entrañas como una navaja. Perderlo —saberlo en alguna parte del mundo, pero sin que ella pudiera verlo nunca más— sería tanto como perder un riñón. Podía demostrarse clínicamente que se trataba de una reacción desquiciada, pero no podía evitarla.

—¿Cómo es que no has desaparecido ya?

—No he logrado sincronizar aún todos los puntos que llevaba en la agenda con la rapidez que pretendía.

—¿De qué coño estás hablando?

—No tenemos mucho tiempo —dijo Brian.

—¿Para qué?

—Para andarnos con desconfianzas.

Rachel lo miró de hito en hito.

—¿Desconfianzas?

—Eso he dicho.

El mayúsculo disparate de que Brian esperara confianza de ella podría haber merecido miles de réplicas por parte de Rachel, pero todo lo que se le ocurrió decir fue:

—¿Quién es esa mujer?

Le disgustó profundamente oírse decir eso. Brian había desmantelado todos y cada uno de los cimientos sobre los que ella había construido su vida en los últimos tres años, y lo único que se le ocurría era pedirle cuentas, como la típica arpía celosa.

—¿Qué mujer? —preguntó Brian.

—Esa querida esposa tuya embarazada que escondes en Providence.

Brian le sonrió de nuevo, casi con suficiencia, y alzó los ojos a la oscuridad del cielo.

—Es una socia.

—¿De tu empresa minera?

—Bueno, tangencialmente, sí.

Rachel presintió que la conversación empezaba a tomar la deriva habitual de todas sus peleas: ella en el papel de ofendida, y él a la defensiva, respondiendo con evasivas que por lo general no conseguían sino sulfurar cada vez más a Rachel, como el perro que persigue al escuálido conejo, sin carne bajo la piel. De manera que antes de que la cosa degenerara, le soltó la pregunta primordial:

—¿Quién eres?

—Tu marido.

—Tú no eres mi...

—Soy el hombre que te quiere.

—Todo lo que me has contado hasta ahora no han sido más que mentiras. Eso no es amor, es...

—Mírame a los ojos. Dime si ves amor en ellos o no.

Rachel le sostuvo la mirada. Con sorna en un principio, pero después con creciente asombro. Había amor en ellos, sin la menor duda.

¿O no lo había? Al fin y al cabo, Brian era actor.

—Será lo que tú entiendes por amor —dijo Rachel.

—Pues claro, ¿qué si no?

Caleb apagó el motor. Se encontraban ya en la bahía, a unas dos millas de la costa; las luces de Quincy a estribor; las de Boston a babor. Delante de ellos, la densa oscuridad sólo se veía interrumpida por los arrecifes y peñascos de Thompson Island que se alzaban al oeste. Imposible discernir en esa oscuridad si la isla se hallaba a doscientos metros o a dos mil. Allí, por lo que tenía entendido, había cierto campamento de verano para jóvenes, pero ya debían de haberse acostado todos porque la isla no despedía luz alguna. El suave oleaje lamía el casco del barco. Una vez, en una noche muy parecida a aquélla, ella misma había pilotado el barco de Sebastian en el trayecto de vuelta al puerto, iluminada tan sólo por las luces de posición, ambos riendo nerviosos a lo largo de la travesía; Caleb, sin embargo, había apagado todas las luces salvo los pequeños proyectores de cubierta que tenían junto a los pies.

Sentada allí fuera, en la impenetrable oscuridad de aquella noche sin luna, Rachel cayó en la cuenta de que Brian y Caleb podrían matarla muy fácilmente. De hecho, tal vez todo fuera un montaje para hacerle creer que quien dirigía el curso de los acontecimientos que la habían conducido hasta aquel barco, aquella bahía y aquella despiadada oscuridad había sido ella, cuando en realidad era todo lo contrario.

De pronto sintió la necesidad de preguntarle a Brian:

—¿Cómo te llamas de verdad?

—Alden —le respondió—. Brian Alden.

—¿Tu familia tiene una empresa maderera?

Brian lo negó con la cabeza.

—Mucha sofisticación sería ésa.

—¿Eres canadiense?

Brian volvió a negar con la cabeza.

—Soy de Grafton, Vermont.

Sin apartar la vista de ella, extrajo una bolsita de cacahuetes del bolsillo, de esas que dan en los aviones, y la abrió.

—Así que Scott Pfeiffer eres tú —concluyó Rachel.

Esta vez Brian asintió.

—Pero no te llamas Scott Pfeiffer.

—No. Era el nombre de un compañero del instituto, me hacía reír en clase de latín.

—¿Y tu padre?

—Mi padrastro. Sí. Era tal como te lo describí. Un racista y un homófobo que vivía atemorizado, convencido de que el mundo tenía puesta en marcha una conspiración a gran escala para joderle la vida y cagarse en todo lo que él veneraba. Aunque, por extraño que parezca, también podía ser un buen tipo, un buen vecino capaz de arrimar el hombro si había que colocar una valla o arreglar un canalón. Murió de un infarto fulminante ayudando a un vecino a quitar la nieve del camino de entrada a su casa. Roy Carrol, se llamaba ese vecino. Y tiene gracia, porque el tal Roy nunca había tenido una palabra amable con él, pero como el hombre no tenía dinero para contratar a un profesional que se la limpiara y la casa estaba en un solar grande que hacía esquina, mi padrastro consideró que era su deber de buen samaritano echarle una mano. —Brian se metió un cacahuete en la boca—. Incluso compró un soplador de nieve que le costó tres mil dólares.

Brian le tendió la bolsita de cacahuetes, pero Rachel declinó el ofrecimiento; de pronto se sentía como anestesiada, como si hubiera entrado en una cabina de realidad virtual y aquél fuera el escenario al que se había visto proyectada.

—¿Y tu padre biológico?

—No llegué a conocerlo. —Se encogió de hombros—. Eso que tenemos en común.

—¿Y lo de Brian Delacroix? ¿De dónde sacaste esa identidad?

—Ya lo sabes, Rachel. Yo mismo te lo conté.

Rachel ató cabos.

—Estudió en Brown.

Brian asintió.

—Y el repartidor de pizzas eras tú.

—Si no recibe su pizza en menos de cuarenta minutos, se la ofrecemos a mitad de precio. —Brian sonrió—. Ahora ya sabes por qué conduzco tan rápido.

Se echó unos cacahuetes en la palma de la mano.

—¿Cómo puedes ser capaz de comer cacahuetes como si nada?

—Tengo hambre. —Se metió otro en la boca—. Ha sido un vuelo muy largo.

—¿Qué vuelo ni qué vuelo? —Rachel apretó los dientes.

Brian arqueó una ceja y a Rachel le entraron ganas de arrancársela. Ojalá no hubiera bebido tanto. En ese momento lo que necesitaba era tener la cabeza despejada, y nada más lejos de la realidad. Le habría encantado tener lista una secuencia perfecta de preguntas para interrogarlo.

—No hay ningún vuelo —le dijo—, porque ni existe ese trabajo ni existe Brian Delacroix, lo que significa que ni siquiera estamos casados legalmente y que era mentira que... —Rachel se interrumpió, embargada por la oscuridad circundante y por la que crecía en su interior—. Todo era mentira.

Brian se sacudió el polvillo de los cacahuetes de las manos y guardó la bolsita de plástico vacía en el bolsillo de los pantalones.

—Todo, no.

—¿Ah, no? ¿Qué hay de verdad en todo esto?

Brian hizo un movimiento con los dedos indicando hacia el pecho de ambos.

—Esto.

Rachel remedó el gesto.

—¿Esto? Esto es una farsa.

Brian tuvo la desfachatez, los huevos, de hacerse el ofendido.

—No. De farsa, nada, Rachel. No puede ser más cierto.

Caleb se unió a ellos en la cubierta.

—Explícame eso de la tienda de cámaras fotográficas, Brian.

—Pero ¿esto qué es, vais a hacer los dos de poli malo? ¿Para someterme al tercer grado entre los dos?

—Rachel dice que te siguió y te vio entrar en Little Louie's.

Una expresión despiadada se asomó al rostro de Brian. La misma que al abofetear a Andrew Gattis, la misma que al salir de la Hancock Tower bajo la lluvia, la que en una ocasión, por espacio de apenas un segundo, vio cruzar fugazmente por su rostro durante una trifulca.

—¿Qué le has contado a Rachel?

—No le he contado nada.

—¿Nada?

Por un instante, Rachel tuvo la sensación de que la voz de Brian sonaba extraña, como si se hubiera mordido la lengua o se hubiera cortado con algo.

—Le he dicho que éramos actores.

—¿Nada más? —preguntó, ya con su voz habitual.

—Os recuerdo que estoy presente —intervino Rachel.

Brian se volvió hacia ella y le pareció que tenía los ojos muertos. No, muertos no, moribundos. Su luz se apagaba por momentos. Rachel se sintió diminuta ante su escrutinio. Brian recorría su cuerpo con una mirada aséptica y lujuriosa al mismo tiempo, con la mirada del hombre que contempla escenas pornográficas sin estar siquiera seguro de que le apetece.

—¿A qué has ido a la tienda de cámaras, Brian? —preguntó Caleb.

Brian le levantó un dedo, sin dejar de recorrer a Rachel de arriba abajo con la mirada, y el rostro de Caleb se encendió ante el desdén del gesto.

—No me levantes el dedo así como si fuera un puto criado. ¿Están listos los pasaportes?

La mandíbula de Brian se tensó al tiempo que reprimía una risotada.

—No me toques los cojones, amigo, que esta noche no estoy para bromas.

Caleb dio un paso hacia Brian.

—Dijiste que no estarían listos hasta dentro de veinticuatro horas.

—Sé muy bien lo que dije.

—¿Es por ella? —dijo Caleb, señalando a Rachel—. ¿Por ella y sus putas mierdas? Hay muchas vidas en juego para que...

—Sé que hay muchas vidas en juego —lo interrumpió Brian.

—La vida de mi mujer. La de mi hija...

—Una mujer y una hija que no deberías tener.

—¿Y tú sí, no? —Caleb dio dos pasos más—. ¿No? Tú sí puedes.

—Ella ha visto muchas guerras —replicó Brian—. Está curtida.

—Vive recluida entre cuatro paredes.

—¿Se puede saber de qué estáis...? —terció Rachel.

Caleb se acercó a Brian y le apuntó a la cara con un dedo.

—Me mentiste sobre los putos pasaportes, joder. Has puesto en peligro la vida de todos. Nos van a matar por culpa de tu puta polla.

Rachel sabía perfectamente que esa clase de violencia siempre desencadenaba un ritmo vertiginoso de acontecimientos.

Brian apartó de un manotazo el dedo con que Caleb lo apuntaba. Caleb le asestó un puñetazo en la sien y, cuando Brian ya estaba medio incorporado, intentó golpearle de nuevo y le dio en el cuello. Brian hundió el puño en el plexo solar de Caleb y mientras su socio se doblaba en dos le asestó otro golpe en la oreja, con tanta fuerza que Rachel oyó el crujido del cartílago.

Caleb se hizo a un lado dando tumbos. Cayó sobre una rodilla, respirando entrecortadamente.

—Basta, chicos —dijo Rachel, y sus palabras sonaron ridículas.

Brian se frotó el cuello dolorido y escupió por la borda del barco.

Caleb se puso en pie apoyándose en la mesa. Segundos después, empuñaba la pistola de Rachel. Rachel vio que le quitaba el seguro, sin saber cómo reaccionar. La situación ponía de manifiesto la irrealidad que había marcado el día de principio a fin. Eran ellos: Brian, Rachel, Caleb; personas normales, anodinas incluso, que no iban por la vida blandiendo armas de fuego. Y sin embargo, ella misma había obligado a Caleb a conducirla hasta allí a punta de pistola, la misma pistola que él empuñaba en ese momento.

La pistola con que en ese momento apuntaba a la cara de Brian.

—Y ahora, gallito, dime dónde coño...

Brian le golpeó en la mano con la que sostenía la pistola, y el arma se disparó. No sonó con la misma intensidad que en el campo de tiro, entre las mamparas de la cabina, pensó Rachel, sino más bien como el cajón que se cierra de una patada. A juzgar por el fogonazo, la bala había pasado en su dirección. Pero Rachel no gritó. Brian le arrebató el arma a Caleb y le segó las piernas para derribarlo, una vez más con la facilidad de alguien diestro en lucha libre. Caleb cayó de espaldas, y Brian arremetió contra él, dándole patadas en el pecho y el vientre con una saña asesina.

—¿Apuntarme en la cara a mí? ¿Quién coño te crees que eres? —le dijo a voces—. ¿Pensabas jugármela, cabrón? —Le propinó una patada en la barriga—. ¿Quién te da derecho a insultar a mi mujer?

Un coágulo brotó por la boca de Caleb.

—¿Qué querías, follártela? —Dirigió la patada a su entrepierna—. ¿Crees que no me he dado cuenta de que se te cae la baba cuando la miras, hijo de puta? ¿Que no le quitas ojo? ¿Que piensas en ella?

Caleb, que al principio de la embestida le suplicaba que se detuviera, yacía en el suelo aguantando la paliza sin abrir la boca.

—Déjalo, Brian.

Brian se volvió hacia ella, extrañado al ver la pistola en sus manos. Rachel no recordaba en qué momento la había cogido del suelo, pero sentía su peso, pesaba más que la suya, que en ese momento, en la mano de Brian, parecía de juguete.

—¿Que lo deje?

—Déjalo —repitió Rachel—. Lo vas a matar.

—¿Y a ti qué más te da?

—Por favor, Brian.

—¿Qué iba a cambiar en tu vida si él muriera? ¿O si muriera yo? ¿O si desapareciera del mapa? Seguirás como hasta ahora, encerrada entre cuatro paredes viendo la vida pasar. Sin participar. Sin involucrarte. Qué más te da Caleb. ¿Qué más da que tú sigas o no en el mundo?

Brian pareció tan sorprendido como Rachel ante el exabrupto. Parpadeó varias veces. Miró hacia el cielo sin luna y la oscura bahía. Luego hacia Caleb. Y de nuevo hacia ella. Rachel adivinó el pensamiento que empezaba a arraigar en la mente de Brian: si regresaba a tierra con el barco vacío, nadie se extrañaría.

Brian levantó la pistola de Rachel. O al menos eso creyó ver ella. No, la levantó, seguro. La levantó desde la altura de la rodilla, trazó un arco hacia arriba y hacia el centro, cruzando el brazo por delante del pecho.

Y entonces Rachel le disparó.

Le disparó como había aprendido a hacer: apuntando al torso. Directo al corazón. Se oyó a sí misma decir «Brian no, Brian no», y luego «No no no por favor».

Brian retrocedió tambaleándose, y la sangre brotó en su camisa y luego cayó goteando de su cuerpo.

Caleb miró a Rachel con una mezcla de espanto y gratitud.

Brian dejó caer la pistola.

—Mierda —exclamó.

—Lo siento —dijo Rachel, pero la disculpa salió de su boca como una interrogación.

Había tanto amor en los ojos de Brian. Y tanto miedo. Quiso decir algo, pero las palabras afloraron a sus labios acompañadas por un borbotón de sangre que resbaló por el mentón. Esa sangre y aquel miedo impidieron que Rachel registrara lo que le estaba diciendo.

Brian reculó dando un traspié, con la mano en el pecho, y cayó por la borda.

Entonces Rachel percibió claramente lo que Brian le había dicho, lo que no había conseguido registrar mientras las palabras brotaban de su boca junto con la sangre: «Te quiero.»

«Espera. Espera. Brian, espera.»

Vio su sangre derramada sobre la cubierta y las salpicaduras en la blanca colchoneta de espuma del banco que había junto a la regala.

«Espera», pensó de nuevo.

«Íbamos a envejecer juntos.»

III

RACHEL EN EL MUNDO

2014

23

OSCURIDAD

Se desprendió primero del reloj. Luego del collar, aquel collar que Brian le había comprado en el centro comercial tres semanas atrás. A continuación se quitó rápidamente los zapatos. Luego la chaqueta, la camiseta y los vaqueros, y lo dejó todo sobre la mesa junto con la pistola que acababa de disparar.

Pasó junto a Caleb y bajó a la bodega. Justo a la derecha de la puerta, vio un lanzabengalas y un botiquín de primeros auxilios, pero ninguna linterna. La encontró un poco más al fondo, en una repisa: una linterna con carcasa de plástico amarillo y goma negra. La probó: funcionaba perfectamente; con energía solar, según observó en su base. De haber tenido tiempo para buscar una bombona de oxígeno, habría pasado horas allí abajo. Subió de nuevo a cubierta; Caleb la esperaba junto a la barandilla.

—Oye, está muerto —le dijo—. Y si no lo está...

Rachel lo rozó al pasar, sin hacerle caso, y se encaramó a la barandilla.

—Espera —dijo Caleb, pero Rachel ya se había lanzado al agua.

El frío le agarrotó el corazón, la garganta y las tripas; todo al mismo tiempo. Al llegar a la cabeza le taladró las sienes y penetró en sus orificios nasales como si fuera ácido.

El haz de luz de la linterna era más potente todavía de lo que esperaba e iluminó un mundo color verde lima de musgo y algas, de coral y arena, de erosionadas piedras negras del tamaño de dioses primitivos. Descendiendo a través de aquel elemento verdoso se sintió como un ser extraño, como una intrusa alienígena penetrando en el mundo natural. En el mundo anterior al mundo, tan ancestral que precedía al lenguaje, a la humanidad, a la conciencia.

Un banco de bacalaos pasó a pocos centímetros. Cuando los peces desaparecieron, vio a Brian. Estaba a unos cinco metros de la superficie, sentado sobre la arena junto a una roca tan vieja como el mundo. Rachel bajó buceando hasta él y, ya delante de su cadáver, sacudiendo manos y piernas para mantener la vertical, rompió a llorar con los hombros convulsos ante aquellos ojos abiertos que la miraban sin vida.

«Lo siento.»

Un delgado hilillo de sangre salía por el orificio en su pecho y trazaba volutas en el agua.

«Te quería, te odiaba, nunca he sabido quién eras.»

El cuerpo de Brian estaba inclinado hacia la derecha, pero su cabeza se ladeaba hacia la izquierda.

«Te odio. Te quiero. Te echaré de menos toda la puta vida.»

Se quedó contemplando aquel cadáver que a su vez la contemplaba con mirada impasible hasta que sintió el escozor en los pulmones y los ojos, y no pudo aguantar por más tiempo bajo el agua.

«Adiós.»

«Adiós.»

Mientras buceaba hacia la superficie, advirtió que Caleb había encendido de nuevo las luces de posición. El casco del barco cabeceaba a flor de agua, a siete metros de altura y a unos cinco al sur de donde ella se encontraba. Agitó los pies para propulsarse hacia la superficie y, cuando ya estaba a medio camino, algo le pasó rozando el muslo, justo por encima de la rodilla. Se dio un manotazo en la pierna, pero allí ya no había nada y lo único que consiguió fue tirar la linterna. Se hundió a tanta velocidad que no le dio tiempo a recuperarla y cuando volvió la vista hacia abajo, dándola ya por perdida, la vio posada sobre el banco de arena, como un brillante ojo amarillo con la vista levantada hacia el mundo.

En cuanto asomó la cabeza a la superficie, inhaló con ansia y luego braceó hacia el barco. Mientras subía a bordo, se fijó en un pequeño islote a estribor en el que no había reparado con las luces apagadas. Era un pequeño farallón ocupado tan sólo por aves y cangrejos, apenas lo bastante grande para plantar en él una nalga, decididamente no el trasero al completo. Un solitario y escuchimizado arce se alzaba sobre la roca, con el tronco torcido unos cuarenta y cinco grados por el azote del viento. Varios centenares de metros más allá, como Rachel suponía, se alzaba Thompson Island; el contorno de la isla se apreciaba algo mejor, pero tampoco entonces vio ninguna luz encendida.

Una vez a bordo, agarró la ropa y se la llevó al camarote, sin prestar la más mínima atención a Caleb, que estaba sentado en cubierta con las manos entre las rodillas y la cabeza gacha. Al otro lado de la litera encontró un pequeño baño con una puerta corredera. Sobre el retrete había una foto suya con Brian que no había visto nunca. Aunque recordaba el momento en que se había tomado, porque fue el día que Brian conoció a Melissa. Habían estado comiendo en el North End y después fueron dando un paseo hasta Charlestown y se sentaron en el césped junto al Bunker Hill Monument. La foto la había tomado Melissa y mostraba a Rachel y Brian, espalda contra espalda, y detrás el monumento, alzándose sobre ellos. Sonreían, aunque no había nada de particular en eso, siempre se sonríe en las fotos, sólo que aquellas sonrisas eran auténticas. Estaban felices, radiantes. Aquella noche Brian le había dicho por primera vez que la quería; y Rachel le había hecho esperar media hora antes de responder que ella también.

Se quedó sentada en la taza del váter unos minutos y murmuró su nombre una docena de veces entre lágrimas silenciosas hasta que el llanto le anegó la garganta. Deseaba decirle que sentía haberlo matado como también que lo odiaba por haberla tenido engañada como a una tonta, pero a decir verdad ni lo uno ni lo otro suscitaban en ella una décima parte del dolor que sentía por su pérdida y por la pérdida de lo que había sido junto a él. Gran parte del cableado interno que conformaba su ser —su empatía, su valor, su compasión, su voluntad, su integridad, su amor propio— se había visto cortocircuitada en Haití, y tan sólo Brian había creído en su capacidad de recuperarla. La había convencido de que aquellos plomos fundidos podían recuperarse de nuevo.

«Ay, Rachel —oyó lamentarse a su madre, como en más de una ocasión—, ¿no es una lástima que sólo puedas quererte a ti misma si otro te da permiso?»

Rachel se miró en el espejo y se sobresaltó al observar lo mucho que se parecía a ella, a la famosa Elizabeth Childs, la mujer cuya amargura todo el mundo confundía siempre con valentía.

—Vete a la mierda, mamá.

Se quitó el sujetador y las bragas y se secó con una toalla gruesa que encontró en un estante. Se puso otra vez los vaqueros, la camiseta y la chaqueta y, mientras se peinaba un poco con un cepillo que encontró por allí, vio a su madre de nuevo en la imagen que le devolvía el espejo, a la mujer que había sido alrededor de la época en que se publicó *La escalera*, sí, pero también a una nueva Rachel. A la Rachel asesina. A alguien que se había cobrado la vida de un ser humano. El hecho de que ese ser humano fuera su marido no confería al acto mayor o menor gravedad; empíricamente, ya era grave de por sí, quienquiera que fuese la víctima. Era culpable de acabar con la vida de un ser humano en el planeta.

Pero ¿había levantado Brian el arma o no?

Eso había creído ver ella.

De ser así, ¿habría sido capaz de apretar el gatillo?

En el momento, ella había tenido la certeza de que sí.

¿Y ahora? Ahora ya no lo sabía. ¿Un hombre que le cedía su gabardina a un vagabundo en una noche de lluvia torrencial podía ser capaz de matar? ¿El mismo hombre que le había proporcionado apoyo psicológico a lo largo de tres años de enfermedad sin dar jamás el menor signo de impaciencia o frustración? ¿Podría ese hombre cometer un homicidio?

No, ese hombre, no. Pero ese hombre era Brian Delacroix, una quimera.

Brian Alden, en cambio, había sido capaz de abofetear a un viejo amigo con la más absoluta frialdad. De patear a su socio, a su mejor amigo, con tal saña que podría haber seguido dándole puntapiés hasta dejarlo muerto. Brian Alden había levantado el arma hacia ella. Y si no la había apuntado, si no había apretado el gatillo, era porque ella no le había dado oportunidad.

Subió de nuevo a cubierta. Se sentía serena. Demasiado serena. Y sabía bien lo que eso significaba: estaba en plena conmoción. Percibía su cuerpo, pero no se sentía parte de él.

Encontró su pistola en la cubierta, donde Brian la había dejado caer, y se la encajó a la espalda, remetida en la cinturilla del pantalón. Luego agarró el arma de Brian que estaba sobre la mesa, avanzó con ella hacia Caleb y éste la escrutó con la mirada, sin tiempo ya para impedirle que hiciera su voluntad.

Con un giro de muñeca, Rachel arrojó la pistola al mar. Luego bajó la vista hacia Caleb.

—Ayúdame a limpiar la sangre de la cubierta.

24

KESSLER

En el trayecto de vuelta en el coche, cada vez que Caleb intentaba respirar hondo veía las estrellas. Ambos empezaban a sospechar que Brian le habría roto una costilla por lo menos. Cuando llegaron a Boston propiamente dicho, Caleb pasó de largo la salida de Back Bay. En un principio Rachel creyó que iba a tomar la siguiente, pero vio que pasaba de largo una vez más.

—¿Se puede saber qué haces? —le preguntó.

—Conducir.

—¿Hacia dónde?

—Tengo una casa donde podemos escondernos. Tenemos que llegar allí y pensar qué vamos a hacer.

—Antes tengo que pasar por mi piso.

—De eso nada.

—Te digo que sí.

—Hay gente muy cabreada que tal vez ya nos esté buscando. Lo que tenemos que hacer es salir de la ciudad, no entrar en ella.

—Necesito mi portátil.

—A tu portátil que le den. Ya te comprarás otro con el dinero que saquemos.

—Lo que me importa no es el portátil, sino el libro que guardo dentro.

—Pues te lo descargas otra vez.

—No lo estoy leyendo, lo estoy escribiendo.

Caleb la miró con gesto de desesperación; a la luz de las brillantes farolas, su rostro se veía blanco, enfermizo, angustiado.

—¿No tienes copia de seguridad?

—No.

—¿Lo has subido a la nube?

—Pues no.

—Hay que joderse.

—Mira, necesito el portátil —insistió Rachel cuando ya se aproximaban a la siguiente salida—. No me obligues a sacar otra vez la pistola.

—Para qué quieres ese libro con el dinero que...

—¡No tiene nada que ver con el dinero!

—¡Todo tiene que ver con el dinero!

—Toma esa salida.

—¡Joder! —exclamó Caleb, lanzando la imprecación hacia el techo, y derrapó para tomar el carril de salida.

Al salir de un breve túnel que desembocaba en las afueras del North End, torcieron a la izquierda y atravesaron Government Center en dirección a Back Bay.

—No sabía que estuvieras escribiendo un libro —dijo Caleb en cierto momento—. ¿De qué va? ¿Intriga? ¿Ciencia ficción?

—No, no hay ficción. Es sobre Haití.

—No creo que eso se venda mucho —dijo con un tono casi reprobatorio.

Rachel dejó escapar una amarga risotada.

—¿Y a ti quién coño te ha pedido tu opinión?

Caleb la miró de soslayo, con sonrisa compungida.

—Yo sólo te digo la verdad.

—Tu verdad.

Una vez que subieron al piso, Rachel pasó a su dormitorio para cambiarse de nuevo: se puso ropa interior limpia y optó por unas mallas negras en lugar de vaqueros, una camiseta negra y una desgastada sudadera gris de sus tiempos de estudiante en la NYU. Abrió el portátil, pinchó en los archivos del libro y los arrastró a una misma carpeta, como seguramente debería haber hecho tiempo atrás. Luego adjuntó el archivo a un mensaje dirigido a sí misma y le dio a enviar. *Voilà*. Ya podía acceder a su libro desde el ordenador que quisiera.

Cuando salió del dormitorio con el portátil bajo el brazo vio que Caleb, como ya había imaginado, se había servido una copa. Después de tanta coz en la entrepierna no aguantaba sentado, dijo, de modo que se había quedado de pie en la barra de la cocina paladeando el bourbon, y cuando Rachel entró le dirigió una mirada ausente, como desenfocada.

—Creía que teníamos prisa —le dijo Rachel.

—Nos queda una hora de viaje por delante.

—Emborráchate, pues, no te cortes —repuso ella.

—¿Qué has hecho? —dijo Caleb con un ronco murmullo—. ¿Qué has hecho?

—Matar a mi marido. —Rachel abrió el frigorífico, pero olvidó lo que iba a buscar y lo cerró de nuevo. Llevó un vaso hasta la barra y se sirvió un chorrito de bourbon.

—¿En defensa propia?

—Tú has sido testigo —replicó.

—Pero estaba en el suelo. Ni siquiera sé si estaba consciente del todo.

Aquella ambigüedad exasperó a Rachel.

—¿No me dirás que no has visto lo ocurrido?

—No.

En esa respuesta no había ambigüedad alguna. ¿Qué diría entonces en el estrado cuando llegara el día? ¿Que Rachel había actuado en defensa propia y en la de él? ¿O que no estaba «consciente del todo»?

«¿Quién eres, Caleb? Y no me refiero a la parte de ti que muestras en el día a día, sino en el fondo. Dime, ¿quién eres?», habría deseado preguntarle.

Dio un trago del bourbon.

—Dirigió el arma hacia mí y al ver la cara que ponía supe lo que venía a continuación y disparé primero.

—Muy serena te veo.

—No me siento nada serena.

—Suenas como una autómata.
—Viene a ser como me siento.
—Tu marido ha muerto.
—Lo sé.
—Brian.
—Sí.
—Ha muerto.
Rachel lo miró a los ojos desde el otro lado de la barra.
—Soy consciente de lo que he hecho, pero a decir verdad, no lo siento.
—Puede que estés en plena conmoción.
—No me extrañaría.
Rachel advirtió con horror que en la parte posterior de su cráneo, en lo más profundo de sus pliegues reptilianos, acechaba la intuición de que pese a todo el dolor que sentía crecer en su corazón, empujando y arañando sus paredes, el resto de su cuerpo irradiaba una vitalidad como no había percibido desde Haití. Cuando se detuviera y dejara de centrarse en los problemas más acuciantes, ese dolor arrasaría con ella, de manera que la solución por el momento pasaba por no dejar de moverse ni ampliar el foco de atención.
—¿Irás a la policía?
—Querrán saber por qué le disparé.
—Porque iba a matarme a golpes.
—Querrán saber el porqué.
—Y nosotros diremos que perdió los estribos porque habías descubierto que llevaba una doble vida.
—¿Y no pensarán que fue porque os estabais puteando el uno al otro?
—No se les ocurrirá pensar eso.
—¿Ah, no? Será lo primero que se les ocurra. Luego querrán saber en qué clase de negocios andabais metidos y si habíais discutido últimamente por asuntos de dinero. Así que, no sé qué tejemanejes os traeríais entre manos los dos, pero más vale que nada de ello te diera motivos para matarlo. Porque entonces ten por seguro que darán por sentado no sólo que tú y yo estábamos liados, sino que

intentábamos estafar a Brian en algún negocio. Y luego, naturalmente, querrán saber también por qué tiré la pistola al agua.

—¿Por qué la tiraste?

—Joder, yo qué sé, ¿porque estaba hecha un puto lío? ¿Por el shock? ¿Por la ofuscación? A saber... Y ahora, cuando se descubra que Brian ha muerto, no consigo imaginarme ninguna solución que no conlleve cumplir condena en la cárcel. Los tres o cuatro años no me los quita nadie. Pero no pienso ir a la cárcel. —De pronto Rachel sintió algo por fin, un pálpito de miedo rayano en la histeria—. No pienso dejar que me enjaulen. Joder. Ni muerta.

Caleb la miraba boquiabierto.

—Está bien, está bien.

—Ni muerta.

Caleb dio otro trago del bourbon.

—Tenemos que irnos.

—¿Adónde?

—Sé de un sitio donde estaremos seguros. Haya ya está allí con la niña.

Rachel agarró el portátil y las llaves, pero después se detuvo.

—El cuerpo saldrá a flote. —Algo se desgajó en su interior. De pronto se sentía algo menos impasible, algo menos serena—. Porque saldrá, ¿verdad?

Caleb asintió.

—Entonces hay que volver.

—¿Adónde hay que volver? ¿Para qué?

—Para ponerle un peso al cadáver y evitar que salga a flote.

—¿Qué quieres ponerle?

—Yo qué sé. Ladrillos. Una bola de plomo, de una bolera por ejemplo.

—¿Dónde te crees que vamos a encontrar una bolera abierta —miró el reloj del microondas— a las once de la noche?

—Brian tiene unas pesas en el dormitorio. Dos pesas.

Caleb la miraba de hito en hito.

—Para hacer curling. Ya sabes, de esas pequeñas. Pesan diez kilos cada una. Con dos sería suficiente.

—Estamos hablando de impedir como sea que el cadáver de Brian salga a flote.

—Sí, de eso estamos hablando.

—Es absurdo.

No había nada de absurdo en ello. Racionalmente, Rachel sabía muy bien lo que debía hacer. Tal vez aquella insensibilidad que se había apoderado de ella no se debiera a la conmoción, sino a que su cerebro se estaba despojando de toda información superflua a fin de procesar sólo la vital. Era la misma sensación que había percibido en el campamento de Léogâne, mientras saltaba de tienda en tienda, de árbol en árbol, buscando un escondrijo. Con un propósito muy claro: huir y esconderse, huir y esconderse, huir y esconderse. Sin plantearse cuestiones existenciales, sin medias tintas. Con los sentidos del olfato, la vista y el oído aplicados no a la persecución de la satisfacción, sino de la supervivencia. Sin dispersión mental de ningún tipo; avanzando en línea recta hacia su objetivo.

—Es absurdo —dijo de nuevo Caleb.

—Es lo que hay que hacer en este preciso momento.

Se dirigió hacia el dormitorio para ir a por las pesas, pero cuando estaba a medio camino la detuvo el timbre de la puerta. No había sido el portero automático, que era lo que normalmente sonaba cuando llamaban desde fuera del edificio. Y tampoco el interfono que utilizaba el conserje para anunciar la llegada de visitas. No, lo que habían oído era el pequeño timbre de la puerta, a tres metros de distancia.

Rachel espió por la mirilla y vio a un individuo de raza negra, con barbita de chivo y sombrero de fieltro marrón, vestido con un abrigo tres cuartos de piel bajo el que asomaban una camisa blanca y una estrecha corbata negra. Detrás de él había dos agentes uniformados de la Policía de Boston, ambos mujeres.

Abrió la puerta una rendija, sin quitar la cadena de seguridad.

—¿Sí?

El hombre le mostró una placa dorada y la tarjeta de identificación de la Policía de Providence. Se llamaba Trayvon Kessler.

—Soy el inspector Kessler, señora Delacroix. ¿Está su marido en casa?

—No, no está.

—¿Sabe si regresará esta noche?

Rachel negó con la cabeza.

—Ha salido hoy en viaje de negocios.

—¿Adónde ha ido?

—A Rusia.

Kessler tenía una voz muy agradable.

—¿Le importa que pasemos a charlar con usted un momento?

Si mostraba reticencias, la situación podría derivar en enfrentamiento, de manera que abrió la puerta.

—Pasen.

Kessler se quitó el sombrero tan pronto como cruzó el umbral y lo dejó sobre una butaca antigua que había a su izquierda. Llevaba el cráneo afeitado, como Rachel ya había intuido, y su calva destellaba en la penumbra del recibidor como mármol pulido.

—Le presento a la agente Mullen —dijo, señalando hacia la policía de cabello rubio, mirada vivaracha y pecas del mismo tono que la melena— y a la agente Garza —añadió, señalando a una mujer corpulenta de cabellos oscuros cuya inquisitiva mirada recorría ávidamente la sala.

Su mirada no tardó en posarse en Caleb, de pie frente a la barra de la cocina con una botella de bourbon. Rachel advirtió que la botella de vino que ella misma había despachado antes seguía en la esquina de la barra, entre una copa también vacía y el vaso que acababa de llenar hasta la mitad de bourbon. Daba toda la impresión de que estuvieran celebrando algo.

Caleb fue hacia ellos, les estrechó la mano y se presentó como socio de Brian. Después, en el silencio posterior, mientras los tres policías escrutaban el lugar con miradas policiales, empezó a ponerse nervioso.

—¿Ha dicho que su nombre de pila es Trayvon? —le preguntó a Kessler, y Rachel quiso entornar los ojos, presintiendo con horror lo que venía a continuación.

Kessler reparó en el bourbon y en la botella vacía de vino.

—Sí, aunque todo el mundo me llama Tray.

—Pero si ése era el nombre de aquel niño de Florida, ¿no? —dijo Caleb—. El que se cargó el vigilante de seguridad del barrio.

—Sí, exacto —respondió Kessler—. ¿Qué pasa, usted nunca ha conocido a nadie que se llame Caleb?

—Sí, claro.

—Entonces... —Kessler arqueó las cejas, esperando una respuesta.

—Es que Trayvon no es un nombre tan común.

—Será en su pueblo.

Rachel no aguantaba un segundo más.

—Inspector, ¿por qué busca a mi marido?

—Sólo queríamos hacerle unas preguntas.

—¿Lo envían de Rhode Island?

—Sí, señora. Del departamento de policía de Providence. Estas encantadoras policías son mis agentes de enlace.

—¿Qué tiene que ver mi marido con lo que ocurra en Providence? —Rachel se sorprendió gratamente al ver la facilidad con que había adoptado el papel de esposa ingenua.

—Tiene un verdugón debajo del ojo —le dijo Kessler a Caleb.

—¿Cómo?

Kessler señaló y Rachel comprobó que, efectivamente, Caleb lucía debajo del pliegue del párpado inferior derecho un verdugón encarnado que se fue inflamando ante las miradas de todos.

—Mírelo, agente Mullen.

La rubia se encorvó un poco para fijarse mejor.

—¿Cómo se ha hecho eso, caballero?

—Con un paraguas —respondió Caleb.

—¿Un paraguas? —dijo la agente Garza—. ¿Le saltó al ojo o qué?

—No, uno que iba con un paraguas en el metro cuando venía para aquí. Yo trabajo en Cambridge. El caso es que el tipo lo llevaba apoyado en el hombro y al llegar a su parada se volvió de repente y me lo metió en el ojo.

—Uy, eso duele —dijo Kessler.

—Y que lo diga.

—Y más aún teniendo en cuenta lo poco que ha llovido esta semana. Quiero decir, que a principios de mes, todavía, porque menudo diluvio. Pero ¿últimamente? ¿Cuándo fue la última vez que llovió? —preguntó a la concurrencia en general.

—Hará unos diez días por lo menos —contestó la agente Mullen.

—¿Qué coño hacía entonces el tipo ese con un paraguas? —Tampoco esta vez Kessler dirigió la pregunta a nadie en particular; una sonrisa perpleja cruzó su afilado rostro—. Disculpe la ordinariez —añadió, dirigiéndose hacia Rachel.

—No se preocupe.

—El mundo está loco, ahora resulta que la gente se mete en el metro con paraguas cuando no llueve. —Fijó de nuevo la mirada en las botellas y las copas que había en la barra—. Así que su marido está en Rusia, ¿no?

—Sí.

Kessler se volvió hacia Caleb, para su evidente disgusto.

—¿Y usted ha pasado por aquí para dejar algo?

—¿Eh? —dijo Caleb—. No.

—¿Papeles del despacho o algo así?

—No —respondió Caleb.

—Entonces... bueno, no quisiera meterme donde no me llaman, pero...

—No, no.

—Entonces ¿qué hace aquí? El marido en el extranjero, ¿y usted se pasa por aquí sólo para tomar una copita con su mujer?

La agente Mullen recibió la pregunta arqueando una ceja. Su compañera, entretanto, recorría la sala de estar.

—Somos amigos los tres, inspector —dijo Rachel—. Mi marido, Caleb y yo. Si piensa venirnos con la idea retrógrada de que un hombre y una mujer no pueden pasar un rato juntos como buenos amigos estando fuera el marido de ella, preferiría que se abstuviera de hacer esa clase de comentarios entre estas paredes.

Kessler echó el cuerpo hacia atrás y la miró con una sonrisa de oreja a oreja.

—Muy bien, entendido —dijo con cierta sorna—. Retiro lo dicho. Mis disculpas si he ofendido a alguien.

Rachel asintió.

Kessler le tendió una fotografía. Un solo vistazo y Rachel sintió que la sangre se precipitaba por el nacimiento de su pelo y por detrás de sus ojos e inundaba como una tromba su corazón. En la imagen se veía a Brian rodeando con el brazo a la chica que había visto aquella misma tarde. En la foto no estaba encinta y Brian tenía menos canas en el pelo que en la actualidad. Estaban sentados en un sofá. Un sofá con unos cojines de color gris que parecía de un material como ratán blanco, a juego con el blanco contrachapado que revestía la pared a sus espaldas. Esa clase de revestimiento común en la decoración de un chalet de playa, o al menos, de las casitas de los pueblos costeros. Sobre ellos había colgada una reproducción de los *Nenúfares* de Monet. Brian estaba muy moreno. Los dos sonreían felices ante la cámara. Ella lucía un vestido veraniego de color azul con estampado de flores. Él, una camisa roja de cuadros y unos pantalones cortos con bolsillos a los lados. La mano izquierda de ella reposaba como si tal cosa sobre el muslo derecho de él.

—Tiene usted mala cara de pronto, señora Delacroix.

—¿Qué cara quiere que tenga, inspector? Me está usted enseñando una foto de mi marido con otra mujer.

Kessler alargó la mano.

—¿Me la devuelve, si no le importa?

Rachel le entregó la foto.

—¿Conoce a esa mujer?
Rachel negó con la cabeza.
—¿No la ha visto nunca?
—No.
—¿Y usted? —dijo, tendiéndole la foto a Caleb—. ¿Conoce a esta mujer?
—No.
—¿Ah, no?
—No —respondió Caleb.
—Pues ya no van a tener la oportunidad de conocerla. —Trayvon Kessler se guardó la foto en el bolsillo del abrigo—. Ha aparecido muerta hace aproximadamente unas ocho horas.
—¿De qué ha muerto? —preguntó Rachel.
—De un disparo al corazón y otro a la cabeza. Seguramente habrán abierto con ella el telediario de esta noche, aunque ustedes no lo habrán visto —dijo, lanzando otra mirada de soslayo hacia la barra—. Porque estaban ocupados en otras cosas.
—¿Quién era? —preguntó Rachel.
—Se llamaba Nicole Alden. No se sabe mucho más. No tenía antecedentes penales, ni se le conocían enemigos; trabajaba en un banco. Lo que sí sabemos es que conocía a su marido.
—Esa fotografía es antigua —repuso Rachel—. Puede que incluso de antes de que yo conociera a mi marido. ¿Qué le hace pensar que seguía en contacto con ella?
—¿Dice usted que su marido está en Rusia?
—Sí. —Rachel fue a por el móvil, abrió el último mensaje de texto que Brian le había enviado, en el que afirmaba estar en Logan justo a punto de despegar, y se lo mostró a Kessler.
El inspector lo leyó y le devolvió el aparato.
—¿Fue al aeropuerto en su propio coche o en taxi?
—En su propio coche.
—¿En el Infiniti?
—Sí. —Rachel enmudeció un instante—. ¿Cómo sabe qué...?

—¿Qué coche tiene?

—Sí.

—Porque esta tarde se ha encontrado un Infiniti FX 45, registrado a nombre de su marido con esta dirección; estaba aparcado delante del domicilio de la víctima, en la acera de enfrente. Y un testigo afirma haber visto a su marido saliendo de dicho domicilio en torno a la hora en que se cometió el asesinato.

—¿Y, qué, se fue tan campante dejando el coche allí?

—¿Podemos sentarnos todos un momento? —Kessler inclinó la cabeza hacia la barra.

Los cinco tomaron asiento en los taburetes dispuestos alrededor, Kessler en medio, como un padre presidiendo una reunión familiar.

—Nuestro testigo afirma que su marido llegó allí en el Infiniti, pero una hora más tarde se fue al volante de un Honda azul. ¿Alguna vez han utilizado esos programas cartográficos que permiten ver hasta imágenes de las calles? ¿Alguno de los dos los ha utilizado?

Ambos asintieron.

—Lo que las empresas cartográficas hacen para captar esa imagen es ir filmando las calles a bordo de una furgoneta. Es decir, que estamos hablando de imágenes que podrían tener meses o semanas de antigüedad, pero no años. Así que entré en la web de una agencia inmobiliaria; introduje la dirección de la víctima, fui a la panorámica de la calle y después de trastear un poco con el ratón, ¿a que no adivinan lo que encontré?

—Un Honda azul —respondió Caleb.

—Un Honda azul aparcado en mitad de la manzana, en el lado este de la calle. Amplié la matrícula, investigué el número y descubrí que estaba registrado a nombre de un tal Brian Alden. Luego busqué al señor Alden en el registro de vehículos, encontré la foto que aparece en su carnet de conducir y resulta que el propietario de ese Honda es calcado a su marido.

—Dios mío —dijo Rachel, sin necesidad de dramatizar demasiado para otorgar convicción a su asombro—.

O sea que me está diciendo que mi marido no es quien dice que es.

—Lo que le estoy diciendo es que su marido podría estar llevando una doble vida, y desearía hablar con él sobre ese particular. —Kessler plegó las manos sobre la barra y le sonrió—. Entre otras cosas.

—Yo sólo sé que está en Rusia —dijo Rachel un minuto después.

Trayvon Kessler lo negó con la cabeza.

—En Rusia no está.

—Yo sólo sé lo que él me cuenta.

—Y según parece le cuenta muchas mentiras, señora. ¿Su marido sale de viaje de negocios a menudo?

—Una vez al mes como mínimo.

—¿Y adónde va?

—A Canadá y la zona noroeste del país sobre todo. Pero también suele viajar a India, Brasil, Checoslovaquia y Reino Unido.

—Bonitos destinos algunos. ¿Lo acompaña usted alguna vez?

—No.

—¿Por qué no? Con lo que a mí me gustaría hacer una escapadita a Río o darme una vuelta por Praga.

—Padezco cierto trastorno.

—¿Qué trastorno?

—Bueno, de hecho lo padecía hasta hace poco.

Rachel sintió que todas las miradas se posaban en ella, en particular las de las dos agentes, que seguramente estarían preguntándose qué clase de «trastorno» podía aquejar a una pija redomada de Back Bay como ella.

—Un trastorno que me impedía salir de casa —dijo—. Y menos volar, por descontado.

—¿O sea que tiene miedo a volar? —El tono de Kessler era amable.

—Entre otras cosas.

—¿Padece agorafobia? —le preguntó Kessler.

Rachel lo miró a los ojos y tuvo la impresión de que Kessler sabía más de lo que daba a entender.

—Me especialicé en psicología en Penn —aclaró, de nuevo en tono amable.

—Nunca me lo han diagnosticado oficialmente —respondió por fin Rachel y le pareció oír suspirar a la agente Mullen—. Pero los síntomas apuntaban a eso desde luego.

—¿Apuntaban? ¿En pasado?

—Brian me ha estado ayudando a superarlo.

—Pero no hasta el punto de llevársela de viaje de negocios.

—No, todavía no.

—¿Desea solicitar una orden de protección?

Kessler dejó caer la pregunta con tanta ligereza que Rachel tardó en reaccionar.

—¿Para qué iba yo a querer eso?

El inspector giró en el taburete.

—Agente Garza, ¿ha traído la otra foto?

Garza le tendió una fotografía y Kessler la depositó sobre la barra para que tanto Rachel como Caleb pudieran verla. La misma mujer rubia de la imagen anterior yacía boca abajo en el suelo de una cocina; la parte inferior del torso quedaba fuera del encuadre. La sangre se había esparcido por debajo de su pecho y formado un charco a la altura de su hombro izquierdo. La mejilla izquierda y parte de la puerta del frigorífico también estaban salpicadas de sangre. Pero lo peor, lo que Rachel temió que ya nunca podría extirpar de su memoria, era el profundo y oscuro tajo que se abría en su coronilla. Más que el impacto de un disparo parecía como si le hubieran asestado una dentellada en el cráneo. Y el hueco que había dejado esa dentellada se había cubierto inmediatamente de sangre que también se esparcía, ya oscura, entre sus rubios cabellos.

—Si su marido ha sido el autor de...

—Imposible —saltó Rachel levantando la voz.

—...No digo que haya sido él, pero fue la última persona que vio a esa chica con vida. Supongamos, sólo supongamos, que hubiera sido él. —Se volvió en el taburete y añadió—: Porque el caso, señora Delacroix, es que su marido tiene la llave de esa puerta.

De nada le servirá ya, pensó Rachel.

—¿Así que quiere que solicite una orden de protección? —le preguntó—. Es por su bien, señora Delacroix. La intención es protegerla.

Rachel dijo que no con la cabeza.

—Agente Mullen, le ruego que tome nota de que la señora Delacroix rechaza nuestro ofrecimiento de protección.

—Anotado —dijo Mullen, garabateando en un bloc.

Kessler tamborileó con los dedos sobre el mármol de la barra y dirigió la mirada de nuevo hacia Rachel.

—¿Estaría dispuesta a acompañarnos a la comisaría y hablarnos sobre la última vez que vio a su marido?

—La última vez que he visto a Brian ha sido a las ocho de la mañana de hoy, antes de que cogiera el coche y se fuera al aeropuerto.

—No ha ido al aeropuerto en su coche.

—Eso lo dice usted. Pero puede estar equivocado.

El inspector hizo un leve gesto displicente con los hombros.

—Pero no lo estoy.

Kessler emanaba serenidad y escepticismo por partes iguales. Esa extraña mezcla hacía que Rachel tuviera la sensación de que, antes de que ella abriera la boca, él ya sabía lo que iba a responder, como si no sólo adivinara sus pensamientos, sino su futuro; Kessler sabía en qué iba a terminar todo aquello. Rachel sostuvo a duras penas su mirada levemente inquisitiva y estuvo en un tris de postrarse de hinojos y pedir clemencia. Si alguna vez tenía que entrar en una sala de interrogatorios con aquel hombre, no le cabía duda de que saldría de allí esposada.

—Estoy cansada, inspector. Me gustaría meterme en la cama y esperar hasta que mi marido me llame desde Rusia.

Kessler asintió y le dio unas palmaditas en la mano.

—Agente Mullen, tome nota de que la señora Delacroix se niega a acompañarnos a comisaría para responder a otra tanda de preguntas. —Introdujo la mano en el bolsillo interior del abrigo y dejó su tarjeta sobre la barra—. En el dorso viene mi número de móvil personal.

—Gracias.

Kessler se puso en pie.

—Señor Perloff —dijo con voz de pronto más alta y aguda, si bien de espaldas a Caleb.

—¿Sí?

—¿Cuándo fue la última vez que vio a Brian Delacroix?

—Ayer por la tarde al salir del despacho.

Kessler se volvió hacia él.

—Se dedican ustedes al negocio de la madera, ¿no es cierto?

—Cierto.

—¿Y no tenía usted idea de que su socio llevaba una doble vida?

—No.

—¿Le importaría acompañarnos a comisaría y contárnoslo con detalle?

—Yo también estoy bastante cansado.

Kessler lanzó un vistazo a la barra y luego detuvo la mirada en Rachel un instante.

—Claro, cómo no va a estar cansado. —Kessler le tendió otra tarjeta a Caleb.

—Lo llamaré —dijo Caleb.

—Seguro, señor Perloff. Seguro que lo hará. Porque ¿me permite que le diga una cosa?

—Claro.

—Si Brian Delacroix o Brian Alden resulta ser el canalla que yo creo que es —se inclinó hacia Caleb y añadió en un susurro, lo bastante fuerte como para que todos lo oyeran—: eso significa que usted es más canalla todavía, amigo mío.

Kessler le dio un fuerte palmetazo en la espalda y se echó a reír como si fueran camaradas de toda la vida.

—Así que no se me esconda mucho, ¿eh, amigo?

La agente Mullen siguió tomando notas en su bloc mientras se dirigían ya hacia la puerta. Garza giraba la cabeza a un lado y a otro, muy lentamente, como si fuera un radar transmitiendo sus observaciones a una central de datos. Kessler se detuvo ante una reproducción de Rothko que Brian se había traído de su antiguo domicilio. La escudriñó con una leve sonrisa en los labios y luego se volvió hacia Rachel y levantó las cejas como alabándole el gusto. A continuación ensanchó la sonrisa con un rictus que a Rachel le dio muy mala espina.

Tan pronto como salieron por la puerta, Caleb se lanzó directo al bourbon.

—Joder —exclamó—. Joder.

—Calma.

—Hay que salir corriendo de aquí.

—Pero ¿tú estás loco? Ya has oído lo que ha dicho.

—Sólo tenemos que hacernos con el dinero.

—¿Qué dinero?

—El dinero. —Caleb apuró la copa de un trago—. Tanto dinero que los cabrones estos en la vida podrán echarnos el guante. Hay que ir a por el dinero, y luego a refugiarse. Joder. Qué mierda. Me cago en... —Caleb iba a soltar otra palabrota, pero enmudeció de pronto. Abrió los ojos desmesuradamente y se le llenaron de lágrimas—. Nicole. Nicole no.

Rachel se quedó observándolo. Caleb llevó la base de los pulgares a los párpados inferiores, apretó con ambas manos y espiró con los labios fruncidos.

—Nicole no —repitió.

—Entonces la conocías.

Caleb la fulminó con la mirada.

—Claro que la conocía.

—¿Quién era?

—Era... —Volvió a soltar el aire en una larga espiración—. Era una amiga. Una buena persona. Y ahora está... —La fulminó con la mirada de nuevo—. El cabrón de Brian. Le dije que no esperara. Que ya atarías cabos si querías o podías. Que mandáramos a alguien a buscarte cuando pasara el peligro o que se olvidara de ti.

—Un momento —dijo Rachel—. ¿Hablas de mí? ¿Qué esperabais que yo...?

En ese momento sonó el timbre. Rachel miró hacia la puerta y vio el sombrero de Trayvon Kessler en la butaca de la entrada. Atravesó la sala para ir a por él y abrió la puerta con el sombrero en la mano.

Pero no era el inspector Kessler quien esperaba al otro lado del umbral.

Eran dos individuos de raza blanca con aspecto de corredores de seguros o agentes hipotecarios; dos tipos de mediana edad, vulgares y anodinos.

Con la salvedad de que iban armados.

25

QUÉ LLAVE

Empuñaban sendas Glock de 9 mm, que sostenían a la altura de la entrepierna, con las manos cruzadas por las muñecas y apuntando al suelo. Si alguien cruzaba el pasillo en ese momento los vería, pero no repararía en ellas.

—¿Señora Delacroix? —dijo el de la izquierda—. Me alegro de verla. ¿Podemos pasar?

El tipo levantó el cañón hacia ella, y Rachel se hizo a un lado.

Entraron en el piso y cerraron la puerta.

—¿Quién coño...? —exclamó Caleb, antes de ver las pistolas.

El más bajito de los dos, el que había abierto la boca, apuntó la suya hacia el pecho de Rachel. El más alto encañonó a Caleb en la cabeza y luego indicó con la pistola hacia la mesa del comedor.

—Vamos a sentarnos todos ahí —dijo el bajito.

Rachel comprendió de inmediato el porqué: la zona del comedor era la parte de la casa más alejada de las ventanas. Y sólo era visible desde la entrada si, una vez cerrada la puerta, te adentrabas en el piso y volvías la vista hacia la izquierda.

Se sentaron a la mesa. Rachel dejó el sombrero de Kessler encima porque no sabía qué hacer con él. Se le había cerrado la garganta. Un hormigueo eléctrico le recorría los huesos y reptaba por su cuero cabelludo.

El bajito, un hombre de mirada tristona que trataba de ocultar la calva con un peinado de cortinilla más tristón si cabe, tendría unos cincuenta y cinco años y una barriga prominente. Llevaba un polo blanco ya raído y por encima una cazadora azul celeste de Members Only, de esas con cuello mao que se estilaban a principios de los ochenta, pero que Rachel apenas había vuelto a ver desde entonces.

Su compañero, que tendría unos cinco años menos, lucía una densa mata de canas y una moderna barba de tres días. Iba vestido con una camiseta negra y un abrigo tres cuartos, negro también, que le quedaba demasiado grande y parecía de pobre factura. Le hacía picos en los hombros, seguramente por haber pasado demasiado tiempo colgado en perchas de alambre, y entre los picos y las solapas se extendía un campo de caspa.

Ambos despedían un aire a sueños fracasados y ambiciones truncadas. «Así será probablemente como han terminado aquí, amenazando a ciudadanos de a pie a punta de pistola», pensó Rachel. El de la cazadora ochentera tenía pinta de llamarse Ned. Al de la caspa decidió apodarlo Lars.

Rachel había confiado en que humanizándolos conseguiría aplacar el terror que la invadía, pero de hecho tuvo el efecto contrario, sobre todo después de que Ned acoplara el silenciador al cañón de su Glock y Lars siguiera su ejemplo.

—Vamos mal de tiempo —dijo Ned—. Así que les rogaré, por su bien, que no me vengan con eso de «No sé de qué me habla». ¿Entendido?

Rachel y Caleb lo miraban estupefactos.

Ned se pinzó el caballete de la nariz y entornó los ojos un instante.

—Pregunto si lo han entendido.

—Sí —dijo Rachel.

—Sí —dijo Caleb.

Ned miró a Lars, Lars miró a Ned y a continuación ambos volvieron la vista hacia Rachel y Caleb.

—Rachel —dijo Ned—. Porque se llama Rachel, ¿no es cierto?

—Sí —respondió Rachel, percibiendo el temblor en su voz.

—Rachel, póngase de pie, haga el favor.

—¿Qué?

—Que se ponga de pie, guapa. Hablo en serio. Aquí, delante de mí.

Rachel se levantó y el temblor que había percibido en su voz se trasladó a sus piernas.

La nariz de Ned, cubierta de venillas rojas y marcas de acné, quedó a la altura de su vientre.

—Eso es, muy bien. Quédese ahí y no se mueva.

—Vale.

Ned se retrepó en el asiento para poder ver mejor a Caleb.

—Usted es el socio, ¿verdad?

—¿El socio de quién? —preguntó Caleb.

—Ah, ah, ah —dijo Ned, dando golpecitos con la culata de la Glock sobre la mesa—. ¿Qué acabamos de acordar?

—Ah, de Brian —respondió enseguida Caleb—. Soy socio de Brian, sí.

—«Ah, de Brian» —repitió Ned, mirando a Lars con gesto de exasperación.

—Ah, que era «ese» Brian —se burló Lars.

Ned le dedicó una triste sonrisa.

—Vamos a ver, Caleb, ¿dónde está la llave?

—¿Qué llave? —preguntó Caleb.

Ned le asestó un puñetazo a Rachel en el estómago. Fue tal la saña del golpe que ella sintió el impacto de aquellos nudillos horadando su tráquea y haciéndola saltar en el aire. Aterrizó en el suelo y se quedó allí tirada, sin oxígeno en el cuerpo, con las entrañas ardiendo de dolor y la cabeza como una masa oscura y viscosa, incapaz de procesar nada. Y cuando finalmente logró procesar lo ocurrido, hacia el momento en que el aire regresaba a sus pulmones, el dolor se intensificó. Rachel presionó con la cabeza en el suelo para darse impulso y consiguió ponerse a cuatro patas. Dio unas bocanadas, sin resuello. Aunque el dolor no era nada en comparación con la certeza de que había llegado su hora, de que esa noche moriría. «No dentro de poco. Ni algún día. Puede que en los próximos cinco minutos. Lo que está claro es que de esta noche no paso.»

Ned la ayudó a levantarse y la agarró por los hombros. Parecía preocupado por que sufriera un desmayo.

—¿Se encuentra bien?

Rachel asintió y por un momento pensó que iba a vomitar.

—En voz alta —dijo el buen samaritano de Ned, buscando su mirada.

—Estoy bien.

—Me alegro.

Rachel fue a sentarse, pero Ned la retuvo para que se mantuviera en pie.

—Lo siento —le dijo—, pero quizá haya que repetirlo.

Rachel no pudo contener las lágrimas. Lo intentó, vaya si lo intentó, pero no consiguió sobreponerse al recuerdo de aquellos nudillos, de la falta de respiración, del agudo y súbito dolor que había cortocircuitado su capacidad de pensar, y, peor aún, a la seguridad de que aquel hombre de mirada tristona con su ridícula cortinilla de pelo y su falso tono de preocupación arremetería de nuevo contra ella y no dejaría de pegarle hasta que consiguiera lo que quería o hasta que la matara, lo que llegara antes.

—Chist —dijo Ned—. Vuélvase. Quiero que su amigo le vea la cara.

Ned llevó las manos a los hombros de Rachel y le dio la vuelta para que mirara de frente a Caleb.

—El primer puñetazo, jovencito, ha ido al plexo solar. Duele de la hostia, pero mucho daño en el cuerpo la verdad es que no hace. El próximo le hará polvo los putos riñones.

—Pero si yo no sé nada.

—Claro que sabe. Usted llevaba la cuestión informática. Ha estado en el ajo desde el principio.

—Brian ha decidido ir por libre.

—¿No me diga?

A Caleb le bailaban los ojos. Tenía la cara empapada de sudor, le temblaban los labios, y Rachel vio de pronto con toda claridad que nunca había sido más que un pobre muchacho asustado. La miró de soslayo y en un principio ella interpretó la emoción que se reflejaba en sus ojos como empatía, pero enseguida reparó con horror en que no era sino vergüenza. Pena. Lástima. Caleb estaba avergonzado porque sabía que carecería del arrojo necesario para salvarla.

Le daba lástima Rachel porque sabía que iba a morir.

«Me va a destrozar los riñones, Caleb. Dile lo que sabes.»

Ned pasó el silenciador por la sien derecha de Rachel y luego por el escote.

—No me obligues a hacerlo, jovencito. Soy padre de una niña. Tengo hermanas.

—Mire... —dijo Caleb.

—No hay «mire» que valga, Caleb. Nada de «Espere un momento» o «Déjeme que le explique» o «Debe de haber un error». —Ned inhaló profundamente por la nariz, como intentando dominarse—. Le he hecho una pregunta y espero una respuesta. Punto.

Rachel percibió la erección progresiva de aquel padre, aquel hermano, contra la parte trasera de su cadera izquierda. Se le había puesto dura. Los monstruos, como bien le había dicho su madre y ella misma había aprendido con los años, no van vestidos de monstruos, sino de seres humanos. Y lo que es más curioso, no suelen saber que son monstruos.

—¿Dónde está la llave? —preguntó Ned.

—¿Qué llave? —dijo Caleb, con el rostro convulsionado por el temblor.

Las convulsiones cesaron cuando Ned le disparó a bocajarro en la cara.

En un primer momento, Rachel no comprendió qué había pasado. Oyó el impacto de la bala al penetrar en la carne. Oyó el perplejo alarido de Caleb, el último sonido que habría de pronunciar en su vida. La cabeza se le dobló bruscamente hacia atrás, como si le hubieran contado un chiste de lo más gracioso. Luego se le venció bruscamente hacia delante, pero esta vez cubierta por una cortina de sangre, y Rachel abrió la boca para proferir un grito.

Ned le clavó el silenciador en un lado del cuello. Todavía estaba caliente; si no lo apartaba, le quemaría la piel.

—Si grita, tendré que matarla. Y no quiero matarla, Rachel.

Pero estaría dispuesto a hacerlo.

No es que esté «dispuesto», se dijo Rachel, es que te va a matar. En cuanto hayan terminado con lo que han venido a hacer aquí. En cuanto consigan lo que sea que vienen buscando. Una llave, ¿no? Pero ¿qué puta llave? En el llavero de Brian había tantas que ni un as del cálculo mental se habría percatado de que había añadido otra a la colección. Por otro lado, si era Brian quien tenía esa llave que venían buscando, ahí debía de ser donde estaba: en su llavero.

Y el llavero lo llevaba consigo.

Es decir, que estaba en el fondo de Massachusetts Bay.

El cadáver de Caleb se deslizó hacia un lado en la silla y, de no ser porque el hombro se le quedó atascado bajo el reposabrazos, habría seguido su camino hasta el suelo. Por un instante, sólo se oyó el goteo de su sangre.

—Ahora ya sabe que cuando le haga la próxima pregunta —le advirtió Ned—, la respuesta no puede ser «¿Qué llave?».

«Contestes lo que contestes, te matará.»

Rachel asintió.

—¿Dice que sí con la cabeza porque me va a dar la respuesta que yo quiero o porque está de acuerdo conmigo en que preguntar «qué llave» sería un gran error? —El tipo apartó el arma del cuello de Rachel—. Puede hablar. Sé que no gritará.

—¿Qué quiere que le diga?

Lars, que estaba sentado al otro lado de la mesa, se puso en pie. Aburrido a todas luces. Dispuesto a marcharse. Su reacción angustió más a Rachel que si hubiera tratado de amenazarla. Querían dar por zanjado el asunto de una vez por todas. Y el punto final sería otro tiro a bocajarro; en su rostro esta vez.

—Vamos a ver —dijo Ned—. Sólo nos vale una respuesta y tiene que ser la correcta. Rachel —dijo, con suma delicadeza y preocupación—, ¿dónde está la llave?

—La tiene Brian.

—¿Y dónde está Brian?

—No lo sé —respondió y, al ver que Ned levantaba el arma, rápidamente añadió—: pero tengo una idea.

—¿Una idea?

—Tiene un barco. Un barco del que nadie sabe nada.

—¿Cómo se llama y dónde está atracado?

Rachel no había alcanzado a ver el nombre de la embarcación. Ni se le había ocurrido fijarse.

—Está atracado en...

El timbre de la puerta la interrumpió.

Los tres volvieron la vista hacia la puerta de la entrada, se miraron y volvieron a mirar hacia la puerta.

—¿Quién puede ser? —preguntó Ned.

—Ni idea.

—¿Su marido?

—No llamaría al timbre.

Sonó otro timbrazo, seguido de unos golpes con los nudillos.

—Señora Delacroix, soy el inspector Kessler.

—El inspector Kessler —repitió Ned—. Ja.

—Me he dejado el sombrero.

Ned y Rachel bajaron la vista hacia el sombrero que Rachel había dejado sobre la mesa.

El inspector golpeó la puerta con los nudillos de nuevo, insistentemente esta vez, como quien tiene costumbre de llamar a las puertas tanto si al otro lado es bien recibido como si no.

—¿Señora Delacroix?

—¡Voy! —exclamó Rachel.

Ned la fulminó con la mirada.

Rachel lo miró a su vez como diciendo: «¿Qué quería que hiciera?»

A continuación, Ned y Lars se miraron también y, quién sabe por qué telepática conexión, tomaron una decisión. Ned le tendió el sombrero a Rachel y levantó la palma de la mano a la altura de su cara.

—¿Ve la anchura de mi mano?

—Sí.

—Abra una rendija así de ancha todo lo más. Luego le entrega el sombrero y cierra.

Rachel se volvió hacia la puerta, pero Ned la agarró por el codo y la hizo girar hacia Caleb. La cortina de sangre que bañaba su rostro empezaba a oscurecerse. De haber estado en Haití, ya tendría la cabeza cubierta de moscas.

—Si no sigue mis instrucciones al pie de la letra, haré lo mismo con usted.

Rachel se echó a temblar y Ned la hizo girar hacia la puerta.

—Y no tiemble —le dijo en un susurro.

—¿Cómo? —Le castañeteaban los dientes.

Ned le atizó un fuerte cachete en el culo. Rachel se volvió hacia él y, viendo que sus temblores habían cesado, Ned esbozó una sonrisa.

—Ya ha aprendido otro truco.

Rachel agarró el sombrero y se dirigió hacia la puerta. A la izquierda de ésta, colgado de una percha, estaba su bolso, un pequeño bolso bandolera de piel marrón que Brian le había regalado aquellas Navidades. Llevó la mano al picaporte y, al paso, sin detenerse a pensarlo ni dar tiempo a que los otros dos pudieran reaccionar, decidió lo que iba a hacer. Abrió la puerta un poco más de lo que Ned le había ordenado, de manera que el inspector Trayvon Kessler pudiera atisbar por encima de su hombro izquierdo y ver el pasillo en el que desembocaban los dormitorios, la puerta del aseo y la barra de la cocina. Tiró del bolso colgado de la percha, cruzó el umbral y le tendió el sombrero a Kessler, prácticamente en un solo movimiento.

La bala penetraba en su espalda, le partía en dos la médula espinal y escupía las astillas en su torrente sanguíneo al tiempo que ella se desplomaba en brazos de Kessler. Su caída impedía que el inspector desenfundara. Ned continuaba disparando, le daba a Kessler en la cabeza, el hombro y el brazo. Abatidos los dos, caían como fardos sobre el suelo de mármol. Ned y Lars se alzaban con una pierna a cada lado sobre sus cadáveres. Bajaban la vista hacia ellos con semblante inexpresivo y los remataban a balazos haciendo saltar sus cuerpos en el aire...

—Inspector —dijo Rachel tras cerrar la puerta—, me estaba preguntando precisamente si iba a volver a por él. Ahora mismo iba a llamarlo al móvil.

Kessler siguió a Rachel, que enfilaba hacia los ascensores.

—¿Iba a salir a la calle?

Rachel se volvió hacia él, girando la cabeza por encima del hombro izquierdo. Tanto Brian como Sebastian y otros dos novios que había tenido en el pasado le habían hecho saber que ésa era su mirada más sexy. Rachel advirtió que también con Kessler parecía surtir efecto, a juzgar por el aleteo de pestañas con que la recibió, como desviándola para que rebotara.

—Pensaba dar un paseo para bajar el alcohol.

—¿No dicen que para eso lo mejor es dormir?

—¿Quiere que le confiese una cosa? ¿Un secreto?

—Me encantan los secretos. Ya sabe, soy policía.

Llegaron a la zona de los ascensores. Rachel pulsó el botón de bajada y se arriesgó a mirar de reojo hacia la puerta de su casa. ¿Qué haría si la veía abrirse? ¿Echar a correr hacia la escalera?

La matarían antes de que alcanzara el siguiente rellano.

—Es que fumo a escondidas —le dijo—. Y me he quedado sin tabaco.

—Ah. —Kessler cabeceó varias veces—. Seguro que lo sabe.

—¿Cómo?

—Su marido. Seguro que sabe que fuma pero prefiere no darse por enterado. ¿Dónde está el señor Perloff?

—Se ha quedado traspuesto en el sofá de la sala de estar.

—Seguro que a su marido también le parece bien, eso de que otro hombre se quede a dormir en su casa. Muy avanzado en ese sentido, su marido. El bueno de Brian no tiene nada de «retrógrado».

Rachel levantó la vista hacia los números del panel digital sobre el ascensor izquierdo y observó que la cabina estaba detenida en la tercera planta. Miró al del ascensor derecho y no vio ningún número iluminado. Estaba desactivado. Debía de llevar un temporizador incorporado para ahorrar electricidad por la noche.

«Mierda de temporizadores», pensó, y volvió la vista hacia la puerta de su piso.

—¿Está esperando que se abra? —le preguntó Trayvon Kessler.

—¿Cómo dice?

—Su puerta. No hace más que mirar hacia allí.

Si Ned y Lars salían al pasillo en ese momento, pistolas en ristre, pillarían a Kessler desprevenido. Pero si lo ponía sobre aviso —si le decía que estaban en su casa y lo que habían hecho—, Kessler desenfundaría, la parapetaría con su cuerpo y pediría refuerzos. Fin de la pesadilla.

No tenía más que decírselo. Y prepararse para dar con sus huesos en la cárcel.

—¿Ah, sí? La verdad es que estoy un poco alterada.

—¿Y eso?

—Puede que me haya afectado un poco saber que mi marido lleva una doble vida, ¿no le parece?

—Puede, sí. —Levantó la vista hacia el panel digital—. ¿Bajamos mejor por la escalera?

Rachel no se lo pensó dos veces.

—Claro.

—No, espere. Ya se mueve.

La cabina del ascensor ascendió lentamente desde la tercera hasta la cuarta y a continuación cogió velocidad y los números fueron saltando: cuatro, cinco, seis, siete, ocho, nueve.

Y allí se detuvo.

Rachel miró a Kessler, y el inspector encogió los hombros como diciendo «A mí que me registren».

—Bajo por la escalera —dijo entonces Rachel, girando hacia ella.

—Ya se está moviendo otra vez.

El piloto rojo saltó del nueve al diez y luego a toda velocidad del once al catorce. Pero nuevamente se detuvo. Rachel oyó risas en el hueco de la escalera: los vecinos que salían del ascensor en el pasillo de la catorce armando follón, borrachos como tras la juerga de un sábado noche, pese a que era martes.

Trayvon Kessler estaba de espaldas al pasillo cuando Ned salió del piso. En aquel momento Rachel estuvo a punto de ponerse a gritar. De echar a correr por la escalera, como si el letrero rojo de SALIDA la atrajera como si fuera la mano de Dios. Cuando finalmente Kessler se volvió siguiendo su mirada, Ned ya venía corriendo por el pasillo en dirección a ellos, con las manos vacías; la pistola probablemente a su espalda, encajada en la cinturilla del pantalón y escondida bajo su cazadora ochentera.

—Rachel —dijo—. Cuánto tiempo sin verte.

—Ned. —Rachel detectó un fugaz destello de perplejidad en sus ojos—. Últimamente apenas salgo de casa, hago que me lo suban todo.

Ned se volvió hacia Kessler.

—Ned Hemple —se presentó, tendiéndole acto seguido la mano.

—Trayvon Kessler.

—¿Qué trae a la policía de Providence por Boston?

Kessler se quedó descolocado durante un momento, hasta que bajó la vista y vio la chapa dorada enganchada a su cinturón.

—Estamos siguiendo unas pistas.

El ascensor anunció su llegada con un «ding» y las puertas se abrieron.

Entraron los tres. Kessler pulsó el botón de la planta baja.

26

BOQUILLA

—¿Todo bien, Rachel? —Dentro del ascensor, Ned la miraba de frente con fingida preocupación.

—Sí, claro. ¿Por qué?

—No, es que... —Volvió la vista hacia Trayvon Kessler, componiendo un gesto avergonzado—. Soy el vecino de al lado. Lo siento, no debería meterme donde no me llaman.

Kessler sonrió con alegre desenvoltura.

—¿Usted cree que debería meterse donde no lo llaman, Rachel?

—Por mí que no quede.

—Adelante, señor Hemple —le dijo Kessler, invitándolo a hablar con un ademán.

Ned carraspeó y bajó la vista hacia sus zapatos durante un instante.

—Es que me ha parecido oír que tú y Brian estabais... esto, bueno, que he oído unos gritos hace un momento. Supongo que estaréis pasando una mala racha. A mí también me pasa con Rosemary. Es lo normal. Sólo espero que la cosa no sea grave.

—¿Gritos? —preguntó Kessler ensanchando la sonrisa.

—La gente se pelea —contestó Ned.

—No, eso ya lo sé —dijo Kessler—. Sólo que me sorprende que Rachel estuviera peleándose con Brian. Y hace sólo un momento, ¿no?

El ascensor se detuvo en la planta séptima y entró el señor Cornelius, propietario de tres salas de fiestas en Fenway. Saludó con una sonrisa cordial y continuó tecleando en su móvil.

Ned la había entregado a Kessler atada de pies y manos, pensó Rachel. Aunque lograra escapar de ambos al llegar al vestíbulo —algo que tampoco tenía idea de cómo iba a hacer—, Kessler regresaría a su piso, esta vez con una orden de registro, y se encontraría a Caleb allí muerto. No traspuesto, sino muerto.

Rachel advirtió las miradas de ambos pendientes de ella, esperando una respuesta.

—Gracias, Ned, pero no era Brian.

—¿No?

—Era su socio. Habéis coincidido un par de ocasiones. ¿Caleb?

Ned asintió con la cabeza.

—Un chico guapote.

—Ése.

Ned se dirigió entonces a Kessler:

—Aunque, como le digo siempre a mi señora, un poco paliducho.

—Él quería volver a casa conduciendo y yo no he querido dejarle. Se le ha ido la mano con el bourbon.

—Pero si ha venido en metro —repuso Kessler.

—¿Eh?

—Que antes él mismo ha dicho que ha venido de Cambridge en metro.

—Ya, pero vive en Seaport y no quería volver en metro desde tan lejos. Estaba empeñado en que le prestara mi coche. De ahí la pelea.

«Joder, no sé cómo voy a retener tanto puto detalle en la cabeza.»

—Ah.

—Lógico —dijo Ned, sugiriendo con su tono lo contrario.

—¿Y por qué no ha cogido un taxi? —preguntó Kessler.

—Uber —terció Ned.

—Eso —dijo Kessler, mientras señalaba con el pulgar hacia Ned.

—Pues tendrán que preguntárselo ustedes mismos cuando se le pase la curda —dijo Rachel.

El señor Cornelius había levantado la vista del móvil y los miraba a los tres, sin saber por dónde iban los tiros, pero consciente de la tensión en el ambiente.

El ascensor llegó a la planta baja.

En cuanto salieran del edificio, Kessler se despediría de ella, supuso Rachel. Aunque le diera conversación un rato en la acera, Ned fingiría irse y cuando viera a Kessler alejándose finalmente en su coche, volvería a aparecer. O simplemente le pegaría un tiro desde la acera de enfrente.

Rachel se llevó una mano a la nuca y acarició el cierre del collar. Si lo retorcía un poco entre los dedos, quizá pudiera romper el hilo. Las cuentas caerían al suelo, y mientras ellos se agacharan a recogerlas, podría aprovechar para salir a escape hacia el cuarto de los buzones.

—¿Le ha picado algo? —le preguntó Kessler.

—¿Cómo?

—Que si le pica el cuello.

Ned la estaba mirando.

—Sí. Un poco —dijo Rachel bajando la mano.

Salieron al vestíbulo. El señor Cornelius se dirigió a la derecha, donde estaban los ascensores que llevaban al garaje. Ned y Kessler avanzaron hacia la calle por delante de ella.

Dominick levantó la vista desde el mostrador de conserjería y pareció un tanto sorprendido ante la presencia de Kessler y Ned, pero se limitó a saludar a Rachel con una inclinación de cabeza y retomó la lectura de su revista.

—¿No vas al garaje? —le preguntó Rachel a Ned, mirando hacia la puerta del garaje.

—¿Eh? —Ned siguió su mirada—. No.

—¿Has aparcado en la calle? —le preguntó.

Ned volvió la cabeza por encima del hombro para mirarla.

—Ah, no, mujer, si sólo salía a dar un paseo.

—Esta noche todo el mundo tiene ganas de pasear —observó Kessler. Se dio unas palmaditas en la barriga—. Me están haciendo pensar que yo también debería darme una vuelta por el gimnasio.

Kessler abrió la puerta de la calle, hizo un gesto cediéndoles el paso a ambos, y Ned atravesó el umbral seguido de Rachel.

—Que disfrutes del paseo. Y recuerdos a Rosemary —le dijo Rachel a Ned.

—De tu parte. —Ned le tendió la mano a Kessler—. Encantado de conocerlo, inspector.

—Lo mismo digo, señor Temple.

—Hemple —lo corrigió Ned, estrechándole la mano.

—Es verdad. Disculpe. —Kessler dejó caer la mano—. Cuídese, caballero.

Durante unos extraños instantes ninguno de los tres hizo ademán de moverse. Al final Ned giró en dirección este por la acera, con las manos enfundadas en los bolsillos. Rachel miró de reojo a Kessler, que parecía estar esperando algo. Cuando volvió la vista hacia la calle en penumbra, Ned ya había desaparecido.

—Ned, ¿eh?

—Sí, Ned.

—¿Lleva mucho tiempo casado con la tal Rosemary?

—Siglos.

—Pues no lleva alianza. Y no tiene aspecto de ser el típico progre que ve esos anillos como otro símbolo más de opresión social propio del paradigma dominante.

—Lo habrá llevado a limpiar.

—Podría ser —dijo Kessler—. ¿A qué se dedica el amigo Ned?

—Si quiere que le diga la verdad, no estoy demasiado segura.

—No me sorprende.

—Creo que trabaja en alguna industria de algún tipo.

—¿Industria? —dijo Kessler—. En este país ya no se fabrica una mierda.

Rachel se encogió de hombros.

—Ya sabe cómo son las relaciones entre vecinos hoy día.

—Cuente, cuente.

—Se guardan mucho las distancias —dijo Rachel con sonrisa forzada.

Kessler abrió la puerta del copiloto de un Ford cuatro puertas de color oscuro.

—Permítame que la acerque a comprar ese paquete de tabaco.

Rachel volvió la vista hacia la calle. Las farolas proyectaban sus charcos de luz cada seis metros. Entre ellos sólo había oscuridad.

—Gracias —dijo, entrando en el coche.

Kessler se sentó al volante, dejó el sombrero entre ambos y se puso en marcha.

—He llevado casos la hostia de jodidos, con perdón de la expresión, pero éste es de los más jodidos que me han tocado últimamente. Tengo una joven rubia asesinada en Rhody, un sujeto que llevaba una doble vida en paradero desconocido, una esposa que miente...

—Yo no le he mentido.

—¡Ja! —Hizo un gesto admonitorio con el dedo—. Vaya que si miente, señora Delacroix. Miente más que habla. ¿Y qué me dice de ese vecino suyo, con la cazadora ochentera y los pantalones de pinzas, que no lleva alianza? Esa clase de gente no vive en edificios como el suyo. Joder, el tío ni siquiera sabía dónde estaba el garaje, y saltaba a la vista que el conserje no lo conocía de nada.

—No me he fijado.

—Por suerte soy policía. Se nos paga para que nos fijemos en esas mierdas, joder.

—Parece que le gusta mucho ese verbo.

—¿Por qué no? Gran palabra. Joder, jodido, jodiendo. Muy útil, la jodienda. —Giró a la izquierda—. El problema es que yo sé que me miente, pero no sé por qué ni sobre qué. Todavía es pronto para saberlo, porque la investigación no ha hecho más que empezar, pero vaya si me miente.

Se detuvieron en un semáforo y Rachel tuvo la certeza de que Ned iba a aparecer junto a la ventanilla de Kessler y liarse a balazos contra el coche.

El semáforo cambió a verde y el inspector giró de nuevo a la izquierda y aparcó delante del Tedeschi's de Boylston, en la acera de enfrente del Prudential. Kessler se volvió hacia ella en el asiento y Rachel observó que todo el socarrón regocijo había desaparecido de su mirada, reemplazado por algo que no acertaba a identificar.

—La muerte de Nicole Alden —dijo Kessler— fue una ejecución. Obra de un profesional como he visto pocos, y he visto unos cuantos a lo largo de mi carrera. Es muy posible que ese querido marido suyo que lleva una doble vida sea todo un artista a la hora de, ya sabe, cepillarse al prójimo. Y puede que él o alguno de sus compinches se pasen a hacerle una visita —dijo, inclinándose tanto hacia ella que olió el caramelo de menta en su aliento—. En cuyo caso, Rachel, le volarán la puta tapa de los sesos.

Kessler no podía salvarla. Aunque tuviera interés en hacerlo, y Rachel dudaba de que así fuera. Su misión era resolver el asesinato de Nicole Alden. Kessler había decidido, con la obcecación propia de un policía, que el mejor modo de resolver el homicidio era atribuírselo a Brian. Pero cuando viera que Brian no aparecía, seguiría indagando. Y entonces quizá descubriera que Rachel había estado en Providence momentos antes de que la víctima fuera asesinada. Estaba convencida de que los coches de alquiler por horas llevaban incorporados dispositivos de seguimiento para que la empresa pudiera localizar el vehículo en todo momento. No sería muy difícil rastrear sus movimientos y situarla justo delante del domicilio de Nicole Alden. La hipótesis entonces estaba clara: esposa descubre que su marido tiene una amante, embarazada para más inri, y la mata. Y por si esa hipótesis no fuera de por sí bastante inculpatoria, allí estaba el cadáver del socio de su marido esperando en su casa. Para colmo, el examen forense certificaría que el susodicho había fallecido antes de que Rachel le asegurara a aquel mismo representante del orden que Caleb estaba vivito y coleando, traspuesto en el sofá de su piso.

—No me gusta que me presionen —le dijo al inspector Kessler.

—No la estoy presionando, le estoy comunicando una información.

—Lo que me está comunicando son conjeturas. Y encima con amenazas.

—No es conjetura advertir que en este momento está usted aterrorizada.

—No sería la primera vez.

Kessler asintió con un lento cabeceo. El duro policía ante la redomada yuppy sin oficio ni beneficio. Probablemente estaría imaginándose su ropero repleto de prendas deportivas de diseño, zapatos de Louboutin y trajes ejecutivos de seda que Rachel lucía en restaurantes prohibitivos para cualquier poli.

—Eso cree usted. El mundo tiene un lado oscuro del que uno no se entera viendo la tele o leyendo novelas.

Aquella noche en el campamento de Léogâne, los hombres recorrían con paso enérgico el lugar entre el barro y el calor, alumbrados por el fuego de los bidones en llamas, empuñando *serpettes* y botellas de aguardiente barato. Alrededor de las dos de la madrugada, Widdy le había dicho a Rachel: «Si me entrego ahora, a lo mejor sólo... —Formó un círculo con dos dedos e introdujo varias veces el índice de la otra mano en él—. Pero si los hacemos esperar, puede que se enfaden y me...», se pasó el mismo índice por el cuello.

Widdy —Widelene Jean-Calixte, se llamaba— tenía once años. Rachel la había convencido para que siguiera escondiéndose. Sin embargo, como la niña había intuido, lo único que consiguió con ello fue enfurecer más a aquellos hombres. Y poco después de que amaneciera, la encontraron. Las encontraron a ambas.

—Algo sé del lado oscuro del mundo —le dijo Rachel a Trayvon Kessler.

—¿Sí? —dijo Kessler mirándola a los ojos.

—Sí.

—¿Y qué ha aprendido? —susurró él.

—Que si esperas a que la oscuridad te encuentre, te puedes dar por muerto.

Rachel se apeó del coche. Cuando llegó a la acera y se volvió hacia él, Kessler había bajado la ventanilla.

—¿Se propone darme esquinazo?

Rachel sonrió.

—Sí.

—Soy policía. Se me da bastante bien eso de tener vigilada a la gente.

—Pero es de Providence. Y esto es Boston.

Kessler ladeó ligeramente la cabeza.

—La próxima vez que nos veamos, señora Delacroix, llevaré una orden de registro en la mano.

—Me parece muy bien.

Rachel echó a andar calle arriba mientras él arrancaba. Ni siquiera se molestó en simular que entraba a comprar tabaco; se quedó mirándolo hasta que giró a la derecha en la siguiente esquina y ella cruzó Boylston en dirección a la parada de taxis que había delante del hotel. Se metió en el asiento trasero del primero de la fila e indicó al conductor que la llevara al puerto deportivo de Port Norfolk.

Al ver que el aparcamiento del puerto deportivo estaba desierto, pidió al taxista que esperara unos minutos hasta asegurarse de que nadie la seguía, pero todo el vecindario debía de haberse acostado y era tan denso el silencio que se podía distinguir el leve golpeteo de los barcos contra los amarres y el crujido de las viejas edificaciones de madera.

Una vez a bordo del barco, entró en la cocina, encendió las luces y sacó las llaves del cajón donde las había dejado al atracar. Luego soltó las amarras, puso en marcha el motor y enfiló la proa hacia la bahía, con todas las luces de navegación encendidas. Veinte minutos después, divisaba Thompson Island bajo el firmamento, y en un minuto más ya había alcanzado el minúsculo islote sobre el que se alzaba el árbol con el tronco torcido. Entró de nuevo en la cocina y, ya sin la premura de antes, consiguió encontrar el equipo de buceo completo: gafas, aletas y bombona de oxígeno. Siguió rebuscando y dio con otra linterna y con un traje de neopreno de mujer, de talla mediana, que supuso que debía de pertenecer a la difunta Nicole Alden. Se enfundó el traje, se colocó la bombona de oxígeno, las aletas y las gafas de buceo y regresó a popa con la linterna. Sentada en la regala, alzó la mirada al cielo. El banco de nubes se había disipado y las estrellas brillaban arracimadas, como si buscaran refugio en la manada; Rachel no las percibía como cuerpos celestes, ni como dioses o sirvientes de los dioses, sino como desechos, como entes proscritos, perdidos en la inmensidad del negrísimo firmamento. Lo que desde abajo parecían racimos de estrellas, allá en lo alto eran extensiones de millones de kilómetros. Las estrellas más cercanas se hallaban a años luz de distancia, no más próximas entre sí de lo que ella podía estar de una mujer tribal de la estepa sahariana del siglo XV.

Si tan solos estamos, ¿qué sentido tiene esto?, se preguntó.

Y dejó caer el cuerpo hacia atrás para zambullirse en el mar.

Encendió la linterna y al poco divisó la que había dejado caer anteriormente. Parecía guiñarle el ojo desde el fondo de la bahía. Mientras descendía hacia ella, advirtió que había aterrizado en la arena a unos veinte metros de la roca donde había dejado a Brian. Enfocó el haz de luz hacia la parte superior de la roca y fue bajándolo a lo largo de toda su superficie hasta llegar a la arena.

Allí no había ningún cuerpo.

Se habría equivocado de rocas. Dirigió el foco hacia la izquierda y vio otro peñasco a unos veinte metros de distancia. Buceó en dirección a él, pero cuando estaba a medio camino reparó en que no tenía la misma forma ni el mismo color. La roca donde el cuerpo de Brian se había quedado apoyado era alargada, con forma cónica. Exactamente igual que la primera que había encontrado. Regresó nadando hacia ella, sin dejar de mover la linterna a derecha e izquierda. Luego la enfocó más lejos, a ambos lados. No había ninguna roca que guardara parecido alguno con aquella en la que había dejado a Brian: la que en ese momento tenía delante.

Lo había dejado en esa roca. Estaba segura. La reconocía por la profundidad de sus cráteres y por su forma cónica.

¿Se lo habría llevado la corriente? O, peor aún, ¿un tiburón? Agitó los pies para propulsarse hacia el lugar exacto donde había visto a Brian por última vez. Examinó la arena en busca de hendiduras, de alguna marca que hubieran dejado sus piernas o sus nalgas, pero el agua ya había alisado la superficie.

Atisbó entonces algo oscuro, más oscuro que la roca, apenas un destello, como un pellejo en la pared izquierda. Agitó las aletas en aquella dirección, enfocó hacia la parte de atrás con la linterna y al principio no vio nada.

Un momento después lo vio con toda claridad.

Era una boquilla.

Fue nadando hasta la parte trasera de la roca. La boquilla llevaba acoplado un tubo que a su vez iba acoplado a una bombona de oxígeno.

Levantó la vista hacia el casco del barco entre las turbias aguas.

«Estás vivo.»

Aleteó con fuerza en dirección a la superficie.

«Hasta que dé contigo.»

27

CULPA

Rachel enfiló la proa hacia Thompson Island y descubrió el embarcadero a unos cuatrocientos metros de donde Brian había caído al agua. No había ningún barco, claro. Si antes había alguno, hacía mucho ya que había zarpado.

Con él a bordo.

Tuvo que esperar un buen rato hasta que llegara el taxi. Eran las cuatro de la madrugada y el teleoperador de la centralita no sabía localizar el puerto deportivo de Point Norfolk. Después de mucho teclear en su ordenador, rezongó «Veinte minutos» y colgó el teléfono.

Mientras esperaba su llegada en el oscuro aparcamiento, imaginó todo lo que podría salir mal. Tal vez el inspector Kessler ya se había hecho con la orden de registro. («No, Rachel, para eso tiene que volver a Providence, encontrar un juez y resolver a quién le corresponde la jurisdicción. Tal vez cuando amanezca, pero puede que ni siquiera entonces. Respira. Respira.»)

¿Respirar? Brian estaba vivo. Ned le había descerrajado un tiro en la cara a Caleb. Rachel recordó el rostro del asesino en el momento de accionar el arma, su aspecto lobuno, perfectamente cómodo en su papel de depredador dominante, capaz de matar a un ser humano sentado a un metro de distancia con la misma naturalidad con que un halcón clavaría sus garras en una ardilla. Ned no había experimentado ningún placer al matar, pero tampoco había mostrado el menor arrepentimiento.

Brian andaba suelto en alguna parte, huyendo de ella. Vivo. (¿No había intuido ella acaso, desde lo más profundo de su cerebro reptiliano, que era imposible que Brian hubiera muerto?) De todos modos, en ese preciso momento, en la soledad de aquel aparcamiento, vengarse de él era un asunto secundario.

Ned y Lars también andaban sueltos por ahí, intentando darle caza.

Un *smartphone* podía hackearse. Podía convertirse fácilmente en instrumento para que un enemigo o un espía gubernamental detectara tu ubicación o escuchara tus conversaciones. Si Ned o Lars sabían cómo acceder a su móvil, podrían localizarla en cualquier momento.

Unos faros aparecieron a doscientos metros de distancia, en el arranque de la calle llena de baches que conducía desde el extremo de Tenean Beach hasta el lugar donde ella se encontraba. Quizá fuera el taxi. O quizá Ned. Empuñó la pistola que llevaba guardada en el bolso, la misma con la que su marido había intentado matarla. O al menos había dado la impresión de querer matarla. Engarfió el dedo en el gatillo y soltó el seguro con el pulgar, a sabiendas de que no serviría de nada. Si quienes iban a bordo de aquel vehículo eran Ned y Lars, aguardarían hasta tenerla encima, pisarían a fondo el acelerador y la arrollarían sin miramientos. Sin que ella pudiera hacer nada por evitarlo.

Los faros barrieron el aparcamiento y el coche trazó un arco para detenerse delante de ella. Era un taxi marrón y blanco con el rótulo «BOSTON CAB» estampado en las puertas. Al volante iba una mujer de mediana edad y raza blanca, con el pelo castaño peinado al estilo afro.

Rachel entró en el coche y dejaron atrás el puerto deportivo.

• • •

Rachel le pidió a la taxista que la dejara dos manzanas al sur de su casa y atajó por un callejón mientras un falso amanecer empolvaba de gris el horizonte. Cruzó Fairfield y bajó por la rampa hasta el portón enrejado del garaje. Introdujo el código en el teclado, a la derecha de la reja, que se alzó para franquearle la entrada al garaje. Subió en el ascensor hasta la planta once y desde allí siguió ascendiendo hasta la quince por la escalera. Enseguida se plantó ante la puerta de su casa.

Le había dado muchas vueltas a ese momento. Si Ned o Lars seguían en el interior del piso, en cuanto entrara sería mujer muerta. Pero si Trayvon Kessler regresaba —o, mejor dicho, cuando regresara— con la orden de registro y echaba la puerta abajo, Rachel necesitaba saber qué iba a encontrarse al otro lado. Durante todo el trayecto de vuelta desde la bahía hasta el puerto deportivo había estado cavilando si merecía la pena correr el riesgo y decidió que Ned y Lars habrían dado por sentado que no se le ocurriría volver a su casa. Sería absurdo. Por otra parte, continuó rumiando Rachel, con la llave en la mano ante la puerta, quizá contaran con que ella hiciera esa estupidez. Rachel no tenía costumbre de tratar con gente de su calaña, pero esos tipos sabían muy bien qué esperar de una palurda como ella. Al otro lado de aquella puerta la esperaban la muerte o el conocimiento. Además del fajo de billetes que Brian guardaba en una caja fuerte empotrada en el suelo. No era una gran cantidad de dinero, unos mil dólares tal vez, pero la suficiente para ir tirando si Kessler ya había tomado medidas y bloqueado sus tarjetas de crédito. Aunque dudaba de que estuviera autorizado para hacer eso; por otro lado, ella qué sabía del protocolo policial que se seguía con los sospechosos de asesinato. Porque eso debía de ser ya a esas alturas, sospechosa de asesinato. Y antes de que terminara la mañana, sospechosa no de uno, sino de dos asesinatos.

Miró la cerradura. La llave que tenía en la mano. Respiró hondo. Se dispuso a abrir la puerta, pero la mano le tembló y la bajó de nuevo. Respiró hondo un par de veces más.

Brian estaba vivo. Él era el culpable de aquella situación. Ya se lo haría pagar, como fuera y cuando fuera.

Eso si no la mataban en los próximos treinta segundos.

Introdujo la llave en la cerradura, pero no le dio la vuelta. Imaginó una descarga de balas acribillando la puerta, traspasándola e impactando en su cabeza, su cuello, su pecho. Cerró los ojos y se armó de valor: tenía que girar aquella llave, pero una vez que lo hubiera hecho ya no tendría más remedio que dar un paso al frente y entrar en el piso. Y no se sentía preparada. No se sentía en absoluto preparada.

Si Ned y Lars estaban al otro lado y lo bastante cerca de la puerta para haberla oído introducir la llave en la cerradura, podrían haber disparado incluso antes de que abriera. Pero que no lo hubieran hecho no significaba que no estuvieran dentro. Quizá estaban esperando pacientemente al otro lado, intercambiando miradas, sonrisitas tal vez, acoplando los silenciadores a sus pistolas, apuntando con precisión hacia la puerta, aguardando a que abriera.

Los esperaría fuera. Si estaban dentro, habrían oído la llave en la cerradura. Si no entraba, tarde o temprano abrirían ellos la puerta.

«Eres tonta del culo, Rachel. En este preciso momento puede que te estén espiando por la mirilla.»

Rachel se apartó de la puerta, sacó la pistola del bolso, le quitó una vez más el seguro y esperó.

Esperó cinco minutos, que se le antojaron cincuenta. Consultó el reloj de nuevo. Nada. Cinco.

En otra dimensión temporal, todos morimos en el momento de nacer. Según esa teoría, ella llevaba muerta en algún lugar desde tiempo atrás y en ese instante observaba risueña a través de los portales del tiempo todo el tormento por el que estaba pasando la Rachel Corpórea.

«Al fin y al cabo, ya estoy muerta», se dijo a sí misma. Giró la llave en la cerradura y abrió la puerta de par en par, apuntando con la pistola hacia el interior del piso, una precaución completamente inútil, en caso de que Lars o Ned estuvieran apostados a la derecha o izquierda de la puerta, esperándola.

Pero no. Caleb seguía aún sentado a la mesa, con la tez cadavérica y un pegote de sangre oscura y reseca en medio de la cara. Rachel cerró la puerta y avanzó paso a paso hacia la derecha, pegada a la pared, hasta que llegó a la puerta abierta del aseo. No parecía haber nadie dentro. Espió por la rendija entre la puerta y la jamba y comprobó que no había nadie escondido al otro lado.

Se dirigió hacia el dormitorio. La puerta estaba cerrada. Llevó la palma de la mano al pomo, pero la tenía tan empapada de sudor que se le resbaló. Se secó la mano en los pantalones y limpió el pomo frotándolo con la manga. Lo agarró con la izquierda, empuñando la pistola en la derecha, y empujó la puerta hacia dentro. Mientras lo hacía, imaginó a Lars sentado en la cama, esperándola. Oyó en su imaginación un sordo disparo y se vio tumbada en el suelo, chorreando sangre.

Lars no estaba allí. El dormitorio parecía vacío. Pero la sensación que la había asaltado antes de entrar cobró más fuerza aún: esa gente sabía desenvolverse mucho mejor que ella en circunstancias así. Si estaban allí dentro, podía darse por muerta. Entró en el cuarto de baño y rebuscó en los vestidores de ambos con súbito fatalismo. Sentía mucho más cerca la muerte que en todo el tiempo transcurrido desde Léogâne. La sentía emerger entre los tablones del suelo y penetrar en su cuerpo, fusionarse con su sangre y tirar de ella hacia abajo, arrastrándola hasta el sótano del otro mundo.

Eso era lo que estaba esperándola, lo que siempre había estado esperándola: el otro mundo. Tanto si se hallaba arriba como abajo, ya fuera blanco o negro, frío o cálido, no era este mundo con sus comodidades, sus distracciones y sus males conocidos. Tal vez no hubiera nada en absoluto. Tal vez sólo ausencia. Ausencia de identidad, ausencia de sentido, ausencia de alma o memoria.

Comprendió entonces que en Haití, incluso antes de llegar al campamento, ya en Puerto Príncipe, entre los cadáveres que se consumían en las piras, entre los apilados en el aparcamiento del hospital, amontonados como coches viejos en un desguace, comenzando a hincharse y dilatarse por efecto del calor, ya entonces la verdad de sus muertes había pasado a ser su propia verdad: no somos especiales. Una única llama nos ilumina por dentro, y cuando esa llama se apaga y toda luz abandona nuestros ojos, es como si nunca hubiéramos existido. No somos dueños de nuestra vida, vivimos de alquiler.

Registró el resto del apartamento, pero era evidente que allí no había nadie. Como bien había intuido en un principio, de haber estado esperándola la habrían matado nada más cruzar la puerta. Regresó al dormitorio y preparó una mochila con unas botas de montaña, varios pares de calcetines de lana y un chaquetón de lana grueso. Luego cogió una bolsa de deporte, se la llevó a la cocina y metió dentro un cuchillo de trinchar, una navaja, una linterna y unas pilas, media docena de barritas de cereales, varias botellas de agua y el contenido del frutero que había sobre la encimera. Dejó la bolsa y la mochila junto a la puerta y regresó al dormitorio. Se puso unos pantalones multibolsillos, una camiseta térmica de manga larga y una sudadera negra.

Luego se hizo una coleta y se caló una gorra de Newbury Comics. Abrió la caja fuerte empotrada en el suelo del armario de Brian, extrajo el dinero que había en su interior y se lo llevó junto con la pistola al cuarto de baño, lo dejó todo sobre el lavabo y se detuvo un buen rato ante el espejo: su reflejo era el de una mujer agotada y furiosa. Tenía miedo también, pero no era un miedo paralizante. «Tú no tienes la culpa», se dijo en voz alta, con la compasiva autoridad de una hermana mayor dirigiéndose a su hermanita.

«¿“Culpa” de qué?»

Culpa de lo de Widdy, Esther, la ex monja, Veronique y todas las víctimas de Puerto Príncipe. Culpa de la toxicidad de su madre, de la ausencia de su padre, del abandono de Jeremy James. Culpa de haber decepcionado a Sebastian en casi todo. «Culpa» de aquella sensación, que la acompañaba desde que tenía memoria, de ser una absoluta incompetente y merecer que la abandonaran.

Y aquella voz interior en esencia tenía razón: una gran parte de todo aquello no había sido culpa suya.

Salvo lo de Widdy. Widdy era su pecado imperdonable. Widdy había dejado este mundo hacía cuatro años. Y Rachel, culpable de su muerte, había seguido en este mundo esos cuatro años.

Levantó de la cómoda un retrato de ella con Brian, una foto informal tomada el día de su boda. Miró aquellos ojos falsos y aquella sonrisa falsa y se supo tan falsa como él. Durante todos sus años en el colegio, en el instituto, en la universidad, en el doctorado, en el mundo laboral, había ido configurando un personaje para representarlo a diario durante gran parte de su vida. Cuando el personaje dejó de conectar con el público, lo había desmontado para crear otro nuevo. Y así sucesivamente. Hasta que sucedió lo de Haití, lo de Widdy, y ya no fue capaz de recrearse. Todo lo que quedó de ella fue la esencia de su identidad hueca y prefabricada, y la totalidad de su pecado.

Somos unos mentirosos, Brian. Los dos.

Salió del dormitorio y, al entrar en la sala de estar, advirtió que el ordenador no estaba en la barra donde lo había dejado. Recorrió la sala con la mirada, pero enseguida concluyó que Lars y Ned se lo habían llevado.

Bueno. Tenía su *smartphone*.

Lo que no tenía era coche. Aunque Kessler no le hubiera bloqueado las tarjetas de crédito, alquilar un coche quedaba descartado porque la localizarían en un santiamén. Volvió a recorrer el piso con la mirada, como si tuviera algo que revelarle; miró por todas partes, evitando en todo momento el cadáver que yacía junto a la mesa de la sala de estar. Hasta que de pronto cayó en que allí era precisamente donde debía buscar.

El llavero estaba en el bolsillo delantero del pantalón de Caleb. Advirtió el bulto en los vaqueros al ir hacia la mesa. No lo miró a la cara. Era incapaz.

¿Qué iba a ser de Haya?, se preguntó. ¿Y de AB? Recordó que sólo cuatro días antes, en la fiesta, Caleb había levantado en brazos a la niña y AB le había agarrado el labio superior a su papá y tirado de él como quien tira de un cajón. Pero Caleb se había dejado hacer. Risueño y feliz, pese a que debió de dolerle lo suyo, y cuando Annabelle le soltó el labio, la arrimó contra su pecho y acercó la nariz a la coronilla de la pequeña aspirando su olor.

Caleb había sido actor. Al igual que Brian. Y que ella misma. Pero eso sólo era una faceta de su persona. Caleb no fingía el papel de padre. No fingía sus amores. Sus sueños, sus deseos y sus ilusiones de futuro no eran puro teatro.

Rachel comprendió que había sido su amigo. Siempre lo había visto como amigo de Brian, como socio de Brian, porque aquellos papeles (de nuevo esa palabra) ya estaban firmemente asentados cuando empezó a tratarse con ella. Pero el tiempo y el roce habían creado una familiaridad y una naturalidad entre ellos que sólo podía calificarse de amistad.

Metió la mano en el bolsillo de Caleb. La tela era rígida, y su cuerpo, que acusaba ya el *rigor mortis*, estaba más rígido aún, por lo que tardó un largo minuto en conseguir extraer el llavero del fondo del bolsillo. Durante ese tiempo le dio por pensar que si no hubieran vuelto a su casa para que ella pudiera enviar una copia del libro a su propia dirección de correo, tal vez Caleb seguiría vivo.

Pero, no. «No, no, no», susurró a su oído aquella voz de hermana mayor. Caleb se había retrasado para tomar una copa, se había empeñado en demorar la salida para serenarse un poco antes de emprender el viaje. No sólo eso, sino que aquellos tejemanejes que se traía con Brian, fueran los que fuesen, ya venían de largo.

Rachel se quedó contemplando a Caleb. Durante un buen rato.

—No ha sido culpa mía —dijo, mientras se secaba las lágrimas—. Pero te echaré de menos —añadió antes de largarse del piso.

28

EL DESATASCADOR

Rachel salió a todo gas en el Audi de Caleb y luego, al recordar que llevaba casi veinticuatro horas sin probar bocado, hizo un alto en el Paramount de Charles Street para desayunar. No tenía hambre, pero desayunó como si la tuviera. Regresó a Copley Square al volante del Audi, dejó el coche en un estacionamiento con parquímetro de Stuart Street y enfiló a pie la callejuela que discurría entre el hotel Copley Plaza y la Hancock Tower. Pasó junto a la zona de carga y descarga y la entrada de mercancías del rascacielos, por donde había visto a Brian salir bajo la lluvia y meterse en el Suburban negro. Rodeó el edificio, avanzó por Saint James, y en cierto momento vio una docena de Rachels reflejadas en las cristaleras. Formaban una cenefa inconexa, como una cadena de muñecas de cartulina recortadas en forma de Rachel. Al doblar la esquina, todas levantaron el vuelo. Y ya no volvió a verlas más.

Eran casi las nueve de la mañana y las calles estaban atestadas de transeúntes que se dirigían a sus puestos de trabajo. Llegó a la entrada principal de la Hancock Tower y se sumó al tropel que accedía al rascacielos por las puertas giratorias. El directorio de empresas se encontraba a la derecha del mostrador del vigilante de seguridad. Leyó la lista de empresas que empezaban por A y no encontró ninguna registrada con el nombre de Alden Minerals. Luego siguió por la B, sin hallar nada que a simple vista guardara relación con su búsqueda. Pero al llegar a la C, allí estaba: Cotter-McCann, la empresa de capital riesgo mencionada por Glen O'Donnell. Lo cual no garantizaba nada, pero sin duda era un motivo plausible para presumir que aquel día Brian había ido allí a encontrarse con los representantes de Cotter-McCann y vender una participación de su empresa minera.

Salió del edificio y desanduvo una manzana hasta llegar a la sede central de la Biblioteca Pública. Atravesó el edificio McKim y se dirigió al edificio Johnson, donde se encontraba la sala de ordenadores, con la intención de investigar la adquisición por parte de Cotter-McCann de una participación en Alden Minerals. No encontró nada sobre el particular, salvo un pequeño aparte en la sección de economía del *Globe*, seguramente la misma fuente de la que Glen había extraído su información, pues a Rachel no le aportó nada nuevo.

Salió de la página y buscó el lago Baker; encontró un mapa de satélite y pulsó el icono del zoom varias veces hasta que consiguió distinguir las únicas edificaciones de la zona: ocho tejados en la esquina noreste del lago que hacía frontera con Canadá y otros tres más que estuvo a punto de pasar por alto y que asomaban al oeste de las ocho viviendas. Imprimió varias imágenes de la región, cada vez más ampliadas, hasta que obtuvo una buena representación de la zona. Recogió las copias de la bandeja de la impresora, cerró todas las aplicaciones, borró el historial de búsquedas y salió de la biblioteca.

Justo antes de su viaje a Haití, Rachel había preparado una pieza para las Seis Pequeñas sobre los beneficios fiscales que la administración estatal ofrecía para atraer a las productoras cinematográficas hollywoodienses al estado de Massachusetts. A fin de valorar el efecto económico de dichos beneficios en la economía local, Rachel había llevado a cabo una serie de entrevistas con ejecutivos de los estudios de Hollywood y representantes oficiales del erario, así como con actores locales y buscadores de localizaciones. También había entrevistado a una directora de reparto que se llamaba Felicia Ming. Una chismosa de vuelta de todo, según la recordaba Rachel. Se habían visto un par de veces para tomar unas copas en los meses previos a la marcha de Rachel a Puerto Príncipe. Luego habían perdido el contacto, aunque después de su crisis nerviosa Felicia le había enviado algún amable mensaje de correo y Rachel conservaba sus datos en el móvil.

La llamó por teléfono en cuanto salió de la biblioteca y le preguntó cómo buscaría ella a un actor que estuviera trabajando en una producción local.

—¿Para qué lo quieres localizar?

Rachel procuró ceñirse en la medida de lo posible a la verdad.

—La otra noche estábamos en un bar y, con la borrachera, se enzarzó en una pelea con mi marido.

—Uy, cuenta, cuenta.

—La verdad es que el pobre me dio un poco de pena, porque se llevó la peor parte, y quisiera disculparme.

—¿La pelea era por ti, cielo?

Rachel confió en que esa vez no le fallara la intuición.

—Pues sí, me temo que sí.

—Vaya, así que Rachel Childs vuelve al ruedo —dijo Felicia Ming—. Vuelve con nosotras, cielo, y ponlos a tus pies.

Rachel forzó una risita.

—Ésa es la idea.

—¿Con qué compañía teatral está trabajando el actor ese? —preguntó Felicia.

—Con The Lyric Stage.

—¿Y se llama?

—Andrew Gattis.

—Un momentito.

Mientras Rachel esperaba, pasó por delante un vagabundo con un perro. Rachel recordó la noche en el parque, cuando Brian le había cedido galantemente su gabardina a otra alma más necesitada que él. Le dio una palmadita al perro y diez dólares al vagabundo, y Felicia se puso de nuevo al teléfono.

—Vive en el Demange. Es un edificio de Bay Village que ofrece viviendas de alquiler ya amuebladas para profesionales que residen temporalmente en la ciudad. —Le dio la dirección a Rachel—. ¿Te apetece que salgamos un día a tomar algo? Ahora que ya has vuelto al mundo de los vivos...

—Me encantaría —mintió Rachel, no sin cierto remordimiento.

Veinte minutos después estaba ante el edificio de Bay Village, llamando al timbre de Gattis.

—¿Sí? —respondió Gattis por el interfono con voz un tanto grogui.

—Señor Gattis, soy Rachel Delacroix.

—¿Quién?

—La mujer de Brian. —El silencio se prolongó hasta tal punto que al final dijo—: Señor Gattis, ¿sigue ahí?

—Váyase, haga el favor.

—No pienso hacerlo. —Ella misma se sorprendió de la fuerza serena de su voz—. Esperaré aquí abajo hasta que se vea obligado a salir a la calle. Y si se escabulle por la puerta trasera, me presentaré en el teatro esta noche y le montaré un numerito en plena función. Así que...

La puerta emitió un zumbido y Rachel agarró el pomo y entró en el edificio. El vestíbulo olía a desinfectante y linóleo, y el rellano del primer piso, a comida india. Una señora pasó a su lado, tirando de un resollante bulldog francés atado a una correa, y a Rachel le dio por pensar que se podía conseguir un cruce entre un pug y un wombat.

Gattis aguardaba ya en el umbral del apartamento número 24, con su canosa y greñuda melena amarilleada por la nicotina. Se la ató en una coleta mientras la invitaba a pasar al interior, un sencillo estudio con una cocina americana, una salita a la derecha y un dormitorio y un aseo a la izquierda. La ventana al fondo de la salita daba a una escalera de incendios.

—¿Café? —le ofreció.

—Sí, gracias.

Rachel tomó asiento ante una mesita redonda, junto a la ventana, y Gattis llevó un par de tazas de café y dejó un tetrabrik de nata y un azucarero entre los dos. A la luz del día, Gattis ofrecía peor aspecto aún que el sábado por la noche con la borrachera. Tenía la tez rosácea y escamosa, unas venillas azules que parecían haber estallado como relámpagos a ambos lados de la nariz y los ojos acuosos.

—Dentro de una hora tengo ensayo y aún no me he duchado, así que habrá que ir al grano.

Rachel bebió un sorbo de café.

—Usted y Brian estudiaron teatro juntos.

—Caleb también. —Gattis asintió—. Brian tenía un talento natural como no había visto en mi vida, ni he vuelto a ver. Todos sabíamos que acabaría convertido en estrella, a menos que la cagara por el camino.

—¿Qué ocurrió?

—Bueno, varias cosas, supongo. No tenía paciencia. Y es que, no sé, que le perdiera respeto al oficio por lo fácil que le resultaba. Quién sabe. Era un joven airado, eso lo recuerdo bien. Airado, pero encantador. El prototipo romántico en ese sentido. A las tías las volvía locas. Sin ánimo de ofender.

Rachel se encogió de hombros y dio otro sorbito. Andrew Gattis sería lo que fuera, pero sabía hacer un café en condiciones.

—¿Airado por qué?

—Porque era pobre. Brian necesitaba de verdad trabajar. Nos pasábamos el día entero en la academia, de sol a sol. Había clases de interpretación, clases de improvisación y clases de improvisación de movimiento. Había clases de danza, guion, artes escénicas y dirección. Clases de voz, de dicción y de una cosa llamada Técnica Alexander, para enseñarnos a dominar el cuerpo y poder utilizarlo como un instrumento, no sé si me explico. Para metamorfosearlo a voluntad. Nos hacían trabajar como burros. Cuando llegaban las seis de la tarde, se te caían los ojos, tenías el cuerpo baldado y la cabeza a punto de estallar. Te ibas directamente a la cama o al bar. Pero Brian no. Brian se iba a trabajar hasta las dos de la madrugada. Y a las siete ya estaba otra vez dando el callo en la academia. La mayoría teníamos menos de veinticinco años y nos sobraba energía, qué coño, pero lo de Brian nadie se lo explicaba. Y al final, tanto dar el callo para nada, porque lo terminaron expulsando.

—¿Lo expulsaron de Trinity?

Gattis asintió y dio un largo trago del café.

—Cuando miro hacia atrás pienso que seguramente iba puesto hasta las cejas de anfetas, o de coca, para aguantar aquel ritmo. En fin, fuera como fuese, el caso es que en el segundo curso lo veíamos cada vez más nervioso. Teníamos un profesor, un pijo diletante llamado Nigel Rawlins, un capullo, de esos profesores que creen que hay que hundir al alumno primero para después levantarlo, aunque para mí que el tío no tenía ni idea de cómo levantar a nadie, lo que le gustaba era hundir al personal. Tenía fama de haber provocado que muchos abandonaran la carrera por su culpa. Se ufanaba de ello. Una mañana la emprendió con el único de los compañeros que todavía era más pobre que Brian. El chaval estaba tan sin blanca como Brian, pero no tenía su talento ni por asomo. El caso es que una mañana estaban ensayando con el tal Rawlins una escena que se desarrollaba en un servicio de caballeros. Al chaval le había tocado un monólogo sobre no sé qué de un váter que había que desatascar —eso es todo lo que hoy recuerdo; creo que era una obra ambientada en el mundo estudiantil—, pero el pobre no se metía en el papel y no había quien se tragara la escena. La verdad es que la recitaba de corrido, sin puñetera emoción. Y Nigel se disparó; arremetió contra él, lo puso de vuelta y media: que si era un actor de mierda y un ser humano de mierda, una deshonra como hijo y como hermano, y una vergüenza para cualquiera que tuviera la desgracia de ser su amigo. Llevaba meses metiéndose con él, pero aquel día el cabrón se ensañó que ni que fuera Terminator. Y venga a atacar, dale que te pego. El chaval le suplicó que lo dejara en paz, pero Nigel, que había entrado en una especie de bucle rabioso, va y le suelta que es un zurullo de mierda cubierto de pelos que está atascando el desagüe y que su deber como profesor era desatascarlo de una puta vez del aula antes de que arrastrara a la clase entera con él por aquel váter obstruido. Y Brian, qué tío —porque nadie lo había visto salir del escenario siquiera—, de pronto va y se presenta con un desatascador en la mano, pero no el del atrezzo, uno de verdad, goteando orines. Tumba a Nigel en el suelo de un golpe, le planta el desatascador en la cara, tapándole nariz y boca, y empieza a... a hacer ventosa con él. En un momento dado, Nigel consiguió apartar la cabeza del suelo y agarró a Brian por las piernas, pero Brian le asestó tal puñetazo en toda la jeta que se oyó desde la última fila del teatro. Y luego siguió succionándole la cara con el puto desatascador, venga y venga, hasta que Nigel perdió el conocimiento. —Gattis se retrepó en el asiento y apuró el café—. A la mañana siguiente, Brian ya estaba expulsado. Durante un tiempo se quedó en Providence, trabajando como repartidor, pero al final supongo que no aguantaría la humillación, porque, imagínese, ir por ahí repartiendo pizzas y aceptando billetes sudados de gente con la que antes salías de parranda. Un buen día se dio el piro y no volví a saber más de él en, yo qué sé, nueve años.

Rachel se quedó un momento pensativa, deseando no haber oído aquella historia, pues en realidad hacía que el muy embustero de su marido volviera a caerle simpático, aunque sólo fuera por un instante.

—¿Qué fue de aquel estudiante? ¿Al que humillaron?

—¿Se refiere a Caleb?

Rachel se rió, entre triste y sorprendida, y Gattis llenó las tazas de nuevo.

—Aparte de la otra noche, ¿cuándo había visto a Brian por última vez?

—Hará diez o doce años. —Se quedó un momento mirando hacia la ventana—. No lo recuerdo con exactitud.

—¿Adónde cree que se le ocurriría ir si no quisiera que lo encontraran?

—A la cabaña que tiene en Maine.

—La de Baker Lake.

Gattis asintió.

Rachel le mostró una de las imágenes de satélite. Gattis la examinó un momento y luego cogió un rotulador de una taza que estaba en la repisa de la ventana y rodeó con un círculo los tres tejados que estaban juntos.

—Esas ocho cabañas que ve ahí forman parte de un coto de caza. Pero estas tres que están juntas son propiedad de Brian. En 2005 celebramos un encuentro allí con los compañeros de Trinity. No fue mucha gente, pero lo pasamos bien. No me pregunte de dónde sacó el dinero con que pagarlas porque no quise indagar. A él la que más le gustaba era la del medio. Cuando yo fui estaba pintada de verde, con la puerta en rojo.

—¿Y eso fue en 2005?

—O en 2004. —Indicó con la cabeza hacia la puerta del cuarto de aseo—. Tengo que ducharme.

Rachel volvió a guardar la imagen de satélite en el bolso y le dio las gracias por el café y la charla.

—No sé si esto le dirá algo —añadió Gattis cuando Rachel ya estaba en la puerta—, pero nunca lo he visto mirar a nadie como la mira a usted. —Encogió los hombros—. Aunque también es cierto que es muy buen actor.

Gattis se quedó parado ante la puerta del aseo. Rachel le sostuvo la mirada y advirtió el cambio en su semblante, como él seguramente advertiría el cambio en el suyo.

—Un momento —dijo Rachel premiosamente.

Andrew Gattis no se movió.

—Brian le pagó para que irrumpiera en la fiesta aquella noche, ¿verdad? Lo de la pelea y todo lo demás fue un montaje.

Andrew Gattis acarició la jamba de la puerta del aseo, que parecía haber recibido tantas manos de pintura a lo largo de los años que seguramente ni siquiera podía apestillarse como es debido, pensó Rachel.

—¿Y qué si lo hizo?
—¿Por qué lo está ayudando?
Gattis encogió levemente los hombros.
—Cuando éramos jóvenes y estábamos en un momento crucial de nuestro desarrollo en la vida, Brian y yo fuimos muy buenos amigos. Ahora él está donde está y yo estoy donde estoy —recorrió con la mirada la habitación, de pronto sórdida y minúscula—, y ya no sé a ciencia cierta quiénes somos ninguno de los dos. Cuando pasas tanto tiempo metiéndote en la piel de otros que ni siquiera reconoces tu propio olor, quizá sólo te debes a quienes recuerdan la persona que eras antes de que la máscara y el disfraz se apoderaran de ti.
—No lo entiendo —dijo Rachel.
Gattis se encogió de hombros una vez más.
—¿Recuerda lo que le he dicho de que en Trinity estudiábamos todas las materias habidas y por haber, independientemente de cuál fuera nuestro interés: danza, interpretación, dramaturgia y otras mil cosas? —Gattis esbozó una sonrisa distante—. Bueno, pues como le decía, Brian era un actor como la copa de un pino, pero ¿sabe lo que realmente le apasionaba?
Rachel negó con la cabeza.
—Dirigir.
Dicho esto, entró en el aseo y desapareció, cerrando la puerta a sus espaldas. Rachel se quedó un tanto sorprendida al oírla apestillar perfectamente.

29

BASTA

Rachel tomó la I-95, atravesó Massachusetts y New Hampshire y se adentró en lo que antes habría descrito como el Maine profundo, hasta llegar a Waterville. Una vez allí, se vio obligada a dejar la autopista interestatal y acceder a la Ruta 201, y a partir de ese momento el paisaje empezó a cambiar gradualmente: primero rural, después desierto y a continuación vagamente etéreo; el aire y el cielo adoptaron el tinte del papel prensa y la tierra terminó desapareciendo entre densos boscajes de árboles tan altos como rascacielos. Poco después, el cielo desapareció y el mundo se redujo a aquellos árboles con sus troncos pardos y sus copas oscuras, el asfalto ceniciento y la vibración monótona de las ruedas de su coche. Al principio tuvo la impresión de que circulaba bajo un manto de espesos nubarrones; poco después sintió como si condujera en plena noche, pese a que eran tan sólo las tres de la tarde de un día de finales de mayo.

Llegó a un claro entre dos bosques. Kilómetros de campos verdes. Tierras de labranza, supuso, si bien no se divisaban ni viviendas ni silos, sólo franjas de tierras cultivadas, salpicadas de vacas, ovejas y algún que otro caballo. Miró el móvil, que había dejado en el soporte para las bebidas, y estuvo fijándose un rato en él, hasta confirmar que no tenía cobertura. Al levantar la vista de nuevo había una oveja —o una cabra, nunca llegaría a saberlo con certeza— a dos metros de su parachoques. El volantazo la hizo salirse de la carretera y caer en una pequeña acequia, donde rebotó con tanta fuerza que se golpeó la cabeza en el techo del coche y la barbilla en el volante. Las cuatro ruedas perdieron contacto con el suelo. Salió proyectada de la acequia como si estuviera pegada a un cohete acelerador y se estrelló sobre el asfalto con el frontal izquierdo del parachoques. Al golpearle el airbag en la cara se mordió la lengua y notó en la boca el sabor de la sangre. La parte trasera del vehículo se levantó, la delantera volvió a separarse del asfalto y dio dos vueltas de campana, entre el ruido de cristales rotos, el chirrido de los metales y sus propios gritos.

El coche se paró.

Rachel había recuperado la vertical. Movió la cabeza un par de veces y pequeñas esquirlas de cristal, montones de ellas a juzgar por el sonido, salieron despedidas. Se quedó quieta un rato, con la barbilla apoyada en el airbag como si fuera una almohada, hasta asegurarse de que no se había hecho nada grave, de que al parecer no tenía nada roto ni sangraba por ninguna otra parte que no fuera la lengua. Notó un pálpito en el cogote, la nuca rígida y los músculos de la columna vertebral como piedras, pero aparte de eso todo parecía indicar que había salido ilesa. El contenido de la caja del apoyabrazos y la guantera estaba esparcido por el salpicadero, el asiento del copiloto y las alfombrillas del suelo: mapas, papeles del seguro, permiso de circulación, paquetes de pañuelos, monedas sueltas, bolígrafos, una llave.

Se desabrochó el cinturón de seguridad y se inclinó hacia el asiento del copiloto. Apartó unas gafas de sol rotas y cogió la llave que había caído sobre la alfombrilla. Era una llavecita delgada, de color plateado. No era la llave de una casa, ni de un coche. Más bien parecía de una consigna, una taquilla o una caja fuerte.

¿Sería ésa la llave que aquellos dos iban buscando? Eso significaba que estaba en posesión de Caleb y no de Brian. Lo que significaba también que había preferido morir antes que entregársela.

A menos que fuese una llave cualquiera.

Se la guardó en el bolsillo y bajó del todoterreno. El vehículo se había quedado detenido en el centro de la calzada. La oveja o la cabra ya hacía rato que había desaparecido. Los tiznajos de las frenadas, en forma de media luna, serpenteaban desde el centro de la carretera hasta el arcén y se esfumaban en el punto por donde el vehículo se había salido de la vía. Una lluvia de cristales —transparentes unos, blancos otros—, desperdigados por la carretera junto a fragmentos de cromo, plásticos negros y la manija de una de las puertas, señalaban su regreso al asfalto.

Rachel entró de nuevo en el coche e intentó ponerlo en marcha. El motor arrancó, seguido de un insistente pitido que le recordaba que debía abrocharse el cinturón. Cortó el airbag con la navaja que había guardado en la mochila y luego abrió el capó. No apreció en su interior ningún daño evidente. Observó los neumáticos y le pareció que estaban en buen estado. Encendió los faros... eso sí le iba a dar problemas. El derecho había quedado hecho pedazos. El izquierdo estaba resquebrajado, pero funcionaba. En la parte trasera ocurría al contrario: en el del faro de freno del lado del conductor no había más que una cuenca de acero. El del otro lado, en cambio, seguía intacto, como para salir en la foto de un catálogo.

Pensó en la interminable extensión de campos que tenía por delante, en el bosque que había dejado atrás y el que se avistaba en lontananza. Podrían pasar horas antes de que llegara alguien a socorrerla. O quizá minutos. Imposible saberlo.

La última vez que se había fijado en el marcador faltaban ciento diez kilómetros para llegar al lago Baker. Y eso había sido diez minutos antes del accidente, luego le quedaban unos cien para llegar a su destino. Brian había contratado a Andrew Gattis para que irrumpiera aquella noche en su fiesta de aniversario y le dejara una serie de pistas con las que despertar su curiosidad. Brian quería que supiera de la existencia de aquella cabaña en el lago Baker. Quizá con la intención de atraerla hasta allí y acabar con ella. Había rumiado esa posibilidad durante un buen rato. Pero si lo que deseaba era matarla, podría haberlo hecho en el barco en lugar de simular que ella lo mataba a él. Cada vez que había visto el lago Baker en los mapas, había tenido la impresión de que aquel lugar era una especie de puerta. Al otro lado del lago había otro país. ¿Acaso Brian pretendía conducirla hasta esa puerta?

Fuera como fuese, no se le ocurría ninguna alternativa que no implicara dar con sus huesos en un calabozo y finalmente en presidio. A esas alturas, o iba al encuentro de Brian en Maine, o fin de la historia.

—Vamos allá —murmuró, y se montó en el todoterreno dispuesta a reemprender la marcha.

En lo alto, el sol corría hacia el ocaso.

Abandonó la 201 en un lugar llamado The Forks. En plural. Es decir, no había una bifurcación, sino varias. Rachel sospechó que se llamaba así porque si pretendías adentrarte en aquellos remotos parajes rumbo al noreste, a partir de ese punto las carreteras, tan difusas en el mapa como venitas en una radiografía, se bifurcaban y volvían a bifurcarse, ramificando sus sucesivos vástagos hasta ofrecer la impresión de que sólo podrías regresar olfateando el rastro como un animal o rezando al cielo. Ya era noche cerrada, tan negra como en un cuento de hadas germánico o un eclipse solar.

Giró por Granger Mills Passage y al cabo de unos cuantos kilómetros —tal vez sólo fueran un par de ellos; en aquellos montes se circulaba con lentitud—, se dio cuenta de que debía de haberse saltado la salida de Old Mill Lane. Dio media vuelta y circuló en la oscuridad hasta que vio aparecer una anoréxica carreterucha a su izquierda. No había ninguna indicación que identificara de qué vía se trataba ni adónde conducía. Giró por ella, avanzó unos cuatrocientos metros y el camino se cortó de repente. Puso las largas con su único faro útil, y lo único que vio por delante de la parrilla del todoterreno fue un terraplén de metro y pico de alto detrás del cual se abría un campo. Aquello nunca había sido una carretera, sino un simple proyecto abandonado en sus inicios.

Como no había donde dar la vuelta, puso el baqueteado y chirriante todoterreno marcha atrás e intentó maniobrar en la oscuridad con un único piloto trasero hecho añicos. Dos veces se metió en el arcén. Cuando llegó a Granger Mills Passage, volvió por el mismo camino que a la ida por espacio de unos cinco kilómetros, hasta que encontró un desvío que pasaba junto a un campo de labranza. Se hizo a un lado y paró el motor.

Se quedó sentada a oscuras. Fin de trayecto por esa noche. Allí sentada en la oscuridad, rezó por que Brian tampoco pudiera seguir avanzando, al menos hasta la mañana.

Allí sentada en la oscuridad, cayó en la cuenta de que llevaba treinta y seis horas sin pegar ojo.

Se pasó al asiento trasero, sacó el chaquetón de la mochila para taparse y utilizó la mochila a modo de almohada.

Tumbada ya en la oscuridad, cerró los ojos.

El sol la despertó.

Miró el reloj: eran las seis y media de la mañana. Un velo de niebla cubría los campos y empezaba ya a evaporarse en las capas superiores por efecto del sol. A unos tres metros de distancia, por detrás de una combada valla de alambre, una vaca la miraba con sus vacunos ojos, sacudiéndose a coletazos un pequeño enjambre de moscas. Rachel se incorporó en el asiento y lo primero que hizo fue lamentar haber olvidado meter un cepillo de dientes en la mochila. Dio cuenta de una de las botellas de agua y se comió una barrita de cereales. Luego se apeó del coche, se desperezó un poco y vio unas cuantas vacas más en el campo de enfrente, así como otro banco de niebla humeante. Hacía fresco, aunque hubiera salido el sol, y se arrebujó en el chaquetón y llenó los pulmones de aquel aire puro. Hizo pis junto al coche, ante la mirada fija y desinteresada de la vaca, que movía la cola como la varilla de un metrónomo, y luego se sentó de nuevo al volante, dio la vuelta y emprendió la marcha.

El lago Baker estaba sólo a cuarenta kilómetros de allí, pero tardó tres horas en llegar. La carretera, si es que podía llamarse así, dio paso a lo que a duras penas cabría llamar caminos, y Rachel dio gracias al cielo por haber interrumpido el viaje la noche anterior; de lo contrario habría terminado cayendo por una zanja o metiendo el coche en un estanque. Al rato se vio inmersa en un territorio tan indómito que los caminos perdían su nombre y los pocos que figuraban en el mapa habían sido invadidos por la maleza y los hierbajos. Confió en que la brújula del vehículo siguiera guiándola en dirección noreste. Los pedregosos caminos crujían bajo sus ruedas y el chasis daba bandazos de un lado a otro, como en un coche de feria, justo la clase de movimiento que solía provocarle náuseas, pero se agarró al volante y mantuvo la vista al frente, pendiente de la próxima curva cerrada o pedregal, y evitó el mareo.

Las tierras labradas habían dado paso a una zona cubierta de densa maleza, y ésta dio paso a su vez a nuevos bosques, esos bosques que Brian siempre había dicho que formaban parte de la historia de su familia y su posterior carrera profesional. Rachel reparó entonces en que Brian había escogido representarse con un símbolo diametralmente opuesto a la persona que era en realidad. La madera era un material noble, sólido, en el que uno podía confiar generación tras generación.

A diferencia de Brian, el mayor embustero que había conocido en su vida. Y eso que, en su labor como periodista, Rachel había conocido a bastantes.

«Entonces ¿cómo consiguió engañarte?»

Porque me dejé.

«¿Y por qué lo hiciste?»

Porque necesitaba sentirme segura.

«La seguridad es una quimera que les vendemos a los niños para que duerman tranquilos.»

Pues será que deseaba ser una niña.

El camino desembocó en un pequeño claro. Por delante no había otra senda que tomar, sólo aquel pequeño calvero en forma de óvalo cubierto de matojos y tierra y a continuación el siguiente bosque. Consultó el mapa, pero no era tan detallado como para incluir esa clase de accidentes del terreno. Consultó entonces sus imágenes de satélite, confiando en haber llegado a la zona sin vegetación captada en una de ellas, lo que significaría, según sus cálculos, que se hallaba a unos cinco kilómetros al sur del refugio de caza. Se calzó las botas de montaña y comprobó que la P380 tuviera el seguro puesto antes de encajársela en la cinturilla del pantalón. Cuando apenas llevaba recorridos tres metros, se dio cuenta de lo molesto que era caminar con el arma moviéndose arriba y abajo en la espalda y la trasladó al bolsillo del chaquetón.

Los árboles eran gigantescos. Sus copas tapaban por completo el sol. Supuso que aquellos bosques estarían habitados por osos, y por un momento le entró el pánico porque no recordaba la fecha de su última regla. Hasta que hizo memoria: le había venido unos diez días antes, así que al menos no atraería a ningún depredador con su sangre. Aunque a juzgar por la espesura circundante, quizá el rastro de su olor corporal fuera suficiente; ningún ser humano había pisado aquella senda en mucho tiempo. Tal vez algún cazador años atrás, aunque a buen seguro mucho más silencioso que ella, que se abría camino entre la vegetación como la torpe urbanita que era, aplastando hojas, partiendo ramas y respirando ruidosamente.

Oyó el lago antes de llegar a verlo. No fue por su borboteo ni por su chapaleo contra la orilla, sino porque se presentó como una burbuja de aire, una falta de densidad que alivió el exceso de presión en su oído izquierdo, presión que ni siquiera había advertido hasta entonces. Poco después, pequeñas franjas azuladas comenzaron a espejear entre los troncos de los árboles. Se encaminó hacia ellas. Quince minutos más tarde ya estaba al borde del agua. No había orilla propiamente dicha, el bosque terminaba abruptamente y una pendiente de dos metros la separaba del agua. Estuvo otra media hora bordeando el lago hasta que, al ver que la luz cambiaba y empezaban a iluminarse los troncos de los árboles, apretó el paso para avanzar hacia el final de la arboleda y fue a parar a un claro.

A la primera cabaña que se encontró le faltaban todos los cristales de las ventanas y la mitad del techo. Uno de sus muros estaba derrumbado. La de al lado, sin embargo, coincidía con la descrita por Gattis: molduras de color verde descolorido, puerta roja descolorida, pero de aspecto bien cuidado en general, sin señales de haber sido invadida por la vegetación, ni grietas en los cimientos, con los peldaños de fuera limpios y los cristales de las ventanas llenos de polvo, pero intactos.

Los tablones crujieron bajo su peso al subir los cuatro peldaños que llevaban a la puerta. Sacó la pistola del chaquetón y probó a abrir. El pomo giró. Rachel empujó la puerta. Dentro olía a humedad, pero no a moho ni a putrefacción, sino a una humedad con aroma a bosque, pino, musgo y corteza. La chimenea estaba recogida y limpia. A juzgar por el olor, hacía tiempo que nadie la encendía. En la diminuta cocina, una fina película de polvo cubría las encimeras. En el frigorífico había botellas de agua, tres latas grandes de Guinness sujetas aún por su precinto de plástico y unos botes de condimentos todavía lejos de la fecha de caducidad.

En el cuarto de estar, también pequeño —la cabaña en total no mediría ni cincuenta metros cuadrados—, había un cuarteado sofá de cuero marrón y una pequeña estantería repleta de novelas de aventuras y manuales de pensamiento positivo. Era la guarida de Brian, no cabía duda. En el cuarto de baño encontró la pasta de dientes y la marca de champú que él solía utilizar. Y en el dormitorio, una cama de matrimonio con armazón de bronce que crujió bajo su peso. Se dio otra vuelta por la casa, pero no halló indicios de que alguien hubiera estado allí recientemente. Salió al exterior y buscó huellas por los alrededores de la cabaña, pero no vio nada.

Se sentó en el porche, física y mentalmente exhausta. Se secó una lágrima con el pulpejo de la mano y después otra, pero luego hizo una honda inspiración por la nariz, se puso en pie y movió la cabeza como un perro bajo la lluvia. No sólo temía la caminata de regreso hasta el coche y conducir de vuelta a la civilización con un solo faro útil antes de que la noche se le echara encima y tuviera que acabar parando en un lado de la carretera para dormir otra vez en el arcén, sino que al término de todo aquel periplo ya nada ni nadie la esperaba. A esas alturas ya habrían descubierto el cadáver de Caleb y averiguado que Rachel se encontraba en Providence en torno a la hora en que Nicole Alden había sido asesinada. Tal vez las pruebas indirectas no bastaran para condenarla en un juicio, pero de la prisión preventiva no habría quien la librara. Aquello podría demorarse un año o más. Aunque, ¿quién decía que esas pruebas no serían de hecho suficientes para condenarla? Por el asesinato de Caleb, sin duda; en la declaración policial constaría que había mentido al afirmar que la víctima se hallaba con vida en su piso cuando, a esas horas, ya era cadáver. Habiendo constancia judicial de una mentira, se podía convencer a un jurado de que mentías en todo.

El caso es que no tenía un hogar al que volver. Ni una vida que la esperara. Lo único que tenía eran dos mil dólares en efectivo. Eso y una muda de ropa aguardando en un coche que tendría que abandonar en la primera ciudad donde pudiera encontrar una terminal de autobuses.

Pero ¿un autobús con destino adónde?

Además, fuera donde fuese, ¿cómo iba a sobrevivir con dos mil dólares en el bolsillo cuando su foto saltara a todos los televisores del país y todos los portales informativos de internet?

Mientras desandaba penosamente el camino a través del bosque, sopesó las opciones a su alcance y llegó a la triste conclusión de que sólo le quedaba una alternativa: entregarse a la policía o agarrar en ese mismo instante la pistola que llevaba en el bolsillo y pegarse un tiro.

Encontró un peñasco donde sentarse. El lago quedaba a una hora de camino, y alrededor no tenía más que árboles a la vista. Sacó la pistola del bolsillo y la levantó en la palma de la mano. A esas horas, Brian debía de estar ya a uno o dos continentes de distancia. Cualquiera que fuese el chanchullo que hubiera montado a través de Alden Minerals y el yacimiento aquel de Papúa Nueva Guinea, montado estaba. Y él había huido con los beneficios.

La habían utilizado. Quizá eso era lo peor de todo: sentirse utilizada y desechada. Ignoraba con qué fin, no veía qué papel había desempeñado ella en todo aquel tinglado. Sólo era la pobre infeliz, la incauta, una marioneta de una ingenuidad imperdonable.

¿Cuánto tiempo tardarían en encontrar su cadáver en aquellos bosques? ¿Días? ¿Estaciones tal vez? ¿O acaso las fieras vendrían a cebarse en él? Muchos años después, alguien descubriría algún que otro hueso suelto por allí y la policía acudiría a rastrear la zona y hallaría sus restos. Y así el misterio de la periodista desaparecida sospechosa de dos asesinatos quedaría por fin zanjado. Los padres les contarían la historia a sus hijos adolescentes díscolos a modo de lección: ¿veis?, dirían, no se salió con la suya. La justicia prevalece, no se puede burlar al sistema, esa mujer recibió su merecido.

Widdy se le apareció entonces con cara risueña a unos quince metros de distancia. No tenía el vestido manchado de sangre, ni marca alguna en el cuello. Al hablar no movió los labios, pero Rachel la oía con más claridad que a los pájaros.

«Lo intentaste.»

—No puse el empeño suficiente.

«Te habrían matado.»

—Pues debería estar muerta.

«¿Y quién iba a contar mi historia si así fuera?»

—Tu historia no le importa a nadie.

«Pero yo tuve una vida.»

Las lágrimas de Rachel se derramaron sobre la tierra y las hojas muertas.

—Sí, la vida de una niña pobre. Y negra. En una isla que a nadie le importa una mierda.

«A ti te importaba.»

Rachel miró fijamente a la niña entre los árboles.

—Tú moriste por mi culpa, porque te convencí de que había que esconderse. Pero tenías razón; si hubieran dado contigo antes, te habrían violado, pero no te habrían degollado, seguro que no, seguro que te habrían perdonado la vida.

«¿Qué vida?»

—¡Una vida! —exclamó Rachel.

«Yo no habría deseado vivir así.»

—Pero yo te quiero viva —suplicó Rachel—. Te necesito viva.

«Yo ya no estoy en este mundo. Olvídame, señorita Rachel. Olvídame.»

Rachel la miraba fijamente a los ojos. De pronto se encontró mirando a un árbol. Se secó los ojos y la nariz con la manga. Carraspeó y aspiró intensamente el aire del bosque.

Entonces oyó la voz de su madre. Dios santo. Tenía que ser la deshidratación, el agotamiento, un bajón de glucosa, o tal vez ya se hubiera descerrajado un tiro en la cabeza y estuviera en el otro mundo. En cualquier caso, aquélla era la voz de Elizabeth Childs, con sus nicotinizadas cuerdas vocales.

«Tiéndete —dijo su madre con una benevolencia claramente hastiada— y pronto volveremos a estar juntas. Será como aquella vez que caíste enferma y no me aparté de tu lado. Te prepararé todos tus platos favoritos.»

Rachel se sorprendió diciéndole que no con la cabeza, como si su madre pudiera verla, como si los árboles pudieran verla, como si no estuviera más sola que la una. ¿Era así como enloquecía la gente? ¿Como terminaba hablando sola por las esquinas, durmiendo en los portales, con la piel llagada?

Y una mierda.

Rachel guardó la pistola en el bolsillo y se irguió. Contempló los bosques que la rodeaban. Y supo que no iba a morir para hacerle la vida más fácil a Brian, ni a Kessler, ni a cualquiera que la considerara demasiado frágil para este mundo.

—No estoy loca —le contestó a su madre, a los árboles—. Y no quiero estar contigo en el otro mundo, mamá. —Alzó la vista al cielo—. Con vivir contigo una puta vida ya he tenido más que de sobra.

Cuando llegó al todoterreno ya era la una de la tarde. Le quedaba todavía un trayecto de dos horas hasta acceder a la carretera principal. Y otras tres horas por la carretera principal hasta dar con una población lo bastante grande como para que dispusiera de una estación de autobuses. Suponiendo que pasara algún autobús por dicha población a partir de las seis de la tarde. Y que por el camino no tuviera la desgracia de que la policía le diera el alto por conducir un vehículo que parecía haberse desplomado desde lo alto de una grúa.

Se sentó al volante y accedió al camino de tierra. Llevaba recorrido alrededor de un kilómetro y medio cuando el hombre que estaba tumbado en el asiento trasero le espetó:

—¿Qué coño le ha pasado al coche de Caleb? Por cierto, te veo muy bien.

Dicho esto, se incorporó y le sonrió por el espejo retrovisor: Brian.

30

YO PRIMARIO

Rachel dio un frenazo, puso punto muerto con un movimiento brusco y se desabrochó el cinturón de seguridad. Brian aún no había terminado de incorporarse en el asiento de atrás y Rachel ya estaba abalanzándose sobre él entre los asientos delanteros y asestándole un puñetazo en la cara. Nunca había pegado a nadie, y menos con el puño —no imaginaba que los nudillos dolieran tanto—, pero sabía reconocer el sonido de un buen directo, y aquel golpe contra la cara de Brian sonó con la dureza y contundencia de un puñetazo en toda regla. Vio que los ojos le lloraban y parecían cada vez más extraviados.

Así que le golpeó de nuevo. Le inmovilizó los hombros con las rodillas y le dio un puñetazo en la oreja, otro en el ojo y otro más en la cara. Brian intentaba sacudírsela de encima empujando con el torso, pero ella contaba con el beneficio del peso y sabía que llegado ese punto la única regla era seguir golpeando hasta que algo se lo impidiera. Lo oía pedirle que parara, oía su propia voz llamándolo «hijodeputa» una y otra vez y veía a Brian arrugando los ojos bajo la descarga de sus puños. Brian consiguió liberar el hombro derecho y al hacerlo Rachel se inclinó hacia la izquierda y él aprovechó para darse impulso empujando contra el suelo y el asiento. Rachel cayó de espaldas por el hueco entre los dos asientos delanteros y él se alzó en el de atrás, dispuesto a abalanzarse sobre ella.

Rachel le propinó un puntapié en la cara que tuvo mayor efecto si cabe que su primer puñetazo. Se oyó un crujido, de hueso o tal vez de cartílago, y la cabeza de Brian se estampó contra la ventanilla. Abrió y cerró la boca varias veces, como si tomara pequeñas bocanadas de aire, y luego puso los ojos en blanco y perdió la conciencia.

He noqueado a una persona, se dijo Rachel estupefacta.

Una risita brotó en sus labios al observar el temblor de los ojos de Brian bajo sus lánguidos párpados. Rachel sintió la progresiva hinchazón en la mano derecha, empapada de sangre. De la sangre de Brian. Reparó con horror en que Brian tenía la cara destrozada. Y habría jurado que cinco minutos antes no estaba así.

«¿Eso se lo he hecho yo?»

Agarró la llave de contacto y la pistola, se apeó del todoterreno y se plantó en la carretera. El mono de tabaco la asaltó con mayor intensidad que en los siete años que llevaba sin fumar. Lo suplió inhalando el reconfortante frescor del bosque y se sintió completamente ajena a la persona que había sido tan sólo unas horas antes, la que contemplaba la posibilidad de suicidarse, la que pensaba tirar la toalla.

«Y una mierda voy a tirar la toalla. La tiraré cuando me muera. Y no seré yo quien me mate.»

La portezuela del coche se abrió con un crujido y las manos de Brian aparecieron por encima de la ventanilla; el resto de su cuerpo quedaba dentro del vehículo.

—¿Has terminado?

—¿Terminado de qué?

—De darme hostias.

Rachel sentía un intenso dolor en la mano derecha, pero aun así empuñó la pistola.

—Sí, creo que sí.

Brian asomó la cabeza sobre el techo del coche y Rachel lo apuntó con la pistola.

—¡Joder! —exclamó, agachándose de nuevo.

Rachel volvió al coche en tres zancadas y encañonó a Brian con la pistola.

—¿Fogueo?

Brian bajó las manos e irguió el cuerpo, de pronto resignado a su suerte.

—¿Qué?

—Que si metiste balas de fogueo en esta pistola también.

Brian dijo que no con la cabeza.

Rachel le apuntó al pecho.

—¡No, de verdad! —exclamó, poniendo otra vez las manos en alto; quizá no tan resignado al fin y al cabo—. Que ésa lleva balas de verdad, joder.

—¿Ah, sí?

Brian ensanchó los ojos al ver el semblante de Rachel, lo que había en su mirada.

Rachel apretó el gatillo.

Brian cayó al suelo. Bueno, primero salió del vehículo pegando un bote hacia la izquierda para esquivar el disparo. Una vez en el suelo, juntó las manos en ese gesto tan universal como inútil de «por favor no dispare».

—Levántate —le dijo Rachel.

Brian se puso en pie y miró el fragmento de corteza que el disparo de Rachel había rebanado del delgado pino que tenía a su derecha. Le goteaba sangre por la nariz, los labios y la barbilla. Se la limpió con el antebrazo y lanzó un escupitajo rojo sobre la hierba que crecía junto al arcén.

—Esa sangre parece de verdad. ¿La sangre que echabas por la boca el día del barco de dónde salía?

—Adivina. —Se asomó a sus ojos una sonrisa que no se reflejó en sus labios.

Rachel rememoró aquel momento en el barco, la conversación entre ambos. Evocó a Brian sentado tan tranquilo mientras ella le echaba en cara su otra mujer, su otra vida. Y mientras tanto él tan campante, comiendo.

—Los cacahuetes —concluyó Rachel.

Brian levantó el pulgar sin excesivo entusiasmo.

—Dos de ellos estaban trucados, sí. Gominolas rellenas de sangre falsa. —Miró de soslayo hacia la pistola—. ¿Qué vas a hacer, Rachel?

—Todavía no lo tengo decidido, *Brian*.

Rachel bajó el arma un momento.

—Si me matas —dijo él bajando los brazos—, algo que sería comprensible, las vas a pasar putas. Sin dinero, ni modo de conseguirlo, en búsqueda y captura por un asesinato, perseguida por...

—Dos asesinatos.

—¿Dos?

Rachel asintió.

Brian registró el dato y prosiguió.

—Y perseguida por unos cabrones la hostia de peligrosos. Si me matas, hazte cuenta de que te quedarán dos días, tres a lo sumo, de respirar aire libre y escoger qué ropa te pones. Y yo sé lo mucho que te gusta vestir bien, cielo.

Rachel levantó el arma de nuevo. Y Brian, las manos. La miró arqueando una ceja. Rachel remedó el gesto. Y de pronto, quién sabe por qué demonios, se sintió en sintonía con él y le entraron ganas de reír. La rabia seguía aún allí, seguía sintiéndose traicionada y furiosa con Brian por haber destrozado su confianza, además de su vida... y, sin embargo, por un instante volvieron a aflorar sus antiguos sentimientos.

Tuvo que hacer un esfuerzo ímprobo para controlar los músculos y reprimir una sonrisa.

—Por cierto —dijo Rachel—, tú no estás muy guapo en este momento.

Brian se llevó los dedos a la cara y los retiró manchados de sangre. Se miró en la ventanilla del coche.

—Creo que me has roto la nariz.

—Eso me ha parecido por el ruido.

Brian se levantó el borde de la camiseta y se tocó levemente la cara.

—Por aquí cerca tengo guardado un botiquín de primeros auxilios. ¿Podríamos ir a por él?

—¿Qué gano haciéndote ese favor, querido?

—Que además del botiquín también tengo un todoterreno que no parece haberse caído de un puente de mierda, *querida*.

Regresaron conduciendo hasta el claro y después se adentraron a pie en el bosque, donde a menos de seis metros de distancia aguardaba, perfectamente camuflado, un Range Rover de color verde oscuro, un clásico de principios de los noventa, con las llantas un tanto oxidadas y algunas abolladuras en los laterales traseros; los neumáticos, sin embargo, estaban nuevos y el cacharro tenía aspecto de poder seguir tirando otros veinte años. Rachel siguió apuntando a Brian con la pistola mientras él sacaba un botiquín de primeros auxilios de una caja de lona que había en la trasera. Brian se sentó en la plataforma, con la portezuela levantada, y revolvió en la caja hasta que encontró un espejo de afeitar. Se aplicó un algodón empapado en alcohol sobre las heridas y se las limpió con suaves toquecitos, haciendo muecas y encogiendo la cara por el escozor.

—¿Por dónde quieres que empiece? —dijo.

—¿Por dónde puedes empezar?

—Bueno, fácil. Tú entraste ya hacia el final del partido. Empecé a montar todo esto tiempo atrás.

—¿Y qué es «esto»?

—Dicho en la jerga de mi mundillo, alteración fraudulenta de muestreo.

—¿Y qué mundillo es ése?

Brian levantó la vista hacia ella un tanto dolido y decepcionado, como si fuera una estrella de cine venida a menos y Rachel no hubiera sido capaz de reconocerlo.

—Soy un timador.

—Un estafador.

—Prefiero llamarme timador. Tiene más caché. Estafador suena a, no sé, al típico que te vende acciones baratas en proyectos de alto riesgo o en esas putas empresas de venta directa.

—Conque un timador...

Brian asintió y le tendió unas gasitas con alcohol para sus nudillos. Rachel hizo un gesto de agradecimiento, se encajó la pistola en la cinturilla y retrocedió unos pasos mientras se desinfectaba las heridas.

—Hace cosa de cinco años, descubrí una explotación minera en Papúa Nueva Guinea que había quebrado y estaba en venta, así que monté una empresa y la compré.

—¿Qué sabes tú de explotaciones mineras?

—Nada. —Se limpió la sangre de las fosas nasales con un bastoncito de algodón—. Joder, tía —dijo en voz baja, con un tono casi de admiración—, me has hecho polvo.

—La mina —dijo Rachel, reprimiendo otra sonrisa.

—Total, que compramos la mina. Y Caleb, al mismo tiempo, creó una empresa consultora, con un historial completamente falso, pero bastante creíble si no indagabas demasiado; una empresa de larga trayectoria en América Latina. Tres años después, esa consultoría, Borgeau Engineering, llevó a cabo un estudio «independiente» de la mina. Mina que para entonces ya habíamos enriquecido artificialmente.

—¿Y eso en qué consiste?

—En esparcir oro en los puntos del yacimiento de más fácil acceso. Pero no demasiado fácil. La idea se basa en la extrapolación: si en este punto se detecta un porcentaje *x* de oro, se presupone que los recursos de la totalidad del yacimiento ascienden a un porcentaje *y*. Ahí entran nuestros asesores independientes...

—Borgeau Engineering.

Brian hizo ademán de descubrirse ante ella.

—Y ésa fue su conclusión: que los recursos de la mina ascendían a cuatrocientos millones de onzas troy en lugar de a cuatro millones.

—Con lo que subiría el valor de vuestras acciones.

—Si las hubiéramos tenido, que no era el caso. No, pero sí nos convertiría en amenaza potencial para cualquiera de nuestros competidores en la zona.

—Vitterman.

—Vaya, te veo muy enterada.

—Recuerda que fui reportera durante diez años.

—Cierto. A ver, ¿qué más descubriste?

—Que probablemente recibisteis un préstamo de una sociedad mercantil llamada Cotter-McCann.

Brian asintió.

—¿Y para qué iba a prestarnos dinero esa gente?

—Aparentemente, para apuntalar la empresa en caso de que Vitterman presentara una OPA hostil mientras extraíais la suficiente cantidad de oro como para hacerla invulnerable a una absorción.

Brian asintió de nuevo.

—Sólo que —añadió Rachel—, según dicen por ahí, esos tipos de Cotter-McCann son unos tiburones.

—Tremendos —confirmó Brian.

—Así que lo que en realidad pretendían era devorar vuestra humilde mina con todos sus beneficios.

—Exacto.

—Sólo que no había beneficios.

Brian la miró con mucha atención mientras se desinfectaba las últimas heridas.

—¿De cuánto era el préstamo? —preguntó Rachel.

—Setenta millones de dólares —respondió Brian con una sonrisa.

—¿En efectivo? —preguntó Rachel, controlándose para no levantar la voz.

Brian asintió.

—Y otros cuatrocientos cincuenta millones en opciones de bolsa.

—Pero esas opciones no tienen ningún valor.

—No, señora.

Rachel se puso a dar vueltas en un pequeño círculo, haciendo crujir las hojas y la pinaza, hasta que por fin ató cabos.

—Lo único que os interesaba desde el primer momento eran esos setenta millones.

—Sí, señora.

—¿Y los conseguisteis?

Brian arrojó la última de las gasas ensangrentadas a una bolsa de plástico y le tendió la bolsa abierta a Rachel.

—Ojalá. Están en un banco de Gran Caimán, esperando a que pase a retirarlos.

Rachel echó sus gasas manchadas a la bolsa.

—Entonces ¿dónde está el fallo en ese gran plan tuyo?

El rostro de Brian se ensombreció.

—El fallo está en que nada más hacer la transferencia para retirar ese dinero de la cuenta de Rhode Island, entramos en una carrera contra reloj. Una transacción de esa envergadura llama la atención enseguida, sobre todo para gente como Cotter-McCann. Cometimos dos errores: subestimamos la rapidez con la que iban a percatarse del movimiento porque ignorábamos que tenían a un infiltrado en la plantilla de la Agencia de Seguridad que se encargó de retener la transferencia por PBC.

—¿Y eso qué es?

—Prevención de blanqueo de capitales. Sabíamos de antemano que la retendrían, pero normalmente hay un lapso de tiempo entre la retención y el momento en que se informa al emisor.

—¿Y qué era lo otro con lo que no contabais?

—¿Tienes una hora? —dijo compungido—. Cuando uno planea algo así, puede haber como quinientas cosas que salgan mal y sólo una que salga bien. Por ejemplo, no contábamos con que esa gente instalara un localizador en mi coche. Y ni siquiera lo instalaron porque sospecharan algo, sino porque es su *modus operandi* habitual.

—¿Y te siguieron adónde?

—Al mismo sitio que tú. A casa de Nicole. —Se le quebró la voz. De no haber sabido que él era tan buen actor, Rachel habría dicho que había auténtico dolor en ella—. Diez minutos antes y me habrían pillado dentro. Pero la pillaron a ella. Y la mataron.

Brian frunció los labios y exhaló un largo suspiro. Luego saltó bruscamente de la plataforma trasera del Range Rover, cerró la portezuela y dio una palmada.

—¿Algo más que de verdad, de verdad, necesites saber ahora mismo y no pueda esperar?

—Como un centenar de cosas.

—He dicho que no pueda esperar.

—¿Cómo te hiciste el muerto con tanta verosimilitud? En el fondo del mar me refiero. Con aquella sangre que te salía del cuerpo y aquel... —dijo, agitando las manos con la voz cada vez más apagada.

—Trucos escénicos —respondió—. Lo de la sangre fue fácil. Todo parches. Los del pecho ya los llevaba colocados antes de que llegaras al barco. Y la sangre de la boca, ya sabes, gominolas en vez de cacahuetes. La bombona de oxígeno me estaba esperando en el fondo del mar, pero tenía que llegar a tiempo a la roca. Por cierto, qué rápido te lanzaste al agua. Joder. Casi no me diste tiempo a colocarme.

—Pero y la mirada... —dijo Rachel con impaciencia—. Me mirabas con ojos de muerto, con cara de muerto.

—¿Así?

Compuso un semblante como si le hubieran clavado una jeringuilla llena de estricnina en la base del cráneo. Los ojos se le apagaron por completo, y a continuación el resto de la cara. Lo sorprendente no era sólo la repentina y absoluta quietud de su rostro, sino que también su espíritu parecía haberlo abandonado.

Rachel agitó una mano delante de sus ojos, pero él siguió con la mirada perdida en el vacío, sin pestañear ni un momento.

—¿Cuánto rato puedes estar así? —le preguntó.

Brian aspiró por fin.

—Yo creo que podría haber aguantado otros veinte segundos.

—¿Y si me hubiera quedado allí abajo contemplándote?

—Ah, pues podría haber aguantado otros cuarenta segundos, quizá; un minuto, todo lo más. Pero no te quedaste. Un buen timo siempre se basa en eso: en lo previsible que es la gente.

—A menos que esa gente sea Cotter-McCann.

—*Touché.* —Brian dio otra palmada y el aura cadavérica abandonó su rostro—. Bueno, seguimos contra reloj, así que ¿te importa si te voy contando el resto por el camino?

—¿Por el camino adónde?

Brian señaló hacia el norte.

—A Canadá. Caleb se reunirá allí con nosotros por la mañana.

—¿Caleb? —dijo Rachel.

—Sí. ¿Dónde lo has dejado, en nuestro refugio?

Rachel le sostuvo la mirada sin saber qué decir.

—Rachel —dijo Brian, con la mano en la puerta del copiloto—, dime por favor que al abandonar el barco fuisteis al refugio.

—No llegamos.

Brian mudó el semblante.

—¿Dónde está Caleb?

—Está muerto, Brian.

Brian se llevó las manos a la cara. Luego las bajó de nuevo y apretó las palmas contra la ventanilla del Range Rover. Agachó la cabeza y durante un largo minuto Rachel apenas lo oyó respirar.

—¿Cómo murió?

—Le pegaron un tiro en la cara, a bocajarro.

Brian se apartó del coche y la miró.

Rachel asintió con la cabeza.

—¿Quién?

—No sé quiénes eran. Dos tipos que venían en busca de una llave.

Brian parecía un pobre ser indefenso. No, peor, pensó Rachel, un ser desamparado. Miró hacia el bosque aturdido, como si fuera a sufrir otro desvanecimiento, y luego dejó resbalar el cuerpo por un lateral del Range Rover y se quedó sentado en el suelo. Temblando. Llorando.

En los tres años que habían estado juntos, ella nunca había visto a Brian en ese estado. Ni en uno parecido siquiera. Brian no se venía abajo, no se desmoronaba, no necesitaba ayuda. Ante sí tenía a Brian reducido a su esencia, como si se hubieran desmontado todas las piezas fundamentales del centro de su ser. Rachel puso el seguro a la pistola, se la encajó en la espalda y se sentó en el suelo delante de él. Brian se enjugó las lágrimas e inspiró con fuerza por los orificios nasales, húmedos y todavía relucientes de sangre.

—¿Lo viste morir? —le preguntó con las manos y los labios temblando.

Rachel asintió.

—Lo tenía tan cerca como a ti ahora. Le dispararon a bocajarro.

—¿Quiénes eran? —Exhaló el aire en intermitentes bocanadas.

—No lo sé. Por la pinta parecían vendedores de seguros. Pero de medio pelo, de esos que pululan por los centros comerciales.

—¿Y tú cómo conseguiste escapar?

Rachel se lo contó y, mientras le relataba los acontecimientos, Brian fue recobrando poco a poco su habitual compostura. Los temblores cesaron y las lágrimas dejaron de brotar.

—La llave la tenía él —dijo Brian—. Se acabó. Se acabó el puto juego.

—¿Qué llave?

—La llave de una caja de seguridad.

Rachel palpó la llavecita en su bolsillo.

—¿Del banco de las Islas Caimán?

Brian negó con la cabeza.

—De un banco de Rhode Island. Aquel último día, no sé por qué razón, tuve la corazonada de que iba a ocurrir algo malo, un mal presentimiento, supongo. O quizá me dejé llevar por el pánico como un puto crío. Total, que decidí poner los pasaportes a buen recaudo en ese banco. Pensé que si venían a por mí, Nicole se encargaría de recuperarlos. Pero fueron a por Nicole y no a por mí. Por eso le pasé la llave a Caleb.

—¿Qué pasaportes?

—El mío, el de Caleb, el de Haya, el de la niña, el de Nicole, el tuyo.

—Yo ya no tengo pasaporte.

Brian se levantó del suelo con aire alicaído y le tendió la mano.

—Sí que lo tienes.

Rachel aceptó su mano y dejó que la ayudara a levantarse.

—Si lo tuviera, lo sabría. Mi pasaporte caducó hace dos años.

—Te he conseguido otro —dijo entonces Brian sin soltarle la mano.

—¿Y de dónde sacaste la foto? —preguntó ella sin retirar la suya.

—¿Recuerdas el fotomatón del centro comercial?

«Qué listo —pensó Rachel—. Pero qué listo.»

Se sacó la llave del bolsillo y, al levantarla en el aire, observó cómo Brian resucitaba de entre los muertos por segunda vez en quince minutos.

—¿Es esta llave?

Brian parpadeó un par de veces y luego hizo un asentimiento.

Rachel volvió a guardársela en el bolsillo.

—¿Qué iba a hacer Caleb con ella?

—Se suponía que iba a recoger los pasaportes. Caleb y yo podíamos hacernos pasar el uno por el otro sin problema. Joder, si cuando el tío imitaba mi firma, parecía más auténtica que la mía. —Levantó la vista al despiadado cielo—. Tú y yo teníamos que pasar clandestinamente a Canadá y reunirnos con los demás en un lugar llamado Saint-Prosper. Desde allí, joder qué mierda, desde allí íbamos a ir todos juntos hasta Quebec y a salir del país en avión.

Rachel lo miró a los ojos y Brian la miró a su vez y ambos guardaron silencio por un instante.

—¿Así que íbamos a salir del país los seis juntos? —preguntó Rachel, rompiendo el silencio.

—Ése era el plan, sí.

—Tú, tu mejor amigo, su mujer y su hija, y tus dos mujeres.

Brian le soltó la mano.

—Nicole no era mi mujer.

—Entonces ¿quién era?

—Mi hermana.

Rachel retrocedió y lo miró fijamente, intentando averiguar si decía o no la verdad. Pero ¿qué iba a saber ella? Había vivido tres años con él y ni siquiera sabía cómo se llamaba en realidad, ni a qué se dedicaba, ni qué historia tenía detrás. Apenas dos noches antes la había convencido de que estaba muerto, la había mirado a los ojos con cara de muerto desde el fondo del mar. Brian no mentía como el común de los mortales.

—¿Y esa hermana tuya estaba embarazada?

Brian asintió.

—¿Quién era el padre?

—No tenemos tiempo para esto.

—¿Quién era el padre?

—Un tal Joel, ¿vale? Colega del banco. Casado, con tres hijos. Fue un desliz. Pero Nicole siempre había deseado tener hijos, y aunque cortó con él, se propuso seguir adelante con el embarazo. No necesitaba que Joel la mantuviera, íbamos a tener setenta millones de dólares en nuestras manos. ¿Quieres conocer al tal Joel? Si quieres lo llamo y le preguntas si su antigua amante llevaba en el vientre un hijo suyo cuando alguien la liquidó en la cocina de su propia casa porque su hermano —Brian iba andando de un lado a otro, muy alterado—, el imbécil de mierda de su hermano, había dejado el coche aparcado delante de su casa mientras él volvía a Boston para hacerte volver a la realidad de un susto.

La risotada de Rachel sonó como un ladrido.

—¿Que qué? ¿Que tú pretendías devolverme a la realidad de un susto?

Brian la miraba con cándida inocencia.

—Eso he dicho.

—En mi vida he oído un absurdo tan grande.

—Te necesitaba preparada para entrar en acción. No contaba con que Cotter-McCann se tragara el anzuelo hasta al cabo de, yo qué sé, joder, tres meses. ¿Seis? Esperaba que fueran seis. Pero los muy cabrones mordieron el anzuelo antes de tiempo porque son gente agresiva y codiciosa y cuando desean algo ha de ser a su ritmo y no al de los demás. Tampoco contaba con que ingresaran el dinero en nuestra cuenta y que el mismo día contrataran los servicios de una asesoría independiente para que les hiciera una segunda valoración económica de la mina. Pero lo hicieron. Y tampoco contaba con que pusieran a dos asesinos a sueldo para que nos vigilaran tanto a mí como a mi gente al mismo tiempo. Pero, una vez más, eso hicieron. Así que tuve que saltarme el plan A, descartar el plan B y pasar directamente al C, que consistía en eso, en darte un susto y devolverte a la puta realidad. Y mira por dónde, surtió efecto.

—Nada surtió efecto. Nada...

—¿Todavía te da miedo conducir?

—No.

—¿Y montarte en un taxi?

—No.

—¿Y verte sola en mitad de la naturaleza o en grandes espacios abiertos? ¿Qué me dices de montarte en un ascensor? ¿Y bucear en el mar? Dime, Rachel, ¿has sufrido algún ataque de pánico desde que empezó todo esto?

—¿Cómo quieres que lo sepa? Vivo en estado de pánico permanente desde que te vi salir por la parte trasera de un edificio de Boston cuando me habías dicho que estabas en Londres.

—Bien. —Asintió—. Y desde entonces te has sobrepuesto a ese pánico, cada minuto de cada día, para hacer lo que debías. Incluyendo matarme a mí, por cierto.

—Pero no moriste.

—Vaya, cuánto lo lamento. —Posó las manos sobre los hombros de Rachel—. Si no sientes miedo es porque ya no escuchas otra voz que no sea la de tu yo primario. Tenías a tu disposición todas las «pruebas» necesarias para volver arrastrándote a tu vida y quedarte allí encerrada. No te puse las pistas en bandeja; te obligué a trabajar para encontrarlas. Podías haber confiado en los hechos que tenías a la vista —los sellos de los visados, por ejemplo, no podían ser más verosímiles—, pero preferiste hacer caso de tu instinto, nena. Actuaste dejándote llevar por lo que te decía esto... —señaló a su pecho— y no esto —añadió señalando a su cabeza.

Rachel le sostuvo la mirada un buen rato.

—No me llames «nena».

—¿Por qué no?

—Porque te odio.

Brian reflexionó un momento y luego encogió los hombros.

—Odiar lo que te despierta es lo más normal.

31

EL REFUGIO

Abandonaron el maltrecho todoterreno de Caleb en el bosque y se montaron en el Range Rover para recorrer los casi quinientos kilómetros que los separaban de Woonsocket, una localidad de Rhode Island situada justo al sur de la frontera con Massachusetts, unos veinticuatro kilómetros al norte de Providence. Tuvieron tiempo de sobra para hablar durante el trayecto, pero de hecho sólo tocaron los asuntos más apremiantes. Sabían por la radio, que habían llevado puesta gran parte del camino, que la policía estaba «interesada» en interrogarlos por su conexión con el fallecimiento de dos individuos en dos estados distintos. Tanto la policía de Providence como la de Boston mantenían absoluta reserva respecto a los motivos que los habían llevado a relacionar el asesinato de una empleada de una sucursal bancaria en una pequeña localidad de Providence con el de un ejecutivo de Boston, pero tenían mucho interés en interrogar a Brian Alden, hermano de la víctima de Providence y socio de la víctima de Boston, así como a la esposa de Brian Alden, Rachel Childs-Delacroix. Dichos «sujetos» eran propietarios de sendas pistolas registradas a su nombre y, dado que éstas no habían sido localizadas en el domicilio de Back Bay donde residía la pareja, se presumía que iban armados.

—Total, que mi vida ha quedado destrozada —dijo Rachel en las cercanías de Lewiston, Maine—. Eso suponiendo que consiguiera que me exculparan.

—Que sería mucho suponer —observó Brian.
—El intento me dejaría en la puta ruina.
—Y entretanto tendrías que pasar una larga temporada entre rejas.
Rachel le lanzó una mirada asesina, que Brian no advirtió por ir pendiente de la carretera.
—Y aun así podrían freírme por cargos secundarios.
Brian asintió.
—Por obstrucción a la justicia, para empezar. A la policía no le suele hacer mucha gracia que alguien olvide mencionar que tiene un cadáver sentado a la mesa del comedor. Por abandono de la escena de un crimen, desaparición ilícita, conducción temeraria... seguro que se me ocurren unos cuantos más.
—No tiene gracia —replicó Rachel.
Brian volvió la cabeza hacia ella.
—¿En algún momento he insinuado que la tuviera?
—Ahora mismo. Estás hablando con sorna, con mala leche.
—Cuando estoy muerto de miedo me da por ahí.
—¿Muerto de miedo? ¿Tú?
Brian levantó las cejas.
—Muerto de miedo es poco. Suponiendo que no hayan encontrado nuestro refugio y podamos hacer lo que tenemos que hacer allí, y suponiendo que lleguemos a Providence sin que nos den el alto, y que podamos entrar en el banco y acceder a la caja de seguridad donde dejé guardados los pasaportes y el dinero para la huida, y luego consigamos salir de ese banco y del estado de Providence y agarremos a Haya y a la niña y encontremos un aeropuerto donde nadie nos esté buscando ni haya visto nuestras caras en la pantalla de su televisor o en alguno de los nueve televisores del bar del aeropuerto sintonizados en la CNN, y suponiendo, además, que no haya nadie esperándonos en Ámsterdam, entonces, bueno, sí, posiblemente sobrevivamos al año. Pero yo diría que nuestras posibilidades de superar con éxito esta carrera de obstáculos son, no sé, para mí que prácticamente nulas.

—Ámsterdam —dijo Rachel—. Creía que el banco estaba en las Islas Caimán.

—Y lo está, sólo que allí habría alguien esperándonos con toda seguridad. Si conseguimos llegar a Ámsterdam, podemos enviar la transferencia a Suiza.

—Entonces ¿para qué parar en Ámsterdam?

Brian se encogió de hombros.

—Siempre me ha gustado esa ciudad. A ti también te gustará. Los canales son una preciosidad. Demasiadas bicis, eso sí.

—Parece como si me llevaras de turismo.

—Bueno, ése es el plan, ¿no?

—No somos pareja —replicó Rachel.

—¿Ah, no?

—No, mentiroso de mierda. A partir de ahora nuestra relación es puramente mercantil.

Brian bajó un momento la ventanilla para que le diera el aire en la cara y lo espabilara y luego la subió otra vez.

—Está bien —dijo—, para ti será todo lo mercantil que quieras, pero yo estoy enamorado de ti.

—¿Qué sabrás tú del amor?

—Perdona, pero sobre eso discrepo.

—¿Acaso buscaste de verdad a mi padre en algún momento?

—¿Qué?

—Cuando te conocí eras investigador privado.

—Eso era un montaje. El primero en mi historial, de hecho.

—Entonces ¿nunca fuiste investigador privado de verdad?

Brian negó con la cabeza.

—Aquello era una tapadera que monté para indagar sobre los antecedentes de la plantilla de una *start-up* informática que se iba a establecer en la zona.

—¿Y necesitabas montar una tapadera sólo para indagar sobre sus antecedentes?

—En la empresa había sesenta y cuatro empleados, si no me falla la memoria. Sesenta y cuatro fechas de nacimiento, sesenta y cuatro tarjetas de la seguridad social, sesenta y cuatro historiales.

—Sesenta y cuatro identidades que usurpaste.

Brian asintió con parquedad, pero ufano.

—Una de esas identidades es precisamente la que figura en tu pasaporte.

—Pero ¿el día que fui a verte a tu despacho...?

—Intenté convencerte por todos los medios para que no me contrataras.

—Pero cuando volví unos meses después bien que te embolsaste el dinero y...

—Claro que busqué a tu padre, Rachel. Removí el cielo y la tierra para encontrarlo. Ojalá hubiera estado más lúcido y se me hubiera ocurrido que James podía ser el apellido; lo siento, no fue así. Pero que sepas que indagué sobre todos y cada uno de los profesores cuyo nombre de pila era James y habían trabajado en la zona en los veinte años anteriores, tal como me comprometí a hacer. Fue el único trabajo como investigador privado que desempeñé honradamente, y lo hice por ti.

—¿Por qué?

—Porque eres buena.

—¿Porque qué?

—Porque eres buena. Eres una de las pocas personas buenas que he conocido en mi vida. Y porque merece la pena luchar por ti y luchar contigo. Te lo mereces todo.

—Qué embustero eres. Pero si tienes una puta estafa en marcha en este momento. Y a mi costa.

Brian reflexionó un momento.

—Cuando me encontré contigo en el bar aquella noche, Caleb y Nicole insistieron mucho para que me olvidara de ti. Un timador no puede tener vida amorosa, decían, sólo sexual. Eso me lo decía una hermana que terminó quedándose preñada de un hombre casado. Venirme a mí con lecciones de amor... Y Caleb, que luego se casaría con una mujer que no hablaba una palabra de inglés. Menudos consejeros sentimentales los dos. —Movió la cabeza de un lado a otro—. «No caigas rendido a sus pies.» Anda que menudo caso hicimos los tres.

Rachel tuvo que hacer un esfuerzo para no mirarlo y volvió la vista hacia la ventanilla.

—Yo caí rendido a tus pies porque cuando uno conoce a la mujer cuyo rostro desea tener delante el día de su muerte no puede hacer otra cosa. Uno cae, y sigue cayendo. Y si tiene la gran suerte de que ella caiga con él ya no vuelve a levantarse, porque si tan bien estaba antes, no habría tenido la necesidad de caer. Yo caí completa y absolutamente entregado. Acababa de montar la estafa esta. El día que me encontré contigo en aquel bar había firmado el contrato de compraventa de la mina. Caleb y yo habíamos quedado allí para celebrarlo, pero cuando te vi le mandé un SMS con el cuento de que el atún del almuerzo me había sentado mal, y él se fue a cenar solo no sé dónde. Cuando te vi desde el otro extremo de la barra pensé: «Ésa es Rachel Childs. Aquella chica cuyo padre intenté localizar hace tiempo. La que veía en las noticias.» Me había preguntado muchas veces quién sería el afortunado que se encontrara contigo en casa al final de la jornada. Y luego el puto borracho aquel empezó a meterse contigo y acudí en tu rescate, y, tiene gracia la cosa, resulta que pensaste que podía ser un montaje. Qué bueno, ironías de la vida. Me hizo creer en la existencia de Dios por un momento. Luego te marchaste y yo salí corriendo a buscarte por las calles. —Brian miró hacia ella—. Te encontré. Y luego dimos aquel paseo y nos pilló el apagón y fuimos a parar a nuestro bar maravilloso.

—¿Qué música tenían puesta cuando entramos?

—Tom Waits.

—¿Qué canción?

—*Long Way Home.*

—Habría pegado más la de los dieciséis disparos con la 30.6.

—No habría estado mal. —Brian se rebulló en el asiento y volvió a colocar la muñeca en lo alto del volante—. Puede que te desagraden mis métodos, Rachel, y que no haya sido nada grato descubrir que me gano la vida montando estafas de altos vuelos. Eres muy libre de desenamorarte de mí, pero yo no puedo desenamorarme de ti. No sabría cómo.

Rachel estuvo a punto de tragárselo, aunque sólo por un segundo, porque enseguida recordó qué clase de hombre tenía delante: un actor, un estafador, un timador, un profesional de la mentira.

—Cuando dos personas se aman no se destrozan la vida —dijo Rachel.

Brian rió por lo bajo.

—Cómo que no. En eso consiste el amor precisamente; donde antes había uno, de pronto hay dos, y con ello surgen las complicaciones, los conflictos, las desavenencias. ¿Quieres que me disculpe por haberte arruinado la vida? Está bien, me disculpo. Pero ¿de qué vida estamos hablando? Tu madre ya no vive, a tu padre ni siquiera lo llegaste a conocer, tus amistades son como mucho pasajeras y tú no sales de la puerta de casa. ¿Qué clase de vida he destrozado, Rachel?

Eso mismo se preguntó ella mientras entraban en Woonsocket al atardecer.

Woonsocket era una caduca y mortecina población fabril, con pequeños núcleos aburguesados que se esforzaban en vano por contrarrestar el aire de abandono que despedía el lugar. La calle principal estaba salpicada de negocios cerrados. Detrás de esos edificios se alzaban todavía algunas fábricas con los cristales rotos o sin cristales, con los muros de ladrillo adornados con grafitis, reclamadas por la tierra que invadía las plantas bajas y dibujaba grietas en los cimientos. Había sucedido antes de que ella naciera, esa destrucción sistemática de la industria estadounidense, ese cambio de una cultura que fabricaba artículos de valor a una cultura que consumía artículos de dudoso mérito. Rachel había crecido con esa ausencia, con el recuerdo prestado de un sueño tan frágil que probablemente había estado condenado al fracaso desde el momento de su concepción. Si alguna vez había existido un contrato social entre el país y sus ciudadanos, ya hacía tiempo que había desaparecido, salvo por la cláusula hobbesiana imperante desde que nuestros antepasados salieron dando tumbos de las cuevas en busca de alimento: yo a lo mío y ya te espabilarás tú.

Brian circuló por una serie de calles empinadas y oscuras y luego bajó hasta una fábrica en desuso integrada por cuatro edificios alargados de cuatro plantas que se alzaban junto al río, aislados de la población. En cada uno de aquellos edificios de ladrillo había al menos un centenar de ventanas que daban a la calle y otras tantas en la fachada que daba al río. Los altos marcos de las ventanas que se abrían en su centro eran dos veces más grandes que los demás. Brian rodeó el recinto y Rachel se fijó en un par de pasadizos cubiertos que conectaban los edificios por la cuarta planta, de manera que, visto desde el aire, el complejo tenía forma de doble H.

—¿Éste es vuestro refugio? —le preguntó.

—No, esto es una fábrica abandonada.

—Entonces ¿dónde está el refugio?

—Cerca.

Discurrieron junto a cristales rotos y malas hierbas tan altas como el Range Rover. Grava, piedras, guijarros y cristales rotos crujían bajo los neumáticos.

Brian sacó el móvil del bolsillo y escribió un mensaje deprisa y corriendo. Unos segundos después, el teléfono vibró con el mensaje de respuesta. Se lo volvió a guardar en el bolsillo y dio otro par de vueltas alrededor de la fábrica. Al llegar al extremo del recinto, apagó los faros del coche y ascendió por una pequeña loma junto al río que, a juzgar por el sonido, iba a parar a una presa. En lo alto de la loma, parcialmente oculta por una mustia arboleda, se alzaba una pequeña vivienda de ladrillo de dos plantas con una cubierta en mansarda de color negro. Brian estacionó el Rover sin apagar el motor, y permanecieron en el interior del vehículo vigilando la casa.

—Era la casa del vigilante nocturno. Todos estos terrenos pasaron a propiedad del ayuntamiento en los setenta, cuando la fábrica se fue a hacer puñetas. Es probable que la mayor parte del terreno esté contaminada y, como nadie tiene dinero para hacer un estudio medioambiental, nos vendieron la casa por una miseria. —Se rebulló inquieto en el asiento—. De hecho, la estructura no está mal y tiene buena visibilidad. Es imposible acercarse a ella sin que te vean.

—¿A quién le has enviado ese mensaje? —le preguntó.

—A Haya. —Indicó con la cabeza hacia la casa—. Está ahí dentro con Annabelle. Quería hacerle saber que ya estaba llegando.

—Entonces ¿por qué no entramos?

—Ya entraremos.

—¿A qué esperamos?

—A que mi impaciencia se imponga al terror que siento. —Levantó la vista hacia la casa. Al fondo de la parte trasera se encendió una luz—. Haya tenía que haberme dado el visto bueno con un mensaje en el que pusiera: «Estoy bien. Entra.»

—¿Y?

—Que sólo me ha enviado la mitad de ese mensaje.

—Bueno, no es su idioma. Será el miedo también.

Brian se quedó un momento mordisqueándose la mejilla por dentro.

—No podemos decirle lo de Caleb.

—Hay que decírselo.

—Mejor que piense que algo lo ha retenido por lo que sea y que nos encontraremos con él en Ámsterdam dentro de un par de días. Si no, la cagará. Y entonces... —Brian se volvió en el asiento y le tocó la mano. Rachel la retiró—. No podemos decírselo. Rachel, Rachel.

—¿Qué?

—Si la cosa se tuerce, nos matarán a todos. Incluida la niña.

Rachel lo miró fijamente en la penumbra del Range Rover.

—No podemos darle motivos para que reaccione más imprevisiblemente de lo que ya es de esperar. Se lo contaremos cuando estemos en Ámsterdam.

Rachel asintió con la cabeza.

—Quiero que me lo digas en voz alta.

—Se lo diremos en Ámsterdam.

Brian se quedó mirándola un buen rato.

—¿Has traído tu pistola? —le dijo por fin.

—Sí.

Brian metió la mano debajo del asiento, sacó entonces una Glock de 9 mm y se la llevó a la espalda.

—Así que tenías un arma a mano.

—Joder, Rachel —dijo suspirando distraído—, tengo tres.

Dieron dos vueltas en torno a la casa, en la oscuridad, y a continuación subieron por los vencidos peldaños de la escalera trasera, que conducían hasta una puerta cuya pintura se había ido desconchando con los años. Los tablones del suelo crujieron bajo sus pies y la propia casa se estremeció azotada por una intempestiva ráfaga de aire frío, más propio de principios de otoño que del incipiente verano.

Brian recorrió el porche y comprobó todas las ventanas y la puerta de entrada antes de regresar a la parte de atrás. Abrió la puerta, cerrada con llave, y pasaron dentro.

A su izquierda saltó una alarma y Brian marcó rápidamente la fecha de nacimiento de Rachel en el teclado y el pitido cesó.

El pasillo central arrancaba en la puerta trasera, pasaba junto a una vieja escalera de roble y llegaba hasta la entrada. La casa olía a limpio, pero había polvo y un ligero olor a humedad impregnado en el ambiente que ni un millar de limpiezas lograrían eliminar. Brian extrajo dos linternas de bolsillo de su chaqueta, le dio una a Rachel y encendió la suya.

Haya estaba sentada junto a la rendija de la puerta para las cartas, con una pila de correo basura a la derecha y una pistola en las manos.

Brian le dirigió un saludo con la mano, le sonrió cálidamente y avanzó por el pasillo hacia ella. Haya bajó el arma, Brian la abrazó con cierta torpeza y los dos se quedaron de pie frente a ella.

—La niña está dormida —dijo Haya, apuntando hacia el piso de arriba.

—Tú también necesitas dormir —dijo Brian—, pareces agotada.

—¿Dónde está Caleb?

—Los malos, Haya... puede que lo estén siguiendo. Caleb no quería atraerlos hasta aquí. Hasta ti y Annabelle. ¿Me entiendes?

Haya respiraba entrecortadamente. Se mordía el labio superior con tanta fuerza que Rachel creyó que en cualquier momento iba a brotar la sangre.

—Pero está... ¿vivo?

Joder.

—Sí —contestó Brian—. Va a escapar por Maine. ¿Recuerdas que lo hablamos? Cruzará por allí hasta Canadá y tomará un vuelo desde Toronto. En Maine nadie podrá seguirle la pista. Ese terreno lo conocemos muy bien. ¿Entiendes lo que quiere decir «terreno»?

Haya asintió con la cabeza dos veces.

—No... ¿no le pasará nada?

—Claro que no —respondió Brian con una firmeza que a Rachel le desagradó profundamente.

—No... no me coge el móvil.

—Ya te lo explicamos, Haya. Un móvil es fácil de rastrear. En el momento que cualquiera de nosotros tenga la impresión de que lo vienen siguiendo, no debe usar el móvil. —Brian la tomó de las manos—. Todo irá bien. Por la mañana ya habremos salido de aquí.

Haya miró a Rachel, de mujer a mujer, con una mirada que trascendía cualquier barrera idiomática: «¿Me puedo fiar de este hombre?»

Rachel le dijo que sí con un pestañeo.

—Procura dormir un poco. Conviene que estés descansada.

Haya subió la escalera a oscuras y Rachel tuvo que contenerse para no echar a correr tras ella y confesarle que no le habían contado más que una sarta de mentiras. Que su marido había muerto. Que el padre de su hija había muerto. Que ella y su pequeña estaban a punto de convertirse en fugitivas de la justicia por salir huyendo con dos extraños, dos embusteros que le habían mentido y continuarían mintiéndole hasta que tuvieran la seguridad de que no les iba a joder la huida.

Al llegar a lo alto de la escalera, Haya giró a la derecha y Rachel la perdió de vista.

Brian le leyó el pensamiento.

—¿Qué pensabas decirle?

—Que su marido está muerto —contestó Rachel en voz baja.

—Bien. Pues adelante. —Hizo un magnánimo ademán con el brazo en dirección a la escalera.

—No seas cruel —dijo Rachel tras pensárselo un momento.

—Y tú no te las des de moralista —repuso—, a menos que estés dispuesta a hacer lo que predicas.

Registraron la planta de abajo juntos, habitación por habitación, y tras comprobar que no había nadie, Brian encendió las luces.

—¿Seguro que no es un poco arriesgado? —le preguntó Rachel.

—Si nos tuvieran localizados —contestó—, ya nos los habríamos encontrado abajo en la fábrica o aquí dentro con ella. Pero no están, lo que quiere decir que este refugio sigue siendo seguro. Nicole no se fue de la lengua. Probablemente porque no se les ocurrió preguntarle.

—Haya ocupa el dormitorio de arriba a la derecha. —Iba encorvado de puro agotamiento. De repente, Rachel se dio cuenta de que ella también estaba exhausta. Con la mano que empuñaba la pistola, Brian señaló vagamente hacia el piso superior—. Hay un armario con sábanas junto a la puerta del cuarto de baño. En el primer dormitorio a la izquierda tienes una cómoda con una serie de prendas de tu talla. A los dos nos vendría bien una ducha, después prepararé un café y pondremos manos a la obra otra vez.

—¿A la obra para qué?

—Tengo que enseñarte a falsificar una cosa.

32

CONFESIÓN

Rachel se sentó a la mesa con el pelo todavía mojado y una taza de café; se había puesto una camiseta, una sudadera con capucha y un pantalón de chándal; todo ello, efectivamente, de su talla. Tomó asiento junto a su marido —«¿todavía podía llamarlo así?»— y Brian le puso un bloc de notas y un bolígrafo delante. Luego desplegó sobre la mesa toda una serie de documentos con la firma de su hermana.

—¿Voy a ser Nicole?

—Durante los cinco minutos que debería llevarte entrar y salir de ese banco, adoptarás el último alias de Nicole.

Brian revolvió en una bolsa de gimnasia y extrajo un montoncito de documentos de identidad y tarjetas de crédito atados con una goma. Luego, un carnet de conducir expedido en Rhode Island, a nombre de una tal Nicole Rosovich.

Al dejarlo sobre la mesa, movió la cabeza con crispación. Rachel tuvo la impresión de que no se daba cuenta de que lo hacía.

—No me parezco nada a ella —observó Rachel.

—La estructura ósea es similar —replicó Brian.

—Pero los ojos no.

—Para eso tengo reservado un juego de lentillas de colores.

—Pero la forma es distinta —señaló Rachel—. Y los suyos eran más grandes. Además, tenía los labios más finos.

—Pero la nariz es parecida y el mentón también.

—Se ve a la legua que no somos la misma persona.

—Mira, un heterosexual casi cuarentón ya, con la típica parejita de niños en casa, el trabajo más aburrido del mundo y supongo que la correspondiente esposa más aburrida del mundo, lo único que recordará de la rubia despampanante que pasó por su despacho hace tres meses es que era una rubia despampanante. Así que te pondremos rubia. Lo de despampanante ya está solucionado.

Rachel hizo caso omiso del cumplido.

—¿Tienes aquí incluso el tinte de pelo adecuado?

—Tengo pelucas. La misma que Nicole llevó la primera vez.

—No sé si sabrás que hoy en día los bancos cuentan con programas de reconocimiento facial.

—Éste, no —dijo Brian—. Por eso lo escogí. Las pequeñas empresas de toda la vida nunca fallan. Esta oficina bancaria lleva funcionando en Johnston desde hace tres generaciones. Tienen instalado cajero automático desde hace sólo cuatro años, y únicamente porque los clientes firmaron una solicitud para que lo instalaran. El propietario, que será quien te reciba, es también el director de la oficina y quien maneja todas las transacciones de las cajas de seguridad. Se llama Manfred Thorp.

—No jodas que aún hay gente que se llama así —dijo Rachel.

Brian se sentó con una pierna a cada lado en la silla que había junto a ella.

—Como lo oyes. Me dijo que el nombre figura en el árbol genealógico de su familia desde hace mil años. Que cada generación está obligada a ponerle «Manfred» a uno de sus hijos y, palabras textuales, a él le había tocado la peor parte.

—¿Lo conoces bien?

—Sólo nos hemos visto una vez.

—¿Y cómo sabes tantas cosas de él?

Brian se encogió de hombros.

—La gente me cuenta cosas. A mi padre le pasaba lo mismo.

—¿Y quién era tu padre en realidad? —Rachel giró la silla hacia él—. Tu verdadero padre.

—Jamie Alden —contestó Brian alegremente—. La gente lo llamaba El Fugas.

—¿Porque era muy impaciente?

Brian negó con la cabeza.

—Porque siempre estaba dispuesto a huir de todo y de todos. Se fugó del ejército, se fugó de veinte trabajos distintos, abandonó a tres mujeres antes de mi madre y a las otras dos que vinieron detrás. De vez en cuando entraba y salía de mi vida, hasta que topó con un joyero de Filadelfia que no se anduvo con contemplaciones: el tipo iba armado hasta los dientes y, además, El Fugas no era amigo de ir por ahí pegando tiros. El tipo lo mandó al otro barrio. —Brian se encogió de hombros—. Quien al cielo escupe, en la cara le cae, ¿no?

—¿Y eso cuándo ocurrió?

Brian levantó la vista al techo haciendo memoria.

—Mientras yo estudiaba en Trinity.

—¿Cuando te expulsaron?

Brian ladeó la cabeza y esbozó una sonrisa, sorprendido de que estuviera al tanto de eso. Mantuvo un momento la postura, mirándola fijamente, y después asintió por fin.

—Sí, al día siguiente de enterarme de su muerte molí a palos al tal Nigel Rawlins.

—Con un desatascador.

—Era lo que había a mano.

Dejó escapar una risita burlona recordándolo.

—¿Por qué te ríes?

—Porque fue un gran día.

Rachel movió de un lado a otro la cabeza con ademán reprobatorio.

—Te expulsaron de la academia de teatro por agredir a un profesor.

Brian asintió.

—Por agresión con lesiones, para ser exactos.

—¿Y a eso lo llamas tú un gran día?

—Fue una reacción instintiva. Yo era consciente de que estaban cometiendo una injusticia con Caleb, y de que mi deber era hacer justicia. Nigel no perdió su puesto de trabajo, por lo que tengo entendido, y quizá hoy todavía siga impartiendo a los estudiantes sus truquillos baratos para aplicar el método. Pero apostaría mi parte de esos setenta millones a que nunca más habrá tratado a otro estudiante como trató aquel día a Caleb o a las otras víctimas que precedieron a Caleb. Porque ahora ya tendrá grabado en la mollera que en cualquier momento le puede salir en clase otro psicópata como el tal Brian Alden y machacarle la cara con un desatascador. Aquel día hice justo lo que tenía que hacer.

—¿Y yo? —dijo Rachel al rato.

—¿Y tú qué?

—Yo no me dejo llevar por mis instintos. No me enfrento a la vida.

—Claro que sí. Perdiste práctica, eso es todo. Pero has vuelto, nena.

—He dicho que no me llames «nena».

—Está bien.

—¿Cuánto hace que llevas tramando esta estafa de la mina? ¿Cuatro años?

Brian se quedó pensativo, calculando mentalmente.

—Sí, cuatro más o menos.

—Pero ¿desde cuándo te haces pasar por Brian Delacroix?

El semblante de Brian reflejó entonces algo rayano en la vergüenza.

—En total, contando las interrupciones, casi unos veinte años.

—¿Por qué?

Brian guardó silencio un buen rato, rumiando como si a nadie se le hubiera ocurrido plantearle esa cuestión hasta aquel momento.

—Una noche, en la época en la que vivía en Providence y trabajaba en la pizzería, un colega del reparto vino y me dijo: «Hay un doble tuyo en el bar de enfrente.» Así que me acerqué al bar y, efectivamente, allí estaba Brian Delacroix acompañado de una serie de chicos de su estilo, gente de pasta por lo que parecía, y un montón de tías buenas alrededor. Total, que me quedé un rato en el bar hasta averiguar cuál era su abrigo y se lo birlé. Un abrigo precioso: negro, de cachemira, con el forro de color rojo sangre. Cada vez que me lo ponía, me sentía... importante —dijo Brian tras sopesar la palabra, con la mirada de un crío perdido en un centro comercial—. No podía llevar el abrigo muy a menudo, al menos para moverme por Providence, porque corría el riesgo de toparme con él, pero cuando me echaron de Trinity y me marché a Nueva York, no me lo quitaba de encima. Si tenía que echarle labia a una entrevista de trabajo, me lo ponía, y el puesto era mío. Veía a una chica que me gustaba, me ponía el abrigo, y abracadabra, la chica terminaba en mi cama. Pero no tardé en darme cuenta de que no era el abrigo en sí lo que me daba esa fuerza, sino lo que ocultaba con él.

Rachel lo miró sin entender.

—Aquel abrigo —aclaró— ocultaba el hecho de que mi viejo nos hubiera dejado tirados a mí y a la alcohólica de mi vieja, ocultaba todos los cuchitriles inmundos donde habíamos vivido, en los que siempre quedaba el tufo del último yonqui que había palmado por sobredosis justo antes de que nosotros nos mudáramos, ocultaba todas las navidades deprimentes, todos los cumpleaños que nunca celebramos y las visitas de los servicios sociales, los cortes de luz, los borrachos asquerosos que rondaban a mi madre y la posibilidad de que yo terminara siendo uno de aquellos borrachos en la vida de una mujer muy parecida a mi madre. Un borracho con un trabajo de mierda como ellos, que contara las mismas historias de borrachos que ellos y que trajera al mundo unos críos de los cuales se desentendería y que de mayores terminarían odiándolo.

Sin embargo, era ponerme el abrigo y ese futuro se esfumaba. En cuanto me ponía aquel abrigo dejaba de ser Brian Alden y me convertía en Brian Delacroix. Y el peor Brian Delacroix siempre le daba mil vueltas al mejor Brian Alden.

La confesión pareció dejarlo tan exhausto como avergonzado. Se quedó un rato con la mirada perdida en el zócalo de la pared; después, dejó escapar un suspiro y echó una ojeada a los papeles con la firma de su hermana que había desplegado sobre la mesa. Puso uno de ellos cabeza abajo.

—El truco para falsificar una firma consiste en no verla como firma, sino como dibujo. En copiar la forma.

—Pero entonces estará del revés.

—Anda, mira que no haber pensado en eso... Pues entonces mejor nos olvidamos.

Rachel le dio un codazo.

—Calla.

—Ay. —Se frotó las costillas—. Te enseñaré a copiarla del derecho cuando la tengas dominada del revés. ¿De acuerdo?

—De acuerdo —dijo Rachel, acercando el bolígrafo al papel.

Acostada en la habitación de invitados, Rachel lo oyó al otro lado de la pared, primero dando vueltas en la cama y luego roncando. Eso significaba que estaba acostado boca arriba, porque cuando se ponía de lado no roncaba. Y que tenía la boca abierta. En esas situaciones, ella solía darle un codazo —suavemente, bastaba así— y él entonces se giraba y se ponía de lado. Rachel se imaginó procediendo del mismo modo en ese momento, pero eso conllevaba acostarse con él, y no se veía capaz de hacerlo sin acabar desnudándose.

Por un lado, era un disparate pensar en esas cosas: puede que al día siguiente o incluso esa misma noche se fuera al otro barrio por culpa de ese hombre. Él era el culpable de todo. Los demonios que había soltado de sus mazmorras no se detendrían hasta que ella diera con sus huesos en una tumba o en prisión. Sentir atracción sexual por él dadas las circunstancias era de locos.

Visto de otro modo, saber que su vida podía terminar al día siguiente o esa misma noche abría todos sus poros, todos sus sentidos. Transformaba y agudizaba todo lo que veía, olía y sentía. Percibía el goteo del agua que corría por las tuberías, el olor metálico que llegaba del río, el correteo de los roedores por debajo del suelo. Sentía la piel como si la hubieran tendido sobre su cuerpo aquella misma mañana. Seguro que si se proponía adivinar el número de hilos que componían la trama de aquellas sábanas daría poco más o menos en el clavo; la sangre se precipitaba por sus venas como un tren cruzando el desierto en plena noche. Cerró los ojos y se imaginó despertando como lo había hecho una vez, en los primeros meses de su relación, el día que encontró la cabeza de Brian metida entre sus muslos y sintió su lengua y sus labios acariciando suave, muy suavemente, sus pliegues, tan húmedos ya como la bañera en la que se había creído sumergida durante el sueño. Al correrse aquella mañana le propinó tal golpe en la cadera con el talón que le salió un hematoma. Brian se agarró la cadera dolorida, con la mandíbula todavía desencajada, y puso una cara tontorrona y sexy a la vez, mientras Rachel temblaba y se reía por el reciente orgasmo, sacudida todavía, de hecho, por pequeños espasmos eléctricos, al tiempo que se disculpaba. Ni siquiera le limpió la boca para borrar su propio rastro antes de besarlo y, una vez que se lanzó a sus labios, ya no pudo detenerse hasta que se vio obligada a tomar aire, con una bocanada ansiosa y voraz. Brian mencionaría más de una vez aquel beso a lo largo de los años, el mejor que le habían dado nunca según dijo, un beso con el que ella había penetrado tan hondo en él que la había sentido bucear en la oscuridad de su ser. Y después de que ella lo llevara al clímax, tumbados los dos entre las sábanas revueltas, con sendas sonrisas bobaliconas en el rostro y la frente empapada de sudor, Rachel se preguntó en voz alta si el sexo no sería una especie de miniciclo vital en sí mismo.

—¿En qué sentido? —preguntó él.

—Bueno, empieza con un pensamiento o con un cosquilleo, algo ínfimo en cualquier caso, y luego crece.

Brian bajó la mirada a su entrepierna.

—O disminuye.

—Bueno, sí, eso después. Pero quiero decir que es algo que va creciendo y tomando fuerza progresivamente, después viene el estallido y después una especie de muerte o de agonía, una disminución de expectativas, y luego, por lo general, cierras los ojos y pierdes la conciencia.

Rachel abrió entonces los ojos, en aquella cama extraña, y pensó si su fantasía sexual con un hombre al que odiaba en ese momento no obedecería al hecho de sentir la muerte tan cerca. Y aun cuando seguía sintiendo a flor de piel la rabia que aquel hombre suscitaba en ella, tuvo que contener las ganas de salir sigilosamente de la cama, volver la esquina descalza y colarse en su habitación para despertarlo tal como había hecho él aquella mañana.

Entonces se dio cuenta de que lo que deseaba no era sexo. En absoluto. Ni siquiera contacto físico.

Avanzó por el pasillo y entró en su habitación. Mientras cerraba silenciosamente la puerta, notó que la respiración de Brian cambiaba. Sabía que lo había despertado y que estaba intentando adaptar los ojos a la oscuridad mientras ella se desprendía de la camiseta y de la ropa interior y las dejaba junto a la puerta. Se metió en su cama, pero en sentido inverso, con la cabeza a los pies de la cama y los pies rozando su codo.

—¿Me ves? —le preguntó.

—No muy bien. —Brian posó entonces la mano sobre el empeine de Rachel, pero no hizo ningún otro intento de acercamiento.

—Quiero que me veas. Es lo único que deseo ahora mismo, sólo que me veas.

—Está bien.

Rachel tardó un minuto en recobrar la compostura. No acababa de entender qué hacía allí, sólo sabía que era algo imperativo para ella. Esencial.

—Te hablé de Widdy, ¿verdad?

—Sí, la niña de Haití.

—La que mataron por mi culpa.

—Por tu culpa no...

—La mataron por mi culpa. No la maté yo con mis propias manos, pero Widdy tenía razón: si hubiera dejado que se la llevaran cuatro horas antes, o incluso dos, no habrían sido tan salvajes. A lo mejor le habrían perdonado la vida.

—Pero ¿qué clase de vida?

—Eso me dijo ella.

—¿Qué?

—Da igual. —Inspiró hondo y percibió la calidez de su mano acariciándole el pie—. No hagas eso.

—¿Qué?

—Acariciarme.

Brian se detuvo, pero dejó la mano allí, tal como Rachel confiaba que hiciera.

—Te conté que ella quería irse con ellos y yo la convencí para que no lo hiciera, pero al final dieron con ella.

—Sí.

—¿Y dónde estaba yo entretanto?

Brian abrió la boca para decir algo, pero las palabras tardaron en salir de sus labios.

—No llegaste a contármelo —respondió por fin—. Siempre di por hecho que os habrían separado de algún modo.

—No nos separaron en ningún momento. Al menos hasta el final. Yo estaba con ella cuando la encontraron.

—¿Entonces...? —Brian se incorporó un poco en la cama.

Rachel se aclaró la garganta.

—El cabecilla de... de la manada, porque aquello no tenía otro nombre, era Josué Dacelus. Por lo visto ahora está hecho todo un capo del crimen en la zona, pero entonces no era más que un joven bravucón. —Miró hacia su marido al otro lado de la cama mientras la noche hacía traquetear los cristales de las ventanas del caserón—. Dieron con nosotras justo antes del amanecer. Arrancaron a Widdy de mis brazos. Yo me resistí, pero me tiraron al suelo de un empujón y me escupieron. Me patearon la espalda, me dieron un par de puñetazos en la cabeza. Y Widdy entretanto no dejó escapar ni un solo grito, lloraba nada más, como lloraría una niña a esa edad por la muerte de una mascota, ¿entiendes? De un hámster, por ejemplo. Recuerdo que pensé que a los once años una niña sólo tenía que llorar por ese tipo de cosas. Les planté cara de nuevo, pero, ay, eso no consiguió más que soliviantarlos. Aunque fuera una mujer blanca con acreditación de prensa y por ello violarme o matarme resultara mucho más arriesgado que violar y matar a niñas y ex monjas haitianas, estaban dispuestos a saltarse esa precaución si seguía en mis trece. Me quedé mirando a Widdy mientras la apartaban de mí, y Josué Dacelus vino y me metió el cañón de su asquerosa pistola en la boca, la deslizó por mi lengua y mis dientes como si fuera una polla y me dijo: «¿Quieres ser buena? ¿O quieres vivir?»

Rachel enmudeció un momento, incapaz de continuar. Se quedó paralizada, mientras las lágrimas se derramaban sobre su cuerpo.

—Joder —susurró Brian—. Sabes perfectamente que no habrías podido...

—Me obligó a responderle en voz alta.

—¿Qué?

Rachel asintió.

—Me sacó la pistola de la boca y me obligó a mirar a Widdy mientras sus compinches la sacaban de allí a rastras y me hizo decírselo en voz alta. —Se secó las lágrimas de las mejillas al tiempo que se apartaba el pelo de la cara—. Qui... quiero... vi... vir. —Rachel bajó la cabeza y dejó que el pelo le cayera de nuevo sobre el rostro—. Y lo dije en voz alta.

Cuando levantó la cabeza un par de minutos después, Brian no se había movido.

—Quería contártelo —le dijo—. Ni siquiera sé muy bien por qué.

Rachel apartó el pie con delicadeza y bajó de la cama. Brian se quedó contemplándola mientras se ponía otra vez la ropa interior y la camiseta. Lo último que Rachel oyó al salir de la habitación fue su voz susurrando:

—Gracias.

33

EL BANCO

El llanto del bebé la despertó.

Acababa de salir el sol. Mientras iba por el pasillo, los lloros amainaron y se encontró a Haya quitándole el pañal a la niña, que estaba tendida sobre un cambiador junto a una cuna. Brian y Caleb habían pensado incluso en el detalle de colgar un móvil sobre la cunita y pintar las paredes del dormitorio de color rosa. Haya llevaba una camiseta de un concierto de Green Day que Rachel recordaba haberle visto puesta a Caleb alguna vez y debajo unos bóxers de cuadros. A juzgar por lo revueltas que estaban las sábanas, Haya debía de haberse pasado la noche desvelada dando vueltas en la cama. Dejó caer el pañal sucio y las toallitas en una bolsa de plástico que tenía a los pies y sacó un pañal limpio de uno de los estantes del cambiador.

—La tiraré a la basura —se ofreció Rachel, cogiendo la bolsa.

Haya no dio muestras de haberla oído y le puso el pañal limpio a Annabelle.

La niña miró a su madre y después clavó sus cálidos y oscuros ojos en Rachel.

—¿Las mujeres de este país esconden... cosas a sus maridos? —dijo Haya.

—Algunas, sí —respondió Rachel—. ¿Y en Japón?

—No lo sé —respondió Haya, con la entrecortada cadencia habitual. Y luego añadió de corrido, en un inglés perfecto—: No te sabría decir porque nunca he estado en Japón.

Haya la miró, de pronto completamente transformada, con la reconcentrada astucia de una mujer con más conchas que un galápago.

—¿No eres japonesa?

—Qué coño, soy de San Pedro —respondió Haya en voz baja, mirando por encima de Rachel en dirección a la puerta.

Rachel fue hacia la puerta y la cerró.

—Entonces ¿por qué...?

Haya dio tal resoplido que los labios le vibraron.

—Caleb era un infeliz. Yo me olí que era un estafador nada más conocerlo. No me explicó cómo pudo dejarse embaucar.

—¿Cómo os conocisteis? Siempre sospechamos que eras una novia por encargo.

Haya dijo que no con la cabeza.

—Era prostituta. Y Caleb, mi cliente. La mujer que regentaba la agencia siempre les decía a los que no habían estado conmigo que sólo llevaba tres meses en el país, que era nueva en la profesión y tal. —Haya se encogió de hombros; levantó a Annabelle del cambiador y se la puso al pecho—. Así podía subir la tarifa. Tan pronto como vi a Caleb pensé que no me cuadraba: era demasiado guapo para tener que pagar por una mujer. A menos que le fuera la violencia o algún tipo de perversión depravada, y eso ya se vio que no. Ni mucho menos. A lo misionero y punto, muy tierno. La segunda vez me dijo que era la mujer ideal para él: sabía estar en mi sitio, aceptaba mi papel y, además, no hablaba el idioma. —Sonrió compungida—. Me dijo: «Haya, sé que no me entiendes, pero podría acabar enamorándome de ti.» Y yo miré el reloj que llevaba, el traje y le dije: «¿Enamorar?» Y lo miré muy intensamente, con carita de niña perdida y luego hice un gesto con los dedos señalándonos a los dos y le dije: «Yo enamorar.» —Haya acarició la cabecita de su niña y la contempló mientras mamaba—. Y Caleb se lo tragó. Dos meses después le soltó cien mil dólares a mi jefa y me sacó de allí. Desde entonces sigo de cerca todos los tejemanejes del tinglado este que ha montado con Brian.

—¿Por qué me lo cuentas a mí?

—Porque quiero mi parte.

—Yo no tengo nada que...

—¿Caleb está muerto?

—No —negó Rachel, con el énfasis de quien se ofende ante una pregunta absurda.

—No te creo —dijo Haya—. En fin, al grano: si os dais el piro, tardaré tan poco en delataros que no vais a poder ni acercaros a un aeropuerto. Y no sólo a la policía. Llegaré hasta Cotter-McCann. Y cuando esa gente os encuentre, os meterá el puño por el culo hasta que la palméis.

Rachel sabía que hablaba en serio.

—Sigo sin entender por qué me lo cuentas a mí.

—Porque si Brian lo supiera, sería capaz de tentar a la suerte. Le gusta jugar con fuego. Tú, en cambio, no das impresión de ser una suicida.

«¿Ah, no? Tendrías que haberme visto ayer», pensó Rachel.

—Te lo cuento a ti porque sé que tú sabrás ingeniártelas para que vuelva a por mí. —Señaló hacia el bebé—. A por nosotras.

De nuevo en la piel de su personaje, Haya le preguntó a Brian si Caleb había muerto o no, mientras él repasaba el plan de cómo debía actuar en caso de que alguien se presentara en su ausencia.

Brian le mintió igual que había hecho Rachel.

—No. Está perfectamente. —Luego le preguntó—: ¿Qué persiana tienes que subir?

—La naranja —respondió Haya—. De... —señaló la dirección.

—De la despensa —dijo Brian.

—De la despensa —repitió ella.

—¿Y cuándo la tienes que bajar?

—Cuando... reciba tu SMS.

Brian asintió y deslizó una mano hacia ella sobre la mesa de la cocina.

—¿Haya? Todo saldrá bien.

Haya lo miró a los ojos. No dijo nada.

Cumberland Savings and Loan era, efectivamente, una empresa bancaria familiar de larga raigambre en Providence County, Rhode Island. Los terrenos donde hoy en día se alzaba el centro comercial contiguo habían sido campos de labor hasta finales de los años ochenta. Al igual que la mayor parte de las tierras de Johnston, Rhode Island. Y a esa clientela había destinado originalmente sus servicios bancarios la familia Thorp: a los agricultores. Pasado el tiempo, los centros comerciales estaban desbancando a las granjas; Panera, la cadena de panaderías y cafeterías, había reemplazado a los tenderetes de los agricultores, y los hijos de éstos habían renunciado hacía tiempo al volante del tractor a favor de un cubículo en un polígono industrial y una casa de dos plantas con encimeras de travertino.

Panera era un negocio boyante, a juzgar por el número de vehículos aparcados delante de la franquicia. Delante de Cumberland Savings, en cambio, no había tantos coches cuando Rachel entró en su aparcamiento a las nueve y media de la mañana. Once, contó en total. Dos estaban cerca de la puerta de entrada, ocupando plazas reservadas: un Tesla negro en la del «Director bancario» y un Toyota Avalon blanco en la del «Empleado del mes de Cumberland S&L». El Tesla le chocó: cuando Brian le había descrito a Manfred Thorp se lo había imaginado como un hombre provinciano, aburguesado y fofo, vestido con una americana de color caramelo y corbata azul claro, quizá también papudo y tetón. Pero el Tesla no encajaba en aquella imagen. Rachel fingió que se rascaba la nariz para taparse la boca por si alguien le leía los labios.

—¿Manfred tiene un Tesla?

—¿Qué pasa? —dijo Brian, tumbado en el asiento trasero bajo una lona.

—Nada, intentaba imaginarme qué pinta tendría.

—Moreno, joven, deportista.

—Me dijiste que era un cuarentón. —Se rascó la nariz y le habló con la palma de la mano en la boca de nuevo, sintiéndose ridícula de pronto.

—Dije «casi» cuarentón. Tendrá unos treinta y tantos. ¿Qué ves en el aparcamiento? Haz como si hablaras por el móvil.

Cierto. Brian había dicho «casi».

Rachel se llevó el móvil a la oreja y fingió hablar por teléfono.

—Los dos coches que he mencionado antes, delante de la puerta. Otros cuatro en el centro del aparcamiento. Y cinco coches del personal aparcados contra la loma situada al fondo del aparcamiento.

—¿Cómo sabes que son del personal?

—Han aparcado todos juntos al fondo a pesar de que hay montones de plazas libres más cerca. Eso suele querer decir que la zona está reservada para los empleados.

—Pero ¿el coche de Manfred está junto a la puerta de entrada?

—Sí. Junto al coche del Empleado del mes.

—¿Siete coches de empleados? Demasiados para un banco tan pequeño. ¿Ves alguna cabeza en el interior de esos coches?

Rachel miró hacia allí. Pegado a la loma se alzaba un majestuoso arce rojo que probablemente ya estaba allí antes de la llegada de los primeros colonos puritanos. Con sus extensas ramas y su frondoso follaje proporcionaba tanta sombra a los cinco coches como si se encontraran aparcados bajo un puente. De haber algún vehículo sospechoso entre ellos, Rachel pensó que tenía que ser el del medio. Era el único cuyo conductor había aparcado dando marcha atrás. Los otros cuatro lo habían hecho de morro. El emblema en la rejilla del radiador indicaba que era un

Chevy. A juzgar por su longitud, habría dicho que de cuatro puertas, pero bajo la sombra del árbol no se distinguía el interior.

—No se ve bien. Los tapa el árbol —le dijo a Brian, y llevó la mano a la palanca de cambios—. ¿Me acerco con el coche?

—No, no. Ya has aparcado. Llamaría la atención. ¿Seguro que no se ve dentro de los coches?

—Seguro. Y como siga espiando y haya alguien en alguno de ellos, sospechará, ¿no?

—Tienes razón.

Rachel dejó escapar un hondo y prolongado suspiro. Percibía la sangre reptando por sus venas; el tam-tam del corazón retumbando en sus conductos auditivos. Le entraron ganas de ponerse a gritar.

—Bueno, pues a estas alturas, supongo que no queda más remedio que arriesgarse.

—Genial —dijo Rachel por el móvil—. Genial, genial, de puta madre.

—Dentro del banco también podría haber alguna persona. Alguien apostado hojeando folletos o algo así. Podrían haber mostrado una placa falsa y haberles contado que estaban vigilando la sucursal por si tal y cual. Vamos, es lo que yo haría en su caso.

—¿La persona que va a atenderme ahí dentro tendrá luces como para darse cuenta de que llevo peluca?

—Yo qué sé.

—¿Y para darse cuenta de que me estoy haciendo pasar por otra?

—Yo qué sé.

—¿Así es como piensas ayudarme? ¿Lavándote las manos y encomendándome a la divina providencia?

—Así funcionan la mayoría de las estafas. Bienvenida al club. Cuota a mes vencido y prohibido aparcar en el césped.

—Vete a la mierda.

Rachel se apeó del coche.

—Espera.

Rachel se volvió para sacar el bolso.

—¿Qué?

—Que te quiero cantidad —dijo Brian.

—Eres un cabrón.

Rachel se echó el bolso al hombro y cerró la puerta.

Mientras se dirigía al banco, reprimió el deseo de volver la mirada hacia los cinco vehículos aparcados en el otro extremo del aparcamiento, bajo la sombra del arce. Por la posición del sol, pensó que quizá pudiera vislumbrar su interior al alcanzar la puerta, pero no se le ocurría cómo volver la cabeza hacia el fondo a la izquierda de modo que pareciera un movimiento natural. De pronto captó su propio reflejo en el cristal de la puerta de entrada: melena color miel, con la que se veía totalmente falsa por mucho que Brian asegurara que eso sólo obedecía a la falta de costumbre; ojos azulísimos, marcianos; falda azul oscuro, blusa de seda de color melocotón, zapato plano negro; en suma, el clásico uniforme de la típica supervisora de una pequeña empresa de software, que era como afirmaba ganarse el sueldo Nicole Rosovich. Se había puesto un sujetador del mismo color que la blusa; habían optado por un *push-up* que dejara asomar ligeramente el escote, sin hacer demasiado alarde, ni demasiado poco, porque la idea era que a Manfred Thorp se le fueran los ojos hacia él de vez en cuando. Con tal de que no se fijara demasiado en el resto de su disfraz, habría sido capaz de entrar allí desnuda y bailando un vals.

A diez pasos de la puerta, sintió el deseo irrefrenable de volverse y echar a correr. Al menos su reciente historial de ataques de pánico la había preparado para reconocer los síntomas fisiológicos de un cuerpo dominado por la histeria —la sequedad desértica en la lengua, los espasmos cardíacos, la sangre electrizada, la agudización extrema de la visión y del oído—, aunque ella nunca se había visto obligada a desempeñar ninguna actividad normal estando en pleno ataque de pánico. Pero si su simulacro de serenidad no estaba a la altura de un Óscar cuando entrara en aquel banco, la matarían o acabaría en la cárcel. No le quedaba alternativa.

Entró en el banco.

La historia de la entidad estaba registrada en una placa situada nada más cruzar la puerta y en una serie de fotografías que decoraban las paredes. La mayoría eran imágenes tintadas en sepia, pese a que el banco se había establecido allí en 1948, y no en 1918 como pudiera parecer. En una se veía a dos hombres, ataviados con trajes demasiado grandes y corbatas demasiado cortas y llamativas, cortando una cinta. En otra, el banco rodeado de extensos campos. Y en otra, rodeado de tractores y demás maquinaria agrícola con motivo de alguna celebración.

La puerta que daba al despacho de Manfred Thorp era tan antigua como la primera de aquellas fotos. De madera gruesa y pintada de marrón rojizo. Las paredes del despacho eran de cristal, pero estaban tapadas por unas persianas de madera, o falsa madera, de modo que no había forma de saber si Manfred se encontraba dentro o no.

La oficina no disponía de una mesa de atención al cliente, por lo que Rachel tuvo que hacer cola detrás de una señora mayor que no dejaba de suspirar hasta que los dos cajeros, un hombre y una mujer, despacharon a los clientes que estaban atendiendo más o menos a la vez. El hombre, que lucía una corbatita oscura y camisa de cuadros rojos, hizo una indicación a la señora para que se acercara. La cajera se dirigió a Rachel: «¿Puedo ayudarla, señorita?»

Rachel se acercó y la cajera le lanzó una inexpresiva sonrisita, con el aire de quien rara vez escucha lo que le dicen pero lleva tan aprendido el papel que puede aparentar lo contrario. Debía de rondar los treinta y vestía una blusa sin mangas que realzaba sus brazos, bien torneados y falsamente bronceados. Llevaba una melena castaña y lisa hasta los hombros y lucía un brillante del tamaño de un Prius en el anular izquierdo; podría haber sido guapa, de no ser porque el estiramiento facial le confería el desgraciado aspecto de alguien alcanzado por un rayo en pleno orgasmo.

—¿En qué podemos servirla? —dijo, parpadeando con inexpresiva simpatía.

La mujer llevaba un letrerito con su nombre prendido en la ropa: «Ashley.»

—Necesito acceder a mi caja de seguridad.

Ashley arrugó la nariz.

—¿Ha traído algún documento de identidad?

—Sí, sí. —Rachel sacó el permiso de conducir de Nicole Rosovich y lo dejó en la bandeja, bajo el cristal de seguridad.

Ashley lo empujó de nuevo hacia Rachel con dos dedos.

—A mí no me hace falta. Pero tendrá que mostrárselo al señor Thorp, cuando esté disponible.

—¿Y eso cuándo será?

Ashley le dirigió otra vacua sonrisa.

—¿Disculpe?

—Que cuándo estará disponible el señor Thorp.

—Hay otros clientes a la espera, señora.

—Me lo imagino. Sólo quería saber cuándo estará disponible.

—Mmm. —Ashley le lanzó otra sonrisita más, esta vez tirante y un tanto exasperada. Arrugó la nariz de nuevo—. En breve.

—¿En breve qué puede ser, diez minutos? ¿Un cuarto de hora?

—Tome asiento en la zona de espera, señora. Le comunicaré que está usted aquí. —Dicho esto, miró por encima del hombro de Rachel con displicencia y se dirigió al siguiente en la cola—. ¿En qué puedo ayudarlo, caballero?

La posición de Rachel se vio usurpada por un señor de níveos cabellos y semblante tímido y compungido, que mudó en cuanto ella se apartó de la caja.

Tomó asiento en la zona de espera junto a una chica de unos veinte años con los ojos azul zafiro, el pelo teñido de color negro azulado y tatuajes New Age en el cuello y las muñecas. Lucía botas militares y pantalones raídos, ambos de marca, un top negro sin mangas sobre otro top blanco y, encima, una camisa de algodón blanca impecablemente planchada pero dos tallas más grande que la que le correspondía. Estaba hojeando una revista inmobiliaria local. Rachel la miró de soslayo y observó que, pese a aquel infame tinte, era bastante guapa, y tenía toda la pose de una supermodelo o de una jovencita educada en un colegio de pago.

No daba el perfil de alguien contratado por Cotter-McCann para pasarse las horas muertas vigilando un banco. De hecho, apenas le había dirigido un vistazo a Rachel, absorta como estaba en las páginas de su revista.

Por otro lado, aquella revista traía ofertas inmobiliarias en urbanizaciones residenciales de las afueras, para compradores que desean adquirir su primera vivienda, y aquella chica no encajaba en absoluto en ese patrón. Le pegaba más bien vivir en un loft en pleno centro. Aunque, pensó Rachel, ella misma se había entretenido muchas veces en salas de espera hojeando revistas y folletos de publicidad que no le interesaban; una vez, mientras esperaba a que le terminaran de revisar el coche, se había leído de cabo a rabo un artículo sobre los mejores accesorios de cromo para realzar una Harley, fascinada por su similitud con otro artículo leído en la peluquería semanas antes sobre los mejores accesorios para el fondo de armario primaveral.

Aun así, el modo en que la chica leía la revista, con el ceño fruncido y enfrascada completamente —¿ostensiblemente?— en sus páginas, le hizo preguntarse qué haría esperando allí. La gestora comercial de la oficina, Jessie Schwartz-Stone, sentada en el típico despacho con paredes de cristal, daba golpecitos con la goma de un lápiz sobre el teclado de su ordenador, y ninguno de los dos cajeros estaba atendiendo ya a nadie. El despacho del subdirector, Corey Mazzetti, también de cristal, estaba vacío.

Está esperando a la misma persona que tú, se dijo Rachel. Puede que también tenga alquilada una caja de seguridad. No es muy común que una veinteañera posea una caja en un banco rural, a treinta kilómetros de cualquier ciudad mediana, pero quizá fuese una herencia traspasada en su familia, una generación tras otra.

Rachel, ¿quién lega una caja una generación tras otra?

Echó una ojeada hacia la chica de nuevo y la pilló mirándola fijamente. La chica le dedicó una sonrisa —¿la habría reconocido?, ¿era una sonrisa triunfal?, ¿o sonreía por simple cortesía?— y retomó la lectura de su estúpida revista.

La puerta marrón se abrió y apareció en el umbral Manfred Thorp con una camisa de rayas muy finas, una estrecha corbata roja y pantalones de vestir de color oscuro. Como Brian había dicho, parecía bastante atlético. Era moreno de pelo, con unos ojos oscuros que a Rachel no le gustaron; tenía los párpados demasiado caídos o quizá lo parecían por el desproporcionado tamaño de las órbitas de sus ojos respecto al conjunto del rostro. El señor Thorp miró hacia las dos clientas que esperaban.

—Señorita... —Bajó la vista a la nota que sostenía en la mano—. ¿Señorita Rosovich?

Rachel se levantó y se estiró la falda, pensando: «Entonces, ¿a quién coño espera ésta?»

Estrechó la mano de Manfred Thorp, y el director la hizo pasar a su despacho. Cerró la puerta tras ella y Rachel se imaginó a la chica allí fuera lanzándose al bolso para echar mano del móvil y mandarle el SMS a Ned o Lars avisando: «Ya está dentro.»

Si Ned y Lars habían estado vigilando desde el interior de alguno de los coches aparcados bajo el frondoso arce, en ese momento ya estarían dando una batida por el aparcamiento. No tardarían en descubrir a Brian, porque tumbarse en la parte trasera de un coche bajo una loneta no es que ofreciera un refugio perfecto. Abrirían la puerta, llevarían el cañón del silenciador a su frente y ¡pum!, sus sesos se esparcirían por el asiento. Luego sólo quedaría esperar a que ella saliera del banco.

No, no, Rachel. Necesitarían a Brian vivo para que ordenara la transferencia del dinero de vuelta a su cuenta. Así que no lo iban a matar.

Pero a ella ¿para qué la necesitaban?

—Bueno, ¿en qué puedo servirla?

—Quiero acceder a mi caja de seguridad.

El señor Thorp abrió un cajón.

—Faltaría más. ¿Le importaría enseñarme su permiso de conducir?

Rachel abrió el bolso y hurgó en su interior buscando la cartera. La abrió, extrajo el carnet falso y se lo tendió al director, sentado al otro lado del escritorio.

El señor Thorp ni lo miró. Tenía la vista clavada en ella. Rachel no se había equivocado respecto a sus ojos: tal vez no hubiera crueldad en su mirada pero sí insensibilidad y soberbia. Aquel hombre tenía un elevado concepto de sí mismo y del lugar que ocupaba en el mundo.

—¿Nos conocemos? —le preguntó el señor Thorp.

—Yo diría que sí —respondió ella—. Mi marido y yo alquilamos esa caja hará unos seis meses.

El señor Thorp pulsó unas teclas y miró la pantalla de su ordenador.

—Hace cinco meses.

«Eso he dicho, que hacía unos seis meses. Aproximadamente, idiota.»

—Y usted figura como titular autorizada —dijo, pulsando otra tecla—. Así que si todo está conforme, la acompañaremos hasta allí.

El señor Thorp levantó del escritorio el carnet de Rachel, lo colocó a la altura de la pantalla —para cotejar las firmas, supuso Rachel— y amusgó los ojos. Se retrepó en el asiento y se apartó unos centímetros de la mesa, empujando las ruedas de la silla. Miró a Rachel pestañeando, luego devolvió la vista a la pantalla y después al carnet que tenía en la mano.

Rachel sintió que se le cerraba la garganta.

Y a continuación los orificios nasales.

No entraba ni salía oxígeno de su cuerpo.

En el despacho hacía un calor agobiante, como si estuviera instalado en un estrecho saliente de pizarra sobre la boca de un volcán en erupción.

Al señor Thorp se le cayó el carnet al suelo.

Se inclinó hacia un lado para cogerlo y le dio unos golpecitos en la rodilla. Luego alargó el brazo hacia el teléfono y Rachel estuvo a punto de sacar la pistola del bolso y apuntarle desde el otro lado del escritorio exigiendo que la llevara hasta la puta caja de seguridad y se dejara de hostias.

Pero sabía que esas medidas desesperadas nunca tenían un final feliz.

—Nicole —dijo el señor Thorp, con el auricular del teléfono en la mano.

—¿Ajá? —se oyó decir Rachel.

—Nicole Rosovich.

Rachel observó que se estaba sorbiendo de tal modo el labio inferior que debía de dar la impresión de que se había quedado sin mentón. Despegó los labios y miró hacia él, esperando.

El señor Thorp se encogió de hombros.

—Un nombre interesante. Suena contundente. —Pulsó una tecla en el teléfono—. ¿Hace usted deporte?

—Pilates —respondió ella, risueña.

—Se nota —observó él, y luego dijo por el auricular—: Tráeme las llaves al despacho, Ash. —Colgó el auricular y le devolvió el carnet a Rachel—. Será un momento.

Una sensación de alivio le recorrió el cuerpo como un acceso de fiebre. Hasta que el señor Thorp llevó la mano a un cajón y dijo:

—Sólo una firmita.

Deslizó una tarjeta de firma sobre la superficie del escritorio.

—¿Todavía utilizan este sistema? —dijo Rachel desenvuelta.

—Mientras el viejo siga estando al frente de la entidad, sí. —Alzó la vista al techo—. Y que dure, como suelo decir a diario.

—Bueno, él fue quien levantó todo esto.

—No. Levantarlo lo levantó mi abuelo. Él sólo... en fin, da igual. —Sacó el bolígrafo Montblanc del bolsillo de la camisa y se lo tendió—. Si es usted tan amable...

Por suerte Rachel no había guardado aún el permiso de conducir en la cartera. Seguía sobre el escritorio, junto a su codo. La noche anterior, tras dos horas de práctica, había aprendido que cuando la firma estaba del derecho, particularmente cuando estaba del derecho, el único modo de copiarla era verla como una simple forma. La noche anterior, también había observado que le salía mejor si la memorizaba de un rápido vistazo y se lanzaba a reproducirla sin pararse a pensar. Pero eso había sido la noche anterior, sentada a la mesa de la cocina de Woonsocket, sin peligro a la vista.

«Estoy perfectamente capacitada.»

Miró el permiso, memorizó la firma y llevó la punta del Montblanc a la tarjeta de firma. Cuando iba por la mitad, la puerta se abrió de golpe a su espalda.

Sin volver la vista, terminó de firmar.

Ashley rodeó el escritorio y le entregó un llavero a Manfred. Sin apartarse de su lado, miró fijamente a Rachel como si supiera que no se llamaba Nicole, como si pudiera ver las horquillas que le sujetaban la peluca.

Manfred fue apartando una a una las llaves hasta que encontró la que buscaba en el llavero.

—¿Estás de descanso? —dijo, reparando en que Ashley seguía allí.

—¿Disculpa, Manny?

—Gracias por traerme las llaves, pero ahí fuera hay clientes que esperan.

Rachel adivinó por la sonrisita que Ashley le dirigió a su jefe que se desquitaría más tarde; también adivinó que aquellos dos follaban, de lo cual podía o no estar al corriente la inexpresiva consorte que aparecía en las fotos, pero quienes seguro que no lo estaban eran las dos prometedoras y rechonchas criaturas que la acompañaban en los retratos. Mientras Ashley salía por la puerta, Rachel decidió que Manny engañaba a su mujer por inexpresiva y a sus hijos por gordos. Y ni siquiera eres consciente, ¿verdad, hijo de puta? Porque eres un hombre sin integridad, porque las promesas que hiciste ante el altar o las que debiste hacerte a ti mismo carecen de valor alguno para ti.

Manfred se levantó del escritorio sin echar siquiera una ojeada a la tarjeta de firma.

—¿Vamos, pues?

Cuando salieron del despacho, la chica ya no estaba allí sentada. ¿Estaría tal vez esperando a su novio? O a su novia. Quizá habían quedado allí porque el otro o la otra tenía que hacer alguna gestión para luego poder pasar por el Chili's de la acera de enfrente y pedir algo para llevar. En el banco desde luego no estaba, al menos en la zona visible para Rachel. Así que era eso: el novio o la novia había quedado allí con ella y ahora estaban pidiendo un pollo con lima y tequila en el mexicano de enfrente.

O, hipótesis número dos: la chica había reconocido a Rachel, había enviado el SMS a Ned, Lars o cualquier otro matón de su calaña y ahora ya iba al volante de su coche camino de casa, tan campante, pudiendo aducir ignorancia de los hechos en caso de que en algún momento la policía la interrogara en relación con la mujer de la peluca rubia asesinada en el aparcamiento alrededor de las diez y cuarto de aquella mañana.

Manny se detuvo ante la puerta de una cámara acorazada de dos metros y medio de altura. Se acercó a un teclado y marcó una serie de números. Dio un paso a la izquierda, apoyó el pulgar en otro teclado y se oyó el clic de apertura de la puerta. Tiró de ella hacia sí y se encontraron ante una reja. La abrió con una de las llaves colgadas del llavero y entró en la cámara por delante de Rachel.

Cuando se vio allí dentro junto a Manny, rodeada de cajas de seguridad, Rachel cayó en la cuenta de que no le había preguntado a Brian por el número.

Y a él tampoco se le había ocurrido decírselo.

¿Cómo es posible que uno se pase horas enseñándole a alguien a falsificar una firma, semanas, si no meses, preparándose para el peor desenlace imaginable, agenciándose identidades falsas, pasaportes falsos, escogiendo el banco adecuado... y luego no se le ocurra darle a su mujer el puto número de la caja de seguridad?

Hombres...

—... si desea estar a solas.

Manny había estado hablándole. Siguió su mirada hacia una puerta negra a la izquierda.

—¿Hizo uso de la habitación privada la última vez que estuvo aquí?

—No —se oyó decir—. No.

—¿Necesitará hacer uso de ella hoy?

—Sí. —Alrededor habría al menos seiscientas cajas. Menos mal que aquélla era una pequeña comunidad agrícola. ¿Qué demonios guardaba la gente allí dentro? ¿La receta del guiso especial de mamá? ¿El reloj de pulsera de papá?

—Bueno —dijo Manny.

—Bueno.

La condujo hasta la pared central. Rachel metió la mano en el bolso buscando la llave. La sujetó entre el índice y el pulgar y palpó los números en relieve. La dejó caer en la palma de la mano —865— mientras Manny introducía su propia llave en la caja marcada con el número 865. Rachel metió su llave en la otra cerradura y ambos giraron sendas llaves al mismo tiempo. Manny retiró la caja y se la apoyó sobre el antebrazo izquierdo.

—¿Decía que quería estar un momento a solas, no es cierto?

—Sí.

El señor Thorp señaló con el mentón hacia una puerta. Al abrirla, Rachel accedió a un espacio minúsculo, donde no había más que cuatro paredes de acero, una mesa, dos sillas y unos focos empotrados que proyectaban delgados haces de luz blanca.

Manny depositó la caja sobre la mesa. Miró a los ojos a Rachel, desde una distancia de apenas unos centímetros, y ella entendió claramente que el muy capullo andaba buscando «algo», como si sus encantos fueran tan universales y magnéticos que las mujeres no tuvieran más remedio que comportarse como actrices porno en su presencia.

—Salgo enseguida —dijo Rachel, desplazándose hacia el otro lado de la mesa mientras se descolgaba el bolso del hombro.

—Por supuesto, por supuesto. Nos vemos fuera.

Rachel ni siquiera dio muestras de haberlo oído y sólo levantó la vista cuando él ya había salido y cerrado la puerta.

Abrió la caja.

Dentro, tal como Brian le había prometido, estaba la bandolera con la que lo había visto entrar en el banco cuatro días antes. ¿Sólo habían pasado cuatro días? Parecían siglos en su recuerdo.

Desencajó la bandolera del estrecho receptáculo y la sujetó por las asas mientras se desplegaba. El dinero estaba encima, tal como Brian le había dicho, montones de fajos de cien dólares, e incluso un fajo de mil, cuidadosamente atados con gomas. Los trasladó a su bolso. Dentro sólo quedaban los seis pasaportes.

Metió la mano y al sacarlos y comprobar que sólo había cinco un pequeño acceso de vómito y bilis se le vino a la boca.

No.

No, no, no, no.

Elevó la plegaria a los focos empotrados y las frías paredes de acero: No, por favor. No me hagas esto. Ahora no. Después de todo lo que he hecho para llegar hasta aquí. Por favor.

«Cálmate, Rachel. No pierdas la esperanza, comprueba antes los pasaportes.»

Abrió el primero: el rostro de Brian la miró a los ojos. Con su alias del momento: «Hewitt, Timothy.»

Abrió el siguiente: era el pasaporte de Caleb. Alias: «Branch, Seth.»

Al ir a coger el tercer pasaporte le temblaban las manos. Tanto que tuvo que detenerse un momento, cerrar los puños y apretarlos, obligándose a respirar lenta, muy lentamente.

Cuando lo abrió, lo primero que vio fue el apellido: «Carmichael, Lindsay.»

Y a continuación, la foto: Nicole Alden.

Abrió el cuarto pasaporte: «Branch, Kiyoko.» Era la foto de Haya. Abrió por fin el quinto y último pasaporte: la niña.

No gritó, ni le dio por tirar cosas o derribar una silla de una patada. Se sentó en el suelo, se tapó los ojos con las manos y se sumió en la oscuridad.

«Me he limitado a ser espectadora de mi propia vida —pensó—, me he mantenido siempre al margen, con el pretexto de que estaba aquí para dar testimonio. Pero en realidad no intervenía porque no quería.

»Hasta ahora.

»Y esto es lo que he ganado con intervenir. Estoy sola. Voy a morir. Todo lo demás es puro escaparate. Puro envoltorio. Ventas y *marketing*.»

Encontró un paquete de kleenex en el fondo del bolso, debajo de los fajos de billetes, y se secó las lágrimas. La vista se le fue de nuevo al bolso, al dinero amontonado a la izquierda, y a las llaves, la cartera y la pistola, que estaban a la derecha.

Mientras mantuvo la vista fija allí, por un espacio de tiempo que ignoraba si habían sido diez minutos o uno, llegó a la conclusión de que no podría apuntarle con una pistola y apretar el gatillo por segunda vez. No se veía capaz.

Dejaría que se fuera.

Sin el pasaporte —que le dieran, eso se quedaba allí—, y sin el dinero, que pensaba llevarse consigo.

Pero no podría matarlo.

¿Y por qué?

Porque, a pesar de todos los pesares, no podía evitar quererlo. O al menos querer la ilusión que se había hecho de él. Al menos eso. La ilusión de cómo la había hecho sentir. Y no sólo durante la falsa felicidad de su matrimonio, sino incluso en los últimos días. Prefería el engaño que había vivido con Brian a toda la verdad que pudiera haber habido en su vida.

Dejó caer el paquete de pañuelos en el bolso y al retirar los billetes hacia un lado captó el destello de un trozo de plástico azul oscuro. Asomaba entre dos fajos de billetes como un naipe utilizado para cortar la baraja.

Lo sacó del bolso. Era un pasaporte estadounidense.

Lo abrió.

Era su propio rostro el que la miraba, en una de las fotos tomadas tres semanas atrás, aquel sábado lluvioso en el centro comercial. El rostro de una mujer que se esforzaba por parecer fuerte pero sin conseguirlo del todo.

Pero lo intentaba.

Guardó los seis pasaportes en el bolso junto con el dinero y salió de aquel minúsculo cuarto.

34

EL BAILE

Mientras se dirigía hacia la salida, Rachel buscó nuevamente con la mirada a la chica del cuello tatuado y la postura perfecta, pero, si estaba en el banco, no la vio por ninguna parte. Dejó a un lado la zona de espera, giró a la derecha y vio a Manny al otro lado de la ventanilla de Ashley, hablando con ella con el mentón inclinado hacia su hombro. Cuando vieron que al llegar a la puerta giraba a la izquierda, ambos levantaron la vista y Manny abrió la boca como si se dispusiera a llamarla, pero Rachel cruzó la puerta de entrada y salió al aparcamiento.

Desde aquel ángulo divisaba perfectamente los vehículos aparcados bajo el árbol, y el sol también estaba de su parte. De los cuatro que seguían allí, sólo uno parecía claramente ocupado. Era el Chevy que había aparcado dando marcha atrás, y al volante había un hombre sentado. La sombra del frondoso árbol no permitía apreciar sus rasgos, pero no cabía duda de que era la cabeza de un hombre, con la coronilla y el mentón cuadrados y grandes orejas de soplillo. Era imposible saber si estaba allí para matarla o para vigilarla, o si no era más que el encargado de alguna de las tiendas del centro comercial escaqueándose un rato del trabajo, uno que había salido a que se la mamaran o un representante comercial que había llegado temprano a su cita para evitar el habitual atasco en las inmediaciones de Providence entre las ocho y las diez de la mañana.

Rachel siguió su camino con la vista al frente y pasó entre el coche del Empleado del mes y una furgoneta aparcada en la plaza destinada a minusválidos. También ésta la habían aparcado dando marcha atrás; la portezuela corredera quedaba ya a la altura del hombro izquierdo de Rachel e imaginó su sonido al abrirse de golpe y las manos abalanzándose sobre ella para arrastrarla a su interior.

Pasó junto a la furgoneta y un voluminoso todoterreno de color negro se acercó por su derecha. Rachel observó con un extraño y alelado distanciamiento que el conductor bajaba su ventanilla de cristal ahumado y sacaba repentinamente el brazo por la rendija antes de que el cristal hubiera descendido del todo. El tipo llevaba un traje oscuro por el que asomaba el puño de una camisa blanca. Rachel no tuvo tiempo siquiera de pensar en llevar la mano al bolso y sacar la pistola, o al menos intentar correr a esconderse por detrás de la furgoneta, cuando el brazo se extendió por completo, con un cigarrillo encajado entre el dedo índice y el corazón, y el tipo exhaló una aliviada bocanada de humo, reclinado en el reposacabezas. Al pasar por su lado, el tipo le lanzó una mirada indolente, como diciendo: «Ay, si no fuera por estos pequeños placeres, ¿verdad?»

Cuando pasó de largo, Rachel introdujo la mano en el bolso, le quitó el seguro a la P380 y mantuvo empuñada la pistola hasta llegar al Range Rover. Abrió la portezuela con la izquierda y entró en el coche. Dejó el bolso en el asiento del copiloto y la pistola sobre el apoyabrazos a su lado, con el dedo todavía en el gatillo, sin el seguro puesto.

—¿Sigues ahí? —preguntó.

—He cumplido unos cuantos años desde que te has ido —respondió Brian con cordialidad—. ¿Por qué coño has tardado tanto?

—Venga ya. —Sacó el dedo del gatillo, puso de nuevo el seguro y dejó la pistola en el espacio entre su asiento y el apoyabrazos—. ¿Así es como me recibes?

—Oh, cariño, qué guapa estás. ¿Eso que llevas es de estreno? Te veo mucho más delgada. Y eso que no te hacía ninguna falta adelgazar.

—Vete a la mierda —dijo Rachel, sorprendida de la risita con que remató la réplica.

Brian se echó a reír.

—Perdóname. ¿Cómo te ha ido ahí dentro? Por cierto, si vamos a seguir hablando, será mejor que arranques y hagas otra vez como si hablaras por teléfono.

Rachel puso en marcha el motor.

—¿No podrían imaginar que estoy hablando por el móvil con el manos libres?

—No llevas auriculares y este vehículo es de 1992.

Rachel se llevó el móvil a la oreja.

—Tienes razón.

—¿Había alguien vigilando dentro del banco?

Rachel salió de la plaza de aparcamiento y giró hacia la salida.

—No sabría decirte. Había una chica sentada esperando que todavía me tiene un poco mosca.

—¿Y en el aparcamiento?

—Un tipo dentro de un coche, en la zona reservada para el personal. Pero no soy capaz de distinguir si nos estaba espiando o no.

Llegó a la carretera.

—Gira a la derecha —le indicó Brian.

Subieron por una ligera pendiente y atravesaron un grupo de casas de tablones de madera; la mayoría pintadas de rojo, algunas de azul y el resto con la madera ya descolorida, del mismo tono parduzco que las pelotas de béisbol antiguas. Pasadas las casas, circularon por una carretera recta que discurría entre dos extensos prados. El cielo que se alzaba ante ella era de un azul como sólo había visto en sueños y en películas antiguas en tecnicolor. Un banco de nubes blancas apuntaba por el sureste pero sin llegar a proyectar su sombra sobre los campos. Se entendía por qué Brian había escogido aquella carretera: no había ni un solo cruce a la vista. Al parecer, lo poco que quedaba de la comunidad agrícola de Johnston se encontraba allí.

—Bueno —dijo Brian al cabo de unos tres kilómetros.

—¿Bueno qué?

Rachel rió sin saber por qué.

—¿Ves a alguien por el retrovisor?

Rachel levantó la vista. Detrás, la carretera era una banda de color gris plomizo por la que no circulaba un alma.

—No.

—¿Qué visibilidad tienes?

—Unos tres kilómetros yo diría.

Un minuto más tarde, volvió a preguntarle.

—¿Y ahora?

Rachel miró por el retrovisor de nuevo.

—Nada. Nadie.

—Rachel.

—Brian.

—Rachel —volvió a decir él.

—Brian...

Brian se incorporó en el asiento trasero y en su rostro estalló una sonrisa que resultó casi excesiva en el interior del coche.

—¿Cómo dirías que te sientes hoy contigo misma? —le preguntó—. En este preciso momento. ¿De puta pena o de puta madre?

Rachel se encontró con la mirada de Brian en el retrovisor y supuso que también en los suyos se notaría el desborde de la adrenalina.

—Pues...

—Dilo en voz alta.

—De puta madre.

Brian dio una palmada y profirió un grito eufórico.

Ella pisó el acelerador, dio un puñetazo en el techo y aulló de alegría.

Diez minutos después, accedieron a otro pequeño centro comercial. Rachel ya le había echado el ojo en el camino de ida; sabía que disponía de una oficina de correos, una tienda de bocadillos, otra de vinos y licores, unos almacenes de la cadena Marshalls y una lavandería.

—¿Qué hacemos aquí? —preguntó Brian, mirando extrañado los achaparrados edificios, todos ellos grises salvo el de Marshalls, que era de un blanco tirando a roto.

—Tengo que parar un momento a hacer un recado.

—¿Ahora?

Rachel asintió.

—Rachel —repuso Brian sin lograr disimular cierto tono de condescendencia—, no tenemos tiempo para...

—¿Discutir? —replicó ella—. Estoy de acuerdo. Ahora mismo vuelvo.

Dejó la llave puesta en el contacto y la bandolera con la que había salido del banco a los pies de Brian. Entró en Marshalls y en diez minutos cambió su disfraz de Nicole Rosovich por unos vaqueros, una camiseta del color de la grosella con cuello de pico y un cárdigan de cachemira negro. Le entregó las etiquetas a la cajera, metió su anterior atuendo en una bolsa de plástico de la tienda, pagó el importe de las prendas y salió de Marshalls.

Brian vio que aparecía e hizo ademán de incorporarse, pero se le ensombreció el semblante al ver que Rachel le hacía una señal levantando cuatro dedos y entraba en la oficina de correos.

Salió de allí a los cinco minutos. Cuando se sentó al volante, Brian parecía más pálido. Más encogido también, y así como indispuesto. La bandolera seguía a sus pies, pero saltaba a la vista que había hurgado en su interior: una pila de billetes asomaba por la abertura.

—Has estado revolviendo en mi bolso —le dijo—. Tú mucho hablar de confianza, pero...

—¿Confianza? —saltó él con la brusquedad y estridencia de un hipido—. Mi pasaporte no está ahí dentro. Ni el tuyo tampoco.

—No.

—Entonces ¿dónde están?

—El mío lo tengo yo —dijo, como tranquilizándolo.

—Mira qué bien.

—Pues sí.

—Rachel.

—Brian.

—¿Dónde está mi puto pasaporte? —preguntó Brian con un hilo de voz.

Rachel alcanzó la bolsa de Marshalls, extrajo un resguardo de correo certificado y se lo tendió.

Brian se lo frotó en el muslo para alisarlo y se quedó pasmado mirándolo.

—¿Qué es esto?

—Es un resguardo de envío. Global Express. Certificado por el Servicio Postal de Estados Unidos. Aquí en la esquina superior derecha viene tu número de seguimiento.

—Eso ya lo veo —dijo Brian—. También veo que lo has dirigido a tu nombre con la dirección del Intercontinental Hotel de Ámsterdam.

Rachel asintió.

—¿Está bien el hotel ese? ¿Te has hospedado allí alguna vez? La página de internet tenía buena pinta, por eso lo escogí.

Brian la miró como si quisiera emprenderla a golpes con algo. Con ella tal vez. O consigo mismo. Con el salpicadero posiblemente.

Aunque lo más probable es que fuera con ella.

—¿Qué has enviado al International Hotel de Ámsterdam, Rachel?

—Tu pasaporte.

Rachel arrancó el Range Rover y avanzó hacia la salida.

—¿Cómo que mi pasaporte? —dijo Brian con un hilo de voz si cabe más bajo todavía, con el tono que solía adoptar cuando discutían y estaba a punto de estallar.

—Pues eso —respondió ella con la premiosidad que uno reserva para dirigirse a los niños pequeños—, que he enviado tu pasaporte a Ámsterdam. Que es donde me propongo estar antes de mañana por la noche. Tú, en cambio, te quedarás aquí, en Estados Unidos.

—No puedes hacerme esto —dijo Brian.

Rachel se volvió hacia él.

—Pues me parece que ya lo he hecho.

—¡No puedes hacerme esto! —repitió, ya a voz en grito. Y remachó la exclamación dando un puñetazo en el techo del coche.

Rachel, temiendo que la emprendiera a golpes, esperó un momento. Al cabo de un kilómetro y medio más o menos, le dijo:

—Brian, me tuviste engañada todo el tiempo que estuvimos casados y el año anterior a casarnos. ¿De verdad creías que iba a pasar por alto toda esa falsedad? ¿Que diría: «Ay, granujilla, gracias por cuidar de mí»?

Torció a la izquierda siguiendo las indicaciones de la 95, todavía a dieciséis kilómetros del acceso a la autopista.

—Joder, da la vuelta ahora mismo.

—¿Para qué?

—Para recuperar ese pasaporte.

—Los envíos certificados no se pueden recuperar una vez entregados. Ya conoces la norma sagrada del servicio de correos de este país: con la ronda del cartero no se juega. ¿No dice algo así?

—Da la vuelta ahora mismo.

—¿Qué piensas hacer? —Rachel se sorprendió al detectar la risita burlona que había rematado sus palabras—. ¿Volver y atracar una oficina de correos? Yo juraría que en esos sitios hay cámaras, Brian. Además, quizá consigas recuperar el pasaporte, pero luego tendrás a Cotter-McCann, a la policía local, a la estatal y, puesto que seguramente también será delito federal, al puto FBI pisándote los talones. ¿De verdad consideras que es la opción más viable en este momento?

Brian la fulminó con la mirada.

—Ya sé que ahora mismo me odias —dijo Rachel.

Siguió fulminándola.

—En fin —añadió Rachel—, es normal odiar lo que te despierta.

Brian volvió a dar con el puño en el techo.

—Vete a la mierda.

—Oh, cariño —dijo Rachel—, ¿quieres que te ayude a dilucidar las opciones que te quedan?

Brian abrió la guantera descargando el puño sobre ella y sacó un paquete de cigarrillos y un mechero. Encendió el pitillo y abrió un par de dedos la ventanilla.

—No sabía que fumaras —dijo Rachel.

—¿Qué opciones son ésas?

—Dame uno —dijo Rachel, alargando la mano.

Brian le pasó el suyo y se encendió otro. Circularon por la carretera desierta, fumando sus respectivos cigarrillos, y por un momento Rachel sintió que iba a reventar de satisfacción.

—Una opción sería matarme —le dijo.

—Yo no soy ningún asesino —replicó Brian con una hastiada indignación que sonó entre entrañable e insultante.

—Pero si me matas, nunca recuperarás el pasaporte. Con toda la pasma siguiéndote los pasos, aunque consiguieras que alguien te falsificara otro, seguramente te cobrarían un ojo de la cara y encima le irían con el soplo a Cotter-McCann.

Rachel lo miró a los ojos y se dio cuenta de que había puesto el dedo en la llaga.

—Ya no te queda nadie más en quien confiar, ¿no es cierto?

Brian sacudió la ceniza por la rendija de la ventanilla.

—¿Eso es lo que me ofreces? ¿Confianza?

Rachel dijo que no con la cabeza.

—No es lo que te ofrezco, es lo que te pido.

—¿Y qué comportaría eso? —dijo Brian al rato.

—Comportaría pasar unos días escabulléndote de acá para allá como una rata con todo el mundo siguiéndote los talones, mientras Haya, la niña y yo paseamos por los canales de Ámsterdam.

—Te gusta esa imagen —observó Brian.

—Y a la hora y en el lugar acordados, recuperarías el pasaporte que yo habría enviado anteriormente a Estados Unidos.

Brian aspiró el humo con tanta fuerza que el extremo del cigarrillo chisporroteó.

—No puedes hacerme esto.

Rachel lanzó la colilla fuera de un capirotazo.

—Pero ya te lo he hecho, querido.

—Yo te salvé —dijo Brian.

—¿Que tú qué?

—De la prisión en que te habías encerrado. Qué cojones, llevo años preparándote para esto. Si eso no es amor, entonces qué...

—¿Pretendes hacerme creer que me quieres? —Rachel se hizo a un lado de la carretera y puso la palanca en punto muerto con brusquedad—. Pues entonces sácame de este país, dame acceso al dinero y confía en que te enviaré ese pasaporte. Confía. —Hendió el aire con el dedo, sorprendida ante lo repentino de su arrebato y la profunda intensidad de su rabia—. Porque, ¿sabes qué te digo, Brian? No hay otro puto trato que valga.

Brian bajó los ojos y tendió la mirada hacia la plomiza carretera, hacia el azul del cielo y los campos que amarilleaban con la promesa del verano.

«Ahora viene cuando te amenaza», pensó Rachel.

—De acuerdo —dijo Brian.

—¿De acuerdo qué?

—Te daré lo que quieres.

—¿Y eso qué es?

—Todo, por lo que parece.

—No —dijo Rachel—, todo no, sólo fe.

Brian sonrió con aire meditabundo.

—Como te decía...

Brian le envió un mensaje de texto a Haya desde la autopista. Por segunda vez en veinticuatro horas, su respuesta le escamó.

Tal como habían acordado, el mensaje de Brian preguntaba:

¿Qué tal todo?

Si todo estaba conforme, Haya debería haber contestado: «Perfecto.» Y si había surgido algún contratiempo la respuesta acordada era: «Todo bien.»

Pero Haya había tardado quince minutos en contestarle:

Todo OK.

Al llegar a Woonsocket, Rachel tomó por la cuesta principal siguiendo las instrucciones de Brian y luego giró en dirección sur. Unas manzanas más adelante, doblaron por una polvorienta callejuela sin salida, al fondo de la cual se alzaba una montaña de escombros, placas de yeso desmoronadas y amasijos de hormigón. Desde allí se divisaban perfectamente el río, la fábrica y la casa del vigilante nocturno. Brian sacó unos prismáticos de la guantera y ajustó el enfoque para mirar hacia la casa.

—La persiana de la despensa sigue subida —observó.

El gorrión aleteó dos veces en el pecho de Rachel.

Brian le tendió los prismáticos y lo vio con sus propios ojos.

—A lo mejor se ha olvidado de bajarla.

—A lo mejor.

—Pero fuiste bastante preciso con las instrucciones.

—Pero fui bastante preciso con las instrucciones —convino Brian.

Permanecieron un rato sentados en el coche observando la casa, pasándose los prismáticos el uno al otro, atentos al menor movimiento. Hubo un momento en que Rachel tuvo la impresión de que la persiana de la ventana en el extremo izquierdo del primer piso se movía, pero no habría podido jurarlo.

En cualquier caso, ambos lo sabían.

Lo sabían.

Rachel sintió un retortijón en el estómago y por un instante le pareció que faltaba oxígeno en el planeta.

Siguieron vigilando otro rato y luego Brian se puso al volante y atravesaron de nuevo el vecindario, pero avanzando un poco más de lo que habían hecho la noche anterior con la intención de aproximarse a la fábrica desde unas manzanas más al norte. Accedieron al recinto a través de una antigua vía para transporte de mercancías que discurría paralela a la línea férrea; a la luz del día, el esqueleto de la fábrica parecía más lastimoso y al mismo tiempo más resplandeciente, como la osamenta calcinada por el sol de un soberano divino sacrificado junto a su otrora majestuoso séquito.

Encontraron la camioneta aparcada entre las ruinas del edificio más cercanas al río. La pared norte, así como gran parte de la planta superior, estaban derrumbadas. La camioneta era una máquina imponente, una Sierra de color negro con la trasera descubierta, toda robustez y funcionalidad, que tenía las ruedas y los laterales salpicados de barro ya seco.

Brian llevó una mano al capó.

—No arde, pero todavía está caliente. No llevan mucho rato aquí.

—¿Cuántos puede haber?

Brian miró en el interior de la cabina.

—No sabría decirte. Tiene capacidad para cinco, pero dudo que hayan enviado a cinco personas.

—¿Por qué?

—La mano de obra sale cara.

—También perder setenta millones de dólares.

Brian recorrió con la vista los alrededores de la fábrica; Rachel conocía bien aquella mirada aparentemente perdida de Brian y sabía que era su forma de procesar información.

—¿Quieres plantarles cara?

—«Querer» no es la palabra exacta. —Brian ensanchó los ojos—. Pero no veo otra opción.

—Podríamos pasar de volver a la casa y salir corriendo de aquí ahora mismo.

Brian asintió.

—¿Estás dispuesta acaso a abandonar aquí a Haya y a la niña?

—Podríamos avisar a la policía. Haya no sabe nada. Puede alegar ignorancia.

—Si acude la policía, ¿qué impedirá a los que están ahí dentro matar a Haya y a la niña? O liarse a tiros con la policía. O atrincherarse y utilizarlas como rehenes.

—Nada —reconoció Rachel.

—Entonces qué, ¿todavía quieres salir huyendo y dejarlas aquí?

—¿Y tú?

—He preguntado yo primero. —Amagó una brevísima sonrisa—. ¿Qué fue lo que el cabrón aquel te dijo en Haití?

—¿Quieres ser buena o quieres vivir?

Brian asintió.

—¿Te ves capaz de sacarnos de aquí? —preguntó Rachel.

—A ti, sí. A mí no va a haber quien me saque, tal como has organizado las cosas. Pero a ti sí, cariño mío.

Rachel hizo caso omiso de la pulla.

—¿Ahora mismo?

Brian asintió.

—Ahora mismo.

—¿Qué posibilidades tenemos?

—¿Tenemos?

—Tengo —corrigió Rachel.

—Un cincuenta por ciento. A cada hora que pase, se verán reducidas un cinco por ciento en favor de Cotter-McCann. Si a eso le añadiéramos una mujer despavorida y un bebé, suponiendo que podamos arrancarlas de las garras de unos tipos mil veces más duchos que nosotros en el manejo de las armas, tus posibilidades se reducen más si cabe.

—O sea que ahora mismo estamos igualados. Pero si subimos a esa casa —señaló hacia el otro extremo del recinto—, es mucho más probable que no salgamos con vida de ésta.

Brian abrió aún más los ojos y cabeceó repetidamente.

—Muchísimo más probable, sí.

—Y si te digo que quiero salir corriendo, ¿me sacarás ahora mismo de aquí?

—Yo no he dicho eso. He dicho que era una opción.

Rachel miró hacia el azul del cielo a través de las vigas ennegrecidas y el ruinoso tejado.

—Pues entonces está claro que no tenemos alternativa —le dijo.

Brian aguardó.

—O nos vamos los cuatro. —Hizo varias inspiraciones rápidas y se quedó un tanto mareada—. O no se va nadie.

—Bien —susurró Brian, y Rachel advirtió que estaba tan aterrorizado como ella—. Bien.

Rachel soltó el bombazo:

—Haya habla inglés perfectamente.

Brian la miró desconcertado.

—Se crió en California. Tenía engañado a Caleb.

Brian dejó escapar una estridente e incrédula risita.

—¿Por qué?

—Para que la sacara de la vida de mierda que llevaba, según parece.

Brian movió la cabeza una y otra vez, como un perro recién bañado. Después sonrió. Con su antigua sonrisa de siempre: sorprendido de verse sorprendido por los avatares de la vida y en cierto modo divertido a la vez.

—Joder, la tía. No, si al final me va a caer bien. —Hizo un gesto de asentimiento con la cabeza—. ¿Te lo dijo ella?

Rachel asintió.

—¿Por qué?

—Por si se nos ocurría dejarla tirada.

—Yo no tendría reparos en dejarla —afirmó con franqueza—. Ni los he tenido nunca. Pero no dejaría aquí tirada a la hija de Caleb sabiendo que podrían matarla. Ni por setenta millones de dólares.

Levantó la tapa del compartimento del Range Rover destinado al gato elevador y sacó una escopeta corta y fea con empuñadura de pistola.

—Pero ¿cuántas armas necesitas? —preguntó Rachel.

Brian miró hacia la casa mientras cargaba la munición en la escopeta.

—Ya me has visto disparar, soy negado. Una escopeta equilibrará un poco más la partida —dijo, y cerró la portezuela trasera del Rover.

El hecho de que Brian acabara de afirmar que sería incapaz de abandonar allí a la hija de Caleb no significaba que no fuera capaz de matarla a ella con aquella horrenda escopeta. No sería necesariamente la opción más lógica, pero a esas alturas la racionalidad era un lujo que ya no tenían a su alcance.

Por otro lado, no parecía que fuera su intención en ese momento, así que Rachel abrió la portezuela del conductor. La alfombrilla estaba cubierta de barro. Se inclinó hacia el asiento del copiloto y vio que la otra estaba igual de sucia. Dondequiera que hubieran estado buscándolos recientemente, habían tenido que andar por caminos enfangados. Abrió la portezuela lateral de atrás, por la parte del conductor, y observó que las alfombrillas traseras estaban impolutas. El caucho todavía olía a nuevo.

Se lo mostró a Brian.

—Son sólo dos.

—A menos que el otro vehículo esté aparcado en otro sitio.

Rachel no había considerado esa posibilidad.

—Creía que eras el optimismo personificado.

—Pongamos que hoy libro por cojones.

—Porque... —Rachel no pudo terminar. Dejó caer la mano. La acometieron unas ganas de vomitar como no había sentido en mucho tiempo, y así se lo hizo saber a Brian.

—¿Dónde se meten los de la Cienciología cuando uno los necesita, eh? —bromeó él.

Apuntó con la escopeta hacia el otro extremo del edificio, más allá de los escombros, la basura y los fragmentos de los muros arrancados por los buscadores de cobre.

—Allí al final hay unos peldaños. Bajándolos, encontrarás un estrecho túnel.

—¿Un túnel?

—Lo hemos ido excavando entre Caleb y yo estos últimos dos meses. Mientras tú me hacías en el extranjero.

—Mira qué bien.

—La idea era que si algún día estando en la casa avistábamos a tiempo al enemigo viniendo hacia nosotros, saldríamos por allí pitando, vendríamos hasta aquí y emprenderíamos la huida poco más o menos desde el punto en el que estamos en este momento. Puedes bajar...

—¿Puedo?

—Podemos, sí. Iremos hasta allí a rastras y...

—¿Es muy estrecho el túnel?

—Bueno, sí —dijo Brian—. Es como una tubería más bien. Si me comiera una pizza ahora mismo, seguramente me quedaría atascado dentro.

—No pienso meterme ahí —dijo Rachel.

—¿Prefieres morir?

Brian movía la escopeta como si fuera una extensión de su brazo.

—Prefiero morir al aire libre que bajo tierra, sí.

—¿Se te ocurre alguna idea mejor? —saltó Brian.

—Pero si aún no me has dicho cuál es la tuya. Sólo has mencionado un «túnel». Y haz el favor de apuntar con eso al suelo, joder.

Brian se fijó en la escopeta, encogió los hombros en señal de disculpa y la apuntó hacia el suelo.

—Mi idea es —dijo con calma— acceder a la casa a través de ese túnel. Va a parar al cuarto de atrás de la planta baja. Mientras ellos estén apostados arriba, acechando por las ventanas, entraremos en la casa.

—¿Y qué les impedirá dispararnos entonces?

—¿El factor sorpresa?

—¿Sorpresa?

—Sí.

—Esos tipos son profesionales. Un hombre bueno armado no vence a un hombre malo armado si el malo está acostumbrado a los enfrentamientos violentos y el bueno no.

—Vale —dijo Brian—, te toca.

—¿Qué?

—Que te toca —repitió Brian—. A ver si a ti se te ocurre algo mejor.

Le costó un poco. No es fácil pensar cuando te domina el terror. La única palabra que se le venía a la mente era «correr».

Le explicó su plan a Brian.

Cuando terminó, Brian se mordisqueó el labio inferior primero, luego la mejilla por dentro, luego el labio superior y por fin dijo:

—Buena idea.

—¿En serio?

Brian la miró fijamente, como si se planteara hasta qué punto podía ser sincero con ella.

—No —admitió por fin—, la verdad. Pero es mejor que la mía.

Rachel se acercó a él.

—Sólo tiene un inconveniente.

—¿Cuál?

—Si no cumples con tu parte, en menos de un minuto me habrán liquidado.

—Puede que menos incluso —observó Brian.

Rachel dio un paso atrás y le hizo un gesto obsceno con el dedo.

—Entonces ¿cómo sé que cumplirás lo acordado?

Brian sacó el paquete de cigarrillos del bolsillo de la chaqueta y le ofreció uno. Rachel lo rechazó. Brian se llevó uno a los labios, lo encendió y volvió a guardarse el paquete en el bolsillo.

—Hasta la vista, Rachel.

Encogió un poco los hombros y salió andando hacia la casa del vigilante nocturno sin volver la vista atrás.

35

FOTO DE FAMILIA

Rachel condujo el Range Rover por la línea férrea que discurría entre las fábricas y el río. Al llegar al último edificio de ladrillo, abandonó aquella vía y circuló dando tumbos entre bloques de hormigón y piedras, confiando en que los bajos del vehículo no rozaran con algún canto o alguna arista que pudieran perforar el depósito de gasolina.

Siguió traqueteando hasta que encontró el camino que Brian le había indicado y se vio ascendiendo por la escabrosa vertiente trasera de la colina que conducía a la casa del vigilante nocturno.

Ya llegando a la cima, pisó el acelerador y rebasó la cresta dando sacudidas, con el Range Rover inclinándose tan precariamente hacia la izquierda que temió que fuera a volcar. En contra de lo que le dictaba el instinto, pisó aún más a fondo el acelerador y el vehículo cayó bruscamente sobre las cuatro ruedas de nuevo y enfiló disparado hacia el claro a espaldas de la casa.

Ned y Lars salieron al porche trasero. Iban armados. Ned ladeó la cabeza, sorprendido de verla pero con aire triunfal también, entrecerrando los ojos con una mirada ante la que Rachel se había encontrado muchas veces en su vida, una mirada que siempre conseguía hacerla sentir insignificante y sulfurarla al mismo tiempo:

«Qué tonta eres.»

Aparcó y se apeó del Rover; el vehículo hacía de parapeto entre ella y el porche.

—No corras —le dijo Ned—, porque si corres nos obligarás a echar a correr detrás de ti. Total, la historia terminaría igual, pero con nosotros un poco más cabreados.

Ned llevaba en la mano la Glock con la que había matado a Caleb, con el silenciador ya acoplado. Rachel temió que el colofón musical de su vida fuera un ridículo «pfff». Aunque viendo el voluminoso rifle de caza que Lars acunaba en sus brazos, de ésos capaces de tumbar a un oso, tal vez la muerte le llegara con más estruendo.

Bajaron los dos del porche al mismo tiempo.

Rachel los apuntó con la pistola desde el otro lado del capó.

—Quietos ahí.

Ned puso las manos en alto y miró hacia Lars.

—Creo que nos tiene pillados.

«¿Estará Brian apostado en algún sitio seguro, observando divertido el desarrollo de los acontecimientos?»

Lars siguió avanzando hacia el Rover. Pero en diagonal. Al igual que Ned, sólo que éste en dirección contraria, de manera que cada paso que daban los acercaba más a ella, pero los alejaba a uno del otro.

—He dicho que quietos, joder.

Lars avanzó tan campante unos pasos más y luego se detuvo.

«Tal vez Brian tuviera un pasaporte de reserva guardado en alguna parte. En cuyo caso, podría dejarme morir y largarse con el dinero.»

—¿A qué estamos jugando? —dijo Ned—. ¿Al escondite inglés?

Dio dos pasos en dirección a ella.

«Brian, ¡Brian!», sintió deseos de exclamar.

Alargó el brazo por encima del capó.

—He dicho quietos.

—No te he oído decir «Una, dos y tres» —se burló Ned dando otro paso.

—¡Quietos! —La voz de Rachel rebotó en la casa y su eco se extendió colina abajo.

—Rachel —dijo Ned sin la más mínima alteración en la voz—, seguro que has visto alguna película de esas en las que una niña coge una pistola y le planta cara al hombretón malo que va armado. Pero en el mundo real las cosas no funcionan así, guapa. Nos has dejado bajar de ese porche. Y luego nos has dejado distanciarnos el uno del otro. Con lo cual, en el mundo real en que vivimos, ahora ya no podrás dispararnos a los dos sin que uno de los dos te dispare a ti. O sea que te dispararé yo, o él, y nos lo habrás puesto en bandeja.

«Joder, Brian. ¿Dónde coño te has metido? ¿Me has abandonado?»

La mano le temblaba tanto que llevó el codo al capó del Rover para sujetarla. Apuntó con la pistola a Ned, poniéndose, pues, a tiro de Lars.

Ned se fijó en la vibración de su codo sobre el capó y levantó una ceja.

—¿Ves lo que quería decir?

«Mierda. Mierda. Mierda. ¿Me has abandonado?»

Con el rabillo del ojo, vio que Lars daba dos pasos al frente.

—Por favor —dijo—. Haced el favor de no moveros.

Ned sonrió con sorna. Jaque mate.

De pronto, se oyó el llanto del bebé en el piso de arriba.

Lars levantó la vista al oírlo. Ned no le quitaba ojo a Rachel.

Y en ese preciso instante, Brian salió al porche, levantó la escopeta y apretó el gatillo.

La ráfaga le entró a Lars por la espalda y le salió por el pecho, ante el cual aún sostenía el rifle. Fragmentos de proyectil y fragmentos de Lars impactaron en el lateral del Rover; el rifle saltó de sus manos y aterrizó sobre el capó. Lars cayó de rodillas, y Rachel disparó a Ned.

Ella no recordaba haber apretado el gatillo, pero debió de hacerlo porque Ned profirió un consternado e indignado «Aaaah», como quien grita a un árbitro que se equivoca pitando falta en un partido, y luego cayó de espaldas y se derrumbó contra los peldaños del porche. Rachel observó que ya no tenía la pistola en la mano.

Rachel rodeó el Rover, sin dejar de apuntarlo con la pistola. Ned se quedó quieto mirando a Rachel mientras iba hacia él, y mirando a Brian, que también se acercaba apuntándolo con la escopeta. A Brian le temblaba el brazo —a ella, sorprendentemente, ya no—, pero poco importaba eso cuando en tus manos tenías una escopeta.

Lars cayó de bruces al suelo con un golpe sordo.

Rachel cogió la pistola de Ned y se enfundó la suya en la cinturilla del pantalón. Luego tanto Rachel como Brian se quedaron de pie delante de él, sin saber cómo proceder.

La bala que Rachel había disparado contra Ned le había dado en el hombro. El brazo izquierdo le colgaba desmadejado, como si ya nada lo sostuviera, por lo que Rachel supuso que el proyectil le habría destrozado la clavícula.

Ned la miraba con la respiración entrecortada. Parecía triste y desamparado, como un viajante de comercio al término de una semana desastrosa. La sangre se había extendido por su blanquinosa camisa y empapaba la parte izquierda de la chaqueta, una de esas chaquetas de cuadros con forro de borreguillo que suelen vestir los obreros de la construcción.

—¿Dónde tienes el móvil? —le preguntó Brian.

Con un rictus de dolor, Ned introdujo la mano en el bolsillo derecho de sus pantalones de pana y le tendió a Brian un móvil con tapa plegable.

Brian lo abrió y fue deslizando la pantalla para revisar la lista de llamadas y mensajes de texto.

—¿A qué hora habéis llegado? —le preguntó.

—Sobre las nueve —respondió Ned.

Brian abrió uno de los mensajes de texto.

—Aquí pone: «Tenemos a C.» ¿Qué significa eso?

—La mujer de Perloff era el Objetivo C. Tú eres el objetivo A. —Luego hizo un hastiado ademán con la cabeza en dirección a Rachel—. Ella es el B.

Se oyó el llanto del bebé de nuevo, amortiguado por el cristal y la distancia.

—¿Dónde está Haya? —preguntó Rachel.

—Arriba, atada —respondió Ned—. En la misma habitación que la niña. La cría está en la cuna, y es muy pequeña todavía para saber salir. No van a ir a ningún sitio.

Brian repasó una vez más la lista de llamadas y mensajes de texto y se guardó el móvil en el bolsillo.

—Desde las nueve y media no hay registrado ningún mensaje ni ninguna llamada. ¿Por qué? —le preguntó Brian.

—No había ninguna novedad de la que informar. Te estábamos esperando. Creíamos que no aparecerías.

—¿Cómo te llamas? —le preguntó Rachel.

—¿Y eso qué importa? —contestó Ned.

Rachel no supo qué replicar.

—¿Cómo habéis localizado este sitio? —dijo Brian.

Ned parpadeó un par de veces y gimió de dolor al cambiar de postura en los peldaños.

—Por los documentos de la sociedad fantasma que encontramos en el portátil de tu socio. La misma empresa que hace dos años contrató a la gente de Yakarta para que hiciera los sondeos en la mina compró esta casa.

—¿Qué más pistas están siguiendo?

—Lo siento —dijo Ned—. Aunque pudiera responder a tu pregunta, y en este momento sería capaz de soltar todo lo que sé a cambio de una botella de agua, a mí sólo se me informa de lo relacionado con mi cometido y con mi departamento, de nada más.

Rachel fue a por una botella de agua del Range Rover, pero al ir a tendérsela a Ned vio que intentaba sacar una foto de su cartera, forcejeando con una sola mano. La cartera se le cayó al porche. Rachel pensó que si de verdad deseaba saber quién era aquel hombre, podía coger la cartera y mirar el carnet para ver cómo se llamaba, pero la dejó en el suelo.

Ned le tendió la foto y agarró la botella de agua.

En la foto se veía a una niña rubia, de unos once o doce años, con el mentón ancho, los ojos grandes y la sonrisa tímida; tenía el brazo colgado sobre los hombros de un niño de cabellos castaños, un par de años menor que ella, con los labios finos de Ned y la nariz de Ned; el niño sonreía más abiertamente, con más seguridad que su hermana.

—Son mis hijos.

Brian miró de soslayo.

—Guarda esa puta foto —le dijo.

Ned miró a Rachel a los ojos y siguió hablando como si no lo hubiera oído.

—Caylee, mi niña, es listísima, ¿sabes? En el colegio tiene montado un proyecto que se llama Grandes Amigos, que consiste en...

—Cállate —dijo Rachel.

—...en que los niños de los cursos superiores, como ella, ayudan a los de primero y segundo, y hacen amistad con ellos para que pierdan el miedo. Fue idea de Caylee. La chiquilla tiene un corazón de oro.

—Cállate —repitió Rachel.

Ned dio un trago.

—Y el otro es Jacob, mi hijo, que...

Brian lo apuntó con la escopeta.

—¡Cierra la puta boca!

—¡Está bien! —Ned se derramó el agua encima, convencido de que Brian iba a apretar el gatillo—. Bien, bien.

Rachel vio que la mano le temblaba al llevarse de nuevo la botella a los labios e hizo un esfuerzo por endurecer el corazón, por insensibilizarse, pero en vano.

Ned dio otro trago y se pasó la lengua por los labios varias veces.

—Gracias, Rachel.

Rachel procuró evitar su mirada.

—Me llamo... —le dijo.

—Ni se te ocurra —susurró Rachel—. No.

Cruzó una mirada con él y Ned se la sostuvo un momento, el suficiente para que Rachel viera en aquel hombre tanto al niño como al monstruo que llevaba dentro. Luego Ned pestañeó mostrando su conformidad.

Brian se dirigió al borde de la colina, echó hacia atrás el brazo y arrojó con todas sus fuerzas el móvil de Ned al río, donde sonó al caer.

—¿Qué hacemos contigo, tío? —dijo sin volver la vista hacia ellos.

—Eso estaba yo pensando.

—Me lo figuro —dijo Brian, volviéndose.

—No sois asesinos.

Brian inclinó la cabeza hacia Lars.

—Tu compañero de faenas quizá te lo discutiría.

—Lars estaba apuntando a tu mujer. Eso ha sido en defensa propia, ha hecho lo que tenía que hacer. Pero matar a alguien a sangre fría es muy distinto. Muy, pero que muy distinto.

—¿Qué harías tú en nuestro lugar? —le preguntó Rachel.

—Ah, pues ya os habría liquidado a los dos —respondió Ned—. Pero, amiga mía, yo vendí mi alma al diablo hace ya mucho tiempo. Tú aún conservas la suya. —Cambió de postura de nuevo—. Da igual que me matéis o que me dejéis aquí atado de pies y manos. La empresa mandará refuerzos, si no lo ha hecho ya. Mi vida les importa una mierda, no soy más que un puto peón. Que me encuentren vivo o muerto no cambiará nada; seguirán buscándoos hasta daros caza. Puede que me lleven a un médico o puede que no, pero la cacería seguirá adelante. O sea que el resultado final será el mismo tanto si me matáis como si me soltáis. Pero si me matáis a sangre fría, tendréis que véroslas con el espejo cada noche.

Brian y Rachel consideraron esa posibilidad, se contemplaron el uno al otro.

Ned se levantó despacio, apoyándose en el pilar a la derecha de la barandilla rota.

—Eh —dijo Brian.

—Si voy a morir, prefiero estar de pie.

Brian y Rachel se miraron angustiados. Ned tenía razón: una cosa era disparar sin pensar, como habían hecho antes contra Lars y contra él mismo, pero hacerlo a conciencia...

El bebé empezó a berrear en el piso de arriba. Esta vez con un llanto más agudo, más alterado.

—No me gusta cómo suena —dijo Brian—. ¿Quieres subir a ver qué le pasa?

Rachel no tenía ni pajolera idea de cómo tratar a un bebé. Ni siquiera había hecho de canguro en su vida. Y la idea de verse allá arriba, atrapada, si algo se torcía abajo le resultó si cabe más aterradora que quedarse vigilando a Ned.

—Me quedo con él.

Brian asintió.

—Si se mueve, le pegas un puto tiro.

«Se dice fácil.»

—Cuenta con ello.

Brian subió los peldaños y plantó el cañón de la escopeta bajo la barbilla de Ned.

—Mucho cuidadito con ella, cabrón.

Ned no abrió la boca, se limitó a dejar la vista perdida en los ruinosos edificios de alrededor.

Brian entró en la casa.

En cuanto desapareció, Rachel se sintió la mitad de fuerte y el doble de débil.

Ned se tambaleó contra el pilar. La botella de agua se le cayó de las manos y estuvo a punto de derrumbarse, pero en el último momento dio con la muñeca en el pilar y consiguió mal que bien mantener el equilibrio.

—Estás perdiendo mucha sangre —observó Rachel.

—Estoy perdiendo mucha sangre —convino Ned—. ¿Me podrías pasar la botella?

Rachel fue a cogerla pero de pronto se detuvo. Lo había visto de refilón mirando hacia ella y, por un brevísimo instante, tuvo la impresión de que no estaba ni mucho menos tan débil como pretendía dar a entender. Más bien le pareció un animal hambriento, dispuesto a abalanzarse sobre su presa.

—El agua —dijo Ned.

—Cógela tú mismo.

Ned emitió un gemido de dolor y alargó la mano, tanteando la contrahuella del peldaño de madera que quedaba por encima de la botella.

De pronto se abrió una ventana de arriba y, en el espacio de dos o tres segundos, los acontecimientos se precipitaron.

—¡Han matado a Haya! —exclamó Brian.

Ned saltó del porche, embistió de cabeza el pecho de Rachel e intentó arrebatarle la pistola.

Rachel apartó la mano en la que llevaba empuñada el arma, zafándose bruscamente de Ned.

Ned arremetió con el hombro bueno contra el mentón de Rachel.

—¡Dispárale! —exclamó Brian.

Rachel apretó el gatillo y se desplomó.

Ned se apartó de su cuerpo y Rachel, oyéndolo gruñir, disparó de nuevo. La primera vez había disparado al vacío, puramente a la defensiva. La segunda, sin embargo, mientras rodaba por el suelo, apuntó en dirección a las piernas de Ned, que intentaba escabullirse. Disparó por última vez mientras se ponía de rodillas, en dirección al trasero de Ned, ya en lo alto de la pendiente.

Lo vio precipitándose al vacío y tal vez, o tal vez no, lo oyó también emitir un sonido al recibir aquel tercer disparo, un gañido tal vez. O puede que todo hubieran sido imaginaciones suyas.

Se puso en pie, echó a correr hacia el borde de la colina y lo vio allá en el fondo, de rodillas. Se adentró rápidamente en el boscaje y corrió colina abajo entre la maleza, las malas hierbas, las botellas y los envoltorios de hamburguesas, con la pistola en alto, a la altura de la oreja derecha.

Ned ya se había levantado y avanzaba tambaleándose en dirección al primer edificio de ladrillo. Cuando Rachel llegó al pie de la colina, Ned iba dando trompicones, con la mano en el vientre, hacia una vieja silla de oficina que tenía las patas y el armazón de metal cubiertos de herrumbre. Alguien había rajado el asiento en horizontal y por la abertura asomaba una espumilla parduzca. Ned se sentó en la silla y se quedó allí quieto viendo como Rachel se acercaba.

El teléfono de Rachel vibró y se lo llevó al oído.

—¿Estás bien? —le preguntó Brian.

—Sí.

Rachel volvió la vista hacia lo alto de la colina y vio a Brian allí de pie en el porche trasero, con el bebé al hombro y la escopeta en la otra mano.

—¿Me necesitas?

—No —dijo Rachel—. Me apaño sola.

—Le han descerrajado un tiro en la cabeza —dijo Brian con la voz empañada—. En el dormitorio, con la niña delante.

—Tranquilo —dijo Rachel—. Tranquilo, Brian. Enseguida estoy ahí.

—Date prisa —dijo Brian.

—¿Por qué teníais que matarla? —le preguntó a Ned al llegar hasta él.

Ned llevó una mano a la herida e hizo presión. Una de las balas —a saber cuál— le había entrado por la espalda y salido por la cadera derecha.

—Prima por rendimiento —contestó Ned.

Por la boca de Rachel salió algo parecido a una risotada.

—¿Qué has dicho?

Ned asintió con la cabeza.

—Lo que nos pagan por hora es una miseria. Trabajamos por incentivos. —Dirigió la vista hacia las ruinas de la fábrica dando cabezazos—. Mi viejo trabajaba en un sitio como éste, en Lowell.

—Cotter-McCann podría convertir este lugar en un complejo de apartamentos o un centro comercial —dijo Rachel—. O un casino, maldita sea. Podrían recuperar esos setenta millones en un año.

Ned levantó las cejas con aire fatigado.

—Lo más seguro es que estos terrenos estén contaminados.

—¿Y eso a ellos qué más les da? —Rachel confiaba en que el muy cabrón terminara desangrándose ante sus narices si le daba conversación—. Cuando la gente empiece a enfermar, ellos ya hará tiempo que se habrán largado embolsándose el dinero.

Ned rumió la idea e hizo un gesto displicente.

—Haya no sabía nada. Apenas hablaba una palabra de inglés —dijo Rachel.

—La policía tiene intérpretes —replicó Ned—. Además, en sus últimos momentos te aseguro que hablaba un inglés bien clarito.

Ned palidecía, pero la mano con que se apretaba la herida aún parecía firme y fuerte. Miró a Rachel con ojitos de cordero degollado, como disculpándose.

—Yo no pongo las reglas. Sólo soy un mandado. Cumplo con mi trabajo para poder llevar el pan a la mesa y mantener a mi familia, y pierdo el sueño como cualquier padre deseando que mis hijos tengan una vida mejor que la que yo tuve. Que tengan más posibilidades que yo.

Rachel siguió su mirada, que vagaba por la fábrica.

—¿Y crees que las tendrán?

—No —respondió, secundando la negativa con la cabeza. Bajó la vista a la sangre que caía empapándole el regazo y se le quebró la voz—. Creo que esos tiempos ya pasaron.

—Es curioso —dijo Rachel—. Yo empiezo a dudar que hayan existido.

Ned percibió algo en la voz de Rachel que le hizo levantar la vista. Lo último que dijo fue: «Espera.»

Rachel le apuntó al pecho desde un metro de distancia, pero le temblaba tanto la mano al apretar el gatillo que la bala le entró por el cuello. Ned se quedó un momento rígido contra el respaldo de la silla, jadeó como un perro sediento y levantó la vista al cielo pestañeando. Sus labios se movían, pero no emitían ningún sonido; la sangre que se embalsaba en la brecha del cuello caía goteando por las rendijas abiertas entre el armazón de la silla y los cojines.

El pestañeo cesó. Y también el movimiento de los labios.

Rachel se dio la vuelta y subió de nuevo por la colina.

Brian la esperaba con Annabelle al hombro. La niña tenía los ojos cerrados y los labios entreabiertos. Estaba dormida.

—¿Quieres tener hijos? —le preguntó a Brian.

—¿Qué?
—Es una pregunta bien sencilla.
—Sí —contestó—, quiero tener hijos.
—¿Además de éste? —le preguntó Rachel—. Porque creo que ahora esta niña es nuestra, Brian.
—¿Nuestra?
—Sí.
—No tengo pasaporte.
—No, cierto. Pero tienes a nuestra hija. ¿Vas a querer más niños?
—¿Si salgo con vida de ésta?
—Si sales con vida de ésta —admitió Rachel.
—Sí —dijo Brian.
—¿Quieres tener hijos conmigo?
—¿Con quién si no?
—Dilo.
—Quiero tener hijos contigo —afirmó Brian—. Con nadie más.
—¿Por qué con nadie más?
—Porque no quiero a nadie más, Rachel. Nunca he querido a nadie más.
—Ah.
—De hecho quiero unos cuantos. —Brian asintió—. Hijos, me refiero.
—¿Unos cuantos?
—Unos cuantos.
—¿Los vas a parir tú?
—Ya empezamos con las chulerías —dijo, dirigiéndose al bebé sobre su hombro—. ¡Vaya una!
Rachel miró hacia la casa.
—Voy a despedirme de Haya.
—No hace falta que entres.
—Sí hace falta. Quiero despedirme de ella como es debido.
—Rachel, le han volado la tapa de los sesos.
El rostro de Rachel se crispó. Haya había luchado contra los designios que la vida le deparaba con tan férrea determinación que Rachel, habiendo conocido a la «autén-

tica» Haya apenas unas horas antes, no deseaba encontrársela con media cara destrozada, tirada sobre un charco de sangre seca. Pero si no hacía de tripas corazón y se enfrentaba a ese rostro, Haya pasaría a ser una más entre los desaparecidos que había dejado atrás a lo largo de su vida. Pronto sería fácil hacer como si nunca hubiera existido en realidad.

Siempre que puedas, pensó en decirle a Brian (aunque no lo hizo), tienes que enfrentarte a tus muertos. Tienes que hacerlo, forzosamente. Tienes que entrar en el campo energético de lo que reste de su espíritu, de su alma, de su esencia, y dejar que traspase su cuerpo. Y es posible que al traspasarlo, una brizna de esa alma se adhiera a tu ser, se injerte en tus células. Porque gracias a esa comunión, los muertos perviven. O al menos lo intentan.

Pero no fue eso lo que le dijo a Brian, sino:

—No puedo evitarlo sólo porque sea desagradable.

A Brian no le gustó la idea, pero se limitó a contestar:

—Y luego hay que ponerse en marcha.

—¿Cómo?

Hizo un gesto en dirección al río.

—Tengo una barca ahí abajo.

—¿Una barca?

—Sí, grande. Podrá llevarnos hasta Halifax. En dos días ya estaréis las dos fuera del país.

—¿Y tú qué harás?

—Esconderme donde todo el mundo pueda verme. —Llevó la palma de la mano a la coronilla de la niña y le dio un beso en la sien—. Como ya habrás observado, se me da muy bien.

Rachel asintió.

—Demasiado bien.

Brian inclinó la cabeza un tanto compungido y no replicó.

—¿Y si por el río tardamos demasiado? —preguntó Rachel—. ¿O uno de los dos tiene un percance, se rompe un tobillo o algo por el estilo?

—En ese caso, tengo un plan B.

—¿Se puede saber cuántos planes tienes?

Brian se quedó pensando.

—Unos cuantos.

—¿Y yo qué?

—¿Eh?

—¿Para mí también tienes un plan B?

Brian se plantó delante de ella con el bebé dormido al hombro, dejó caer la escopeta al suelo y cogió un mechón del cabello de Rachel entre el pulgar y el índice.

—Para ti no hay plan B.

Acto seguido, Rachel miró hacia la casa que él tenía a su espalda.

—Voy a subir a despedirme.

—Aquí te espero.

Dejó atrás a Brian y entró en la casa. Todas las persianas de la casa menos una estaban bajadas, por lo que dentro estaba oscuro y fresco. En el arranque de la escalera, se detuvo vacilante. Imaginó el cadáver de Haya y sus fuerzas flaquearon. Estuvo a punto de volverse. Pero luego recordó a la Haya que había visto aquella misma mañana en el dormitorio, a la verdadera Haya mirándola por primera vez con aquellos ojos tan intensos y tan negros como la primera noche o la última. Admiró su fuerza de voluntad: la resolución, las agallas que se precisaban para convertirse en otro de manera tan absoluta que la batalla de poder entre la identidad cautiva y la identidad captora no pudiera sino quedar en tablas. A buen seguro cada una de las dos sometería a la otra a una pugna interminable. Y, fuera cual fuese el resultado, ninguna de las dos podría regresar jamás al punto de partida.

Rachel cayó entonces en la cuenta de que lo mismo podía decirse de Brian Alden, a partir del momento en que decidió enfundarse el abrigo hurtado a Brian Delacroix. Y también de Elizabeth Childs y de Jeremy James, e incluso de Lee Grayson. En alguna época de su vida todos ellos habían adoptado una identidad y más adelante, otra, y algunas de esas identidades habían repercutido en Rachel, habían cambiado su vida, incluso le habían dado vida. Pero luego esas identidades habían ido transformándose a su vez en otras. Y más adelante en otras distintas. Elizabeth y Lee habían llegado más lejos incluso, hasta el lugar donde ahora estaba Haya. Transformados una vez más.

¿Y Rachel qué? ¿Acaso ella no vivía en tránsito permanente también? Siempre de paso hacia otro lugar. Capaz, como cualquiera de ellos, de adaptarse a la travesía, pero nunca a su final.

Subió la escalera. Al hacerlo, percibió el pasaporte de Brian debajo del suyo en el bolsillo delantero de los vaqueros. Y percibió la oscuridad adensándose a su alrededor.

«No sé qué final tendrá esto —le dijo a la oscuridad—. No sé qué papel me corresponde en realidad.»

Pero la única respuesta que obtuvo de la oscuridad a medida que subía la escalera fue una oscuridad más densa si cabe.

Aunque arriba tal vez hubiera algo de luz, como la habría a buen seguro cuando saliera al exterior.

¿Y si por algún capricho del destino no la había, si no quedaba más que noche en el mundo y no había ascenso posible hacia la luz?

Entonces se haría amiga de la noche.

AGRADECIMIENTOS

Gracias a...

Dan Halpern y Zachary Wagman por las correcciones y la paciencia.

Ann Rittenberg y Amy Schiffman por los oportunos consejos (y la paciencia).

Mis primeros lectores —Alix Douglas, Michael Koryta, Angie Lehane, Gerry Lehane y David Robichaud—, que cubrieron todas mis lagunas en lo referente al mundo de los informativos de televisión.

Un aplauso especial para Mackenzie Marotta por sus malabarismos para encarrilar todo el proceso y llevarlo a término a su debido tiempo.